Abelhas e trovão distante

Abelhas e trovão distante

Riku Onda

TORDSILHAS
Rio de Janeiro, 2024

Abelhas e trovão distante

Tordesilhas é um selo da Alaúde Editora Ltda, empresa do Grupo Editorial Alta Books (Starlin Alta Editora e Consultoria LTDA)

ISBN: 978-65-5568-211-3

English language translation rights arranged with GENTOSHA INC. through Japan UNI Agency Inc, Tokyo.

Translated from English original Honeybees and Distant Thunder. Copyright © 2016 by Riku Onda. English translation copyright © 2023 by Philip Gabriel. ISBN 978-16-3936-403-9. This edition is published by arrangement with Penguin Random House group of companies. PORTUGUESE language edition published by Starlin Alta Editora e Consultoria Eireli, Copyright © 2024 by Starlin Alta Editora e Consultoria Eireli.

Impresso no Brasil — 1ª Edição, 2024 — Edição revisada conforme o Acordo Ortográfico da Língua Portuguesa de 2009.

Dados Internacionais de Catalogação na Publicação (CIP)
(Câmara Brasileira do Livro, SP, Brasil)

Onda, Riku
Abelhas e trovão distante / Riku Onda. --Rio de Janeiro : Tordesilhas, 2024.

ISBN 978-65-5568-211-3

1. Ficção japonesa I. Título.

24-197660 CDD-B869.3

Índices para catálogo sistemático:

1. Ficção : Literatura brasileira B869.3

Tábata Alves da Silva - Bibliotecária - CRB-8/9253

Produção Editorial: Grupo Editorial Alta Books
Diretor Editorial: Anderson Vieira
Editor da obra: Rodrigo de Faria e Silva
Vendas Governamentais: Cristiane Mutüs
Gerência Comercial: Claudio Lima
Gerência Marketing: Andréa Guatiello

Produtora Editorial: Caroline David
Tradução: Beatriz Medina
Copidesque: Giovanna Chinellato
Revisão: Karina Pedron
Projeto Gráfico: Marcelli Ferreira
Diagramação: Joyce Matos

ALTA BOOKS
GRUPO EDITORIAL

Rua Viúva Cláudio, 291 — Bairro Industrial do Jacaré
CEP: 20.970-031 — Rio de Janeiro (RJ)
Tels.: (21) 3278-8069 / 3278-8419
www.altabooks.com.br — altabooks@altabooks.com.br
Ouvidoria: ouvidoria@altabooks.com.br

Editora **afiliada à:**

VI Concurso Internacional de Piano de Yoshigae: lista de peças aprovadas

Primeira Etapa

1. Uma peça escolhida de O *Cravo bem temperado*, de J. S. Bach. Nota: A fuga precisa incluir três ou mais vozes.
2. O primeiro movimento de uma sonata de Haydn, Mozart ou Beethoven; ou vários movimentos, incluindo o primeiro.
3. Uma obra do repertório de um compositor romântico.
4. O tempo da apresentação não pode exceder vinte minutos.

Segunda Etapa

1. Dois estudos dos seguintes compositores: Chopin, Liszt, Debussy, Scriabin, Rachmaninoff, Bartók, Stravinski. Os dois devem ser de compositores diferentes.
2. Uma ou mais peças de um dos seguintes compositores: Schubert, Mendelssohn, Chopin, Schumann, Liszt, Brahms, Franck, Fauré, Debussy, Ravel, Stravinski.
3. A peça "Primavera e Ashura", de Tadaaki Hishinuma, encomendada especialmente para o Concurso Internacional de Piano de Yoshigae.

Os concorrentes não poderão repetir peças já apresentadas na Primeira Etapa. O tempo da apresentação não pode exceder quarenta minutos.

Terceira Etapa

Limite de sessenta minutos: os concorrentes têm liberdade de criar seu recital. Os concorrentes não poderão repetir peças já apresentadas na Primeira e na Segunda Etapas.

Etapa Final

Orquestra: Filarmônica Shintobu. Regente: Masayuki Onodera.

Os concorrentes escolherão qualquer concerto da lista abaixo e o apresentarão com a Filarmônica Shintobu.

Beethoven: Concerto n.º 1 em dó maior, op. 15; Concerto n.º 2 em si bemol maior, op. 19; Concerto n.º 3 em dó menor, op. 37; Concerto n.º 4 em sol maior, op. 58; Concerto n.º 5 em mi bemol maior, op. 73.

Chopin: Concerto n.º 1 em mi menor, op. 11; Concerto n.º 2 em fá menor, op. 21.

Schumann: Concerto em lá menor, op. 54.

Liszt: Concerto n.º 1 em mi bemol maior; Concerto n.º 2 em lá maior.

Brahms: Concerto n.º 1 em ré menor, op. 15; Concerto n.º 2 em si bemol maior, op. 83.

Saint-Saëns: Concerto n.º 2 em sol menor, op. 22; Concerto n.º 4 em dó menor, op. 44; Concerto n.º 5 em fá maior, op. 103 (Egípcio).

Tchaikovski: Concerto n.º 1 em si bemol menor, op. 23.

Grieg: Concerto em lá menor, op. 16.

Rachmaninoff: Concerto n.º 1 em fá sustenido menor, op.1; Concerto n.º 2 em dó menor, op. 18; Concerto n.º 3 em ré menor, op. 30; Rapsódia sobre um tema de Paganini, op. 43.

Ravel: Concerto n.º 1 em sol maior; Concerto para a mão esquerda.

Bartók: Concerto n.º 2; Concerto n.º 3.

Prokofiev: Concerto n.º 2 em sol menor, op. 16; Concerto n.º 3 em ré menor, op. 30.

JIN KAZAMA

1ª Etapa

Bach: O *Cravo bem temperado, livro 1, n.º 1,* "Prelúdio e fuga em dó maior".

Mozart: *Sonata n.º 12 para piano em fá maior, K.332,* "primeiro movimento".

Balakirev: *Islamey, Fantasia oriental.*

2ª Etapa

Debussy *12 Études,* "Étude 1, *Pour les cinq doigts d'après Monsieur Czerny".*

Bartók: *Mikrokosmos, do livro* 6, "Seis danças búlgaras".

Tadaaki Hishinuma: *"Primavera e Ashura".*

Liszt: *Deux légendes, n.º* 1, "São Francisco de Assis pregando aos pássaros".

Chopin: *Scherzo n.º 3 em dó sustenido menor.*

3ª Etapa

Satie: "Je te veux (Eu quero você)".

Mendelssohn: *Lieder ohne Worte* (*Canções sem palavras*), "Canção da Primavera" em lá maior, *op.* 62, *n.º* 6.

Brahms: *Capriccio em si menor, op. 76, n.º* 2.

Debussy: *Estampes* (*Gravuras*).

Ravel: *Les Miroirs (Os espelhos).*

Chopin: *Impromptu n.º 39 em sol bemol maior, op. 51.*

Saint-Saëns / Jin Kazama: *África: Fantasia para piano e orquestra, op. 89.*

Etapa Final

Bartók: *Concerto n.º 3 para piano.*

AYA EIDEN

1ª Etapa

Bach: *O Cravo bem temperado, livro 1, n.º 5 em ré maior.*

Beethoven: *Sonata para piano n.º 26 Les Adieux, em mi bemol maior,* "primeiro movimento".

Liszt: *Valsa Mefisto n.º 1*, "Dança na estalagem da aldeia".

2ª ETAPA

Rachmaninoff: *Études-tableaux, op. 39, n.º 5*, "Appassionato em mi bemol menor".

Liszt: *Estudos transcendentais n.º 5, "Feux follets* (*Fogo-fátuo*)".

Tadaaki Hishinuma: "*Primavera e Ashura*".

Ravel: *Sonatina.*

Mendelssohn: *Variations sérieuses.*

3ª ETAPA

Chopin: *Ballade n.º 1 em sol menor, op. 23.*

Schumann: *Novelletten, op. 21, n.º 2 em ré maior.*

Brahms: *Sonata n.º 3 para piano em fá menor, op. 5.*

Debussy: *L'isle joyeuse (A ilha alegre).*

ETAPA FINAL

Prokofiev: *Concerto n.º 2 para piano.*

MASARU CARLOS LEVI ANATOLE

1ª ETAPA

Bach: O *Cravo bem temperado, livro 1, n.º 6 em ré menor.*

Mozart: *Sonata n.º 13 para piano em si bemol, K.333*, "primeiro movimento".

Liszt: *Valsa Mefisto n.º 1*, "Dança na estalagem da aldeia".

2ª ETAPA

Tadaaki Hishinuma: "*Primavera e Ashura*".

Rachmaninoff: *Études-tableaux, op. 39, n.º 6*, "Allegro em lá menor".

Debussy: *12 Études*, "Étude n.º 5, *Pour les octaves*".

Brahms: *Variações sobre um tema de Paganini, op. 35.*

3ª Etapa

Bartók: *Sonata para piano Sz.80.*

Sibelius: *Cinco peças românticas.*

Liszt: *Sonata para piano em si menor S.178.*

Chopin: "Valsa n.º 14 em mi menor".

Etapa Final

Prokofiev: *Concerto n.º 3 para piano.*

AKASHI TAKASHIMA

1ª Etapa

Bach: *O Cravo bem temperado, livro 1, n.º 2 em dó menor.*

Beethoven: *Sonata para piano n.º 3 em dó maior, op. 2-3,* "primeiro movimento".

Chopin: *Ballade n.º 2 em fá maior, op. 38.*

2ª Etapa

Tadaaki Hishinuma: "*Primavera e Ashura*".

Chopin: *Étude, op. 10, n.º 5,* "La Négresse".

Liszt: *Grandes études de Paganini, S.141 n.º* 6, Tema e variações.

Schumann: *Arabesque* em dó maior, *op. 18.*

Stravinski: *Três movimentos de Petrushka.*

3ª Etapa

Fauré: *Valse-Caprice n.º 1 em lá maior, op. 30.*

Ravel: "Jeux d'eau".

Liszt: *Ballade n.º 2 em si menor S.171.*

Schumann: *Kreisleriana.*

Etapa Final

Chopin: *Concerto n.º 1 para piano.*

Inscrição

Tema

De quando era aquela lembrança? Não sei direito.

Eu tinha acabado de aprender a andar e devia ser pouco mais que um bebê. Disso, ao menos, tenho certeza.

Lá longe, o sol brilhava e cobria o mundo com a sua luz — fria, desapaixonada, irrestrita.

Naquele momento, o mundo me parecia claro, sem fim, eternamente trêmulo e oscilante, um lugar sublime, mas que apavorava.

Havia uma leve e doce fragrância misturada ao cheiro intenso de vegetação só encontrado na natureza.

Soprava uma brisa suave.

Meu corpo estava envolto num som farfalhante, gentil e fresco. Eu ainda não sabia que era o som das folhas das árvores roçando entre si.

Mas havia outra coisa.

Vi no ar uma forma densa e animada que mudava de momento a momento, que ficava pequena, depois grande, e se alterava constantemente.

Eu ainda era jovem demais para dizer *mamãe* ou *papai*, mas sentia que já buscava um modo de exprimir alguma coisa.

As palavras estavam na garganta, bem ali.

Mas antes, outro som começou a surgir e chamou a minha atenção.

Como um aguaceiro súbito.

Era poderoso, brilhante.

Algo — uma onda, uma vibração — se espalhou.

Enquanto escutava com encanto, senti que o meu próprio ser mergulhava naquilo, e a calma se instalou no meu coração.

Se pudesse vivenciar esse momento outra vez, eu o descreveria como o som espantoso de um enxame de abelhas zumbindo no alto de um morro.

Uma música sublime e magistral que preenchia o mundo!

Prelúdio

O rapaz se virou no cruzamento, espantado.

Mas não foi porque um carro buzinou.

Ele estava no meio de uma importante metrópole.

O cosmopolita centro urbano da Europa, o destino turístico número um do mundo.

Os pedestres eram de todas as nacionalidades, de todos os tamanhos e formatos. Um mosaico de raças diferentes enchia as calçadas, a mistura de idiomas subindo e descendo como ondas.

Esse menino que, ao parar de repente, interrompeu as ondas de transeuntes que fluíam em torno dele, era de compleição mediana, mas dava a impressão de que logo cresceria ainda mais. Parecia ter catorze anos, talvez quinze, e ser a imagem da inocência juvenil.

Usava boné, calças de algodão e uma camiseta cáqui, com um leve casaco bege. Uma enorme sacola de lona pendia a tiracolo. À primeira vista, parecia um adolescente típico, mas havia nele algo estranhamente livre e tranquilo.

Sob o boné, o rapaz tinha um rosto asiático agradável, mas, de certo modo, os olhos marcantes e a pele branca dificultavam precisar uma origem.

Ele olhava para cima.

Indiferente ao tráfego, seus olhos calmos fitavam um ponto fixo.

Um menininho louro que passava com a mãe seguiu para o alto o olhar do rapaz até que a mãe o puxou pela mão e o arrastou para o outro lado do cruzamento. Ansioso, o menino olhou para trás, para o rapaz de boné marrom-escuro, mas desistiu e seguiu docilmente a mãe.

O rapaz, parado no meio da faixa de pedestres, enfim percebeu que o semáforo havia mudado e andou com rapidez até o outro lado.

Claramente, tinha ouvido alguma coisa.

Enquanto ajustava a bolsa que lhe cruzava o peito, pensou no som que ouviu no cruzamento.

O zumbido de abelhas.

Um som que conhecia desde criança, um som que jamais o confundiria.

Tinham voado desde o Hôtel de Ville ali perto, talvez?

Ele olhou em volta, os olhos em busca, e, quando avistou o grande relógio da esquina, percebeu que estava atrasado.

Tenho de cumprir minha promessa, disse a si mesmo.

O rapaz baixou o boné e correu, com passos ágeis e flexíveis.

Mieko Saga estava acostumada a ser paciente, mas, com um susto, percebeu-se prestes a adormecer.

Olhou em volta, sem saber direito onde estava; mas quando percebeu o piano de cauda e a moça que tocava, soube que só podia ser em Paris.

A experiência tinha lhe ensinado a não se sentar ereta de repente e olhar em volta. Faça isso, e todos saberão que estava cochilando. O truque era pôr suavemente a mão na têmpora, como se escutasse com atenção, e então se mexer um pouquinho no assento, como se estivesse cansada de ficar tanto tempo na mesma posição.

Mas não era só Mieko que tinha dificuldade de se manter acordada. Ela sabia com certeza que os outros professores de música se sentiam exatamente da mesma forma. Alan Simon, a seu lado, era um fumante inveterado, e passar tanto tempo sem uma dose de nicotina enquanto escutava apresentações tão horrendamente tediosas deveria deixá-lo maluco. Logo, com certeza, seus dedos começariam a tremer.

Do outro lado dele, Mieko sabia que Serguei Smirnoff, de cara azeda, estaria encostando o corpanzil na mesa, sem mover um músculo, mas pensando em quando tudo aquilo acabaria e ele estaria liberado para ir ao bar beber.

Mieko concordava com ele nisso. Ela amava a música, mas também a vida e todos os seus prazeres — cigarros e álcool incluídos. Ela só queria se livrar daquele teste doloroso para que, juntos, pudessem beber e fofocar.

As audições para o Concurso Internacional de Piano de Yoshigae estavam sendo realizadas em cinco cidades do mundo: Moscou, Paris, Milão, Nova York e na própria cidade japonesa de Yoshigae. Fora de Yoshigae, as audições aconteciam nas salas de concertos de escolas de música famosas.

Mieko sabia que houve reclamações sobre a seleção dela e dos outros dois jurados para supervisionar as audições de Paris; na verdade, cada um deles teve de manobrar nos bastidores para garantir esse resultado. No corpo de jurados, eles eram considerados os desordeiros que adoravam uma bebida e estavam sempre dispostos a fazer uma análise fulminante.

Mas eles, ainda assim, orgulhavam-se de ter ouvido para a música. Talvez o seu comportamento não fosse dos melhores, mas haviam criado uma reputação de identificar a originalidade. Se havia alguém capaz de descobrir um nome novo e brilhante entre os que, a princípio, haviam sido desdenhados, seriam eles. Disso tinham certeza.

Mas, agora, até eles começavam a perder a concentração.

No início, houve dois ou três pianistas que pareciam promissores, mas as apresentações que se seguiram eliminaram toda a esperança de Mieko.

Eles estavam atrás de um *astro*.

No total, eram vinte e cinco candidatos. Agora, estavam no número quinze, e faltavam dez. Ela começou a se sentir meio fraca. Foi nesse momento que o mesmo pensamento lhe passou pela mente outra vez: ser jurada era uma nova forma de tortura.

Enquanto escutava as permutações intermináveis de Bach, Mozart, Chopin, Bach, Mozart, Beethoven, ela se sentia sumir.

No momento em que alguém começava a tocar, ela sabia se o pianista tinha uma fagulha especial. Alguns de seus colegas se gabavam de descobrir essa fagulha no momento em que o músico pisava no palco. Realmente, alguns jovens pianistas tinham uma aura e, mesmo quando não a tinham, era fácil discernir nos primeiros minutos a qualidade da execução. Cochilar era grosseiro e insensível, mas, se não conseguia manter o interesse nem de um jurado que desenvolvera uma resistência extra, o executante não teria esperanças de criar conexão com os fãs comuns da música.

Afinal, milagres nunca acontecem.

Mieko tinha certeza de que os outros dois pensavam a mesma coisa.

O Concurso Internacional de Piano de Yoshigae realizava-se a cada três anos, e essa era a sexta edição. Nos últimos anos, a fama do concurso havia crescido. Os vencedores estavam começando a ganhar prêmios em competições mais famosas. Yoshigae conquistou rapidamente o seu nome como evento para talentos emergentes.

Na verdade, o vencedor do último Yoshigae havia sido reprovado na seleção inicial das inscrições. Portanto, era natural que houvesse grande esperança nas audições atuais, pois os inscritos conheciam muito bem a história de Cinderela do concurso anterior.

Mas até esse vencedor viera de uma escola de música famosa e só havia sido rejeitado inicialmente por ser jovem demais para ter obtido a requerida experiência em outros concursos. Na realidade, raramente havia uma lacuna entre a seleção das inscrições e a capacidade real do pianista. Quem, desde bem jovem, se distinguisse pelo estudo diligente e aprendesse com um professor renomado, chegaria à fama. A verdade é que quem não conseguisse lidar com aquele tipo de vida nunca se tornaria um pianista digno de nota. Era impossível um desconhecido aparecer do nada e se tornar um astro. Às vezes, surgia um pupilo favorito de algum decano do meio musical, mas os paparicos da sua formação só dificultavam a sua saída do ninho. Um pianista de concertos precisava de nervos de aço. A pressão de numerosos concursos exigia uma força física e mental enorme, e, sem essas qualidades, ninguém sobreviveria às turnês extenuantes do pianista erudito profissional.

Porém, dezenas de jovens esperançosos ainda se apresentavam ao piano, em uma quantidade que parecia não ter fim.

A boa técnica era o requisito mínimo. Mesmo assim, não havia como garantir que alguém se tornaria um músico de verdade. Até para quem se profissionalizava, isso não significava que a carreira seria longa. Quantas horas incontáveis passaram labutando nas teclas da boca daquele monstro negro e apavorante, renunciando aos prazeres da infância, arcando com todas as esperanças e expectativas dos pais? Sonhando, todos eles, em algum dia, serem aclamados com aplausos estrondosos.

— Sua profissão e a minha têm muito em comum.

Mieko recordou as palavras de Mayumi.

Mayumi Ikai era uma amiga do ensino médio que se tornou escritora popular de romances policiais. Criada principalmente no estrangeiro, Mieko só havia passado quatro anos da infância no Japão, e Mayumi estava entre os seus pouquíssimos amigos. Devido à carreira diplomática do pai, Mieko viajou de lá para cá entre a Europa e a América do Sul e não se encaixava bem no Japão, onde a homogeneidade era mais valiosa do que tudo. As únicas amizades íntimas que fez foram com outros solitários, como Mayumi. De vez em quando, elas ainda se encontravam para um drinque, e Mayumi comparava o mundo literário ao da música clássica.

— São tão parecidos, não é? — perguntou ela em certa ocasião. — Vocês têm concursos de piano demais, e há prêmios literários demais para novos escritores. Você vê as mesmas pessoas se inscrevendo em todos os concursos de piano para ganharem prestígio, e o mesmo acontece com todos esses prêmios literários. Nos dois campos, só um punhado de indivíduos consegue ganhar a vida. Há toneladas de escritores que querem ser lidos, toneladas de pianistas que querem ser escutados, mas os dois campos estão em declínio, com o número de leitores e frequentadores de concertos encolhendo aos poucos.

Mieko deu um sorriso forçado. No mundo inteiro, os fãs da música erudita estavam mesmo envelhecendo, e a árdua tarefa da profissão era dar um jeito de atrair um público mais jovem.

Mayumi continuou.

— Também há toda essa pancadaria nos teclados e o fato de que, na superfície, as duas profissões parecem elegantes. Os outros só veem o produto final, a refinada pianista no palco, mas, para chegar lá, temos de passar horas incontáveis escondidas em silêncio.

— É verdade — concordou Mieko. — Nós duas passamos horas espancando nossos respectivos teclados.

— Por causa disso tudo — disse Mayumi, — as duas profissões têm de expandir seu horizonte o tempo todo e trazer um fluxo contínuo de sangue novo, senão ficamos sem líderes. O próprio bolo encolheria. Por isso, todo mundo vive procurando uma cara nova.

— Mas o custo é diferente — contrapôs Mieko. — Ninguém precisa de capital para escrever romances, mas sabe quanto nós, músicos, investimos?

Mayumi foi solidária. Fez que sim e começou a contar nos dedos.

— Vocês têm o custo do instrumento, das partituras, das aulas — disse. — Despesas para recitais, flores, roupas. Despesas de viagem se você estuda no exterior. E... o que mais?

— Em alguns casos, é preciso pagar o aluguel da sala de concertos, a despesa da equipe. Para lançar um CD, às vezes, é você que tem de pagar. E há o custo dos folhetos, dos anúncios.

— Não é um ramo para gente pobre. — Mayumi tremeu, e Mieko riu.

— Mas há uma parte importante, não é, em que vocês saem ganhando de nós, escritores — disse Mayumi. — A música é compreendida em qualquer lugar do mundo. Não há barreira linguística. Todos podem sentir as mesmas emoções. Nós, escritores, temos a barreira do idioma, e sinto muita inveja dos músicos com essa universalidade da linguagem e da emoção.

— É isso mesmo — disse Mieko, dando de ombros.

Não era algo que desse para explicar com palavras. Era raríssimo que o investimento de tempo e dinheiro desse lucro, mas, ao viver aquele *momento especial*, era possível sentir o tipo de alegria que apaga todas as lutas enfrentadas para chegar lá.

Cada um de nós busca a mesma coisa — ansiosos, sedentos por aquele momento mágico.

Restavam cinco dossiês.

Mais cinco pianistas.

Mieko havia começado a pensar em quem, dentre os concorrentes, ela permitiria que passasse. Com base no que tinha ouvido, só havia um que se sentia à vontade em aprovar. E havia outro que, se os outros jurados recomendassem, também passaria. Ninguém mais estava no nível que ela procurava.

O que sempre a desconcertava nesse momento era a questão da ordem dos concorrentes. A princípio, ela achava que um pianista havia feito um bom serviço, mas seria mesmo verdade? Se ouvisse a mesma apresentação uma segunda vez, ainda sentiria a mesma coisa? Nas audições e concursos, a ordem era o destino e tinha influência profunda. Embora ela tentasse fazer uma distinção clara entre ordem e capacidade, isso ainda a incomodava.

Até então, havia dois concorrentes japoneses, ambos estudando no Conservatoire de Paris, ambos com técnica excelente. Um deles, ela não se incomodaria de aprovar se os outros dois jurados concordassem, mas, infelizmente, o outro pianista não a impressionou. Quando o nível técnico era alto, o que restava para distinguir os concorrentes era um certo *algo* inefável que a atraía, puxava-a para a performance. Pianistas com técnica extraordinária ou individualidade óbvia e atraente eram uma coisa; mas havia uma linha fina que separava os que passavam dos que não. Concorrentes que provocavam perguntas, que causavam um certo alvoroço, dos quais não se podia tirar os olhos. Quando hesitava, ela recorria a essas sensações vagas e inexplicáveis. Os critérios de Mieko se resumiam ao seguinte: ela queria ou não ouvir o pianista outra vez?

Quando abriu a próxima pasta, o nome lhe chamou a atenção.

Jin Kazama.

Mieko adotava como regra não conhecer muita coisa sobre o histórico de nenhum dos concorrentes antes do concurso.

Mas não conseguiu evitar o exame atento desse dossiê.

Os documentos estavam em francês, e ela não fazia ideia dos *kanjis* que seriam usados para escrever o seu nome, mas ele parecia japonês. A fotografia anexa mostrava um rapaz, ao mesmo tempo, refinado e meio rebelde. Tinha dezesseis anos.

O que chamou a sua atenção foi que o currículo estava quase vazio. Nenhum histórico acadêmico, nenhuma experiência em concursos. Nada. Ele frequentou a escola primária no Japão, depois se mudou para a França. Era tudo o que se podia extrair do currículo.

Não era tão raro assim ele não ter frequentado uma escola de música. No mundo musical, em que as crianças-prodígio eram mato, muitos que estreavam quando pequenos não frequentavam escolas; na verdade, havia muitos casos em que só iam à escola quando adultos, para obter a base em teoria musical que enriqueceria suas apresentações. A própria Mieko seguiu esse último padrão e ficou em primeiro e segundo lugar em dois concursos internacionais ainda na adolescência — foi considerada um gênio em formação — e frequentou a escola depois.

Mas, de acordo com o currículo, não havia nenhum indício de que Jin Kazama já tivesse se apresentado em algum lugar. Só se dizia que, atualmente, era aluno ouvinte especial do Conservatoire National Supérieur de Musique et de Danse de Paris. *Aluno ouvinte especial?* Isso existia mesmo?

Mieko vasculhou o cérebro enquanto pensava. O menino realmente passara pela etapa da inscrição escrita e faria uma audição no Conservatoire. Ela achou difícil acreditar que fosse invenção.

Mas, quando olhou o pé do documento, na coluna que mostrava com quem ele havia estudado, entendeu por que, apesar da piada que era o currículo, o rapaz havia passado.

De repente, todo o seu corpo ficou muito quente.

Não pode ser verdade, pensou, balançando a cabeça.

Bem no começo, ela vira aquele pedacinho do currículo, mas deve ter fingido não notar de propósito.

Estudou com Yuji Von Hoffmann desde os cinco anos.

Seu coração começou a bater com força; ela sentiu o sangue correr pelas veias.

Mieko não conseguiu entender por que aquilo a abalou tanto, o que a deixou ainda mais abalada.

Aquela única frase simples era importantíssima, e ela entendia bem por que o dossiê não foi rejeitado na seleção inicial de inscrições escritas. Mas ele não tinha nenhuma experiência em apresentações e não frequentava uma escola de música. O garoto não era grandes coisas, até onde conseguia ver.

Mieko ficou morrendo de vontade de conversar com os outros dois jurados, mas conseguiu se segurar. Embora normalmente ignorasse as informações do histórico dos pianistas, Simon era do tipo que sempre dava uma olhada rápida, e Smirnoff tinha como regra obter o máximo possível de informações; eles deviam ter notado. Para aumentar a surpresa, havia um carimbo no formulário de inscrição que indicava que uma carta de recomendação havia sido anexada.

Uma carta de recomendação de Yuji Von Hoffmann! Seus colegas jurados devem ter se impressionado.

Pensando bem, no jantar do dia anterior, parecia que Simon queria lhe contar alguma coisa. Eles tinham se imposto a regra de nunca conversar sobre os concorrentes. Ela ainda conseguia recordar a expressão dele enquanto, claramente, segurava o que estava louco para dizer.

Na época, Simon havia falado de Yuji Von Hoffmann, que faleceu tranquilamente em fevereiro. Seu nome era lendário, respeitadíssimo por músicos e amantes da música do mundo todo, mas, a seu pedido, teve um funeral privado, com a presença apenas de parentes próximos.

Mas não acabou aí; dois meses depois, para marcar seu falecimento, músicos internacionais realizaram uma enorme cerimônia fúnebre. Mieko tinha um recital e não pôde comparecer, embora tenha assistido tudo em vídeo depois.

Hoffmann não deixou testamento. Isso era bem típico dele, que não se apegava a nada, mas na cerimônia fúnebre o lugar ferveu por causa das últimas palavras que teria dito a um conhecido.

Preparei uma bomba para explodir.

Uma bomba?, pensou Mieko. Hoffmann sempre foi considerado um personagem misterioso, um gigante no mundo da música, mas, na verdade, tinha um traço bem irreverente e travesso. Mesmo assim, Mieko não conseguia imaginar o que ele quis dizer com essas palavras.

Quando eu me for, ela explodirá. Uma linda bomba para o mundo.

Os parentes de Hoffmann lhe pediram que explicasse o que queria dizer, mas ele só sorriu e não falou mais nada.

Mieko fitou com impaciência os documentos quase em branco.

Simon e Smirnoff deviam ter lido a carta de recomendação de Hoffmann. O que ele teria escrito?

Ela estava tão agitada que levou um momento para notar a comoção.

Ergueu os olhos e viu que o palco estava vazio. O pessoal da equipe se ocupava arrumando as coisas.

Quer dizer que Jin Kazama não apareceria, no fim das contas?

Tinha de ser isso; havia algo errado com o seu dossiê. E com a carta de recomendação. Pouco antes de morrer, Hoffmann devia estar muito fraco. E foi nesse estado debilitado que escreveu a carta.

Um membro da equipe chamou nos bastidores:

— Acabamos de receber uma ligação do próximo concorrente. Está demorando para chegar e ele vai se atrasar. Será o último a se apresentar hoje, e os outros pianistas vão passar na frente.

O público se calou quando a próxima pianista, uma mocinha de vestido vermelho, subiu no palco, obviamente desconcertada com a mudança súbita, os olhos em pânico.

Caramba!

Mieko ficou desapontada. Mas, ao mesmo tempo, aliviada. Jin Kazama. Que tipo de apresentação seria a dele?

— DEPRESSA!

O garoto finalmente chegou à recepção, onde o funcionário rasgou seu bilhete de entrada, e foi levado às pressas para o palco.

— Eu, hã, gostaria de lavar as mãos.

Foi o que disse o garoto a um funcionário que parecia disposto a agarrá-lo pelo colarinho e jogá-lo diretamente no palco, mas, em vez disso, respondeu:

— Tudo bem, mas depressa, Ok? Você precisa se trocar, não é? O camarim fica bem ali.

— Me trocar? — perguntou o garoto, sem entender. — Quer dizer que tenho de trocar de roupa?

O homem deu uma olhada de cima a baixo no garoto.

Ele deixou claro que nem na imaginação o rapaz estava vestido de forma adequada para o palco. Planejava mesmo continuar vestido daquele jeito? Em geral, os concorrentes usavam algo formal, pelo menos um paletó decente.

O garoto se sentiu repreendido.

— Sinto muito. Eu estava ajudando meu pai no trabalho e vim com a mesma roupa. De qualquer modo, vou lavar as mãos.

Ele abriu as mãos, e o funcionário teve de piscar os olhos para ter certeza do que via. Havia terra grudada nas palmas grandes, como se o menino tivesse cavado um jardim.

— O que você... — começou, mas o garoto já sumira correndo na direção do banheiro.

O homem ficou olhando a porta.

Será que o garoto confundiu o teatro com outra coisa? Ele nunca havia visto ninguém prestes a tocar numa audição aparecer com as mãos enlameadas.

O homem deu uma olhada no bilhete de entrada, supondo que talvez fosse para outro tipo de exame. Mas não havia nenhum erro. E o menino era o mesmo da foto na ficha de inscrição.

O homem inclinou a cabeça com espanto.

Quando viram o garoto aparecer no palco, Mieko e seus colegas jurados ficaram perplexos.

É só uma criança.

Foi essa a palavra que veio à mente.

Parecia totalmente deslocado, em parte pelo cabelo desgrenhado e pela roupa informal, uma camiseta e calças de algodão, mas também pela maneira como olhava tão atentamente o palco. Havia músicos jovens que adotavam, deliberadamente, uma aparência *punk*, como se quisessem provocar o mundo austero da música erudita, mas o rapaz diante dela não era desse tipo. Parecia totalmente natural e espontâneo.

Era um menino encantador. E era um encanto totalmente inconsciente da própria atração, sem nenhum toque de autoconsciência. Sua figura jovem e esbelta, que com certeza ficaria ainda mais alta, também era bem bonita.

O garoto lá ficou, parecendo ausente.

Mieko percebeu o olhar dos outros jurados: estavam sem palavras.

— Você é o último a tocar. Por favor, comece — disse Smirnoff com impaciência ao microfone.

Eles tinham um microfone para falar com os executantes, mas Mieko percebeu que foi a primeira vez que alguém realmente o usou naquele dia.

O garoto ficou mais ereto.

— Sinto muito por ter me atrasado tanto.

Sua voz era mais confiante e encantadora do que seria de esperar.

Ele baixou a cabeça para se desculpar e se virou para o piano de cauda. Era como se tivesse acabado de notá-lo.

Um zumbido esquisito passou pelo salão, como um choque elétrico.

Mieko sentiu e notou que os outros jurados também haviam notado.

Os olhos do rapaz pareceram faiscar.

Ele estendeu a mão e andou até o piano. Quase como se aproximasse de uma garota por quem tivesse se apaixonado à primeira vista.

Ele se instalou com elegância no banco diante do instrumento.

Os olhos do garoto pareciam alegres. Sem dúvida, transformados em relação a um momento antes, quando estava em pé, parecendo tão perdido.

Mieko sentiu que assistia a algo que não deveria ver. Um arrepio lhe passou pela coluna.

De que tenho tanto medo?, perguntou a si mesma.

E esse medo se intensificou no instante em que os dedos do garoto tocaram as primeiras teclas.

O cabelo de Mieko se arrepiou. Os dois jurados ao seu lado, o pessoal nos bastidores, na verdade, todos na sala de concertos sentiram o mesmo medo.

O clima, que havia sido de calma e relaxamento, passou por um despertar dramático com aquelas primeiras notas.

O som era... diferente. Totalmente diferente.

Mieko nem notou que a peça de Mozart que ele começou a tocar era a mesma que ela já tinha ouvido muitíssimas vezes naquele dia. O mesmo piano, a mesma partitura, mas, mesmo assim...

Naturalmente, ela já tivera esse tipo de experiência em numerosas ocasiões. Em que um pianista extraordinário conseguia tocar o mesmo instrumento que os outros e, mesmo assim, produzir um som como ninguém.

Bem verdade, mas esse rapaz...

O som era feroz, assustador.

Confusa e profundamente comovida, Mieko absorveu sofregamente o tom e o timbre da música do rapaz e, sem pensar, se inclinou à frente para não perder nada. Pelo canto do olho, viu que de repente os dedos de Simon haviam parado de tremer.

O palco parecia se iluminar.

O ponto onde o rapaz comungava com o piano (era a única maneira de explicar) brilhava suavemente, como se as cores ondulassem, fluíssem sob os seus dedos.

Quem toca a música refinada de Mozart se esforça para se elevar até aquele grau de elegância e arregala os olhos na tentativa de exprimir pureza e inocência.

Mas esse rapaz não tinha a necessidade de fazer nada para se exibir. Simplesmente expunha a sua essência e se mantinha relaxado, completamente natural.

Havia, ao mesmo tempo, abundância na sua música e um vislumbre de reservas não aproveitadas. Dava para dizer que aquele não era o seu melhor.

Antes de Mieko perceber, ele passou para Beethoven.

O clima brilhante da peça se transformou em outra coisa, o impulso e a intenção em fluxo e refluxo.

Ela não conseguiria exprimir, mas era como se aquele vetor único encontrado em Beethoven disparasse como uma flecha dos dedos do garoto, o som enchendo a sala de concertos.

E agora ele tocava Bach.

O que é isso?, pensou Mieko.

O garoto entretecera as três peças continuamente, sem pausas. Como se incapaz de segurar a torrente liberada, passava para a peça seguinte de forma natural, como se estivesse respirando.

O rapaz controlava a sala inteira, e o público se entregava às notas que se derramavam.

Um som poderoso, pensou Mieko vagamente.

Quem teria imaginado que aquele piano, que murmurava lamentoso até então, pudesse emitir um som tão assombroso?

As mãos grandes do garoto dançavam sobre as teclas, tranquilas e relaxadas.

A música de Bach parecia um edifício sublime que se agigantava acima deles.

Aqueles padrões terrivelmente elaborados e meticulosos, as camadas de linhas melódicas que formavam um todo arquitetônico perfeito, se fecharam sobre todos.

Ele é quase diabólico, pensou Mieko.

Terrível. Horripilante.

Ela estava realmente abalada, mas, aos poucos, reconheceu que outra coisa crescia dentro dela: fúria.

O GAROTO FEZ UMA rápida reverência de agradecimento e sumiu nos bastidores. Um silêncio arrepiante caiu sobre a sala.

Dali a um momento, todos voltaram a si. Explodiram em aplausos, o rosto corado.

Agora, o palco estava vazio.

O público trocou olhares. Teria sido um sonho?

Smirnoff sentou-se ereto e gritou:

— Ei, chamem o garoto de volta! Quero lhe perguntar algumas coisas.

— Não acredito. — Simon se recostou na poltrona.

A sala de concertos estava em polvorosa.

— Vamos! Tragam o garoto de volta! — berrou Smirnoff.

Houve confusão nos bastidores, alguém apareceu.

— Ele sumiu. Foi embora assim que saiu do palco.

— O quê? — Smirnoff puxou o cabelo.

— A carta de recomendação de Hoffmann foi certeira — disse Simon antes de se virar para Mieko. — Você não leu, não foi? Eu estava morrendo de vontade de lhe contar, mas não podia por causa do que combinamos.

— Isso é *imperdoável* — disse Mieko.

— O quê? — Simon piscou para ela.

— Não aceito isso. *De jeito nenhum.*

Mieko olhou Simon com raiva.

Ele piscou de novo.

— Mieko?

Trêmula, Mieko pôs a palma das mãos na mesa.

— Não vou permitir. Esse garoto é um insulto ao maestro Hoffmann. Não vou aprová-lo.

Noturno

Apresento a todos Jin Kazama.
Ele é uma dádiva. *Não há outras palavras para exprimir.*
Uma dádiva vinda do alto.
Mas, por favor, não me entendam mal.
Não é ele que está sendo testado. Sou eu, *e todos* vocês.
Ele não é simplesmente uma doce dádiva de graça divina.
Também é uma droga potente.
Haverá alguns que vão odiá-lo, exasperados com ele, e que o rejeitarão. Mas essa é a verdade de quem ele é.
Cabe a todos vocês — a todos nós *— ver esse menino como uma verdadeira* dádiva *ou como um* desastre prestes a acontecer.

Yuji Von Hoffmann

— Juro, é um choque — disse Simon. — Você reagiu exatamente como Hoffmann disse que reagiria, Mieko. E não me surpreenderia se aqueles céticos de Moscou reagissem da mesma maneira.

Mieko estava sentada ao seu lado, taça de vinho na mão, amuada.

Smirnoff bebericava em silêncio, os olhos fixos na carta de Hoffmann sobre a mesa.

A noite ainda começava. Os pedestres caminhavam, os carros passavam num borrão de luzes traseiras vermelhas.

Os três jurados de música estavam quase criando raízes nos fundos de um bistrô nos arredores de Paris.

O dono se lembrava do trio, que aparecia algumas vezes por ano para beber e reclamar por horas a fio, e os levara até a mesa dos fundos.

A refeição parecia quase terminada, ou talvez não estivessem com muito apetite, pois havia apenas alguns pratos na mesa, embora já tivessem consumido duas garrafas de vinho.

O amuo de Mieko, em parte, era um modo de esconder o seu constrangimento.

E a fonte desse desconforto estava ali, bem diante dos olhos.

Aquela letra fluente que ela já tinha visto antes.

Simon e Smirnoff trocavam olhares preocupados, e a princípio Mieko achou esquisito. Na sua frustração, ela havia dito a Simon *me dê essa carta* e a arrancara das mãos dele. Agora, a carta a silenciava.

Choque. Confusão. Vergonha. Humilhação.

Uma mistura de emoções girava em torno dela.

Os outros dois olhavam com empatia, escondendo o sorriso.

Hoffmann, que partira deste mundo havia vários meses, havia previsto perfeitamente em sua carta o tipo de reação que Mieko teria à apresentação de Jin Kazama.

Hoffmann deveria ser elogiado pela presciência? Ou Mieko considerada imatura por reagir com tanta violência, exatamente como ele sabia que faria? Os dois, provavelmente. Por sua vez, Mieko se repreendia internamente por ser tão previsível.

Ela conseguia imaginar Hoffmann olhando-a de cima agora e dizendo: *O que foi que eu disse?*

Francamente, a coisa toda foi um choque total.

Desde pequena, todos a rotulavam como maluca e sem sofisticação. Com muita frequência, era tratada como criança-problema. Com certeza, não foi uma aluna de destaque.

Então, como pude rejeitar a musicalidade desse jovem caipira?, perguntava-se. *Antes mesmo de ele começar — sendo que, no meu tempo, todos aqueles professores de música do Japão e da Europa* me *chamaram de tosca e desinibida?*

Ela sentiu um arrepio súbito.

Será que estou começando a ser uma daquelas pessoas teimosas, de cabeça dura? Com a idade, será que me transformei numa velha rabugenta e só eu não percebi? Nunca pensei que isso aconteceria, mas, Deus me livre, será que me tornei parte do sistema?

Ela começou a entornar o vinho com mais rapidez.

— Vamos lá... Por que você está tão aborrecida, Mieko?

Até então, Simon vinha implicando com ela com comentários afiados e brincalhões, mas agora ficou sério.

— Como é?

— Nunca vi você reagir dessa maneira. Não é assim que você costuma ficar quando se zanga. Em geral, fica dissimulada ou... talvez eu não devesse dizer... meio fria. Então... por que rejeitar o menino desse jeito?

Com certeza, para ela agora parecia estranho. Não estava mais zangada com o garoto e era até difícil recordar realmente a apresentação que tanto a enfureceu.

O que foi que me irritou tanto?

— Está me dizendo que você não sentiu nada? — perguntou ela. — Aquele tipo de sensação horrível... dolorosa... de levar um tapa na cara?

Simon inclinou a cabeça.

— Não — respondeu. — Senti um arrepio, um êxtase, e pensei: *Uau, o jeito como esse garoto toca é insano!*

— Foi o que quis dizer — retrucou Mieko, fazendo que sim. — Há uma linha fina que separa isso do nojo. Será que não é o caso de sentir alguma coisa, mas não conseguir decidir se é boa ou não?

— Bom, admito que prazer e aversão são dois lados da mesma moeda.

As audições tinham uma sensação única. Mesmo quando gravadas, nunca era possível reproduzir o que fora sentido no momento.

Não há necessidade de você passar por uma audição.

A voz que ela ouviu em algum lugar piscou de repente na mente de Mieko. Uma voz gentil, com um toque de sorriso, mas ainda austera.

A voz do maestro Hoffmann.

Ela sentiu uma dor surda dentro de si, como se um sentimento esquecido havia muito tempo fosse provocado.

Ah, murmurou Mieko consigo. *Agora entendo.*

Talvez fosse só ciúme.

Aquela linha única do currículo deve ter sido o gatilho.

Estudou com Yuji Von Hoffmann desde os cinco anos.

Só aquela única linha, a linha que ela sempre quis ter no próprio currículo.

— Fico me perguntando... Ele era mesmo bom? — murmurou Simon, e os três se entreolharam.

Mieko sabia como ele se sentia.

— Às vezes acontece. Todos ficam empolgadíssimos, mas depois percebem que era algo passageiro.

— Bom, somos apenas humanos — comentou Simon.

Às vezes acontece. Você ouve um pianista e pensa: *Uau! essa pessoa é muito promissora*, mas aí ouve outra vez e se decepciona.

— O problema é outro — disse Smirnoff.

— Problema? — perguntaram Mieko e Simon ao mesmo tempo.

— Para mim, está ficando claro o que Hoffmann quis dizer com *droga*.

A expressão de Smirnoff era solene, sinistra. Ele se inclinou à frente, e a cadeira do bistrô soltou um rangido ameaçador.

— Ou seja... — A sobrancelha direita de Simon se ergueu.

— Estamos diante de um terrível dilema.

Despreocupado, Smirnoff secou o vinho da taça como se fosse água. Era famoso por aguentar a bebida, e talvez para ele realmente parecesse água. Além disso, sempre que ponderava alguma coisa, parecia se acelerar e ficar mais alerta.

— Dilema? — sussurrou Mieko enquanto olhava inquieta para o rosto dele, agora sóbrio.

Mieko pode ter ficado indignada, mas, quando Jin Kazama saiu do prédio, a equipe se alvoroçou.

O concurso nem havia começado, e eles já falavam do novo astro que poderia ter surgido. O jeito como chegou, o último pianista, e sumiu logo depois, sem dúvida teve seu papel. Ele deixou para trás uma sala cheia de entusiasmo. O funcionário que falou com ele explicou o que havia acontecido.

— As mãos dele estavam todas enlameadas, e ele disse que tinha se atrasado porque ficou ajudando o pai no trabalho. Nem foi à sala de descanso, só ao banheiro para lavar as mãos antes de ir direto para o palco.

— E o que o pai dele faz? — perguntou Smirnoff, irritado porque a organização do concurso tinha tão pouca informação sobre o garoto, fora o currículo.

Normalmente, os jurados decidiam com rapidez os aprovados nas audições, mas naquele dia se enfiaram numa sala separada para analisar o resultado e ainda não haviam saído. De vez em quando, o pessoal no lado de fora ouvia vozes altas discutindo e trocava olhares curiosos. A coisa toda não tinha nenhum precedente.

A razão da prolongada discussão era óbvia: Mieko estava inflexível contra a aprovação de Jin Kazama.

Basicamente, os três jurados concordavam quanto aos outros que aprovariam, e passaram a maior parte do tempo, talvez todo ele, discutindo os méritos de Jin.

Simon e Smirnoff lhe deram quase a nota máxima possível em seu sistema de pontuação, e mesmo que Mieko lhe desse zero, Jin passaria. Eles poderiam ignorar a opinião dela e simplesmente aprová-lo, mas nem Simon nem Smirnoff queriam seguir esse caminho, e assim a discussão se arrastou interminavelmente.

Mieko sabia muito bem que Jin realmente passara, mas continuava a discutir, tentando fazer os outros reverterem a decisão.

A essência do argumento era o seguinte:

Se ele não tivesse sido aluno de Hoffmann, ela não teria brigado. Mas, como ele se apresentou como protegido de Hoffmann e obteve uma verdadeira carta de recomendação, ela não aceitaria seu jeito tolo de tocar, que ia contra a própria mestria musical de Hoffmann. Era como se o garoto desafiasse de propósito o professor, escolhesse deliberadamente puxar uma briga com ele. Era uma postura questionável para um músico. Ela entenderia se, depois de se estabelecer como músico, ele decidisse adotar um estilo diferente, mas, naquele estágio, não admitir o que o professor representava era uma questão muito séria.

Simon e Smirnoff mostraram compreender a posição de Mieko e se revezaram nos argumentos contrários.

— Você admite que ele tem habilidade técnica e impacto extraordinários, não é? Se admite, então aprovar ou não o seu estilo de tocar sai da nossa alçada. Se ele excede um determinado nível mínimo, temos de lhe dar uma oportunidade. Gostar ou não do estilo do candidato é irrelevante nesta conjuntura.

— Em primeiro lugar, você não diria que é bem espantoso ele ter causado tanto debate? O fato de inspirar reações tão diferentes é a prova de que há nele *algo* que vale a pena levar em conta. Não é você, Mieko, que vive dizendo que, quando há muitos jurados, artistas sem graça acabam sendo escolhidos, e que isso não é nada inspirador? Talvez seja apenas um golpe de sorte, mas o fato é que ele provoca uma forte reação emocional. Não deveríamos dar a isso a devida consideração? Sem falar que sua técnica é soberba.

Não havia furos nos argumentos dos dois, e Mieko, sentindo-se em desvantagem numérica, se calou.

O que eles disseram a seguir encerrou a questão para ela.

— Você não gostaria de ouvi-lo outra vez? Não quer garantir que não seja só um acidente, um caso isolado?

— Você não gostaria que os jurados de Moscou e Nova York o ouvissem? Não seria divertido ver o garoto fazer algumas sobrancelhas se erguerem?

Os dois conheciam os pontos sensíveis de Mieko a atacar. As audições aconteciam ao mesmo tempo, em várias cidades, e os jurados encarregados de cada uma tinham abordagens um pouco diferentes. Não é que discordassem, mas Mieko e os seus dois colegas haviam apelidado as equipes de Moscou e Nova York, respectivamente, de *As Autoridades* e *Os Sensatos* (apelidos irônicos, sem dúvida).

Mieko imaginou esses estimados jurados escutando Jin Kazama e reagindo com nojo, depois se amontoando em torno de Mieko e seus colegas, gritando, histéricos, *como é que vocês aprovaram um desempenho tão vulgar?*

Esquecendo que reagira da mesma maneira, o fato era que Mieko achava essa situação muito atraente. E foi isso que a levou, embora com relutância, a concordar com a aprovação de Jin Kazama.

Certo. Está na hora de avisar aos candidatos bem-sucedidos.

Antes que ela pudesse ao menos fazer que sim, Simon e Smirnoff se levantaram ao mesmo tempo e saíram da sala.

Mieko ficou um pouco espantada. *Eles me enganaram, me enrolaram com a conversa*, pensou ela. Mas já era tarde demais.

MAS TALVEZ TENHA SIDO Smirnoff quem mais sentiu que o dano estava feito.

Enquanto o garçom enchia seu copo com a terceira garrafa de vinho, Mieko fitava o colega jurado.

— Aposto que ele não teve aulas regulares de música — murmurou Smirnoff. — O modo como se comportou no palco, o fato de ter unido as três peças sem pausa... aposto que nunca havia tocado para uma plateia. Hoffmann sabia disso, e por isso enviou uma carta de recomendação. Para garantir que fosse à audição e passasse.

— Bom, isso nem precisa ser dito — declarou Mieko.

Smirnoff deu de ombros com um gesto exagerado.

— Ei, não finjam que não entendem, vocês dois. Vocês sabem muito bem o que estou querendo dizer. — Ele engoliu o vinho todo. — É como você já disse, Mieko. Não podemos de jeito nenhum negar o legado musical do maestro Hoffmann. Todos o respeitamos muito, ele foi um músico extraordinário. Além disso, há o fato de não estar mais entre nós.

Smirnoff parecia muito sério agora.

— Nós fomos em frente e aprovamos o garoto. Você viu como a equipe o adorou, não viu? Choveram boatos. Sobre a carta de Hoffmann também, é claro.

Mieko estremeceu.

— Então, por que incluir a carta, para começar? Para tornar quase impossível que o rejeitássemos. — Smirnoff deu um sorriso estranho enquanto olhava os outros.

Simon assumiu:

— Em outras palavras, tudo bem recusar alguém sem cartas de recomendação.

Smirnoff fez que sim, com cara de satisfeito.

— Exatamente. Porque todos nós ganhamos a vida depois de uma educação musical formalizada. Que faz os alunos pagarem aulas particulares a vida toda, entrarem em conservatórios de música e pagarem ainda mais mensalidades. Os alunos, nosso orgulho e alegria, dedicam muito tempo e esforço para se tornarem grandes, então não é nada fácil tratar da mesma maneira alguém que vem do nada, sem *pedigree* — alguém a quem ninguém deu aulas para ganhar a vida. Daí a carta de recomendação.

De repente, Mieko recordou uma fofoca que tinham lhe contado.

O conselho municipal de uma cidade do Japão patrocinou um concurso de piano, e um concorrente que parecia um gênio da música recebeu as notas mais altas; mas não tinha contato com o mundo musical japonês e nunca fizera aulas com ninguém ligado ao concurso, muito menos com algum dos jurados. Apesar da nota alta, a banca acabou encontrando alguns probleminhas sem importância e o desclassificou.

— A carta de Hoffmann teve dois objetivos. O primeiro foi permitir que esse total desconhecido viesse à audição e fosse aprovado. O segundo... — Por um instante, os olhos de Smirnoff adotaram um ar distante — ... foi garantir que, a partir daqui, ele nunca seja ignorado. Por isso, a carta era absolutamente obrigatória. E desdenhar esse garoto seria igual a rejeitar o próprio maestro. Mas há algo ainda mais assustador acontecendo aqui.

Simon lançou-lhe um olhar sério.

— O fato de esse garoto ter uma técnica superior e de que quem o ouve ficar instantaneamente fascinado. Mesmo que ele nunca tenha recebido treinamento formal numa escola de música.

Mieko e Smirnoff escutaram em silêncio.

Cometemos algum erro crasso?, pensou Mieko.

Ela sentia uma força invisível em ação, e isso a deixava inquieta.

O celular de Smirnoff tocou.

Mieko e Simon levaram um susto com o barulho repentino.

— Com licença.

Smirnoff pegou o celular. Em suas mãos imensas, o aparelho parecia minúsculo, como uma barrinha de chocolate.

— Hã... certo. Entendo. Está certo.

Smirnoff murmurou algo no celular e desligou.

Mieko e Simon o olharam questionadores.

— Era do escritório. Finalmente conseguiram entrar em contato com Jin Kazama.

— Levaram todo esse tempo?

Simon deu uma olhada no relógio. Era quase meia-noite.

— Parece que o pai é apicultor. Também tem doutorado em biologia, e disseram que ele pesquisa apicultura urbana. Hoje, estava no Hôtel de Ville, aqui em Paris, coletando abelhas.

— Um apicultor...

Mieko e Simon repetiram a palavra devagar, como se a ouvissem pela primeira vez.

— Isso é que é um campo diferente — disse Simon com um sorriso irônico.

Cabe a todos vocês — a todos nós — ver esse menino como uma verdadeira dádiva *ou como um* desastre prestes a acontecer.

Não havia como se confundir; os três ouviram a voz de Hoffmann soar nos ouvidos.

Tremolo

A chuva ficou mais barulhenta. Aya Eiden ergueu os olhos do livro. Ainda era dia, mas lá fora estava muito escuro, a chuva torrencial drenando toda a cor da floresta.

Eu consigo *ouvir... cavalos na chuva.*

Era um ritmo que ela ouvia muitas e muitas vezes desde criança, mas, quando tentou descrever para os adultos como *cavalos galopando na chuva*, eles reagiram com olhares vazios.

Mas agora ela conseguiria explicar melhor.

O telhado do galpão nos fundos da casa era de chapa metálica.

Quando chovia normalmente, ela não ouvia nada incomum. Mas, quando era um aguaceiro de verdade, sempre havia um tipo estranho de música.

Um ritmo galopante.

Quando criança, ela tocava a peça "La Chevaleresque", de Burgmüller, que incluía esse ritmo, e a chuva no telhado de metal tamborilava na mesma cadência.

Recentemente, surgira no YouTube o vídeo de um alarme de incêndio, com um grupo tocando de acordo com esse ritmo. O vídeo causou um burburinho e tanto.

Aya soltou um suspiro baixo.

O mundo é tão cheio de música.

Esse pensamento sóbrio subiu dentro dela, enquanto fitava a paisagem descolorida, distorcida pela chuva.

É realmente necessário que eu *some algo a ele?*

Aya deu uma olhada nos documentos sobre a escrivaninha.

"Um caso típico de esgotamento."

"Agora que tem vinte anos, é apenas uma pessoa comum como todo mundo."

Estava cansada de ouvir esses comentários maldosos feitos às suas costas.

Todo ano, incontáveis talentos do piano, meninos e meninas, surgiam em cena no mundo inteiro. Tocavam com orquestra, eram exaltados como crianças-prodígio, os pais com a esperança de um futuro dourado para o filho ou filha.

Mas nem todos chegavam lá. Ao atingirem a puberdade, alguns sofriam ao ver como o seu mundo era deformado e voltavam à vida normal para passar a juventude com pessoas da mesma idade. Enquanto isso, outros enjoavam das intermináveis aulas de piano, aborrecidos com a falta de progresso, e simplesmente sumiam de cena.

Aya era um desses. Vencera numerosos concursos para jovens no Japão e no exterior e lançara um CD de estreia.

Mas, no seu caso, era muito claro por que a carreira foi interrompida.

Quando estava com treze anos, a mãe, sua primeira professora, a pessoa que a protegia, que a incentivava, que cuidava dela, morreu de repente.

Se Aya fosse um pouco mais velha, talvez o desfecho fosse outro. Se tivesse chegado àquele estágio rebelde dos adolescentes — digamos, pelo menos quatorze ou quinze anos — e começado a sentir que a mãe a sufocava, a morte talvez tivesse um impacto muito diferente.

Mas, na época, ela a amava profundamente e tocava piano para deixar a mãe feliz. Assim, quando ela de repente sumiu da vida de Aya, a sensação de perda foi avassaladora. Ela literalmente perdeu a razão de tocar.

Aya era uma pessoa tranquila, de pouca ambição. Dito isso, não ficava exatamente calma diante da multidão e, confrontada com a competitividade e a inveja dos outros, timidamente se encolhia dentro de si mesma. Assim, a mãe a protegia e trabalhava com habilidade para motivar a filha generosa, guiando-a a cada passo do caminho — às vezes como professora, às vezes como empresária astuta e esperta.

A agenda de concertos era fixada para os dezoito meses seguintes. Assim, quando a mãe morreu, uma pessoa da gravadora rapidamente passou a atuar como empresária.

Quando a mãe ainda estava viva, a avó cuidava de todo o serviço da casa, o que permitia a Aya não se preocupar com nada doméstico. A menina levou algum tempo para compreender plenamente o que a falta da mãe significava.

A primeira vez em que tomou plena consciência de sua ausência foi no camarim de uma sala de concertos provinciana.

O novo empresário lhe arranjara uma estilista, que lhe deu conselhos sobre o vestido para a apresentação, fez seu cabelo e lhe deu um toque de maquiagem. Eram coisas que a mãe sempre havia feito. Terminado o serviço, a estilista saiu do camarim para o próximo trabalho.

— Mãe — Aya se lembra de ter dito —, o chá está pronto?

Foi então que percebeu o quanto estava sozinha.

A mãe sempre lhe dava uma xícara de chá doce e morno de uma garrafa térmica.

Aya ficou abalada, tomada por uma profunda sensação de perda, como se o chão cedesse.

Sentiu que o teto de fato se afastava dela, além de uma sensação estranha, morna e formigante, do sangue saindo do corpo.

Estou completamente sozinha.

Foi nesse momento que ela realmente entendeu.

De repente, voltou a si.

Que lugar é *este? O que estou fazendo aqui?*

Os olhos dispararam incansáveis pelo cômodo.

Paredes brancas. Um relógio redondo acima do espelho. Um camarim. *É um camarim. De alguma sala de concertos. Estou prestes a dar um concerto.*

Isso mesmo. Acabei de ensaiar com a orquestra. Concerto n.º 2 para piano, *de Prokofiev. Tudo como planejado.*

Lembro que o maestro e os músicos da orquestra ficaram impressionados. Alguns cochicharam entre si:

— Que alívio. Estava muito preocupado com ela, mas ela consegue por conta própria, afinal de contas.

— Ela é incrível. Achei que seria um choque maior, mas ela estava muito calma.

— Acho que a única maneira de superar é tocando.

O que aquilo significava? Ela sentiu um frio no coração.

A realidade entorpecedora da situação a esmagou outra vez.

Estou completamente sozinha agora.

Então o diretor veio buscá-la, e, enquanto ela e o maestro iam na direção do palco, essas palavras rodopiavam na sua cabeça.

O coração de Aya permaneceu congelado, enquanto soavam aplausos de expectativa.

Tudo o que ela conseguia ver era o piano de cauda, silencioso, banhado em luz.

E ela soube.

Na plateia, nos bastidores, sua mãe não estava lá.

O piano de cauda no palco costumava reluzir, aguardando, como se prestes a explodir com o dilúvio de música que ela então libertaria.

Depressa, pensava ela. *Tenho de me sentar e libertar a música.*

Ela imaginava que estava tudo contido naquela grande caixa preta e sempre tinha de sufocar a ânsia de correr para as teclas.

Não mais.

Agora, o piano era um túmulo abandonado. Uma caixa preta vazia que se entregara ao silêncio.

Não havia mais nenhuma música dentro dele.

Essa certeza fria se tornou uma massa pesada e, naquele momento, quando a sentiu cair com barulho dentro de si, Aya deu meia-volta e fugiu.

Ela vislumbrou rapidamente o rosto chocado da orquestra e do diretor, mas não olhou para trás. Desceu do palco — com rapidez, depois a trote.

Não ouviu o zumbido preocupado da multidão, os gritos.

Simplesmente correu.

Abriu a porta traseira do salão e disparou pela chuva escura.

Foi assim que ela se tornou a *Pianista Genial que Sumiu*.

Aquele cancelamento do concerto na última hora tornou-se lendário. Principalmente porque a orquestra disse que o ensaio tinha sido perfeito — na verdade, ainda mais maravilhoso do que quando a mãe estava viva.

Mas houve muitas repercussões além dos processos por quebra de contrato e das reclamações enviadas ao novo empresário da gravadora. A não ser que fosse importante no mundo da música, esse tipo de pianista nunca mais seria convidado para concertos. Afinal de contas, havia muitos outros *gênios* por aí.

Durante algum tempo, o seu nome chegou a ser um tipo de brincadeira, um sinônimo de ridículo entre os alunos dos departamentos de piano. "Dar uma de *Eiden*", era como diziam. Significava cancelar no último minuto, e os *kanjis* usados para escrever seu sobrenome — *ei* (glória) e *den* (transmitir) — se tornaram objetos de escárnio. Num trocadilho com o significado original daquele sobrenome incomum, "transmitir glória", o caractere foi trocado para *dan* (eliminar), ou seja, "Ei*dan*", para passar a ideia de uma pianista que elimina todas as oportunidades de glória.

O surpreendente foi que nada disso desanimou Aya.

Para ela, fazia todo o sentido ir embora de repente.

Se não havia mais nenhuma música dentro do piano para ser libertada, de que adiantava estar no palco?

Ela não se incomodava de jeito nenhum em ser ridicularizada ou ignorada; na verdade, preferia isso a estar na ribalta ou ser objeto de inveja.

Desde que desistiu, os seus seguidores começaram a sumir um a um, como uma maré vazante.

Na verdade, Aya preferia assim, aliviada por não ter aqueles parasitas em torno dela.

A partir do momento em que aceitou que a mãe se fora, Aya começou a ter uma vida completamente nova. Transferiu-se para uma escola de currículo generalista. A maioria dos alunos que tocava piano com excelência tendia a tirar boas notas. As notas de Aya também a deixavam entre os primeiros da turma. Matriculou-se numa escola de ensino médio local cujo objetivo era pôr os alunos na universidade e adorou a vida escolar "comum".

Isso não significava que tivesse abandonado completamente a música. Ela ainda adorava ouvir e continuou tocando.

Aya era diferente de muitos considerados *gênios*.

Claramente, tinha talento musical em abundância.

Havia duas pessoas que entendiam esse fato e sabiam que, no caso de Aya, isso poderia, na verdade, afastá-la do piano: a mãe... e uma outra pessoa.

Desde o princípio, Aya não precisava necessariamente do piano.

Desde a infância, quando ouviu pela primeira vez o som dos cavalos galopando na chuva que se despejava no telhado de metal, ela ouvia — e apreciava — a música em muitas fontes.

A única razão para usar o piano para exprimir a música era que, por acaso, a mãe a iniciou no instrumento, e Aya tinha o dom, com técnica extraordinária. Mas poderia muito bem ser outro instrumento ou meio de expressão em vez do piano. Não era preciso ser a música que ela mesma tocava, já que o mundo transbordava de executantes. Nesse sentido, ela também era um *gênio* genuíno. Tudo isso explicava por que a mãe tinha de supervisioná-la tão estritamente para garantir que continuasse concentrada e não se desinteressasse.

Perder a supervisora foi bom para ela ou não? Aya não sabia mais.

Quando ainda estava viva, só havia uma outra pessoa com quem a mãe se abria e a quem revelava suas preocupações com o talento da filha.

E, mais ou menos na época em que Aya pensava na universidade, ele foi visitá-la.

Ele e a mãe haviam sido colegas na faculdade de música, e, com a aproximação do aniversário do falecimento dela, ele perguntou se Aya poderia tocar algo para ele.

Aya não se apresentava para ninguém desde o dia em que fugiu do concerto. Tocou teclado eletrônico num grupo de rock e noutro de *fusion*, mas evitou meticulosamente executar peças sérias para piano diante dos outros. É claro que o fato desses outros manterem distância ajudou.

Assim, normalmente ela se negaria a atender o pedido do homem.

Mas ao ver o Sr. Hamazaki, pois era esse seu nome, Aya se sentiu estranhamente saudosa.

O homem era troncudo e gorducho, como um daqueles enormes bibelôs de guaxinim de cerâmica. Atrás dos óculos, os olhos eram estreitos, mas gentis, e ele lembrava um diretor do ensino médio de um popular seriado de TV de alguns anos atrás.

Acima de tudo, o modo como falava era tão tranquilo e descontraído, como se pedisse um favor à toa — como dizer que lhe daria um trocado se ela fosse até a esquina buscar um sorvete para ele —, que Aya concordou prontamente.

— Que peça quer ouvir? — perguntou ela.

— Qualquer uma de que você goste, Aya. Ou de que sua mãe gostava muito.

Aya pensou um pouco.

— Tudo bem se for uma peça recente?

— É claro — respondeu o Sr. Hamazaki.

Depois da morte da mãe e de Aya não tocar mais em público, a atmosfera da sala do piano pareceu se transformar.

Estava cheia de livros e CDs, bichinhos de pelúcia e vasos de plantas. Agora, se tornara a segunda sala de estar de Aya.

Hamazaki começou a olhar em volta.

— Sinto muito pela bagunça — desculpou-se Aya.

— Nada disso — disse Hamazaki, fazendo que não. — É agradável. Como se você e o piano virassem uma coisa só.

— Acho que sim — disse Aya rindo ao abrir a tampa do piano.

Ela se sentiu empolgada, só um tiquinho. Havia esquecido como era aquilo.

Fazia muitíssimo tempo que não tocava para ninguém.

Ela mergulhou diretamente na peça: uma sonata de Shostakovitch.

Certa vez, Aya ouviu um jovem pianista russo tocá-la, achou a peça instigante e a estudou só por diversão. A partitura era cara; então, em vez de comprá-la, ela escutou a gravação várias e várias vezes até conseguir reproduzi-la.

Hamazaki ficou surpreso, mas, conforme Aya continuava a tocar, aprumou-se e sua expressão se iluminou.

Quando ela terminou, ele aplaudiu.

— Já tocou isso para algum professor de música? — perguntou ele.

— Não, não tenho professor — respondeu Aya com um sorriso forçado.

Quando a mãe estava viva, ela recebia aulas de alguém famoso, mas, depois que ela fugiu da última apresentação, ele parou de entrar em contato, talvez com medo de ser criticado pelo que tinha lhe ensinado, talvez para mostrar que não tinha mais nada a ver com aquela aluna-problema.

— Então você a preparou sozinha? — murmurou Hamazaki, e pareceu ficar sem palavras.

— Foi excelente — continuou ele, depois de uma pausa. — No que estava pensando enquanto tocava?

Ele cobriu a boca com a mão, como se pensasse em alguma coisa, e olhou Aya com seriedade.

— Vi melancias rolando à distância — disse Aya.

— Melancias?

Aya explicou:

— Vi uma cena engraçada recentemente num filme coreano. Uma carga de melancias caiu de uma carroça, e elas saíram rolando pela estrada nas montanhas. Algumas se abriram, outras não. O asfalto ficou vermelho-vivo, mas as melancias que ainda não tinham estourado continuaram rolando pela estrada. Quando ouvi esta peça, a cena me voltou à mente. Você não tem essa sensação com essa música? De melancias rolando alegremente pela encosta? Não consegue imaginar a cena em que você as persegue e pega uma? E o pedacinho no final é uma cena em que, depois, você limpa todas as melancias quebradas?

As sobrancelhas de Hamazaki se ergueram com surpresa, e ele caiu na gargalhada.

— Entendo. Melancias, não é?

Quando finalmente conteve as risadas, Hamazaki se sentou ereto na cadeira.

— Srta. Eiden, já pensou em se candidatar à nossa universidade? Eu adoraria.

— *Nossa universidade*... como assim? — perguntou ela, e Hamazaki estendeu seu cartão.

Ele era reitor de uma das melhores faculdades particulares de música do Japão.

— Você ama a música, não é? Ama muitíssimo e a compreende profundamente. É o tipo de aluno que quero em nossa escola. Realmente sinto que há muita coisa que você acharia interessante. Você deveria estudar num conservatório de verdade. Então, o que me diz?

Ele falou com pressa, e os olhos de Aya se arregalaram.

Hamazaki esperou a resposta com paciência.

QUERIA SABER O QUE *me convenceu a fazer o exame para estudar música,* pensou Aya depois.

Até então, eu pensava em ir para a ciência.

Mas a verdade é que as palavras do Sr. Hamazaki me comoveram.

Mesmo que eu não me torne uma pianista de concertos, nunca poderei viver sem a música.

Mas a música tem sido apenas um passatempo para mim. Será que eu estava sentindo que isso não bastava?

ELA RECORDAVA COM CLAREZA o momento em que sua apresentação para os examinadores terminou: os outros professores olharam ao mesmo tempo para Hamazaki e começaram a aplaudir. E o Sr. Hamazaki sorriu para ela.

Ela descobriu que esse tipo de exame de admissão não era a norma. Permitir que um candidato sem professor o fizesse por pura recomendação do reitor era uma ação extremamente incomum e poderia até prejudicar o cargo desse reitor.

A princípio, os colegas do departamento de piano trocaram olhares do tipo *Ah, é ela*, como se tentassem recordar algo pejorativo a seu respeito, e alguns até fizeram comentários desdenhosos às suas costas.

Mas, quando descobriram como Aya era despretensiosa e como sua técnica não tinha rival, começaram a tratá-la apenas como uma colega extraordinária.

E Aya adorou profundamente estudar o que a faculdade tinha a oferecer: as regras e os métodos de composição, a história da música.

Como o Sr. Hamazaki previra, estudar em um conservatório a fez apreciar e desfrutar a música ainda mais.

Mas, àquele ponto, ela não esperava participar de um concurso.

Aya olhou a chuva lá fora que fustigava a janela e soltou outro suspiro profundo.

Não conseguia se lembrar muito de competir quando criança no nível juvenil. Na época, era como se desse um recital. Aquele seria seu primeiro concurso de nível adulto.

Quando passar dos vinte anos, ela será igual a todo mundo, nada especial.

Naquela primavera, ela fez vinte anos — a maioridade no Japão. Fazia sete anos que tinha parado de se apresentar.

Seu mentor atual, um professor excêntrico com quem ela se entendia bem, recomendou-lhe que se inscrevesse no concurso, embora ficasse claro que a influência do reitor também estava por trás daquilo.

É claro que Aya sentia uma dívida de gratidão com o Sr. Hamazaki.

Ela sabia que, caso se recusasse a participar do concurso, ele ficaria constrangido. E, como ele tomou providências excepcionais para que ela entrasse na escola, Aya precisava provar o seu valor.

Mas, professor, murmurou ela consigo, *esse tipo de música não está mais dentro de mim.*

Agora, ela adorava a vida universitária. Vivenciava a música externamente e tocava piano para revivê-la. Para ela, bastava. Com o estudo da teoria e o comparecimento a concertos, ficava com a sensação de sondar a música com cada vez mais profundidade.

Mãe, o que devo fazer?

Aya fitou as cortinas de chuva que atingiam a janela, agora ainda mais implacáveis.

Pousou o livro na escrivaninha e se curvou sobre ele.

O barulho ritmado dos cascos dos cavalos galopantes ecoou em sua cabeça.

Acalanto

Se não se importa, pode caminhar mais uma vez com seu filho na minha direção? Certo, pode começar agora. Por favor, venha na minha direção. Eles estavam diante do portão da creche. Masami levantou a mão, e Machiko, com um ar agitado no rosto, começou a andar sem jeito na direção dela com o filhinho Akihito segurando sua mão.

— É só andar normalmente. Como andaria, em geral. Não pense na câmera.

Akashi não pôde deixar de sorrir.

Esse tipo de comentário só deixa a gente ainda mais consciente da câmera, pensou ele.

Naturalmente, Masami fez o possível para Machiko relaxar: foi várias vezes à casa da família e conversou amistosamente. Mas, na verdade, ter uma câmera nos seguindo causa uma tensão especial, e a filmagem de hoje, principalmente com as outras mães da creche assistindo em pé, ao lado, deixava nervosa até Machiko, normalmente calma e contida.

— Ótimo. Por hoje, chega — disse Masami, acenando com alegria.

Machiko ficou aliviada.

— Obrigada, Akihito. Sou grata pela sua cooperação — disse Masami.

Akihito olhou o pai sem entender quando Akashi o pegou no colo.

— *Co-o-pe-la-ção, gla-ta* — repetiu o menininho com um sorriso.

Masami baixou a câmera de vídeo e foi até Akashi.

— Depois, vou filmar um pouco mais você estudando — disse ela —, e em seguida no camarim, no dia da apresentação.

— Entendi.

— E como vão as coisas? Conseguiu arranjar tempo para estudar?

Quando o olho estava no visor da câmera, Masami era uma repórter de TV animada e profissional, mas, sem a câmera, voltava imediatamente a ser sua antiga colega de escola.

— Bom, o trabalho me ocupa bastante — respondeu Akashi, hesitante. — Francamente, adoraria ter tempo só para me fechar por algum tempo e estudar pela última vez.

Masami deu uma risadinha.

— Isso é a sua cara, Akashi.

— Como assim?

— Você é muito modesto. Com você, nunca é *eu, eu, eu.*

— Isso dói.

— O *que* dói?

— Você atingiu meu ponto fraco como músico.

— É esse?

— É.

Masami via a natureza despretensiosa dele como uma virtude, isso era claro. Mas, no mundo dos solistas, é preciso ter um ego intenso e uma forte noção da própria individualidade para prosperar, não modéstia. Akashi, mais do que ninguém, tinha consciência disso.

— Mas adoro quando você toca, Akashi-*kun.* Não consigo identificar exatamente, mas é algo que me deixa à vontade. É de uma delicadeza indescritível.

— Delicadeza, é? — murmurou Akashi.

Masami o olhou, a testa franzida de leve.

— A filmagem dos outros pianistas está indo bem? — Akashi deu um sorriso alegre.

Masami fez que sim com alívio.

— Sim, todos estão cooperando bastante. Vou filmar um pianista ucraniano e um russo hospedados por uma família de Yoshigae. Parece que essa família de anfitriões sempre escolhe pianistas especiais, e as pessoas acham que é um feitiço, que quem fica lá sempre chega às finais. O boato é que o ucraniano é muito incrível.

— É mesmo?

Muito incrível. Bom, o que você esperava? O mundo da música erudita de lá tinha uma história brilhante, e qualquer um que mandassem só podia ser incrível.

Akashi deu um profundo suspiro.

Akashi Takashima, vinte e oito anos, nasceu na cidade de Akashi, na Prefeitura de Hyogo, para onde seu pai foi transferido, e era essa a razão de seu primeiro nome.

Akashi era o concorrente mais velho a participar do Concurso Internacional de Piano de Yoshigae, bem no limite de idade. Era comum que os concursos de piano tivessem participantes muito jovens, e alguém da idade de Akashi era tratado como velho.

Quando lhe pediram para aparecer num documentário, Akashi ficou surpreso ao saber que a produtora era sua antiga colega de escola, Masami Nishina.

Acontece que ela é que teve a ideia, e, quando soube que Akashi participaria, pediu para ser encarregada de filmá-lo.

Yoshigae era uma das cidades industriais mais importantes do Japão, e uma das razões para a proposta de Masami ter sido tão prontamente aceita foi que, com tantos patrocinadores dispostos a apoiar o concurso, seria fácil obter recursos.

A primeira reação de Akashi foi recusar. "Eu, aparecer na TV? Sem chance. Nem sei se consigo chegar à segunda etapa." Com a sua idade, o emprego, o filho... francamente, ele não estava exatamente em condições de participar de concursos. A palavra *vergonhoso* até lhe veio à mente.

— Não, está tudo bem — disse Masami. — O que as pessoas querem da música é drama. Alguém como você, com mulher e filho, participando do concurso, com certeza vai provocar muita empatia.

Masami não explicou exatamente em palavras, mas o documentário também queria ir além do foco em participantes de famílias ricas. Ter alguém como Akashi, uma clara exceção, tornaria o programa todo mais atraente.

Era verdade que Akashi era da família comum de um funcionário de empresa. A esposa era sua namoradinha de infância, agora professora de Física do ensino médio, enquanto Akashi trabalhava numa grande loja de instrumentos musicais. Duas gerações de trabalhadores urbanos comuns.

Um pai comum num concurso internacional! No Japão moderno, onde a tendência era querer que as pessoas se concentrassem mais na família, esse poderia ser um ótimo ponto de venda.

Apesar disso tudo, o que finalmente o levou a decidir que apareceria no programa de TV foi a ideia de que seria um tipo de lembrança.

Era claro que a participação no concurso seria o *grand finale* da sua carreira de músico profissional e que, depois, ele passaria o resto da vida como amador.

Mas também queria deixar provas, para que, quando crescesse, Akihito soubesse que, no seu tempo, o pai demonstrara verdadeira ambição musical. Foi o que encerrou a questão para ele. E foi assim que explicou a Machiko, a Masami e aos seus pais.

Na verdade, nada disso é relevante, disse outra voz dentro dele.

São apenas desculpas, ressaltou esse segundo eu.

E a raiva e a dúvida que você, modesto e gentil, um homem de tanta delicadeza, veio sufocando aí no fundo? Não quer vomitar tudo isso nesse concurso?

Exatamente, disse Akashi.

Sempre achei estranho; os músicos de primeira linha são os únicos que acertam? As pessoas que só vivem para a música são as únicas que merecem louvor?

A música de alguém que tem uma vida comum e rotineira será mesmo inferior à de alguém que ganha a vida com ela?

A PORTA PESADA ESTAVA meio presa, mas aí se abriu devagar, e a luz entrou.

Um quadrado de claridade iluminou o chão de terra e projetou nele a sombra da cabeça de Akashi.

Ele se lembrava muito bem daquele cheiro.

Imaginou-se quando menino, sentado ao piano, ainda pequeno demais para os pés alcançarem os pedais.

Isso foi muitos anos atrás, mas o cheiro lhe trouxe lembranças claras da infância.

— Uau, que teto alto! E olhe todas aquelas vigas. Os prédios antigos eram mesmo construídos com solidez, não é?

A voz de Masami tirou Akashi do devaneio.

Ela fitava o teto. A luz estava acesa, mas os olhos ainda não tinham se ajustado.

— Então, há um mezanino lá em cima?

— É, esteiras de bichos-da-seda.

— Ah, então era isso.

Masami, com a câmera na mão, filmou o interior devagar.

Em essência, o cômodo estava vazio, o ar surpreendentemente seco.

No meio havia um piano meia cauda, coberto por uma capa.

Masami apontou a câmera para o instrumento e ficou imóvel, filmando.

A avó, que comprara o piano para ele, faleceu quando Akashi estava no último ano do fundamental.

Akashi olhou para um pequeno tamborete de madeira num canto do depósito. A avó se sentava nele, as pernas encolhidas sob o corpo, as costas eretas, enquanto escutava o neto tocar.

"Sua execução é tão gentil, Akashi", dizia ela. "Parece que os bichos-da-seda também gostam."

— É estranho, mas o piano se encaixa bem no galpão — disse Masami.

— E o próprio galpão é um tipo de sala à prova de som.

— Vem sempre aqui?

— Faz algum tempo que não venho.

Ele ainda mandava afinar o piano uma vez por ano, mas, depois que decidiu participar do concurso, mandou afiná-lo meticulosamente mais uma vez.

O afinador, Sr. Hanada, tinha mais ou menos a idade do seu pai, e ele o conhecia havia anos. Quando revelou que participaria do Concurso Internacional de Piano de Yoshigae, Akashi ficou surpreso ao ver a alegria do velho, que garantiu, com ansiedade e entusiasmo, que o piano ficasse perfeitamente afinado.

— Fico felicíssimo em saber — disse o Sr. Hanada. — Sou fã de sua música, Akashi, desde que você era pequeno. Porque o piano não é só para prodígios.

É claro que Akashi sabia que não havia sido uma criança-prodígio. Ainda assim, doeu secretamente descobrir que Hanada também sabia. No entanto, era uma avaliação bastante justa de um sujeito que, naquela idade, participava de um concurso como um tipo de gesto de adeus.

Akashi ganhou forças ao saber que Hanada pensava do mesmo jeito que ele.

O piano não é só para prodígios.

— Sua avó comprou o piano para você, não foi? — perguntou Masami. — É um belo pianinho. Como uma pintura. Takashima-*kun*, você tocaria alguma coisa?

Masami era uma pessoa visual, sempre pensando em como a cena ficaria melhor na TV.

Akashi removeu a capa, ergueu a tampa, aproximou a cadeira e se sentou ao piano.

Estava acostumado àquela cadeira. Pelos longos anos em que o sustentou, a almofada do assento tinha se moldado ao seu formato.

Era um instrumento pequeno e aconchegante, diferente dos enormes pianos de cauda usados em concertos. Quando Akashi, agora adulto, tocava, ele ficava ainda menor.

Sempre parecera tão grande.

Akashi acariciou suavemente as teclas amareladas.

Nunca esqueceria a empolgação que sentiu quando se sentou pela primeira vez diante daquele piano.

A avó foi a um recital dele e, depois, inspirada pelo desempenho do neto, saiu pelo bairro dizendo a todo mundo que, quando crescesse, ele seria músico profissional. Parece que alguém lhe disse que, para ser profissional, ele precisaria de algo melhor do que o piano de armário em que estudava.

Era verdade que Akashi tinha mãos grandes para uma criança, que conseguia dominar com facilidade as peças tecnicamente mais difíceis e que todos achavam que tinha enorme potencial e prometia sucesso.

A família do pai era a melhor criadora de bichos-da-seda da área, mas, quando Akashi nasceu, o setor estava em declínio, e o irmão mais velho do pai, que herdou o empreendimento, trabalhava numa empresa eletrônica e criava os bichos-da-seda como segunda fonte de renda. Mesmo assim, a avó conseguiu poupar algum dinheiro, pouco a pouco, e comprar o piano, embora de segunda mão, para o neto.

Foi a primeira vez na vida que ele chorou de pura felicidade. Para um pianista, ter um piano de cauda era a realização de um sonho.

O problema era que o precioso piano meia cauda que a avó conseguiu lhe comprar não podia ficar dentro de casa.

O trabalho do pai exigia que eles se mudassem muito, e o piano não caberia num apartamento japonês comum. Ainda que conseguissem espremê-lo, os vizinhos reclamariam, e o pai lhe disse que não poderiam levá-lo. Akashi chorou lágrimas amargas.

Então o piano ficou no grande galpão, e, em todas as férias de verão e ano Novo, assim como antes dos recitais, ele ia até lá e tocava o dia inteiro.

É claro que a avó nada sabia sobre música erudita. Mas tinha bom ouvido e captava as coisas, dedicando-se a escutar o neto. Muitas vezes, Akashi se surpreendia com a audição aguçada da avó, mesmo nos seus últimos anos de vida.

Ela era capaz de dizer muita coisa, por exemplo, sobre o seu humor e estado de saúde por ouvi-lo tocar. Depois de estudar, eles se sentavam à mesa do jantar, e ela dizia coisas como "Você parece cansado" ou "Está com alguma preocupação?" E acertava todas as vezes. Certa vez, a avó disse: "Quando sua mente está em outra coisa, as notas parecem cortadas."

Isso o pegou de surpresa. Mesmo durante as aulas, quando algo o incomodava, ele não conseguia o fraseado e a articulação corretos. Comparado a quando estava em boa forma, sua execução tendia a ficar mais sucinta, algo que o professor ressaltou numerosas vezes. A maioria dos que o ouviam não captava a diferença, que era mínima, mas a avó percebia.

E, quando as outras crianças do bairro vinham se revezar ao piano, a avó sempre sabia quem estava tocando e não errava a avaliação das personalidades.

A opinião de Akashi sobre a música e o sentimento de resistência que agora tinha em si podiam ser atribuídos à influência da avó.

— Aquele sujeito está criando bichos no piano.

— Ele estuda numa sala cheia de lagartas. Eca!

Os boatos de que estudava em um galpão transformado numa sirgaria ou criadouro de bichos-da-seda logo se espalharam na escola de piano. Os outros garotos não o deixavam em paz. Um deles era muito persistente. A escola de piano era famosa e tinha produzido um bom quinhão de pianistas profissionais; aquele menino não era tão talentoso quanto Akashi e sempre ficava em segundo lugar. Akashi percebeu que o menino devia estar com inveja, porque, além da habilidade ao piano, Akashi tinha boa índole e muitos gostavam dele. No fim, só conseguia rir da persistência inabalável do garoto em espalhar histórias a seu respeito.

Na faculdade, Akashi fez amizade com uma moça formada numa das melhores escolas femininas particulares do Japão. Ficou muito surpreso quando ela disse que a combinação mais comum de profissões dos pais dos colegas era pai médico e mãe professora de piano.

Akashi não era nenhum jovem prodígio excepcional, mas as pessoas esperavam coisas boas em seu futuro; assim, ele foi para a faculdade de música. Mas ficou cada vez menos à vontade com o elitismo distorcido do mundo musical e de uma parte das pessoas nele envolvidas.

Havia gente que simplesmente gostava de música e tinha bom ouvido, que levava uma vida comum, como a sua avó. Então não seria bom se os músicos também pudessem ter vidas comuns?

Não é que ele não tivesse a opção de se profissionalizar. Era apenas uma questão de querer. Ele amava o piano, mas por dentro havia um medo: de que o mundo amplo, mas claustrofóbico, da música ficasse longe do *comum*, mas era no *comum* que ele queria estar, no mundo real, onde viviam pessoas como a sua avó.

— Conheço essa peça. Como se chama mesmo?

— *Träumerei.* De Schumann — disse Akashi a Masami enquanto avançava tranquilamente pela peça. — Conhece essa também, não é? — Ele começou a tocar outra coisa.

— Ah, é a música do comercial de remédio para indigestão.

— É Chopin.

— Sua execução *sempre* soa muito gentil.

Por alguma razão, as palavras dela o espantaram.

Os bichos-da-seda adoram escutar quando você toca. Era como se a avó falasse com ele outra vez. Uma sensação cálida e inesperada subiu dentro dele.

— Vou ficar aqui e me preparar para o concurso — disse.

— Mas você não ia alugar um estúdio naquele resort na montanha, Nasu Kogen ou coisa parecida?

— Mudei de ideia. Acho que aqui é melhor para mim.

— Bom, acho que para mim também. Vai facilitar as filmagens se estivermos mais perto.

Masami soava um pouco hesitante. O que era compreensível, dado que, algumas horas antes, Akashi se queixava de não ter onde estudar nem tempo suficiente.

A decisão fez Akashi se sentir muito mais despreocupado.

Farei a preparação final aqui, disse a si mesmo. *Fazer o ensaio final para o concurso nesta sirgaria convertida, no piano que minha falecida avó comprou para mim, com ela escutando. É o melhor para mim.*

— Sabe o filme *Nunca aos domingos*? — Testando suavemente a sensação das teclas, Akashi olhou Masami.

— Que pergunta aleatória. É claro que sei. Com Melina Mercouri. — Masami estava com as mãos na cintura. Cinema era seu campo de conhecimento.

— Há uma frase lá que adoro.

— Qual? Mas duvido que eu vá me lembrar.

Agora, Mozart enchia a sirgaria.

De certo modo, Akashi se sentia feliz.

— O filme se passa na Grécia, não é? — perguntou ele. — Melina Mercouri representa uma prostituta alegre e animada, e aquele professor universitário certinho, sei lá de onde, aparece e imediatamente se choca com os moradores alegres e despreocupados. Os músicos locais não sabiam ler partituras nem conheciam nada de música erudita. "Vocês se dizem músicos?", ralha ele. "Pois não são." Para eles, foi um choque, e ficaram deprimidos, e disseram que não iam tocar mais, que não tinham qualificação. Estou tentando me lembrar... tem uma cena assim?

— Tem. Como eu mesma não sou uma grande musicista, ficou marcada para mim.

— E depois, o que acontece?

— Melina Mercouri diz a eles: "Do que estão falando? Os passarinhos também não leem partituras, mas isso não os impede de cantar." Quando ouvem isso, os olhos dos músicos brilham, e eles voltam ao café e recomeçam a tocar.

— Ah!

— Acho que a questão é essa.

Dentro do galpão, as frases de Mozart fluíram e se misturaram aos raios cada vez mais longos do sol da tarde.

Rufar de tambores

Risos alegres ricochetearam na curva suave do teto abobadado e ecoaram até o público que enchia o saguão.

Flashes piscavam. Rapazes e moças de rosto sério e roupa escura corriam de um lado para o outro, segurando laptops — a mídia local e repórteres de revistas musicais, ou o pessoal de divulgação das empresas patrocinadoras. Também estavam presentes repórteres de jornais nacionais e críticos de música de alto nível, prova da fama crescente do Concurso Internacional de Piano de Yoshigae nos últimos anos.

Mieko Saga, com uma taça de champanhe na mão, fitava pela imensa vidraça da janela do saguão a praça redonda lá fora, envolta em escuridão.

A sala de concertos fazia parte de um prédio multifuncional que continha escritórios e um shopping center, e o saguão dava para a praça com pavimento de pedra. Eram quase dez da noite, e a praça estava deserta, enquanto ali dentro o saguão fervia. Para Mieko, esse contraste gritante evocava o próprio concurso — a alternância de alegria e tristeza que se escondia atrás do deslumbre do palco. Por um momento, ela sentiu que a friagem do fim de outono perfurava o vidro e entrava nela.

Mieko se espantou com a sua imagem refletida no vidro, o ar severo e apreensivo.

Céus, pensou, *que cara assustadora a minha. Como se eu fosse aluna de alguma escola de música e aguardasse ansiosa a minha vez de tocar.*

Ela começou a esfregar o rosto para afrouxar a tensão, embora não tivesse certeza de que daria certo.

Era a estreia do concurso de Yoshigae, que continuaria pelas próximas duas semanas. A primeira etapa começaria no dia seguinte.

Houve um concerto de abertura, um recital do vencedor do concurso anterior. Um dos benefícios importantes concedido ao ganhador era uma turnê de concertos em várias cidades do Japão, e aquele recital marcava o início dessa turnê.

O vencedor não fora aprovado na etapa de inscrição escrita, mas passou pelas audições e conseguiu chegar ao primeiro lugar. Tornou-se um astro mundial, uma presença imponente no palco, e sua participação em Yoshigae era uma notícia importante.

Uma das recompensas especiais de ser jurado era essa: apreciar plenamente, agora nas poltronas da plateia, o concerto triunfante de retorno de um astro que você ajudou a descobrir. Mieko se sentiu cheia de energia com a ideia de que outro novo astro nasceria no concurso atual.

Depois do concerto, o saguão era usado para uma festa só para convidados. Era a primeira vez que os jurados das audições do mundo inteiro se reuniam, e alguns pianistas também estavam lá, dando ao evento um sabor decididamente internacional. A festa estava a pleno vapor, com dignatários do conselho municipal que patrocinavam o concurso, o prefeito de Yoshigae e VIPs locais, e representantes de alto nível das empresas patrocinadoras. Yoshigae era uma das cidades industriais mais importantes do Japão, sede de vários fabricantes mundiais de máquinas, e a cidade era abençoada com receita tributária abundante, apesar da recessão mundial.

— Você parece tão perdida aí, Mieko, tão sozinha.

Mieko ainda esfregava o rosto para afrouxar os músculos tensionados quando alguém lhe deu um tapinha no ombro. Era o compositor Tadaaki Hishinuma. Mieko lhe deu um sorriso irônico.

— Não é um modo muito agradável de dizer. Você deveria ter dito que eu parecia estar em contemplação profunda.

— Não me faça rir. Agora, quem era aquela mocinha que costumava faltar às minhas aulas porque dizia que não aguentava pensar demais e detestava estudar solfejo? Hein? Parecia mais que você estava contando as rugas novas que colecionou no ano passado.

— Você é terrível! — afirmou Mieko rindo.

O concurso de piano de Yoshigae sempre encomendava uma obra nova de um compositor japonês que todos os concorrentes tinham de aprender; naquele ano, Hishinuma foi o escolhido. Um de seus avós tinha sido um escritor eminente, o outro um grande personagem político. Era um homem bonito, com uma aura decidida, mas sempre que abria a boca para falar, jorrava uma torrente do antigo e grosseiro dialeto de Tóquio, e todos que o conheciam achavam o contraste dissonante.

— Então, o que é isso que ouvi sobre a descoberta de um pianista muito incrível pelo contingente francês? — Hishinuma olhou Mieko com um brilho nos olhos.

— Então você também ouviu falar, é? — Mieko não conseguiu evitar que sua cara se fechasse.

— Dizem que é filho de um apicultor, não é? Parece que todo mundo o chama de Príncipe das Abelhas.

— Príncipe das Abelhas...

Mieko ficou sem palavras. *Jin Kazama.*

O nome lhe soou muito pesado. Ela, Simon e Smirnoff tinham se encontrado recentemente pela primeira vez depois das audições de Paris, e ficou claro que, para os três, o garoto ainda era um espinho na carne.

Depois da audição, eles ficaram ocupadíssimos com suas programações, mas, nesse ínterim, tinham obtido um pouco mais de informação sobre Kazama.

O que primeiro surpreendeu Mieko foram os *kanjis* usados para escrever o nome do garoto.

Ela tinha imaginado que o primeiro nome, Jin, seria escrito com o ideograma mais comum, que significava "benevolência", e se espantou ao descobrir que era escrito com o *kanji jin,* que significa "poeira". Simon se surpreendeu com a reação estupefata dela, mas, quando Mieko explicou o significado do ideograma, ele caiu na gargalhada.

O riso dele a desesperou. Eles tinham caído na armadilha de Hoffmann, e, além disso, o nome do garoto era *Poeira*? O pai de Jin devia ser muito excêntrico. Simon achou aquilo tudo muito divertido, mas isso só aumentou a ansiedade de Mieko.

O boato de que um jovem pianista extraordinário tinha aparecido nas audições de Paris logo se espalhou pelo mundo da música.

Como sempre, Mieko tentou evitar qualquer informação antecipada sobre os concorrentes para não desenvolver preconceitos, mas, quando se tratava de Jin Kazama, esses boatos crescentes o precediam, e ela ouvia de tudo, quisesse ou não. Basicamente, ele era desconhecido, e não havia quase nenhum detalhe sobre sua formação, mas isso só servia para atiçar o entusiasmo. E se, com toda essa escalada, a sua apresentação real não cumprisse as expectativas? Mieko estava apavorada. Caso se sentisse enganado, sem dúvida o público dirigiria sua irritação aos jurados que haviam permitido a sua aprovação.

— Por que a cara azeda?

Hishinuma ficou desconcertado. Devia ter achado que Mieko estaria mais empolgada.

— Bom, há algumas coisas. Hum... até Hoffmann poderia errar, não é?

— Disseram que havia uma carta de recomendação.

Mieko não fazia ideia do que Hishinuma pensava; de repente, a expressão dele tinha ficado séria.

— Mas parece verdade que Yuji deu aulas a esse... Príncipe das Abelhas — disse ele. — Liguei para Daphne outro dia, e ela disse que Yuji viajava para dar aulas a uma criança.

— O quê?

Daphne era a viúva de Yuji Von Hoffmann. Hishinuma e a sua família eram amigos dos Von Hoffmann e, mesmo depois da morte de Yuji, mantiveram contato telefônico.

— O próprio maestro foi dar aulas ao menino? Inacreditável.

Hoffmann era famoso por aceitar pouquíssimos alunos, pois raramente ensinava fora de casa.

— Daphne lhe fez perguntas, mas, ao que parece, Hoffmann só sorriu. Ele era mesmo do contra. Ela contou que ele sorriu e disse: "Faço isso porque ele é um músico viajante."

Um músico viajante. Uma descrição adequada, pois Jin era filho de um apicultor que tinha de viajar até onde houvesse florações.

Mas como foram as aulas? O garoto não tinha ideia de como se comportar no palco, e não havia indício nenhum de que tivesse sido orientado por um profissional.

— E quando o Príncipe vai tocar? Creio que ele não esteja aqui na festa, não é? — Hishinuma deu uma olhada pelo saguão.

— Ele está programado para o último dia da primeira etapa. Parece que chegará ao Japão bem a tempo.

O concurso inteiro durava duas semanas, e os noventa e poucos músicos da primeira etapa se apresentariam durante cinco dias. Alguns pianistas que tocariam no dia seguinte estavam na festa de abertura, outros ainda refinavam furiosamente as peças da apresentação.

O Japão ficava muito longe da Europa e da América, e participar do concurso podia sair caro. Mesmo quando os concorrentes conseguiam se hospedar com uma família no Japão, o fardo financeiro era considerável. Os pianistas que chegaram alguns dias antes a Yoshigae e ficaram em hotéis eram, principalmente, de países vizinhos, China e Coreia do Sul, em geral, filhos de famílias ricas. O resto tinha pouca opção além de aparecer no último momento possível. Mieko não sabia se Jin Kazama tinha dinheiro ou não, embora fosse provável que não.

— Oh-oh... Não olhe agora, mas a Rainha se dignou a aparecer — murmurou Hishinuma.

— Disse alguma coisa, Tadaaki? — interrompeu uma retumbante voz de contralto.

— Ela sempre teve ouvidos afiados — disse Hishinuma à amiga.

Uma russa ruiva e atraente se aproximou, alta, de busto voluptuoso, vestida com um terninho azul. Essa presença esplêndida e poderosa era, nada mais, nada menos, que Olga Slutskaya, pianista famosa e professora de reputação consagrada. Conhecida como japanófila, era bem fluente no idioma. Com quase setenta anos, não perdera nada do encanto e da vitalidade cativantes. Tinha um grande círculo de contatos no mundo da música, habilidade administrativa e diplomática extraordinária e sabia-se que, em seu papel de presidente da comissão julgadora, fora fundamental para transformar o concurso de Yoshigae num evento verdadeiramente internacional.

— Você não estava falando mal de mim, não é? — Olga deu um doce sorriso e sacudiu os ombros bem torneados.

— Que bobagem — disse Hishinuma com um sorriso insinuante.

Ele não era muito mais novo do que Olga, mas esse senhor era sempre muito educado e modesto com as mulheres bonitas, pensou Mieko, sorrindo por dentro.

— Falávamos de que talvez vejamos um novo astro nascer este ano também.

— Ah, isso seria bom — disse Olga com uma risadinha. Seus olhos pareceram cintilar por um instante.

Obviamente, ela ouvira falar da audição de Paris e, sem dúvida, levou em consideração o gosto e a reputação daquele grupo de três membros. Olga era uma pessoa estrita que seguia as regras à risca e preferia um desempenho ortodoxo que refletisse a profundidade da compreensão da peça. Naturalmente, desaprovaria um excêntrico e exuberante como o Príncipe das Abelhas. Sempre pragmática, contudo, mesmo assim faria pleno uso de qualquer coisa que criasse empolgação e atraísse mais atenção para o concurso, fosse a carta de recomendação de Hoffmann, fosse esse Príncipe das Abelhas ou da Poeira.

— Faz muito tempo que a gente não se vê, não é, Mieko? Por favor, passe mais tarde no meu quarto, certo? — disse Olga, com um digno olhar de soslaio na sua direção, que Mieko enfrentou com um sorriso sem compromisso enquanto Olga passava.

Deus me livre, murmurou Mieko consigo, procurando rapidamente outro grupinho espalhafatoso onde entrar. *Se alguém veria o Príncipe das Abelhas como inimigo, seria ela,* pensou.

— Fora as audições de Paris, ouvi o boato de que há outro superastro à espera nos bastidores, de Nova York — murmurou Hishinuma enquanto seguia o olhar de Mieko.

— Ah, é? — *Esse senhor é meio rápido demais para mim*, praguejou ela entredentes.

Seu olhar recaiu sobre um homem alto e magro — sorridente, mas com um brilho incisivo nos olhos.

Nathaniel Silverberg.

Ele tinha uma massa de cabelo castanho-claro desgrenhado, uma verdadeira juba de leão espalhada em todas as direções, apesar de todo o esforço para domá-la. Normalmente amistoso, franco e encantador, às vezes sabia ser fogoso e implacável consigo e com os outros quanto se tratava de música.

Quando alguém tinha a infelicidade de provocar sua ira, era impossível suavizar a situação depois. Mieko só tinha visto esse seu lado uma vez, quando ele se transformou numa pessoa completamente diferente, o cabelo não mais uma juba, mas um halo de chamas em torno da cabeça da estátua de alguma feroz divindade budista.

Ele era mais ou menos da mesma idade de Mieko, a pequena distância dos cinquenta anos, um pianista na melhor forma, tanto em popularidade quanto em talento, que ultimamente trabalhava como maestro e diretor de palco — mas que também era conhecido em outros campos além da música erudita. Nathaniel era britânico, mas nos últimos anos trabalhava como professor da Juilliard, e os Estados Unidos se tornaram sua base de operações.

— Que cabeleira... estou com inveja — murmurou Hishinuma, dando tapinhas no próprio cabelo minguante.

— Bom, já afinou bastante desde a juventude, sabe. No passado, diziam sem gentileza que ele poderia ser um daqueles praticantes da Dança do Leão, que sacodem uma juba imensa.

Hishinuma deu uma risadinha.

— Ouvi falar que o processo de divórcio foi um verdadeiro trauma, mas ele ainda tem uma compleição bem juvenil.

— O rosto talvez seja um pouquinho oleoso.

Mieko também tinha ouvido falar que Nathaniel se atolou no processo de divórcio da atual esposa.

— Quando se trata do relacionamento com mulheres, ele sempre foi bem escorregadio — murmurou ela.

Hishinuma lhe deu um olhar questionador, em seguida um tapa teatral na testa.

— Claro, é isso mesmo. Esse cara era *seu* marido, não é?

Sério? Como pode ter esquecido, esse velhote!

— Isso é história antiga — disse ela.

— Certo. E como vai seu filho?

— Outro dia ele me mandou um e-mail. Arranjou emprego este ano. Vai trabalhar no governo. Saiu ao pai em tudo, inclusive na aparência.

Depois de se divorciar de Nathaniel, a pedido dos pais, ela foi a um encontro *miai* arranjado por uma casamenteira e se casou com um bancário formado na Universidade de Tóquio. Em retrospecto, ela via que, em essência, havia enlouquecido, mas na época estava exausta de ser controlada em tudo por Nathaniel e realmente achou que, se era para casar de novo, que fosse com um tipo sério e confiável. O filho que teve com o segundo marido era igualzinho ao pai, como se cortados do mesmo tecido; criado para ser igualmente sensato e lúcido, era difícil acreditar que fosse filho da irrefletida Mieko.

Ela e o marido se divorciaram antes que Shinya iniciasse o ensino fundamental, e o pai obteve a custódia. Ela não sabia exatamente como o menino foi criado. O ex-marido logo se casou de novo, e as lembranças que Mieko tinha de Shinya eram de quando era pequeno. A madrasta parecia uma pessoa capaz, e Mieko se sentia muito grata por ela ter criado Shinya para ser um rapaz tão forte e íntegro.

Shinya não tocava piano, mas gostava de música e, no ensino médio, assistiu a alguns concertos de Mieko. Mais tarde, escreveu-lhe cartas para delinear seus pensamentos. As suas observações eram sempre perspicazes, e ela sentia uma mistura homogênea de felicidade e vergonha ao lê-las. Hoje, trocavam e-mails com mais frequência pelo celular, e os pais dele pareciam não ver problema nisso.

Queria saber com qual dos pais a filha de Nathaniel se parece, ponderou.

Bem, quando esse pensamento lhe chegou, seus olhos encontraram os dele, e ela levou um susto.

Percebeu um toque de embaraço na expressão de Nathaniel.

Ela sabia que, para ele, havia sido difícil esquecê-la. No momento seguinte, o rosto dele enrijeceu, um mau sinal. Devia estar recordando Paris e todo o descalabro do Príncipe das Abelhas, ela teve certeza.

Ele se aproximou, o rosto ainda austero.

Mieko se forçou a sorrir.

— Já faz algum tempo.

Nathaniel a olhou, os olhos pétreos.

— Você está com boa aparência — disse ela. Mieko fez o que pôde para soar animada.

— Você também — respondeu ele.

A expressão de Nathaniel continuava paralisada, embora ele desse a Hishinuma um de seus sorrisos vitoriosos.

— Professor Hishinuma, faz muito tempo. Aquela sua peça dramática é muito interessante. Eu mesmo a toquei e gostei imensamente.

— Fico feliz em saber.

Enquanto observava Nathaniel discutir entusiasmado a peça com Hishinuma, Mieko sentiu que ele a desaprovava.

Está zangado. Irritado comigo por aceitar aquele menino que tinha a carta de recomendação de Hoffmann.

Por que, Mieko?, ele devia estar pensando. *Por que diabos você não impediu isso?*

Ela quase conseguia imaginar a fúria de Nathaniel quando finalmente o ouvisse tocar.

O cabelo dele se arrepiaria exatamente como o daquela irada divindade budista. A razão era que Nathaniel já tinha pertencido ao grupo minúsculo e muito seleto de alunos de Hoffmann.

Uma vez por semana, Nathaniel pegava um avião na Inglaterra para ter aulas com Hoffmann, mas *nunca* recebeu dele uma carta de recomendação.

Para os que adoravam Hoffmann, que o respeitavam e até idolatravam, o maestro os enfeitiçava e lhes criava um caos emocional. *Exatamente como fez comigo*, pensou Mieko. *Esse garoto aparece com uma carta de recomendação sem precedentes do mentor que admiramos acima de tudo e que, francamente, me arrasou... Como é que vou lidar com isso?*

Não havia nada que eu pudesse fazer, quis dizer a Nathaniel.

Essa bomba que o maestro Hoffmann preparou já explodiu. A dádiva do *maestro já foi entregue...*

Uma sombra apareceu em sua linha de visão, como se fatiasse o ar.

— Professor Silverberg.

A sombra parecia envolta numa luz suave.

Mieko não pôde deixar de piscar com o rosto radiante do garoto.

— Ah, aí está você, Masaru.

Nathaniel o convidou a se aproximar, todo sorrisos agora.

— Masaru? — perguntou Mieko, estranhando o nome japonês.

— É — disse Nathaniel a ela antes de olhar Masaru. — Ele também descende de japoneses. A mãe é nipo-peruana de terceira geração.

— Nipo-peruana de terceira geração — repetiu Mieko, os olhos descansando no rosto do rapaz. Ele lhe pareceu mais latino-americano; ela não percebeu nenhum vestígio de sangue japonês em sua aparência. *Tantas raças diferentes misturadas*, pensou ela, com a palavra *híbrido* vindo à mente.

"Ele também...", tinha dito Nathaniel quando o apresentou. No fundo da mente, devia estar pensando em Jin Kazama.

Esse rapaz era tão alto quanto Nathaniel e vestia um terno bem cortado de *tweed* cinzento. Viril, mas tranquilo. Feroz, mas contemplativo. Elementos contraditórios que coexistiam, mas não unidos à força. Mieko via com frequência pessoas cujo corpo a fazia visualizar *velocidade física*, e Masaru era exatamente assim. Um animal flexível com um poder explosivo escondido sob a superfície.

— Espero que você seja especialmente bondosa com esse rapaz — disse Nathaniel, com uma expressão cômica no rosto enquanto fazia uma profunda reverência. Pôs o braço nos ombros de Masaru e o puxou para mais perto. — Ele é o tesouro escondido de Juilliard. Começou a competir este ano. Seu primeiro concurso foi em Osaka, não é? — perguntou a Masaru. — Por que Osaka?

— Achei que seria um bom treino antes de Yoshigae. Queria me acostumar ao clima e à sensação de uma sala de concertos. Mas não conhecia bem as regras, e fui desclassificado por causa de uma infração.

O rapaz coçou a cabeça com vergonha.

— É? — perguntou Mieko com surpresa. Ela franziu os olhos.

Então era ele, o rapaz que recebera as melhores notas até então naquele concurso, mas, sem nenhuma conexão com o mundo musical japonês para defender seu caso, acabou desclassificado.

— Seu nome, Masaru, significa "vitória" em japonês, não é? — Nathaniel olhou Mieko. — Masaru, esta é Mieko Saga, velha amiga minha.

— Sim, claro. Tenho muito prazer em finalmente conhecê-la. — Os olhos de Masaru faiscaram quando estendeu a mão.

Se for vitória *contra* poeira, *já é fim de jogo*, pensou ela.

Mieko deu outra olhada na praça lá fora pela imensa vidraça.

A noite se aprofundava. Dali a poucas horas, a cortina do concurso se abriria.

Uni Duni Tê

Estou pensando neste vermelho aqui para a final.

Kanade parecia tão séria que Aya não pôde deixar de sorrir.

— Mas nem sei se consigo chegar à final.

Aya queria soar leve, como uma brincadeira, mas Kanade se virou e lançou-lhe um olhar assustado.

— Aya-*chan*, você ainda está falando assim? Há montes de jovens no mundo que morreriam de vontade de estar em um concurso, mas não conseguem. Se vai ver as coisas desse jeito, é como se largasse tudo agora. Você não precisa se preocupar com meu pai.

— Sinto muito...

Aya ficou em silêncio e examinou os vestidos.

O concurso de Yoshigae começaria no dia seguinte, e, depois que decidiram a ordem das apresentações, Aya decidiu fazer um rápido bate-volta a Tóquio.

Elas estavam na casa do reitor Hamazaki, perto da faculdade, uma mansão imponente em estilo japonês, com um jardim luxuriante.

Aya e Kanade, a filha mais nova do Sr. Hamazaki, instalaram-se na enorme sala de estar, agora cheia de vestidos espalhados no tatame para inspeção.

Era o sonho de toda garota aparecer no palco com um vestido maravilhoso. Havia muitas meninas que começavam a estudar piano apenas com isso em mente: usar um lindo vestido no recital.

Mas, para as executantes, às vezes, os vestidos também eram bastante incômodos.

Podiam ser caros e volumosos. E não se devia usar o mesmo vestido com muita frequência.

Nos concursos, o mais comum era a moça usar um vestido diferente em cada apresentação. Para quem sobrevivesse até as finais do Yoshigae, seriam quatro roupas.

Sempre era possível alugar um vestido, é claro, mas, se não fosse confortável, a roupa podia atrapalhar o desempenho, e as pianistas tendiam a preferir vestidos próprios, com os quais estivessem acostumadas.

Fazia anos que não se apresentava para o público, e Aya não tinha nenhum vestido. Até os treze anos, a mãe sempre costurava todas as suas roupas de palco. Aya preferia roupas mais resistentes e masculinas e havia pensado em usar um terninho no concurso.

Kanade perguntou informalmente: "O que você vai vestir?" Quando soube que Aya pensava em usar terninho e calças, ficou horrorizada.

— Isso está absolutamente fora de questão — disse. — Um terninho ficaria esquisito.

Os Hamazaki tinham duas filhas: Haruka, a mais velha, formou-se em canto e estudava na Itália, enquanto Kanade estudava violino, dois anos à frente de Aya na mesma faculdade. As duas meninas haviam escolhido campos que combinavam muito bem com seu nome: Haruka significava "canção pura"; Kanade, "tocar um instrumento".

Foi o Sr. Hamazaki quem pediu a Aya que frequentasse a faculdade, mas, quando ela começou, foi sua filha Kanade que a tomou sob a sua proteção. A princípio, parecia um dever, mas a disciplinada Kanade e a muito mais informal Aya se entenderam bastante bem e, agora, se sentiam como irmãs.

As moças Hamazaki tinham o guarda-roupa cheio de vestidos e logo decidiram emprestar a Aya os trajes de que precisaria.

Como preferia modelos simples em tons monocromáticos, Aya só escolheu vestidos escuros, mas Kanade a aconselhou a não fazer isso. Como o próprio piano era preto e, nas finais, quando se apresentaria com a orquestra, todos os músicos estariam de preto, se também se vestisse assim, ela sumiria no palco.

Como também era aconselhável para todas as músicas, não só as pianistas, que não prendessem os ombros, muitas escolhiam vestidos sem mangas. Os bustiês também eram populares, mas Aya não gostava muito. Com os seus ombros caídos, alças fininhas não serviam, porque escorregavam facilmente. Depois de muita tentativa e erro, ela se decidiu por vestidos sem mangas. Tinha ouvido todas as histórias de horror: vestidos bonitos, mas que dificultavam tocar; executantes que tropeçavam na bainha do vestido; alças que escorregavam; moças que escolhiam tecidos sintéticos mais baratos e suavam loucamente durante a apresentação; vestidos que iam amarrotando e subindo enquanto tocavam, até que elas perdiam toda a concentração.

Depois de muita indecisão, as duas separaram quatro vestidos: um num tom de vermelhão, um azul-vivo, outro verde-escuro e um de lamê prateado. A questão agora era em que ordem ela os usaria.

Kanade percebia a confusão de Aya. Sabia que a amiga entrara na faculdade por recomendação do pai e que, só com relutância, Aya concordou entrar no concurso, por uma noção de obrigação, sem nenhum desejo de ganhar o prêmio.

— Aya-*chan*? — disse Kanade. — Você sempre achou que eu a ajudo porque meu pai mandou, não é?

Aya ficou surpresa. Não tinha imaginado que Kanade tocaria nesse assunto agora, nem que chegaria a mencioná-lo.

— Eu era muito fã sua — disse Kanade. — Desde pequena, meu pai diz que tenho um ouvido excelente. Quando ia assistir aos concursos, sempre conseguia indicar quem venceria e quem faria grandes coisas. Chegou ao ponto de meu pai sempre me perguntar: "Então, qual deles você acha que é?"

Aya sabia muito bem que Kanade tinha um ouvido extraordinário. Ia além do ouvido absoluto e incluía uma mistura maravilhosa de intuição e perspicácia crítica. Kanade tocava *covers* de muitos gêneros e escutava muitos grupos independentes. Dizia a Aya que determinada banda seria grande e, realmente, eles faziam muito sucesso. Aya ficava pasma com a percepção musical infalível de Kanade. As apresentações dela não se destacavam muito, mas seu som tinha uma maturidade além da idade, e os que a conheciam alimentavam excelente opinião sobre ela como violinista.

— Na primeira vez que ouvi você tocar, fiquei deslumbrada — disse Kanade. — Estava acostumada a ouvir os alunos que vinham estudar com o meu pai, e havia muitas crianças-prodígio entre eles, com técnica extraordinária. Mas você era de outro nível. Fui atraída pela sua musicalidade, tão livre e tranquila, tão generosa, mas com uma percepção inesquecível.

Aya se sentiu pouco à vontade. Era realmente ela que estava sendo descrita?

— Você não vai acreditar, mas eu ficava empolgadíssima quando a ouvia tocar. Eu me lembro de dizer a meu pai: "Essa menina vai ser uma estrela." Não era só confiança; eu tinha *certeza* absoluta.

Aya coçou a cabeça.

— E aí...

De repente, Kanade arregalou os olhos e fitou os de Aya, que parou de se coçar.

— E aí, de repente, você parou de tocar. Fiquei chocada. Francamente, me senti humilhada. É meio tarde para dizer, mas me ofendi, como se tivesse sido traída.

— Eu... sinto muito — respondeu Aya.

Kanade deu uma bufadinha, e seu rosto relaxou.

— Aí, anos depois, o meu pai voltou para casa certa noite e disse: "Você estava certíssima, Kanade. Bem na mosca."

— Quer dizer...

Kanade fez que sim.

— O dia em que papai ouviu você tocar a sonata para piano de Shostakovich.

Aya encarou Kanade.

— Fiquei felicíssima quando ele me disse que ia trazer você para estudar na nossa faculdade. Ele não disse *quero que ela se matricule*, mas *vou fazer tudo para ela se matricular*. Você sabe que ele parece gentil, não é? Pois bem, às vezes é bem durão.

— O professor Hamazaki? — Aya sentiu um calor subir dentro dela. — Então... acho que é graças a você que consegui estudar aqui.

— Exato. Tudo graças a mim! Então, mostre-me alguma gratidão agora. — Kanade riu. — Meu pai não fez o que fez com base apenas na minha intuição. Ele vinha pensando em você fazia muito, muito tempo.

Será que a mãe dela, enquanto ainda viva, lhe pediu que ficasse de olho nela?, pensou Aya.

— Então você tem de dar o máximo no concurso. É uma questão de honra e orgulho meus. Entendido?

Aya fez que sim.

— Então, tudo bem. Qual será o vestido da vitória?

As duas voltaram a comparar os quatro vestidos.

— Quero este na final — respondeu Aya depois de algum tempo, apontando o chiquérrimo vestido prateado.

— Não é meio discreto? — Kanade inclinou a cabeça, em dúvida.

Aya fez que não.

— Não, não é. É o meu favorito. O segundo caractere de meu nome, Aya, significa "noite". Este dá a sensação do luar. É perfeito.

— Acho que você tem razão, explicando assim.

— Vou dar meu melhor, assim poderei usar este aqui na final. Obrigada, Kanade-*chan*.

Aya agradeceu com tanta sinceridade que foi a vez de Kanade de se sentir um pouco sem graça e desviar os olhos.

QUANDO SAIU DA CASA dos Hamazaki, Aya não pôde deixar de suspirar.

A temperatura lá fora havia caído.

Parece mesmo o fim do outono, pensou. O ar frio no rosto era revigorante.

Kanade a havia deixado muito feliz, profundamente comovida, mas, agora que estava na rua, os sentimentos negativos começaram a se esgueirar de volta.

O concurso começaria no dia seguinte, mas ela achava difícil processar a informação.

Sabia que tinha de seguir o que Kanade dissera: recompor-se e se concentrar.

Mas Aya só tocaria no último dia da primeira etapa, pois era o número 88 da lista. Oito era um número de sorte, com o jeito como o caractere chinês se abria para significar prosperidade. Mas o que realmente a deixou pasma acerca do número 88 foi a quantidade enorme de candidatos que revelava.

Por que agora, nessa data tão tardia, preciso que os outros me classifiquem?, pensou Aya, refletindo sobre a sua relutância com toda aquela situação. *Minha vida musical, do jeito que está agora, é gratificante. Quero que a música seja a minha vocação, isso é certo, mas me tornar pianista de concertos não é o que eu estava pensando. Ser música de estúdio é uma coisa, mas acho que não fui feita para me apresentar diante do público.*

Havia mais um problema que a preocupava.

Não fazia muito tempo, uma solicitação enviada a ela por um canal de TV chegou à faculdade, querendo saber se podiam filmá-la durante o concurso. Queriam fazer um documentário sobre todo o processo, do começo ao fim. Dentre todos os alunos participantes, escolheram Aya. Rápida e educadamente, ela recusou, mas lhe ficou um gosto azedo.

Ficou óbvio o que queriam fazer: registrar o drama da *ressurreição da menina-prodígio*.

A menina que sumiu do palco tinha voluntariamente voltado. Imagine como ficariam contentíssimos se ela revelasse que dedicava esse retorno à falecida mãe. Era deprimente pensar que era assim que o mundo via sua participação.

Ela nunca se arrependeu de abandonar a carreira de pianista de concertos. Ela ainda amava a música do fundo do coração, e a vida sem ela era inimaginável. Mas era difícil aguentar a ideia de que as pessoas viam os seus motivos de forma tão diferente e achavam que ela morria de vontade de voltar ao palco, ou que só agora se sentia recuperada o suficiente para isso. Aya era uma pessoa tranquila e informal, embora pudesse ser meio do contra. E esse aspecto de sua personalidade a fazia hesitar em encenar o tipo de *ressurreição* que, aparentemente, todos esperavam.

Bom, pensou ela, *longe de ser uma ressurreição, se eu não passar pela primeira etapa do concurso, vou virar assunto de piada.*

Aya deu uma risadinha irônica para si mesma.

Talvez porque a faculdade estivesse próxima, seus pés a levaram naturalmente naquela direção.

Já era tarde da noite, mas os prédios da escola estavam bem iluminados.

Em regra, as salas de estudo ficavam disponíveis vinte e quatro horas. Quando um concurso, provas ou um concerto da escola toda se aproximavam, era comum os alunos virarem a noite estudando sem parar.

Aya não estava com vontade de ir diretamente para casa. Em vez disso, decidiu dar uma olhada nas salas de estudo. Também estava cansada depois de todas as decisões sobre o guarda-roupa. Tocar piano um pouco a animaria antes de voltar para casa.

Como esperado, as salas de estudo estavam quase todas ocupadas. Ela conseguia perceber, pelas portas à prova de som, os alunos ensaiando freneticamente estudos de Chopin e sonatas de Beethoven. Avistou dois alunos que também estavam no concurso de Yoshigae. A tensão palpável da última hora e a exaustão noturna enchiam as salas.

O seu piano favorito estava ocupado, e ela saiu em busca do segundo lugar.

A música que vinha de uma das salas de estudo a fez parar de repente.

Mas o quê...?

Por um momento, não soube o que escutava. Uma massa de som indescritível.

Não conseguia distinguir a melodia.

Seria jazz? Ela ficou escutando.

Nunca tinha ouvido aquele jeito de tocar. Ela conhecia o som de praticamente todos os alunos do departamento de piano. Seria alguém do departamento de composição? Ela foi até a porta e encostou a orelha.

Sabia que alguns alunos tinham formado um grupo de jazz e costumavam tocar juntos.

Mas, enquanto escutava, sentiu um arrepio. A boca ficou seca.

Não, não era um deles. Fosse quem fosse, era excepcional. Realmente excepcional. Tão bom quanto um dos alunos de seu departamento. Ah, não exatamente. Ela não conseguiu identificar, mas o som era incrível.

Acima de tudo, era muito *diferente.*

Essa foi a primeira coisa que a fez parar e escutar. Em geral, a música que passava pelas portas à prova de som era abafada e fosca, com toda a individualidade e ornamentação niveladas.

Mas aquele som era rico. Praticamente perfurava a porta.

Não havia como um aluno dali criar um som daqueles com um dos pianos.

Aya inclinou a cabeça para trás, o coração batendo mais rápido.

Um trecho incrível. Embora o pianista tocasse em oitavas, cada nota era medida com precisão, totalmente limpa. Como aquela pessoa conseguia tocar de forma tão homogênea?

Aya sentiu o sangue sumir, um choque que era quase medo.

Consigo ouvir algo completamente incrível, pensou. *No dia anterior ao início do concurso, numa sala de estudo da faculdade à noite, sinto algo que agita todo o meu ser.*

O som mudou e a espantou de novo. Aquela velocidade eletrizante se desacelerou de repente, substituída por um clima descontraído.

Rumba, pensou ela. Era ritmo de rumba. Ao acompanhamento provocante da mão esquerda, a direita acrescentou uma melodia que ela sabia que já tinha escutado.

O que é isso? Eu conheço. Há muito improviso misturado, mas com certeza é...

Ela apertou a orelha com mais força contra a porta.

"Zui zui zukkorobashi!" O "Uni Duni Tê" tradicional das crianças japonesas. E inacreditavelmente tocada em ritmo de rumba! Sem conseguir se segurar, Aya espiou pela janelinha quadrada da porta.

A primeira coisa que viu foi um boné marrom-escuro. A aba puída oscilava de um lado para o outro. Era usado por um garoto. Não estava sentado, mas em pé, balançando o corpo enquanto tocava. Como esperado, ela nunca o tinha visto. Aya ficou na ponta dos pés, tentando avistar seu rosto.

Ele não é aluno desta escola. É muito novo. Talvez... ainda no ensino médio?

Ele tocava a rumba com estilo próprio, olhando de repente o teto, depois a parede.

Por um segundo, parou de tocar.

Então, também repentinamente, começou um estudo de Chopin.

Como assim?

Num reflexo, Aya deu meia volta.

Não havia erro. O garoto tocava a abertura do mesmo *Étude n.º 1,* de Chopin, que outro aluno estudava com tanta seriedade em outra sala, na outra ponta do prédio, e ajustou a execução para se igualar à do outro.

Sem chance! Como é que ele conseguia escutar de dentro da sala de estudo?

Ela sentiu outro arrepio pelo corpo. Aquele garoto tocava em sincronia perfeita com a peça que ela mal percebia à distância. Ele realmente conseguia escutar.

O som ficou turvo, estranho, irritante aos ouvidos. Aya ficou confusa. Ele estava se atrapalhando?

Era a mesma linha melódica. Aquela frase gloriosa que vinha como uma onda e voltava.

Aya sentiu a pele se arrepiar.

Agora entendi. Ele está superpondo a mesma frase à do outro aluno, mas exatamente meio-tom acima.

Ele tocava de forma tão natural, tão informal. Uma execução discreta, desapaixonada.

Ainda balançando, ele se virou para a porta.

Seus olhos encontraram os de Aya.

Ele parou.

Aconteceu de forma tão abrupta que Aya não teve a oportunidade de se afastar. Os olhos dela ficaram fixos nos dele. O garoto murmurou alguma coisa, como se fosse pego em flagrante no meio de uma travessura.

Ele é amado.

No momento em que avistou o rosto do garoto, foram essas as palavras que lhe vieram. O garoto era amado pelo deus da música.

Por que sentiu aquilo, ela não fazia ideia. Mas, quando viu o rosto dele, o pensamento surgiu. *Beatífico, inocente.* Palavras que normalmente não usava, mas, quando vislumbrou o seu rosto, teve uma noção imediata da imagem que conjuravam.

O garoto tirou o boné. Pegou a sacola no chão e saiu às pressas pela porta.

— Desculpe. Desculpe — disse-lhe o garoto, baixando a cabeça.

— Por quê? Por que está pedindo desculpas? — perguntou Aya, mas o garoto estava pronto para sair correndo.

— Sinto muitíssimo. Eu sabia que não devia, mas, quando passei lá fora, ouvi o piano e achei que tinha um som tão bonito que entrei...

O garoto não parava de se curvar, afastando-se.

— Eu... não é comum para mim, tocar um piano tão bom. Então só pensei...

— Como assim?

Aya piscou com surpresa. Ele ouviu o piano lá da rua? O som de um piano numa sala de estudo à prova de som?

— Espere! Quem... é você?

O garoto enfiou o boné de novo na cabeça e correu.

— Espere! Diga o seu nome!

Aya tentou ir atrás dele, mas o garoto já escapulira pela porta da frente. Ela o viu sair correndo, não na direção do portão principal, mas do muro nos fundos do jardim.

— Sem chance.

Aya só conseguiu observar enquanto ele sumia na escuridão.

De algum modo, o garoto conseguiu apoiar o pé e pular o muro de tijolos.

Sério? Ele estava invadindo?

Ela esqueceu tudo — o concurso, os vestidos, a filmagem — e, à porta, fitou a noite fixamente.

O Cravo bem temperado, livro 1, n.º 1

Masaru Carlos Levi Anatole acordou às seis da manhã no quarto de hotel, segundos antes que o despertador tocasse. Num relâmpago, apertou o botão de desligar.

Raramente precisava do despertador. Quase sempre conseguia acordar sozinho, exatamente na hora que queria, mas havia configurado o despertador mesmo assim, só para garantir.

Depois de alguns dias no Japão, havia superado o *jet lag*.

Masaru saiu da cama, despiu o *yukata* — o maior tamanho de roupão que tinham, mas ainda curto demais para ele — e abriu as cortinas.

Tinham lhe dado um quarto com uma vista maravilhosa da cidade oceânica de Yoshigae, o Pacífico como um imenso arco à distância. Estava nublado, mas ainda claro, o oceano, uma mistura cintilante de azul e cinza. Masaru deu um gritinho de alegria.

Mesmo com a cor incomum, no Japão, o Pacífico parecia um desenho a bico de pena. Talvez porque fosse observado através do ar pesado e úmido. Era difícil acreditar que fosse o mesmo oceano visto na Costa Oeste dos Estados Unidos.

Masaru se esticou e fez alguns alongamentos para afrouxar os membros; depois, jogou água fria no rosto. Vestiu a roupa de corrida, pegou o elevador até o saguão, saiu e começou um trote tranquilo.

De manhã, cedinho, as ruas desertas estavam limpas e revigorantes, o ar fresco estimulando o rosto.

Sons de um cachorro levado para passear, o estalido das suas unhas na calçada, o rugido da motocicleta do entregador de jornais.

Eram os sons do Japão. Ele correu algum tempo, parou, continuou a correr. Alto, de passos longos e arrojados e ombros musculosos, seria considerado um atleta por quem o visse.

Na verdade, ele foi esportista, especialista em salto em altura, e ainda agora, na Juilliard, considerava os músicos um tipo de atleta.

Os pianos que tinha de tocar em diversos locais eram como pistas de corrida, afetados pelo clima local, enquanto a sala de concerto era um tipo de estádio. Dedos compridos e mãos grandes eram fundamentais, mas também eram necessários ombros e pulsos flexíveis, a capacidade de prender a respiração por muito tempo, de inspirar profundamente, músculos com potência explosiva, resistência criada com um cerne meticulosamente treinado, e tudo isso possibilitava belos pianíssimos e fortíssimos. A compreensão humilde e profunda da música também era necessária, além da capacidade de tocar com generosidade de espírito. E Masaru tinha cada uma dessas qualidades.

Ele imaginava o oxigênio enchendo todo o seu corpo, no mesmo ritmo das passadas e da respiração.

Nunca escutava música enquanto corria. Mesmo assim, agora sua cabeça estava cheia da música de Bach. Bach era música matutina. O *Cravo bem temperado*, uma das peças programadas para a primeira etapa do concurso. Naquela manhã, não era a versão de Glenn Gould na sua mente, mas a de Gustav Leonhardt.

— *Ohayo, Nippon* — murmurou Masaru em japonês.

Bom dia, Japão.

MASARU MOROU DOIS ANOS no Japão, a partir dos cinco anos de idade.

Na verdade, ele não se recordava muito bem. Como sabia falar um pouco de japonês, foi para a escola pública fundamental perto de casa. Não durou três meses.

Com sua personalidade naturalmente otimista, a experiência não o traumatizou muito, mas ele ainda lembrava que se sentiu um *alienígena*.

A mãe, Michiko, ficou mais chocada do que ele.

Era uma nipo-peruana de terceira geração, muito trabalhadora e não parecia nada asiática, embora sentisse um orgulho desmedido da herança japonesa. Orgulhava-se muito dos mandamentos que a sociedade nipo-peruana valorizava: honrar o trabalho, cumprir promessas, ser gentil com os outros, poupar dinheiro, estudar, ter uma vida íntegra, manter-se, a si e à casa, limpas e apresentáveis. Os irmãos tinham grande destaque em seu campo e ocupavam cargos importantes. A mãe de Masaru não era exceção: formou-se em Engenharia na universidade nacional peruana e foi estudar na França. Depois do doutorado, trabalhou numa usina nuclear, casou-se com um físico francês e teve Masaru. Tudo isso explicava o nome comprido e complexo do rapaz.

Com as *joint ventures* de energia nuclear entre a França e o Japão, Michiko e o marido foram transferidos para Yokohama. Era a primeira vez que ia ao Japão, e ela ficou empolgada com a mudança. Tinha ouvido falar que o nível educacional era alto e pôs Masaru numa escola pública local.

Sua esperança se frustrou.

Masaru foi completamente rejeitado pelo Japão e pela pequena *sociedade* que formava a escola primária japonesa. Todo dia, quando voltava para casa, a mochila do menino estava cheia de restos fedorentos de comida. Além de não almoçar, toda manhã, quando estava prestes a ir para a escola, ele vomitava todo o conteúdo do estômago. Michiko também enfrentou uma muralha de rejeição pela aparência latino-americana. Ela era uma pessoa adorável, alegre e animada, e Masaru se lembrava de como parecia infeliz, ainda mais do que ele. O resultado foi a transferência do filho para uma escola internacional durante os meses que restavam até a data em que voltariam à França.

Para a mãe, a experiência no Japão foi um choque, mas não tanto para Masaru. Ele ficou aborrecido por decepcioná-la, mas também sentia que tudo aquilo era o outro lado da moeda do encanto do Japão.

Embora se sentisse incomodado na escola fundamental japonesa, ele achava que as escolas eram basicamente as mesmas em toda parte. A França também não era tão legal assim. Será que os franceses estavam mais acostumados a ver raças variadas e, com a longa história colonial, se sentissem mais à vontade com pessoas de outras terras? Mesmo assim, havia preconceito, como em toda parte. E, em toda parte, as crianças eram cruéis com os diferentes. O único contraste era que, na França, com a sua população multiétnica, Masaru não se destacava tanto. Depois de três anos na França, os pais mudaram de emprego e, com onze anos, Masaru os acompanhou até os Estados Unidos.

— Ma-*kun*, cheguei. Vamos!

Masaru se virou.

Ele ainda conseguia recordar aquela voz alegre. Fazia mais de dez anos que a tinha ouvido pela última vez, mas ela permanecia perfeitamente distinta em sua memória.

Foi no Japão que Masaru pôs os olhos pela primeira vez num piano.

Ele terminou a corrida de volta ao hotel, tomou um banho e desceu para o café da manhã no restaurante.

Agora eram sete e vinte, e a maioria dos hóspedes era de empresários. Havia também um punhado de outros concorrentes, mas não muitos.

A primeira etapa do concurso, que começava naquele dia, duraria cinco dias, e, como só se iniciava à tarde, era provável que os pianistas se demorassem mais na cama. Quem ia tocar provavelmente chegaria depois, pouco antes de o serviço de café da manhã se encerrar, e pularia o almoço. Todos estariam estudando, com o seu horário na cabeça. Alguns até estariam nervosos demais para comer e, mesmo àquela altura, repassavam diligentemente o programa do recital.

Masaru era do tipo que se inflamava com o público e nunca, nenhuma vez, sentira medo do palco. Achava que todos eram assim e ficou surpreso ao descobrir que havia pianistas que perdiam completamente o apetite com a aproximação do concurso e ficavam bem esqueléticos.

Masaru achou empolgante o primeiro concurso em Osaka. Era como um evento esportivo, um sentimento intenso, tipo vença ou vá para casa. Ele se sentia entusiasmado.

O rapaz descobriu que, nos concursos, o que ele realmente adorava era a oportunidade de escutar vários tipos de apresentação ao vivo, de pianistas com diversos níveis de habilidade.

— O que está pensando, Masaru? Não há necessidade de você ouvir com tanta seriedade esse tipo de apresentação.

Ele se lembrava de que alguém lhe dissera isso — provavelmente, outro aluno de Juilliard que também concorria em Osaka. Masaru escutou todas as apresentações desde o primeiro dia, com exceção, é claro, das que aconteciam logo antes ou logo depois da sua.

— O quê? — havia respondido. — Mas é divertido. Raramente temos uma oportunidade como esta de ouvir tantos pianistas diferentes.

O colega ficou espantado. Sério? Masaru achava tudo aquilo *divertido*?

Provavelmente, imaginou que Masaru diria algo parecido com o comentário de outra concorrente, Jennifer Chan: "Não escuto apresentações ruins. Os meus ouvidos doem."

Naturalmente, algumas apresentações eram chatas, outras um show de horrores técnicos.

Mas Masaru achava interessante analisar o que era ruim e como poderia ser melhorado.

— Masaru é muito mais adequado do que todos nós para ser professor — costumava observar seu mentor Nathaniel Silverberg.

Nacionalidade, personalidade, as manias do professor: tudo isso influenciava o desempenho, e Masaru se perguntava como a mesma peça tocada no mesmo piano podia soar tão diferente. O concurso era uma verdadeira exposição de pianistas, e ele nunca se cansava de escutar. Quando pensava em todos os jovens do mundo encantados com o instrumento, dispostos a passar um tempo absurdo estudando, espantava-se mais uma vez com a sua mágica. Exatamente como aconteceu com ele na primeira vez que ouviu o piano.

— MA-*KUN*, CHEGUEI. VAMOS!

A menininha era um ano ou dois mais velha do que ele.

Tinha grandes olhos cintilantes e cabelo preto, liso e comprido.

— Ah... Tá bom.

Masaru sempre hesitava na porta da frente, fingindo não estar tão interessado assim em ir.

Então ela agarrava sua mão e ia. Masaru esperava que ela fizesse isso. A sensação da mão dela na sua enquanto os dois iam para a aula de piano.

A menina tinha aulas regulares, e Masaru era mais um acréscimo aleatório. Ele percebia que a menina e o professor eram muito generosos por permitir que participasse.

As próprias aulas eram pouco convencionais. A casa do professor estava sempre cheia de diversos tipos de música, tudo, de rock e jazz a canções e *enka* japoneses. Havia duas músicas de que Masaru gostava muito na época e ainda sabia cantá-las: "Isezakicho Blues" de Mina Aoe e "Funa uta" ou "Canção do mar" de Aki Yashiro.

— Você gosta de vozes roucas, não é, Ma-*kun*? Seu gosto é bem moderado.

Ele recordava que tanto o professor quanto a menina ficaram impressionados com isso.

Os dois tocavam juntos vários tipos de música, às vezes improvisavam; depois, faziam escalas e uma peça a quatro mãos. Mergulhavam cada vez mais naquilo, e o tempo voava.

Quando a menina tocava, a gente esquecia que era tão jovem. Havia dentro dela algo muito maior, que parecia evoluído e maduro. Beatífico, até.

Masaru achava que, se estudasse o suficiente, qualquer um conseguiria, mas o nível da menina era tão alto que ela já ultrapassara muito o estudo básico. Era um prodígio, o primeiro que ele conheceu. Ele tinha certeza de que, nos anos seguintes, ela ficaria famosa.

Mas não conseguia se lembrar do nome da menina. Assim, mais tarde, mesmo quando usava a internet, nunca a procurou. O nome dela era difícil, e eles só se chamavam pela forma abreviada dos seus nomes: Ma-*kun* para ele, Aa-*chan* para ela. Talvez ela também não recordasse o nome dele.

Eles moravam no mesmo bairro, embora ela frequentasse uma escola particular. Assim, estavam em escolas diferentes e nunca se encontraram lá. Mas ele se acostumou com o som do piano que se filtrava pelas janelas sempre que passava pela casa dela.

Certo dia, ele esbarrou na menina que saía pela porta da frente com uma bolsa que tinha uma clave de sol bordada. Achou o seu rosto bem diferente dos colegas de escola. Ela exibia uma luz e uma animação internas que o impressionaram imediatamente.

Antes de perceber, ele perguntou:

— Você fica sempre tocando piano?

A menina o observou, os olhos refletindo uma curiosidade imensa.

— Fico, sim. Quem é você?

— Gosto muito daquele pedaço logo depois de ficar lento.

Masaru cantou o trecho, e os olhos da menina se arregalaram.

— Uau, você tem um ouvido e tanto — disse ela. — Essa parte é difícil de tocar.

A menina parou um instante.

— Escute, você está livre agora?

— Hein? — Masaru ficou surpreso.

— Vamos à aula juntos. Tenho certeza de que você vai gostar. Isso mesmo. Vamos, Ma-*kun*.

Foi a primeira vez que ela pegou a mão dele e saiu andando imediatamente.

Aparecer com um garoto desconhecido não perturbou o professor.

— Ah, é um amigo seu? — perguntou ele.

— Ele se chama Ma-*kun* e tem um ótimo ouvido para a música.

Logo o professor também se entusiasmou com o ouvido de Masaru.

Ele era afinadíssimo e conseguia reproduzir qualquer música que escutasse. O professor o orientou gentilmente pelos rudimentos, só que, sem piano em casa, Masaru não conseguiria repassar nada depois.

Logo, ele e a menina tocavam peças simples para quatro mãos e cantavam juntos.

O professor murmurou a sua aprovação.

— Vocês são tão parecidos — disse. — Como se tivessem um espírito musical imenso dentro de vocês, brilhante e poderoso, que não pode ser contido; tem de sair.

— O som de Ma-*kun* é como o oceano, não é? — comentou a menina.

— O oceano? — perguntaram Masaru e o professor.

— É, sob o céu azul profundo, as ondas se quebrando. Há gaivotas esvoaçando e, de vez em quando, elas pousam na crista de uma onda e balançam para cima e para baixo. Como é o oceano de Ma-*kun*, elas ficam pousadas com calma.

— Gosto do jeito que você explica — disse o professor, rindo.

Mas Masaru não conseguiu rir. Aquelas palavras de um prodígio como ela não eram meros elogios vazios, porque ela acreditava que aquele era *mesmo* o seu som, e isso o encheu de alegria.

Quando chegou a hora de Masaru voltar à França, o professor disse:

— Ma-*kun*, você faz um som realmente maravilhoso. Quero muito que continue estudando. Se não puder, então continue a amar a música do jeito que ama. Ela será seu tesouro.

A menina chorou até não poder mais.

— Você disse que estudaríamos até tocarmos o Rachmaninoff juntos!

Ela bateu o pé com frustração.

Quando se cansou de chorar, virou para ele os olhos vermelhos.

— Prometa que vai continuar tocando — disse ela, entregando-lhe a bolsa com a clave de sol.

Na França, ele disse aos pais que queria estudar piano.

Até então, ele nunca afirmara claramente seus desejos sobre nada, e isso os pegou de surpresa, mas eles concordaram. Masaru teve aulas na casa de um aluno universitário de música do bairro e levava as partituras na pequena bolsa com a clave de sol.

Depois de apenas algumas aulas, o tutor entrou em contato com os pais de Masaru.

— Eu gostaria de apresentar Masaru ao meu professor — disse ele.

Em pouquíssimo tempo, Masaru se destacava e, em dois anos, fez fama como criança-prodígio. Como dissera o professor do Japão, ele tinha o seu som exclusivo.

— Escute bem, Masaru — disse-lhe Nathaniel Silverberg quando o rapaz decidiu participar do Concurso Internacional de Piano de Yoshigae. — Você é um astro. Ilumina a sala. Tem aura. Tem uma percepção incrível e inata para a música. E uma força interior rija e generosa.

Nathaniel o olhou muito sério.

— Não digo esse tipo de coisa a todos os alunos. Ou provocaria muita pressão sobre eles, ou os deixaria convencidos.

Nathaniel tinha um jeito bem brusco e intenso de falar. Masaru gostava, porque parecia, ao mesmo tempo, inteligente e meio desajeitado.

— Vou falar uma coisa para você — continuou Nathaniel. — Acredito mais em seu talento do que no de qualquer outro. Traga o prêmio para casa. Fique à altura do seu nome e *vença*.

— Vou vencer — murmurou Masaru.

MASARU TERMINOU O CAFÉ da manhã e voltou ao quarto para se trocar.

Pretendia escutar todos os inscritos no concurso, como havia feito em Osaka.

Naquela manhã, visitaria um amigo de Nathaniel, professor de uma faculdade de música, para estudar no seu piano; à tarde, assistiria às apresentações.

Ele notou a bolsa de pano enrolada na mala, encardida pela idade.

A bolsa com a clave de sol bordada, que agora ele guardava como talismã.

Pela janela, o Oceano Pacífico faiscava ao largo de Yoshigae.

— Vim aqui como uma vasta onda cruzando o oceano — sussurrou ele à menininha de olhos vermelhos de sua memória.

— Mas essa onda imensa que trago ao litoral do Japão se transformará em tsunami?

Ele se endireitou e vestiu uma camisa branca.

O tema de Rocky

Então, quando foi a última vez que toquei para o público?

Akashi Takashima vasculhou a memória e achou que devia ter sido dois anos atrás, quando tocou a música de fundo do casamento de um amigo. Ele se tornou um adulto funcional, arranjou emprego no setor de serviços, casou-se, tornou-se pai e conquistou estabilidade. Embora achasse que não sofria muito medo do palco, agora, na manhã do primeiro dia do concurso, sentiu-se confuso ao se perceber mais tenso do que esperava.

Não, pensou. *É melhor ver isso ao contrário.*

Agora tenho mais a carregar na vida, mais responsabilidade, e é exatamente por saber mais sobre o mundo que tenho essa nova sensação de temor.

Primeiro dia do concurso. O céu estava claro e ensolarado.

Akashi chegara a Yoshigae no dia anterior e passado a noite no hotel de uma grande rede no centro da cidade. Era o último a se apresentar naquele primeiro dia, e poderia ter chegado pela manhã ou mesmo à tarde, mas não queria correr o risco de atrasos pelo caminho. Continuaria a estudar até o momento em que teria de sair. Um colega da loja de música em que trabalhava era de Yoshigae, e seus pais o convidaram a ir à sua casa para um aquecimento de última hora.

Akashi era o vigésimo segundo da fila. Haveria dezoito participantes por dia na primeira etapa, e ele esperava tocar no segundo dia, mas, como vários pianistas desistiram, ele subiu na lista para ser o último do primeiro dia.

Não sabia se ser o último a tocar era bom ou ruim, embora, com as longas horas de espera, soubesse que seria um desafio se manter concentrado.

Ainda assim, estava contente por ser domingo, porque Machiko poderia assistir. Eles pediram aos pais dela que cuidassem do pequeno Akihito enquanto ela viajava. Machiko dava aulas na segunda-feira e, depois de passar a noite no hotel com Akashi, pegaria o trem bem cedinho para voltar pela manhã, mas mesmo assim estava contentíssima com a oportunidade de ouvir o marido se apresentar depois de tanto tempo. A apresentação seria gravada, e, como Masami estaria filmando, ela poderia assistir depois, mas Machiko insistiu em ouvi-lo ao vivo. Se ele não passasse para a segunda etapa, seria sua primeira e última oportunidade. No total, noventa pessoas tocariam na primeira etapa, e só vinte e quatro passariam para a segunda. Portanto, mais de sessenta concorrentes deixariam de avançar. Depois, só metade, doze, chegariam à terceira etapa, e só seis às finais.

De forma surpreendente, Akashi dormiu um sono profundo à noite. Sem piano nem nenhuma outra distração no quarto de hotel, conseguiu relaxar. Se tivesse ficado em casa, o piano monopolizaria seus pensamentos.

Ele se demorou, tomando o café da manhã e lendo o jornal.

Aquele dia se resumiria a ser julgado por uma apresentação de vinte minutos. Estava no mesmo barco de todos aqueles outros alunos jovens dos departamentos de música que estudavam o dia todo — não, o *ano* todo —, todos com o professor por perto, criando estratégias para abordar o concurso.

Era tudo bastante estranho. Não o tipo de experiência que se encontraria no decorrer normal da vida.

Naquele último ano, ele pediu ao ex-professor que analisasse seu modo de tocar e dedicou todos os minutos livres ao estudo, mas era bem óbvio que os outros concorrentes eram capazes de dedicar muito mais tempo, se comparados com ele. E para Akashi era difícil não se sentir impaciente com essa desigualdade. Na sua idade, simplesmente estudar muitas horas não era o único caminho para avançar; era uma questão de qualidade, não de quantidade. Quando se tratava da tenacidade mental necessária para o estudo significativo de qualidade, ele sabia que se comparava bem e se orgulhava de, mais do que ninguém, sentir alegria pura quando tocava.

Ele esperava ser de longe o pianista mais velho, mas, quando olhou o programa, viu que havia outros não muito mais novos do que ele e soltou um suspiro de alívio; depois, achou a própria reação cômica. Havia um concorrente da Rússia quase da mesma idade, e dois outros que eram dois anos mais novos, da Rússia e da França. Eram todos ainda estudantes? Ou trabalhavam como ele? Não importava o país, era difícil viver de música. *Mas aposto que não têm filhos*, imaginou.

Foi estranho pedir licença do trabalho para um concurso tão longo, mas os colegas e o chefe lhe deram apoio. Afinal de contas, também eram músicos praticantes. Dois deles até viajariam para ouvi-lo na primeira etapa. Aparentemente, o pessoal todo planejava ir se ele chegasse às finais.

As *finais*. A mera palavra era empolgante.

Quando ainda era aluno, ele chegou às finais do concurso mais prestigiado do Japão na época. Ficou em quinto lugar, o nível mais alto que já havia atingido.

O concurso de Yoshigae vinha atraindo mais atenção ultimamente, e os vencedores obtinham destaque maior. Potências musicais do mundo inteiro competiam ali. Vinham da China, onde pianistas imensamente promissores apareciam um atrás do outro. E da Coreia do Sul, onde investir muito nas artes era política nacional. O padrão de desempenho de ambos os países subira de forma astronômica, e agora havia ali numerosos concorrentes dos dois países. Akashi sabia que só tinha uma leve esperança de chegar às finais, mas ainda desejava que isso acontecesse, e que tivesse a chance de tocar o *Concerto n.º 1 para piano,* de Chopin, com orquestra.

Nesse mesmo momento, todos os outros concorrentes deviam estar pensando exatamente a mesma coisa. Torcendo para apresentar com a orquestra o mesmo concerto de Tchaikovski, Rachmaninoff ou Grieg pelo qual se apaixonaram quando crianças.

Ele sentiu uma força subir dentro de si e soltou um suspiro.

— Relaxe, relaxe — disse a si mesmo. — Será um longo dia. Ficar tão empolgado agora não vai ajudar.

Ele estava prestes a se levantar quando notou que o cadarço do tênis estava se desamarrando.

Agachou-se para amarrá-lo, mas descobriu que não conseguia.

— *Que mer...?* — Os dedos flutuaram rígidos sobre o cadarço. — O que *deu* em mim?

Quando finalmente conseguiu amarrá-los, parecia a primeira vez que o fazia na vida. Quase quinze minutos tinham se passado.

Ele se levantou.

Medo do palco?

Gotas de suor lhe surgiram na testa.

Ele pensou nas apresentações anteriores no palco: tinha se sentido um pouco nervoso, é claro, mas não se lembrava de ficar tão abalado.

Ele tinha uma imagem viva e assustadora de si mesmo sentado ao piano no palco, a mente vazia, completamente incapaz de recordar as notas que deveria tocar.

Não, isso nunca aconteceria. Não quando estudei tanto. Quer dizer, esse tipo de coisa nunca *me aconteceu.*

Mas também nunca fiquei tão ansioso que não consegui amarrar os tênis.

Uma voz fria sussurrou em seu ouvido:

— Você não é mais músico. Trabalha numa loja de música, tem família em casa, perdeu totalmente a sensibilidade. Pode ter falado com confiança que é um homem comum com um emprego, mas, na verdade, você fugiu. Fechou todas as portas, com medo de assumir a vida de músico. Você não passa de um desistente.

Akashi ouvia essa voz muitas vezes. Dizia a si mesmo que a sua música era exatamente o produto de uma vida comum, mas no fim aquilo eram uvas verdes. Se ele tivesse um talento excepcional, sem dúvida teria escolhido a vida de músico profissional. E, caso se tornasse profissional, sem dúvida torceria o nariz para os que tinham um emprego para sobreviver, formaram família e se gabavam da *música do homem comum.*

Então, por que estou aqui agora? Quem sou eu *fazendo tudo isso?*

Uma solidão pavorosa tomou conta dele; os pés pareciam afundar no chão.

Todo pianista sente isolamento, mas a solidão que Akashi sentia naquele momento não podia ser compartilhada com nenhum dos pianistas prestes a subir ao palco nem com sua família. Era algo mais próximo do extremo desespero.

— Bom dia, Takashima-*kun* — chamou uma voz, e ele levou um momento para responder.

Masami tinha finalmente chegado para começar a filmar.

Que hora para aparecer, pensou ele, quase estalando a língua de frustração, enquanto se esforçava para não demonstrar os seus sentimentos.

— Ah, bom dia.

A voz estava tensa, o rosto ainda mostrava confusão. Masami levou um pequeno susto e afastou os olhos.

Não quero ser filmado. Que direito tem essa mulher de vir aqui e me apontar uma câmera de vídeo?

Nos últimos dias, ele havia achado a filmagem deprimente, irritante, e percebeu que começava a odiar a ex-colega por isso. Ela também deve ter notado, mas era o seu trabalho, e não podia exatamente se retrair. Mas um certo embaraço surgiu entre os dois.

Naquele dia, ele não conseguiria aguentar. Não conseguiria mesmo. Se ela passasse o dia todo atrás dele com a câmera na mão, talvez ele começasse a imaginar que ofensa acabaria lhe lançando. Achava que acabaria dizendo alguma coisa de que se arrependeria.

Akashi inspirou fundo.

— Sinto muito, mas hoje é um pouco... — começou, o rosto duro, e Masami fez que sim, como se quisesse antecipar-se a ele. Ele notou que, embora ela trouxesse a bolsa grande como sempre, naquela manhã não segurava a câmera.

— Não se preocupe. Não vou filmar você agora. Vou à sala de concertos para registrar as pessoas envolvidas na organização e mais alguns concorrentes.

— Sinto muito. — Foi tudo o que ele conseguiu pôr para fora.

— Mas quero filmar você depois no camarim e enquanto estiver esperando para entrar no palco. Sem isso, o documentário não vai dar certo, e espero que você compreenda.

Masami falava seca e peremptória, dando a conhecer sua necessidade.

Akashi fez que sim.

— Claro, compreendo — disse ele.

— *Good luck* — disse ela em inglês.

Masami saiu, e Akashi se sentiu murchar.

Ela sabia que ele ficava nervoso antes de se apresentar. Aliviado por ela ter saído tão depressa, ele também se arrependia de se comportar de forma tão infantil. *Se estou assim tão nervoso*, pensou, *não sou melhor do que os estudantes que concorrem*. Ele queria tocar de um jeito um pouco diferente, com um desempenho mais adulto e maduro, e se sentiu péssimo ao perceber que seu alcance era limitadíssimo.

Ainda assim, falar com Masami o acalmou um pouco. Ele respirou fundo outra vez.

Tudo bem. Darei a eles uma execução adulta e madura. Vou pegar essa sensação complicada de solidão e o meu sentimento ambivalente com a música e exprimi-los ao tocar. Essa é a única vantagem de ser o concorrente mais velho em campo.

Ele se sentou ereto, dobrou o jornal e pediu mais café à garçonete que passava.

MASAMI SE AFASTOU RAPIDAMENTE de Akashi, mas não evitou um profundo suspiro quando saiu da vista dele.

Era difícil acreditar que até Akashi ficava daquele jeito às vezes, pensou.

Na gravação dos outros concorrentes nos últimos dias, ela achou muitos deles tensos, e vários se recusaram a ser filmados. Alguns não se importavam (e ela se perguntava por quê), mas muitos inscritos da América do Norte não conseguiam disfarçar os sentimentos, e as famílias que os hospedavam lhe diziam como desculpa à porta: "Sentimos muito, mas hoje não é um dia bom para filmar."

Ela achou que Akashi se sentiria bem, mas até ele estava ficando nervoso. A cobertura intensa que ela fazia dele exigia que passassem um tempo enorme juntos, e era inevitável que, às vezes, as relações com o retratado ficassem tensas.

Ela queria deixar Akashi em paz, mas não podia. Era o seu trabalho. Aquele era o primeiro dia do concurso, o dia em que Akashi se apresentaria, e ela queria verificar como ele estava, mas a intuição lhe disse para manter a câmera na bolsa. Se tentasse filmá-lo agora, ele se recusaria a permitir que ela o filmasse tocando, o que era fundamental para o sucesso do documentário.

Que mundo exigente e cruel era aquele!

Desde que começou a reportagem, ela vinha se surpreendendo ao ver que, na verdade, o mundo da música erudita e dos concursos de piano era inesperadamente hostil.

Masami sempre imaginou o mundo da música erudita como elegante e elevado, mas a realidade era bem outra. A menos que a pessoa tivesse pais ricos, era difícil continuar tocando um instrumento. E a situação habitacional do Japão dificultava achar espaço para estudar. A pessoa podia se formar num instrumento de sopro na faculdade, por exemplo, mas aí veria que não podia estudar em lugar nenhum. Alguns instrumentos podiam ser assurdinados, mas muitos músicos evitavam a surdina porque não gostavam do efeito sobre o som. E havia o custo de manter o instrumento.

Agora, os concursos de piano tinham se tornado um setor importante.

Como o público e todo o pessoal de apoio precisava ficar no local durante todo o evento, o concurso era um reforço econômico para a cidade e uma boa oportunidade de elevar o seu perfil. Isso resultou numa enxurrada de concursos grandes e pequenos que pipocavam pelo mundo; os pianistas buscavam competições que promovessem a sua carreira e os organizadores, concorrentes extraordinários que dessem mais renome ao evento. Agora a coisa toda era tão disputada que os concursos mais pareciam feudos em guerra.

Com todo o esforço que os pianistas investiam para se apresentar num concurso, o prêmio em dinheiro tinha de valer a pena e devia incluir a garantia de uma turnê para o vencedor. Os concursos que asseguravam essas vantagens eram os que se enchiam de inscritos. Os patrocinadores precisavam da vitória de um astro promissor, senão o investimento não compensaria. Mas não era fácil harmonizar as expectativas dos dois lados; assim, embora pudessem surgir concursos por toda parte, muitos não duravam.

Os fabricantes de pianos também estavam em feroz rivalidade entre si. Conseguir que os concorrentes tocassem os seus pianos era uma boa publicidade para a vital participação no mercado. Nos concursos maiores, a tradição era permitir que os pianistas escolhessem entre vários fabricantes e consultassem afinadores. Todo fabricante de piano queria que eles se decidissem pelo seu instrumento. Quando um fabricante acrescentava o seu nome como patrocinador de um concurso, havia o boato de que quem não escolhesse o piano deles não venceria, por isso era assim que agia a maioria dos pianistas. Como essa situação se manteve, os outros fabricantes deixaram de fornecer pianos.

Durante o concurso, cada fabricante despachava equipes de afinadores para dar atenção exclusiva aos seus instrumentos. Com o relógio avançando e cada segundo precioso, eles afinavam o piano e ajustavam o toque de acordo com a preferência de cada pianista, o que era um trabalho tenso e fisicamente exaustivo. Muitos afinadores diziam que nem conseguiam dormir durante todo o concurso.

Com tantos pianistas extraordinários, como eles conseguiam decidir o primeiro e o segundo lugares, sem falar do resto?

Masami sentiu uma vaga apreensão enquanto observava os concorrentes estudarem com total intensidade.

Para ela, todos pareciam incríveis, sem muita diferença, e achou difícil acreditar que todos, menos um punhado daqueles quase cem grandes pianistas, seriam eliminados no final. Além disso, desde crianças, aqueles indivíduos passavam ao piano quase todos os momentos de vigília, a vida concentrada na meta única de se tornarem pianistas profissionais.

Que mundo apavorante.

Masami chegou a dizer isso em voz alta sem perceber, e Akashi concordou.

— É, *é mesmo* um mundo assustador — dissera ele, murmurando em seguida, como se lhe ocorresse de repente: — Mas é isso que o torna tão maravilhoso.

— Como assim? — perguntou Masami.

Parecia que Akashi não percebeu que falara em voz alta.

— Bom... — disse ele, envergonhado. — Não é uma conquista tão grande ser o número um quando só cem pessoas no mundo inteiro tocam seu instrumento, certo? Mas aqui temos uma base muito ampla, o que torna ainda mais incrível o punhado de músicos no topo. Saber quantos músicos desapontados jazem aos montes nas sombras torna a música ainda mais bela.

— Você acha isso mesmo? — perguntou Masami em dúvida, e Akashi soltou uma risadinha suave.

— Afinal de contas, são só seres humanos que tocam. É assim que é.

O sorriso de Akashi a trespassou.

Ah, pensou ela, como amava aquele sorriso dele!

Era o sorriso que ele sempre teve. Não uma gentileza motivada pelo desejo de agradar aos outros, de não ser rejeitado nem intrometido, mas um sorriso que emergia lá do fundo e refletia a bondade genuína com os outros. Ela também se sentia atraída por ele ser tão exigente e franco a seu próprio respeito. Todos pareciam perceber isso nele, e Akashi havia sido popular entre as garotas e apreciado também pelos garotos.

Para dizer a verdade, Masami pediu ao canal de TV para cobri-lo exatamente porque era Akashi. Ela ficou contente ao ver que ele não havia mudado, que ainda era tão gentil com todos, mas tão exigente consigo.

Para alguém como Akashi ficar tão nervoso, o concurso devia ser mesmo avassalador.

Masami foi para a sala de concertos para entrevistar a equipe de voluntários. Conseguira a permissão dos patrocinadores, e eles já deviam ter decidido quem falaria com ela.

Estava finalmente começando.

Masami tremia de empolgação, como se ela mesma fosse subir no palco.

Avistou um pequeno santuário Inari no meio da cidade, onde as pessoas rezavam para pedir boa sorte. Rezar para a divindade Inari dificilmente faria diferença, disse a si mesma, mas, assim mesmo, ela foi e sussurrou uma oração por Akashi.

Peço que Akashi faça uma apresentação que o deixe feliz. E que chegue à segunda etapa.

Uma preocupação mais objetiva de repente lhe chegou. Se ele não passasse da primeira etapa, seu documentário também não passaria. Ela correu de volta à sala de concertos.

O grande prédio multiúso se elevava no céu claro e imóvel. Naquela tarde, o concurso tão esperado ia finalmente começar.

Primeira etapa

Não há mundo como o mundo do espetáculo

Alexei Zakhaev estava em pé nos bastidores escuros.

Inspirou longa e profundamente para acalmar o coração disparado.

Por que sou o primeiro*?! Por que tive de sair primeiro no sorteio?*

Ele suspirou de novo, pela milionésima vez.

Tinha certeza de que nunca seria o primeiro a tocar e puxou o primeiro pedaço de papel que tocou. No instante em que o abriu, os olhos captaram aquele número cruel: *1*.

Ele passou o papel ao organizador, que lhe deu uma olhada de empatia e anunciou: "Número um." Vivas surgiram entre os concorrentes reunidos.

Nenhum número gerava mais nervosismo nem era mais desvantajoso. Lançava um refletor temporário sobre o pianista, mas era nos que viriam *depois* que todos estavam interessados. No máximo, o primeiro músico estabeleceria um determinado *nível*. Depois, os concorrentes seriam julgados por serem melhores ou piores, mas, rarissimamente, a pessoa que estabelecia aquele nível ganhava o prêmio. Com quase noventa concorrentes depois, quem se lembraria do primeiro?

Que azar horrível.

Alexei telefonou para dar a notícia ao seu professor, que ficou sem palavras. A única coisa que Alexei poderia fazer era uma apresentação memorável para que todos se lembrassem de como o primeiro pianista era bom.

No escuro, ele alongou os dedos.

Não importava a frequência com que subisse no palco, não conseguia se acostumar àquela sensação extraordinária de tensão.

Mas há uma coisa boa, pensou ele. *Vou terminar antes dos outros, e depois posso relaxar. Muito melhor do que esperar, o coração disparado, que todos os outros pianistas toquem.*

Alexei se consolou com esse pensamento.

Ainda assim... por que o número 1? Ah, se eu mexesse os dedos e pegasse outro papelzinho...

O diretor de palco lhe dizia alguma coisa, e Alexei se aprumou.

A porta do palco se abriu.

As luzes do palco.

O piano, preto e imóvel, aguardando sob as luzes.

Minha vez.

Alexei inspirou e se preparou.

ASSIM QUE COMEÇOU, o concurso entrou numa rotina. A equipe, os concorrentes e os jurados estavam todos numa batalha contra o relógio para garantir que os eventos se sucedessem tranquilamente, que as apresentações não ultrapassassem o tempo marcado, que as notas fossem dadas com rapidez. Cada um fazia seu serviço com eficiência para que o concurso avançasse sem percalços.

As apresentações da primeira etapa tinham vinte minutos cada.

Os pianistas deviam tocar uma fuga com pelo menos três vozes de *O Cravo bem temperado,* de Bach; o primeiro movimento de uma sonata de Haydn, Mozart ou Beethoven; e, finalmente, uma peça de um compositor romântico.

Tocar as três, em vinte minutos, parece simples, mas não é. Exceda o limite e perderá pontos. Na primeira etapa, não havia aplauso entre as peças para poupar tempo.

A sala de concertos estava uns sessenta por cento cheia. A maior parte do público era ligada aos músicos, mas também havia alguns fãs ardorosos de música erudita sem nenhuma conexão, aficionados que gostavam de descobrir novos favoritos entre os concorrentes e de prever quem chegaria à segunda etapa. As poltronas da esquerda se encheram primeiro, pois permitiam uma boa visão das mãos do pianista.

Os jurados ficavam no balcão superior, treze deles do mundo inteiro, todos avaliando as apresentações. As notas da primeira etapa eram simples: cada peça recebia um O, um Δ ou um X. O primeiro valia três pontos, o segundo, um ponto e o último, nenhum ponto. Os que tivessem a nota total mais alta passariam.

O nível de execução é altíssimo, pensou Nathaniel Silverberg depois de ouvir os cinco primeiros pianistas.

Em geral, a meta da primeira etapa era eliminar qualquer pianista com dificuldades técnicas. Mas poucos tinham grandes problemas.

Hoje em dia, são tantas as maneiras de qualquer pessoa no mundo ter acesso às apresentações, e de cada pianista ajustar a abordagem de um concurso específico, que o nível técnico subiu muito.

Não faz muito tempo, recordou ele, os pianistas escolhiam as peças mais difíceis que conseguissem tocar, mas agora os programas tendiam a ser cheios de peças firmes e seguras com que os concorrentes lidavam sem riscos, o que era bom.

Ainda assim, havia diferenças claras entre os pianistas.

Alguém que *sabe tocar* e alguém que *toca* parecem iguais, mas não são. *Há um abismo imenso entre os dois*, pensou Nathaniel.

O que complicava ainda mais era que, entre os que tinham a habilidade técnica necessária, havia indivíduos capazes de levar tudo a outro patamar, que tinham uma capacidade inata, e outros que só giravam as engrenagens, por assim dizer, e acabavam com um desempenho sem muita substância. A lacuna entre os dois era grande, e, quando tinha consciência dela, o pianista podia descobrir a fagulha necessária para saltar de um a outro.

No passado, os grandes pianistas não ligavam para alguns movimentos impensados, e havia muitos executantes cuja abordagem excêntrica ia além da mera individualidade. Mas aquela geração mais relaxada e complacente havia desaparecido.

Assim, o nível dos concorrentes era bastante alto, mas nenhum era páreo para Masaru.

Nathaniel sorriu de leve e fez que sim.

Masaru se sentava diretamente sob o mezanino onde seu mentor Nathaniel, como um dos jurados, estava instalado.

Como o mentor, Masaru ficou impressionado com o alto nível dos concorrentes.

São todos muito bons, pensou. *Definitivamente, um concurso de alto nível como este é outra coisa e atrai os melhores pianistas.*

As duas moças sentadas na frente dele pareciam alunas de faculdade de música. Pareciam bem informadas, e Masaru escutou discretamente a conversa. Ele não escrevia bem japonês, mas entendia bastante a linguagem falada e passava algum tempo com alunos japoneses de intercâmbio em Nova York para manter a habilidade na conversação.

Ele fazia isso na esperança de, algum dia, voltar a falar com sua amiga de infância Aa-*chan*. Não tinha ideia de quando isso aconteceria, nem mesmo se aconteceria, mas enquanto isso o conhecimento do idioma era útil.

— A maior atração de hoje tem de ser Jennifer Chan — disse uma das moças.

— Dizem que ela é o Lang Lang de saias, não é?

— Ela já deu concertos. Nakajima (sabe? nossa veterana?) foi a um deles em Nova York.

Isso foi durante um breve intervalo. As duas moças examinavam o programa e discutiam as fofocas sobre os pianistas.

Uau, elas sabem de tudo, pensou Masaru.

— Quero ouvir esse aqui também, Masaru Carlos. Vai tocar amanhã.

Isso pegou Masaru de surpresa.

— Dizem que é incrível.

— É um gostoso. É japonês de terceira ou quarta geração, algo assim, mas não tem cara nenhuma de japonês.

Masaru rezou para elas não se virarem.

— O Príncipe das Abelhas vai tocar no último dia.

— É mesmo.

Príncipe das abelhas?

Masaru achou que tinha ouvido errado e prestou mais atenção.

— Ele é muito fofo. Dizem que só tem dezesseis anos. Que vergonha! Cinco anos mais novo do que nós!

Masaru procurou a página do programa que as moças olhavam. Estava tão ocupado escutando todos que não tinha verificado o programa oficial.

— Dizem que a audição dele em Paris foi extraordinária.

— É muito ruim que a sua página na internet só tenha a foto. Gostaria que tivesse publicado alguns vídeos também.

Jin Kazama.

Masaru não lia bem *kanji* e olhou a transcrição do nome no alfabeto latino.

O rosto de um garoto jovem e inocente. Não havia limite mínimo de idade nesse concurso. Masaru tinha ouvido dizer que o concorrente mais novo tinha quinze anos, e esse garoto devia ser o segundo mais jovem. A coluna que detalhava a experiência em concursos estava vazia.

Os olhos de Masaru foram atraídos pela coluna que listava os professores do garoto.

Yuji Von Hoffmann.

Sem chance! Alguém estudou com Hoffmann?

Os olhos de Masaru se arregalaram. Era o professor do seu professor. Mas o que Masaru tinha ouvido dizer foi que Hoffmann não o convidou para ser seu aluno, e Silverberg viajava de Londres até a casa de Hoffmann na Alemanha para implorar que lhe desse aulas.

O maestro Silverberg sabe disso?

Masaru olhou o teto.

Ele gostava de ouvir as apresentações, mas não tinha interesse em fofocas e não ouvira nenhum boato sobre as audições anteriores ao concurso.

Hum... então ele entrou no concurso por meio de uma audição?

Agora ele estava interessado.

Quero muito ouvi-lo, pensou. *Deve ser um tipo de livro em branco.*

— Dizem que ficou ajudando o pai no trabalho e, quando apareceu na audição, estava coberto de lama. Não é esquisito?

— O filho de um apicultor precisa viajar muito, não é? Queria saber como ele consegue estudar.

— Tudo é muito estranho.

A princípio, Masaru não conseguiu entender a palavra *apicultor*, mas recordou o *Príncipe das Abelhas* anterior e percebeu o significado.

Jin Kazama. Que tipo de pianista seria?

Quando a garota alta de vestido vermelho apareceu no palco, houve agitação na plateia.

O vermelho era intenso e impressionante, e a moça entrou no palco com aparência decidida, irradiando muita energia.

Pianista n.º 12, dos Estados Unidos, Jennifer Chan.

A concorrente de destaque de hoje.

Mieko Saga fitou intensamente a figura ofuscante. A garota era alta, por isso não era imediatamente óbvio, mas tinha os ombros largos e ossos robustos também. Com uma compleição tão esplêndida, sua apresentação seria digna de ser vista.

Antes mesmo de ouvi-la, Mieko previu que era do tipo *AFS*.

AFS era o nome que Mieko dava aos pianistas com habilidade técnica transcendente, que tocavam tão bem que geravam aquela sensação de *Ah, fala sério?*

Alguns outros jurados também demonstravam expectativa.

Jennifer Chan não perdeu tempo e começou a primeira peça no momento em que se sentou.

Um murmúrio de surpresa varreu a sala.

Uma expressão muito distinta e cristalina, a imensa expansão do seu som: tudo isso ficou evidente no mesmo instante.

Que Bach incrivelmente dinâmico, pensou Mieko. Ela estava meio impressionada, meio chocada.

Em seguida, veio o primeiro movimento da *Sonata n.º 21 para piano,* de Beethoven, a "Waldstein".

As escolhas de Chan eram perfeitas. O andamento da peça se encaixava com perfeição à sua destreza e ao seu dinamismo.

O piano é um instrumento incrível se a gente pensar bem, raciocinou Mieko. Quando Chan tocava, era como um grande Mercedes-Benz edição especial. Dirigido com perfeição, cheio de potência, o carro abraçava a estrada, correndo com estabilidade pétrea. Dependendo do pianista, o piano de cauda parecia a caminhonete da família ou um conversível bacana, mas difícil de manobrar.

Jennifer Chan passou habilmente pela "Waldstein". A alternância de fortíssimos e pianíssimos deixou o público à beira de explodir em aplausos, mas, lembrando-se da regra contrária, todos se seguraram.

Só essa peça ocupou dez minutos. Seria por pouco que ela encerraria no tempo especificado, e assim passou diretamente para a última peça.

A "Polonaise Heroica em lá bemol maior, op. 53".

Outra peça perfeita para ela. A "Polonaise" mais deslumbrante de Chopin, tão conhecida que, sem cuidado, soaria banal, mas ela a tocava com seu próprio toque e energia nítidos. Uma execução robusta e comovente, decidiu Mieko.

No instante em que Chan terminou, os aplausos surgiram. Era claro que o público sentiu uma onda de catarse, completamente encantado com uma exibição tão emocionante.

Como previam os boatos, pensou Mieko, *ela fez uma boa apresentação. Era* mesmo um tipo de "Lang Lang de saias", reputação que Mieko tinha certeza de que a própria Chan conhecia.

Uma onda de apreensão inundou Mieko.

Na verdade, o mundo só precisava de *um* Lang Lang. Se surgisse um segundo, como aguentariam?

HAVIA UM GAROTO SENTADO na última fila da sala, o rosto pálido e o cabelo amassado visíveis sob o boné.

Parecia murmurar com seus botões. Não; murmurar, não, *cantar.*

Ele inclinou a cabeça para o lado e depois a sacudiu suavemente.

— Não, não é isso — disse, tão baixinho que ninguém ouviu.

Duas moças entraram às pressas na sala de concertos pela porta do auditório.

— Que droga. Perdemos Jennifer Chan.

— Eu queria muito ouvi-la.

Eram Kanade Hamazaki e Aya Eiden.

— Eu sabia que devíamos ter feito o cabelo ontem — murmurou Aya.

— Só restam três pianistas para tocar.

— Vamos pedir um CD da apresentação de Chan. Acho que eles gravam um para nós agora mesmo. Se fizermos o pedido, podemos receber amanhã.

As duas moças pararam.

Quando viu o rosto de Aya Eiden, o garoto se encolheu.

Era a moça da noite anterior.

A que o questionara sobre o uso da sala de estudo da faculdade. Será que o reconheceria?

Furtivamente, ele puxou o boné para esconder os olhos.

— Onde vamos nos sentar?

— Quero ouvir direito, portanto, vamos nos sentar no meio. O equilíbrio sonoro é bom nesta sala.

Elas passaram sem notá-lo e se sentaram nas poltronas do meio. O garoto soltou um suspiro de alívio.

Ela deve ser aluna de piano da faculdade, e faz sentido que tenha vindo escutar. Ou será que também está no concurso?

O garoto fitou a parte de trás da cabeça delas.

Ele caiu numa reminiscência arrebatadora do piano da sala de estudo. O instrumento era maravilhoso. Estava perfeitamente afinado, mas isso era de se esperar numa faculdade de música.

Aquele pessoal tinha muita sorte de estudar num piano tão bom todos os dias.

Na cabeça, ele o tocava. Um piano soberbo, de som sublime.

Tocava a música várias vezes na cabeça.

Ele escorregou na poltrona para ouvir o próximo pianista.

A moça de vestido vermelho era excelente. Em silêncio, ele começou a cantar a melodia na cabeça.

QUANDO O INTERVALO FOI anunciado, o garoto saiu com o resto do público.

Decidiu ir para a sala de estudo. O primeiro dia do concurso estava quase encerrado. Se houvesse uma sala de estudo livre, talvez o deixassem tocar. Ele sentiu uma onda de empolgação quando entrou no elevador.

Onde será que papai está hoje? Ele deu uma olhada no relógio. O pai estaria a caminho de um lugar novo. Sentiu-se culpado por não poder ajudar.

Será que ele se lembra de que prometeu me comprar um piano se eu chegasse à final?

O pai era um homem generoso, de grande coração, embora também fosse bastante rude. Podia ser muito meticuloso e detalhado quando o assunto eram suas abelhas, mas com todo o resto ele basicamente não se incomodava.

Não havia piano na casa do garoto.

E nunca lhe ocorreu que isso era esquisitíssimo.

Balada

Machiko Takashima foi às pressas para a sala de concertos. Conferiu o nome na placa e estava prestes a entrar correndo no auditório quando parou de repente e olhou o céu.

O sol já tinha se posto havia tempo, e estava escuro. Era a primeira vez que ela ia a Yoshigae, mas a sala de concertos ficava perto da estação. Havia cartazes por toda parte anunciando o concurso e setas apontando o caminho, e ela a encontrou sem nenhuma dificuldade.

A ida à casa dos pais para deixar o filho Akihito tinha demorado mais do que o esperado, e ela só saiu de Tóquio depois das três da tarde. Se perdesse a apresentação de Akashi, *arrasada,* nem começaria a descrever suas emoções.

Akashi lhe mandou o horário da apresentação, e ela sabia que ainda se passaria uma hora até ele tocar. Mas a programação já tinha sido adiantada, e Machiko estava nervosa desde a manhã, com medo de que antecipassem outra vez.

Quando chegou ao lugar certo, percebeu como estava tensa. A sala de concertos de tamanho médio tinha uma recepção envidraçada; depois, ficava o auditório propriamente dito, com as portas bem fechadas.

Bastou ver as portas para o seu coração se apertar.

Machiko inspirou fundo, foi até o saguão e mostrou seu ingresso.

— Não é permitido entrar durante as apresentações. Por favor, aguarde — disseram.

Ela fez que sim.

— O horário está sendo respeitado?

— Está, tudo na hora certa.

Aliviada, ela perambulou pelo saguão.

Havia muitas moças — estudantes de música, imaginou. Elas conversavam informalmente, com jeito de já estarem acostumadas com tudo aquilo. Para Machiko, que raramente entrava numa sala de concertos, aquele era um mundo desconhecido, e ela olhava em volta sem parar. Havia outros que, assim como ela, eram parentes fáceis de perceber, porque não sabiam direito o que fazer. *Conheço essa sensação*, pensou ela.

Aquela mulher mais velha e digna só podia ser professora de piano.

Os professores de piano também eram fáceis de perceber. Machiko estudou piano por algum tempo quando criança e ficou com a impressão de que, por alguma razão, os professores de piano sempre tinham muito cabelo. As professoras mais velhas pareciam ter imensos rolos de cabelo no alto da cabeça e usavam conjuntos descombinados — uma blusa e um casaco curto que se chocavam com a saia larga mais longa. E também se podia contar que exibiriam o tipo de broche que as mulheres da idade de Machiko jamais usariam.

Nunca tive talento para a música, pensou com um suspiro.

O som dos aplausos a tirou do devaneio. Machiko entrou correndo.

O público era surpreendentemente grande. No palco, um homem de terno se ocupava afinando o piano.

Onde me sento?

As filas de trás pareciam bem vazias. Quando se instalou na poltrona, ela finalmente se sentiu à vontade.

Po-on, *po-on*, o som das cordas do piano reverberou.

O afinador, diante das teclas, parecia indiferente ao público, concentrado nas notas.

Havia algo calmante em sua figura, em pé no palco sob a luz suave.

Akashi finalmente conseguiu, disse Machiko a si mesma, e soltou outro pequeno suspiro.

Desde criança, tinham lhe dito para ser serena e não revelar o que sentia, mas, ao ver o piano de cauda no palco e pensar no marido que aguardava nos bastidores, a expressão *cheia de emoção* lhe veio à mente.

Depois que Akashi decidiu entrar no concurso, a situação ficou difícil.

Um ditado famoso dizia: "pule um dia de estudo e você saberá; pule dois, os críticos saberão; pule três, o público saberá." Mas, depois que Akashi começou a trabalhar e Akihito nasceu, vários dias por semana se passavam sem que encostasse no piano. Só um ano atrás, mais ou menos, ele realmente começou a se preparar a sério para o concurso. É claro que um trabalhador como Akashi só teria tempo para estudar de manhã bem cedo, à noite ou nas férias, e, quando finalmente construíram sua casa própria, ele disse que queria estudar o máximo que pudesse; desse modo, eles fizeram uma salinha minúscula à prova de som para um piano de armário. Mesmo assim, saiu caríssimo, sem falar do preço das partituras, que Machiko achou surpreendente, nem de pedir que o ex-professor de piano do marido o orientasse periodicamente, para que recuperasse a sua sensibilidade.

"Essa é a primeira e última vez", tinha lhe dito Akashi, e ela entendeu como ele se sentia. Raramente o marido pedia algo para si, e Machiko, sem uma única queixa, usou suas economias para pagar tudo aquilo; mas sabia que era mais difícil para Akashi, que teve de dormir menos para arranjar mais tempo de estudo, e a exaustão, quando chegou, afetou negativamente esse mesmo estudo. Às vezes, ele ficava tão frustrado que sofria, achando que talvez fosse melhor desistir daquilo tudo.

O mais difícil era manter a motivação. A cada quinze dias, mais ou menos, ele passava um período achando o desafio sem sentido e murmurava, com autocrítica, que ninguém lhe pedira que fizesse aquilo, então, por que deveria tentar, naquela altura do campeonato? Machiko o incentivava e o lembrava de como saíra cara a sala à prova de som. "Pelo menos, temos de aproveitar o que gastamos, não é?"

Uma razão para ela lhe dar tanto apoio é que se arrependia de não se profissionalizar no seu próprio campo.

O pai de Machiko tinha doutorado em engenharia espacial e trabalhava como assessor do governo, e os dois irmãos mais velhos eram cientistas pesquisadores. A própria Machiko alimentara esperanças de trabalhar com pesquisa, mas, quando estudante, percebeu que lhe faltava a fagulha necessária e não conseguiu encontrar o que buscava. Finalmente, escolheu lecionar.

Mas o desejo de ser pesquisadora como os irmãos ainda fumegava dentro dela.

Quando Akashi revelou que queria entrar no concurso, ela se solidarizou, por saber que ele sentia a mesma coisa sobre seu sonho e não desistira completamente de buscá-lo. Akashi ficou surpreso com o entusiasmo com que ela o incentivava.

Num canto do palco, havia um placar branco com o nome e o número do próximo concorrente. O público ficou em silêncio, e uma moça loura de vestido azul entrou sob aplausos.

Machiko olhou o programa. A pianista era da Rússia. Os ocidentais sempre pareciam mais adultos do que a idade real; a moça tinha apenas vinte anos.

Um som gracioso começou a fluir do palco.

Machiko não conseguia se lembrar da última vez em que ouvira uma apresentação de piano ao vivo numa sala de concertos.

É claro que ouvia Akashi estudando, mas, depois da sala à prova de som, ela não o escutava mais.

Uau, ela é muito boa!, pensou.

O nervosismo anterior começou a voltar.

Acho que não deveria me surpreender por eles serem tão perfeitos, pensou, *e capazes de tocar peças tão difíceis com tanta alma.* Diziam que o padrão das execuções era altíssimo naquele concurso e que aceitavam concorrentes que já tocavam profissionalmente, mas, na verdade, todos pareciam pianistas profissionais. Quando Akashi disse que não esperava passar da primeira etapa, ela supôs que era a timidez que falava, mas, agora, realmente via que seria muito difícil. Quando estudante, ele havia chegado à final dos concursos, e ela achou que o marido não teria dificuldade desta vez, mas isso tinha sido quase dez anos atrás, e claramente a idade era uma desvantagem.

O que vou dizer se ele não passar?

A preocupação a atingiu de repente.

Você fez tudo o que pôde. É melhor enfrentar o desafio do que não fazer nada e se arrepender depois. Foi uma experiência maravilhosa para mim também. Que bom que acabou enquanto você ainda tem alguns dias de férias pagas.

Mas ela só conseguia imaginar Akashi de cabeça baixa, com amarga decepção, e sentiu que nada que dissesse o consolaria.

"Ser mulher de músico não pode ser fácil."

Ela recordou de repente a voz de uma antiga colega do ensino médio.

Elas se encontraram para planejar uma reunião da turma. A outra mulher, que tivera na escola uma queda por Akashi, sempre comparecia a seus recitais quando ele estava na faculdade de música e, depois, o presenteava com um buquê.

Garotos que tocavam instrumentos eram populares entre as garotas. Além de excelente pianista, Akashi era otimista e bondoso de forma inata, e as garotas sempre gostaram dele.

Akashi e Machiko eram amigos de infância; começaram a ter mais consciência um do outro no fim do ensino fundamental e, no ensino médio, passaram aos poucos a namorar. Machiko era uma *nerd* científica nata, abertamente pouco amistosa e, com certeza, nada estilosa, e as outras garotas não ficaram muito contentes com o seu namoro com Akashi, inclusive aquela colega específica.

Aparentemente, ela disse pessoalmente a Akashi que achava Machiko inadequada para ele, embora, como sempre, Akashi não tenha lhe dado atenção.

Depois da faculdade, quando chegavam à idade de casar, essas garotas perdiam todo o interesse por garotos que soubessem tocar piano.

— Como vai Akashi-*kun*? — perguntavam. — Ainda toca?

— Que bom que você é funcionária pública, Machiko.

Não havia mais inveja nos olhos daquelas ex-amigas que sabiam que ela tinha se casado com Akashi, mas algo mais próximo da empatia.

Sempre que mencionava que ele trabalhava numa grande loja de instrumentos musicais, a resposta inevitável era "que ótimo", mas ela percebia os pensamentos não revelados: *Então ele não consegue viver de música, não é?* ou *Ele não tinha talento suficiente.*

Ser mulher de músico não pode ser fácil.

Esse comentário de aparência inocente era muito irritante — a própria mulher que, antes, dissera a Akashi que era uma parceira muito melhor para ele do que Machiko acabou se casando com um dentista muito mais velho e fazia pouco tempo que dera à luz o primeiro filho — irritante por causa do claro tom de pena em sua voz.

Cuide da sua vida!, disse Machiko por dentro.

Uma moça coreana foi a próxima a tocar, depois um garoto chinês, seguido por outro coreano.

Todos eram excelentes. Ela ouvira dizer que os pianistas asiáticos tinham avançado muito nos últimos anos, e aqueles três eram claramente mais potentes e habilidosos do que a moça russa que viera antes.

Soberbos, todos eles, admitiu ela com um suspiro.

O dia de abertura da primeira etapa chegou ao último pianista.

22. TAKASHIMA AKASHI

Uma nova placa foi colocada no placar. Com o coração disparado, Machiko se sentou ereta.

Quando foi a última vez que me senti tão nervosa?, perguntou-se.

Inconscientemente, contraiu a barriga, o sangue pulsando nos ouvidos.

Se eu estivesse tocando, ficaria tão paralisada de medo do palco que não seria capaz de me apresentar. Não... Eu não ficaria tão nervosa assim nem se fosse eu *a tocar.*

Para ser capaz de subir aí sozinho, no palco e tocar, Akashi... você é incrível só por conseguir.

A porta pesada se abriu e a figura alta de Akashi apareceu.

Os aplausos foram muito calorosos, por ele ser japonês.

Não era só sua compleição, mas, de certo modo, ele parecia maior no palco.

Ela ficou tão comovida que esqueceu a dor de barriga.

Ele realmente tem algo digno e revigorante, pensou.

Era como se o visse pela primeiríssima vez.

Akashi andou rapidamente, com um sorriso no rosto, e se sentou ao piano.

Ele baixou a mão para ajustar o banco. O concorrente anterior era muito baixo, era preciso reduzir a altura.

Tirou um lenço do bolso, limpou de leve as teclas e as mãos.

"É só um pequeno ritual", tinha explicado a ela. "Não faço isso porque o afinador tocou as teclas nem porque haja restos de suor. Finjo limpá-las só para me acalmar."

Ela ouviu a voz dele.

Ele deixou o lenço em cima do piano e olhou para cima. Então, de repente, começou a primeira peça.

Ah...

Machiko sentiu que os seus olhos se abriam.

Não foi só ela. Outros no público também sentiram. Pareciam cansados ao finalmente chegar ao último pianista do dia, mas Akashi os deixou eretos.

O som que produzia era... diferente. O mesmo piano, mas um som totalmente diferente do pianista anterior.

Claro, calmo, gentil. Com uma vivacidade distinta.

A música, pensou ela, *é realmente uma questão de caráter. Esse som é a expressão perfeita da personalidade do homem que conheço.* Cada nota, cada ressonância soava com a generosidade do espírito do homem Akashi. Ela conseguia ver uma cena se abrir lá no palco com ele.

O Cravo bem temperado, livro 1, n.º 2.

Ele ficou muito tempo nervoso com a escolha das peças. Mesmo depois de reduzir as opções a poucas possibilidades, tocou-as várias e várias vezes, comparando-as, lutando com qual tocar, até quase a hora do concurso.

Sempre que ouvia Bach, Machiko pensava na palavra *religioso.*

Não sabia muito dessas coisas, mas sentia que o coração ficava imóvel com a música, que a fazia entender o significado de *oração.*

Ela ficou com vontade de escutar para sempre o marido tocando Bach. O seu coração ficou em silêncio, humilde.

Mas o Bach acabou antes que ela percebesse.

A peça seguinte era a *Sonata n.º 3 para piano*, de Beethoven, "primeiro movimento".

Ela sabia que a sonata era uma forma musical importantíssima, que testa a capacidade do compositor e revela do que ele é capaz.

Machiko conhecia a "Sonata ao Luar" e a "Appassionata", de Beethoven, mas não conseguiria reconhecer nenhuma das suas outras sonatas.

Essa soava como uma composição pela composição, pensou. Não escrita para transmitir alguma coisa, mas composta em nome da própria forma.

Quando escutou Akashi estudar, ela revelou sua impressão nada sofisticada.

— É assim que soa para você? — perguntou ele, com um sorriso irônico.

— É. Não é muito cativante.

— Realmente. Se é assim, a culpa é minha.

Enquanto continuava a tocar, ele olhou o teto.

— Mas a culpa não é do compositor? — comentou Machiko, dobrando a roupa lavada enquanto falava.

— Não. Há uma inevitabilidade, algo indispensável em todas essas peças que passaram pela prova do tempo. O pianista que não consegue extrair isso, que não consegue convencer, é o culpado.

Ela se lembrou de se sentir surpresa ao ver como ele soou severo.

De repente, Machiko sentiu as lágrimas subirem. *Agora entendo o que Akashi quis dizer.*

Cada uma das frases de Beethoven que saíam dos dedos de Akashi naquele momento está organicamente conectada e nos chama de algum modo.

A execução de Akashi é persuasiva. Ao escutar agora, sinto que consigo entender, ainda que um pouquinho, o que Beethoven tentava transmitir.

Ela focalizou os olhos, sem querer perder um único som, mas a segunda peça também acabou depressa.

Agora, a última peça de Akashi, a *Balada n.º* 2, de Chopin.

— O que eu realmente gostaria de tocar era a *Balada n.º 4* — dissera ele. — Mas o tempo não será suficiente.

A abertura era tranquila e gentil. Uma melodia simples, requintada, como alguém que sussurrasse. Enquanto escutava, uma imagem surgiu na mente de Machiko: Akashi lendo um livro ilustrado para Akihito.

Mas, com uma frase única e furiosa, essa serenidade foi abruptamente estilhaçada.

Agora, uma melodia dramática se quebrou como uma onda enfurecida e recuou um momento só para voltar ainda mais potente, sem nunca desistir.

A própria intensidade e o rigor da realidade.

Ninguém da plateia sabe como ele trabalhou duro para estar onde está agora, sentado aqui, de smoking, tocando essas melodias sublimes. Como ele trabalha duro simplesmente para ganhar a vida, todas as lutas intermináveis para nos sustentar.

— Esta será a primeira e a última vez. Por isso, por favor, me deixe tentar.

— Quero ser capaz de dizer a Akihito que seu pai é músico.

— Ninguém me pediu para estar neste concurso, e estou tentando descobrir por que estou.

— Há tanta música que não consigo tocar por causa de onde estou agora como pianista.

— Os dedos não conseguem acompanhar. As emoções vão correndo na frente, e a peça vira uma bagunça.

— Na verdade, eu deveria desistir.

— O pianista que não convence é o pior.

— Os meus colegas dizem que, se eu chegar à final, virão todos assistir.

Camadas de palavras e declarações de Akashi.

Mesmo com tudo isso, como é linda a sua execução, como é lindo esse Chopin.

A Balada n.º 2, de Chopin, era a própria encarnação da gentileza e da determinação de Akashi.

Quando ele terminou, por um instante uma imobilidade genuína encheu a sala.

Akashi, que fitava as teclas, ergueu os olhos.

Parecia aliviado.

Levantou-se, todo sorrisos, e foi saudado por aplausos e vivas.

Enquanto batia palmas entusiasmadas, Machiko murmurou consigo:

Meu marido é *músico. E eu* sou *mulher de músico.*

Interlúdio

Aquele último sujeito fez tudo valer a pena.

— Grande verdade. Finalmente senti que estava ouvindo música de verdade.

Os jurados, de volta à sala de descanso, liberados da tensão e da pressão do dia, revelavam seus verdadeiros sentimentos e davam algumas risadas.

Ele *era* realmente bom, aquele último pianista.

Akashi Takashima. Mieko gravou o nome do último concorrente na memória.

Nunca tinha ouvido o nome, nem nenhum boato sobre ele.

Com vinte e oito anos, era o concorrente mais velho.

No mundo dos concursos de música, em que as pessoas tendiam a se concentrar na pouca idade de alguns pianistas, os vinte e oito anos o transformavam em veterano. Uma bela técnica e o bom fraseado eram fatos dados. Alguns pianistas entravam no máximo possível de concursos e se tornavam paus para toda obra, acostumados demais a ajustar a execução para se encaixar no que consideravam o foco e as exigências de cada concurso, e se perdiam nesse processo. Mas Takashima tinha evitado essas armadilhas. À primeira vista, o modo como a sua execução cantava parecia bastante ortodoxo, mas, no fim, mostrou-se inesperadamente original; mas nela não havia nada presunçoso, nem convencido, e isso, claramente, atraía o ouvinte.

Mieko ficava contente sempre que encontrava um concorrente desses. A impressão de execução bela e tranquila, mas também a sensação de ouvir algo absolutamente cativante. Ela se sentia atraída pelo que era extraordinário, mas, de modo algum, alienante.

Sempre que prestava atenção à técnica, ela tentava manter a mente aberta, mas ficava sempre com a sensação de que os seus ouvidos haviam sido maculados. Como se a execução deixasse neles sedimentos, resíduos que ela não conseguia desalojar, a composição coagulada num amontoado de sons que não podia mais ser chamado de música.

Mas não Akashi Takashima. O que ela ouviu foi *música*.

Era como se sua audição suja se restaurasse completamente, lavada de todo o lodo acumulado.

Pela reação do público, ela viu que todos se sentiram da mesma maneira, uma das verdadeiras maravilhas da música, pois, às vezes, a reação dos profissionais e dos amadores eram totalmente discordantes.

— Então, o que achou? — perguntou Nathaniel quando, furtivamente, aproximou-se dela. Parecia estar com um humor decente.

— Senti *Tudo bem, é assim que devem ser os concursos.*

Nathaniel deu uma risadinha.

— Típico de você.

— Acho que é porque não atuo como jurada com muita frequência. Estou sempre com expectativa pela apresentação seguinte, mas aí me lembro do tormento que a coisa toda pode ser. Nunca aprendo.

— É melhor não se irritar cedo demais. Temos várias etapas à espera — continuou ele.

— Eu me lembro de que você já me disse isso.

Era verdade. Assim como os pianistas sempre tinham a esperança de que *o próximo concurso será o certo*, os julgadores esperavam que cada concorrente fosse o próximo astro musical. As duas semanas do concurso, principalmente os cinco dias da primeira etapa, eram exaustivos para quem escutava; quem não se controlasse, nunca aguentaria até o fim.

— E você? — perguntou Mieko. — Alguma apresentação se destacou?

— O padrão geral é alto. Sinto pena deles, porque, em termos técnicos, são praticamente iguais. A não ser que alguém realmente se sobressaia, nunca vão se destacar da multidão.

— Você está dizendo que seu pupilo de estimação é que vai se sobressair?

Mieko podia dizer, pela expressão plácida de Nathaniel, que sua confiança no protegido era ilimitada.

— De jeito nenhum. Concursos são uma questão de sorte.

— Difícil acreditar, considerando toda a confiança que você tem nele. O que achou do último concorrente de hoje?

— Muito bom. É bem embasado.

— Concordo.

— Está livre para jantar?

— Estou. Aonde vamos?

— Que tal o indiano do subsolo? — sugeriu ele.

— Parece bom. Vamos pedir algo apimentado. Quem sabe nos anima.

As oito horas contínuas de julgamento os deixaram totalmente esgotados e famintos. O atendimento se encerrava cedo no restaurante dos hotéis locais, e eles pediram o máximo possível de comida e bebida. Uma coisa que os dois ainda tinham em comum era o amor por comer e beber.

Depois de brindar com a cerveja, Mieko foi diretamente à caça.

— Então, o divórcio já se concluiu?

Nathaniel deu-lhe uma olhada carrancuda.

— Quase. Assim que concordarmos com a pensão.

— E Diana, como está?

Mieko havia conhecido a filha do segundo casamento de Nathaniel. O mundo da música era menor do que parecia, e, mesmo depois que ela e Nathaniel se divorciaram, seus caminhos continuaram a se cruzar.

— Está bem. Sempre achei que ela gostava mais de mim do que da mãe, mas não tenho mais tanta certeza.

— Por quê?

— Diana logo vai estrear como cantora.

— É mesmo? Parabéns! Que tipo de canto?

— Pop.

— Sempre achei que ela era bonitinha e extrovertida. Nada como o pai.

— Certo — disse Nathaniel sem hesitar. — Ela *tem* talento musical — acrescentou. — Mas é um pouco verde. É a mãe que entende do mundo do *show business* e será a empresária.

— Faz sentido.

Nathaniel vivia viajando pelo mundo e não podia passar muito tempo com a filha. A ex-mulher, mãe de Diana, era uma atriz de teatro famosa na Grã-Bretanha, que geralmente confinava seu trabalho à Inglaterra e podia passar mais tempo com ela.

— Odeio isso. — Nathaniel balançou a cabeça...

Mieko sabia que, quando dizia que *odiava* alguma coisa, ele não cederia, e ela não insistiu no assunto. Mudou de rumo.

— Mas nada altera o fato de que vocês ainda são pai e filha. Como meu filho; hoje, somos amigos por e-mail.

— Ele finalmente arranjou emprego?

— Sim, é funcionário público.

— Você ainda está com aquele cara? — Nathaniel deu-lhe uma olhada rápida.

— Que cara?

— Aquele músico de estúdio muito mais novo.

— Moramos juntos, mas não nos casamos.

Mieko vivia com um compositor oito anos mais novo do que ela, um homem sensato, que era um músico excepcional, tanto como arranjador quanto como executante. Em termos de maturidade, poderia, na verdade, ser mais velho do que ela.

— Você vai voltar?

A pergunta era tão aleatória que Mieko, que mordia um frango *tandoori*, não conseguiu responder.

— Voltar? *Para onde?*

— Voltar para *mim*.

— O quê?

As palavras a deixaram nervosa, mas ela sabia que ele era sempre direto quando se tratava de assuntos como aquele. Bem ao contrário da indecisão da época do seu rompimento.

Esse é o tipo de homem que ele é. Mieko fez que sim para si algumas vezes.

— Bom, e aquela sua assistente bonitinha? — gracejou Mieko para mostrar que não levava a proposta a sério.

É verdade que aquela abordagem muito direta a comoveu, como havia acontecido na época em que se apaixonaram, mas a lembrança de todos os problemas arrastados que se seguiram e por saber da enorme quantia que pagaria pelo divórcio à esposa atual — uma polonesa linda e talentosa, fluente em cinco idiomas, queridinha do mundo da música — convenceu-a de que ele só buscava uma válvula de escape.

Nathaniel deu um sorriso irônico.

— É eficiente em seu trabalho. Nada mais, nada menos.

— Fico me perguntando a respeito. — Mieko deu de ombros. — Já ouvi todo tipo de boato.

— Ah — rosnou Nathaniel. — Boatos. Boatos aonde quer que eu vá. Que eu a engravidei e que ela voltou à cidade natal e deu à luz nosso filho em segredo, que foi forçada a prestar todo tipo de serviço questionável para o patrão irresponsável, que recebeu uma indenização enorme para ficar de boca fechada. Céus, sempre me espanto com o modo como as pessoas falam, como se tivessem visto tudo com os próprios olhos. Graças a tudo isso, minha mulher aumentou astronomicamente as exigências na divisão de bens. Tenho vontade de eu mesmo processar alguém, mas quem?

Mieko simpatizou com a irritação dele. Na juventude, ela também fora alvo de boatos infundados, em geral, espalhados sem razão nenhuma, e sofreu o seu quinhão de dor.

— O preço da fama — disse ela. — No nosso mundo, sempre há um número limitado de cadeiras à mesa; as pessoas ficam com inveja.

A declaração dela pareceu acalmar um pouco a autoestima dele. Nathaniel deu-lhe um sorriso meio envergonhado.

— Não importa. Falo sério, Mieko. Aprendi algumas coisas depois que nos separamos. Tenho confiança de que tudo daria certo agora. Você pensaria nisso durante o concurso?

Foi a vez de Mieko forçar um sorriso.

Agora ele está empurrando tudo para cima de mim. E nunca fui boa no dever de casa.

— Aliás... — disse Nathaniel, o tom de voz mudando enquanto ele recolhia o curry de cordeiro com um pedaço de *naan*. — Fale mais sobre esse Príncipe do Mel ou das Abelhas, ou sei lá como é chamado.

Mieko suspirou.

Por que não estou surpresa por ele tocar nesse *assunto?*

— Fui contra ele, é bom que você saiba — disse ela, enfaticamente, mas o ar perscrutador de Nathaniel, os seus olhos penetrantes, continuavam fixos.

— Então, como ele é realmente? Quero a sua opinião franca.

Mieko sentiu a impaciência dele.

— Como foi a apresentação? Igual à do maestro Hoffman?

Ele cuspiu isso de forma rápida e brusca. Tentava ao máximo esconder, mas ela via que ele se sentia agitado, assustado até. Ela reconheceu o nervosíssimo do menino-prodígio de antigamente.

Ele realmente se vê como o herdeiro de Hoffmann, pensou ela. *Até agora, sempre que cita o mestre, ele age como um menino abandonado. Suponho que a maioria seja assim ao recordar o mentor idolatrado.*

Mieko fez que não.

— Totalmente diferente. O que senti foi uma aversão avassaladora. Foi como se ele negasse tudo o que o maestro Hoffmann defendeu na música. Quando terminou, eu basicamente surtei.

A raiva que ela sentiu naquele momento voltou como uma enchente e sumiu com a mesma rapidez.

O olhar de Nathaniel era uma mistura complexa de alívio e confusão.

Confusão com a razão de o professor rigoroso que ele adorava acima de tudo escolher um aluno daqueles; alívio porque esse aluno não era o herdeiro legítimo do amado professor.

— Mas a carta de recomendação era genuína? — perguntou Nathaniel.

— Era. O mais exasperante foi que, nela, Hoffmann previu com exatidão a reação negativa de pessoas como eu quando ouvissem esse Príncipe da Poeira tocar.

A vergonha que Mieko tinha sentido lhe voltou. Aquele sentimento não sumia com facilidade.

— *Príncipe da Poeira?*

Nathaniel ficou perplexo até ela explicar que o primeiro nome do rapaz, Jin, era escrito com o caractere que significa *poeira*, e finalmente ele sorriu.

— Sério, até agora não entendo — continuou Mieko. — Por que fiquei tão zangada na hora, quero dizer. Smirnoff e Simon acharam o rapaz extraordinário. Como ele conseguiu provocar reações tão diametralmente opostas? Mas os dois concordaram que provocar essas reações era incrível por si só e passaram por cima de mim.

Ela decidiu não mencionar a razão mais forte para apoiar o garoto: que chocaria os professores de música de Nova York. Na verdade, Nathaniel não estava entre esses professores, embora lecionasse em Juilliard.

— Smirnoff e Simon disseram a mesma coisa — comentou Nathaniel. — Ficaram empolgadíssimos com a execução dele, mas foi só uma impressão e, na verdade, não conseguiam se lembrar de muita coisa da apresentação em si.

Ah, então Nathaniel se interessou tanto pela audição de Paris que saiu interrogando as pessoas a respeito. Mieko olhou com interesse renovado o homem sentado à sua frente.

Fazia sentido que quisesse obter informações sobre qualquer rival do seu precioso protegido no concurso. Mas, para ela, não era difícil imaginar o medo que ele sentira ao descobrir o fato espantoso de que, nos seus últimos anos, Hoffmann teve um aluno.

— A direção do concurso não me deixou ouvir a audição gravada. Parece que é contra as regras. — Nathaniel balançou a cabeça com ressentimento.

Mieko suspeitou que Olga Slutskaya estivesse por trás daquilo.

A presidente da comissão julgadora devia achar que, se Jin Kazama vencesse o concurso ou chegasse às finais, a gravação seria uma mina de ouro. Se ele perdesse a oportunidade, bom, que fosse, e ela poderia dizer que o haviam julgado mal e guardá-la. *E, sem dúvida, esse* mau julgamento *pegaria mal para mim e para os outros jurados de Paris*, especulou Mieko.

— O professor Hishinuma me disse que, sem dúvida alguma, o maestro Hoffmann considerava Jin Kazama seu aluno. Disse que Daphne lhe contou que Hoffmann viajava com frequência para lhe dar aulas.

Nathaniel não conseguiu esconder o choque, e Mieko começou a se arrepender de ter falado. Ela tinha certeza de que ele já sabia.

— O maestro? Viajava para lhe dar aulas?

Não admirava que Nathaniel estivesse chocado, porque isso era inaudito — Von Hoffmann viajar para ver um aluno.

— Então o professor Hishinuma está em contato com Daphne, é?

Nathaniel pensou no caso. Olhou em volta para procurar Tadaaki Hishinuma e interrogá-lo bem ali.

— Correto. Eu soube que Jin Kazama é chamado de Príncipe do Mel ou das Abelhas, ou sei lá o quê, por ser filho de um apicultor e ajudar muito o pai. Por isso, viajam constantemente. Eu me pergunto se é por causa dessas circunstâncias incomuns que o maestro Hoffmann decidiu ir até onde ele estivesse para lhe dar aulas.

Nathaniel ruminou ainda mais.

— Bom, talvez nos últimos anos, o maestro quisesse voltar à inocência da infância — disse Mieko para consolá-lo, mas Nathaniel a olhou com desdém óbvio.

— Você não está falando sério, está?

O tom de voz era tão cortante que Mieko se encolheu.

Podia ver que ele estava estupefato.

Nathaniel continuou:

— É claro que não. Ele seria a última pessoa a se comportar assim. Até o fim, não havia ninguém mais obcecado pela música do que ele.

Mieko ficou um pouco desdenhosa também. Ela se espantou ao ser tratada com rispidez quando só tentava consolá-lo. E estava aborrecida consigo mesma por transmitir uma teoria que nem mesmo ela acreditava.

— Não se preocupe. Entendi — disse Mieko friamente.

— Então não fale. Mas... então, por que o maestro aceitaria esse tipo de aluno?

Nathaniel soava desesperado.

Agora me lembro, pensou ela. *Lembro, sim. Esse é o tipo de homem que ele é.*

Ela foi dominada por uma sensação esmagadora de *déjà-vu*.

Nathaniel ia se irritando de propósito, na esperança de algum consolo, mas, quando ela tentava consolá-lo, ele jogava as palavras dela de volta e a atacava. Era assim desde o princípio, e o relacionamento, quando se deteriorou, virou uma repetição interminável desse roteiro, dia após dia.

— Bom, ele vai tocar no último dia da primeira etapa, e você poderá escutar e decidir. Terá de ouvi-lo pessoalmente.

Mieko pegou um cigarro, mas se lembrou de que era proibido fumar no restaurante.

— Masaru não vai perder — disse Nathaniel.

— Suponho que não, já que é o seu queridinho — respondeu Mieko com um toque de sarcasmo e engoliu seu tchai.

— Como é que diz isso se nunca o ouviu tocar?

Nathaniel a agredia de novo, embora a ansiedade tivesse se reduzido.

— Bom, você também nunca ouviu Jin Kazama tocar, então acho que estamos quites — bufou Mieko.

Na verdade, sou eu que quero ouvi-lo tocar, muito mais do que você, pensou ela. *Quero ouvi-lo outra vez para descobrir quem ele é no mundo e o que o maestro Hoffmann quis dizer quando lhe deu destaque. Sou eu que estou morrendo de vontade de ouvir Jin Kazama tocar.*

Nasce um astro

Uau! O que está acontecendo aqui?

Aya ficou de queixo caído ao ver como a sala de concertos estava lotada.

— Por que tão cheia? É só a primeira etapa!

Ela notou que a imensa maioria do público eram moças.

— Quer dizer que você não ouviu os boatos, Aya-*chan*?

Kanade, ao lado dela, parecia incrédula.

— Que boatos?

— De que um dos principais candidatos ao prêmio toca hoje. O Príncipe de Juilliard.

— Príncipe?

Foi a vez de Aya ficar em dúvida.

Circulavam boatos sobre um "Príncipe" ou outro, e ela não fazia ideia do que significavam. Aya nunca acompanhava as notícias sobre arte e era totalmente indiferente a fofocas.

— Aya-*chan*, quer dizer que você não verificou nenhum dos outros pianistas?

— Bom, imaginei que ia escutar todos de qualquer forma, então, para mim, dá na mesma.

Kanade ficou perplexa com a atitude de Aya.

— Até *eu* ouvi falar dele — disse Kanade. — O aluno preferido de Nathaniel Silverberg, ao que parece parcialmente japonês.

— É sério? Gosto de Nathaniel Silverberg. Hoje em dia, ele só rege, e eu gostaria que tocasse piano com mais frequência.

Enquanto fitava Aya absorta nas próprias palavras, Kanade se perguntou o que havia acontecido com a garota que, enquanto escolhiam vestidos, tinha prometido dar o seu melhor. *Talvez fosse isso que a tornava tão incrível*, pensou. Mas aquele era um concurso, e garra e ambição eram essenciais.

Era o segundo dia da primeira etapa.

O pai de Kanade lhe pediu que acompanhasse Aya, porque o professor dela tinha mais dois alunos no concurso e não poderia cuidar dela também.

Não, decidiu Kanade afinal, *ela só vai tocar no último dia da primeira etapa, então talvez seja melhor que pareça meio desligada neste momento.* É comum dizerem que o mais difícil para os concorrentes em concursos prolongados era manter a calma. Muitos se queixavam dos longos períodos de espera. Cada apresentação tinha apenas vinte minutos, mas a primeira etapa se estendia por cinco dias inteiros.

Aquele era o primeiro concurso de nível adulto de Aya. *Ela conseguiria aguentar?*, perguntou-se Kanade. Olhou Aya de soslaio; a amiga escutava com atenção.

Kanade não havia contado a ninguém, mas decidira que, se Aya chegasse à final, ela trocaria formalmente o violino pela viola erudita. A decisão, na verdade, não tinha nada a ver com Aya; ela poderia fazer a transição quando quisesse, mas decidiu que o destino de Aya no concurso determinaria o seu.

Com o tempo, Kanade havia constatado aos poucos que preferia a viola. Adorava a sua ressonância, a sua aparência e o seu lugar na orquestra; tudo isso era perfeitamente adequado a ela.

Confio em meus ouvidos, pensou.

Deu outra olhada em Aya.

ASSIM, KANADE DECIDIU QUE a participação de Aya marcaria o seu próprio ponto de virada pessoal. E essa era mais uma razão para repreender Aya pela total falta de competitividade.

Mas... uau! O padrão aqui é altíssimo!, pensou Kanade. *Como vou explicar isso a papai?*

Cada apresentação era primorosamente musical. É claro que o acesso atual a tantas interpretações e informações pela internet ajudara a elevar o padrão no mundo inteiro. Também causara uma certa uniformidade do som, embora ela ficasse curiosa ao notar que o caráter nacional dos vários países influenciava a execução.

Por exemplo, os pianistas chineses tinham um fôlego suave e limpo que ela achou que refletia sua origem *continental*. Sem exceção, todos os concorrentes chineses eram de famílias de classe média alta, embora a classe média da China equivalesse mais corretamente aos ricos do Japão, de modo que eram todos de famílias que tinham condições financeiras de sustentar a sua carreira. Naturalmente, na China esses pianistas de sorte usavam plenamente suas vantagens, e a sua execução potente e incontida era muito atraente. Hoje, no entanto, o público tinha se acostumado a esse tipo de pianista chinês, e a habilidade técnica superior não surpreendia. Mas o que era realmente invejável nos concorrentes chineses era sua autoestima inabalável, algo raramente visto entre os colegas japoneses. Os pianistas japoneses podiam falar sobre *ser quem realmente é*, mas só para disfarçar a falta de autoconfiança e a ansiedade a respeito da própria identidade. Esse *ser quem realmente é* só seria adquirido depois de muita luta, mas parecia que os músicos chineses tinham isso desde o princípio, como um direito de nascença autoevidente, e Kanade se perguntava se era produto da filosofia chinesa e do regime autoritário e monopartidário. Outro fator era a competição dentro da China.

Depois de sobreviver a ela, qualquer luta sobre identidade já teria sido sublimada. Comparados aos chineses, os pianistas de outros países asiáticos pareciam muito mais ingênuos. Às vezes, ela ficava com a sensação de que alguns ainda se perguntavam por que sequer estavam ali, por que estavam tocando no palco, ainda brigavam com questões existenciais básicas que os concorrentes chineses já tinham deixado para trás havia muito tempo.

O que realmente se destacava dessa vez era o contingente da Coreia do Sul. Kanade se sentia de forma parecida quando via os astros do cinema coreano: eles tinham uma paixão clara e — ela não sabia se a palavra era apropriada ou não — um tipo de *amorosidade.*

Integradas, a *intensidade* e a *amorosidade* coreanas funcionavam bem com a música erudita dramática.

E o que era específico dos pianistas japoneses?

Isso era algo sobre o qual os músicos profissionais japoneses ponderavam com frequência. A partir da pergunta mais básica: *por que os asiáticos tocam música* ocidental? E esses pensamentos sempre voltavam à pergunta mais pessoal de por que ela mesma tocava violino, e a viola erudita.

Kanade percebeu que a apresentação tinha terminado: Aya, ao seu lado, aplaudia entusiasmada, o rosto iluminado ao olhar a amiga.

— Eles são *tãããão* bons! O contingente coreano é incrível.

Não era o momento de se impressionar com outros pianistas, pensou Kanade, com um sorriso irônico para si mesma.

Depois do intervalo, o pianista seguinte era o muito esperado Príncipe de Juilliard.

Hiroshi Takubo, o diretor de palco, deu uma olhada no próximo concorrente.

Uma silhueta alta e escura nas sombras. Ele não pôde deixar de ficar curioso.

Alguns concorrentes ficavam tão dominados pelo nervosismo que ele sentia pena, mas aquela silhueta parecia calma.

Takubo estava acostumado a ver maestros e profissionais do mundo inteiro, e chamava nos bastidores todos os tipos de astro para entrarem no palco. Esse rapaz tinha a mesma aura extraordinária dos profissionais tarimbados.

Parecia que os outros membros da equipe também percebiam, e Takubo sabia que se sentiam um pouco assombrados quando falavam com ele. Claramente, o rapaz transmitia algo bem *especial*. Havia o físico e os traços atraentes, sem dúvida, mas bastava apenas a sua presença para fazer o coração vibrar.

Takubo deu uma olhada no relógio.

— Está na hora — disse, baixinho.

Takubo sempre se angustiava com o momento de dizer isso. Não queria ser insistente demais e impor pressão adicional sobre o concorrente. Sempre tentava soar o mais descontraído possível.

— Boa sorte — disse Takubo ao abrir a porta.

Ele observava cada concorrente com atenção antes de decidir se lhes dava essas últimas palavras de incentivo, por saber que, em alguns casos, elas poderiam quebrar a concentração ou causar um susto indesejável, mas com esse concorrente ele não teve tanto escrúpulo. Havia algo no rapaz que lhe dava vontade de se comunicar com ele.

— Muitíssimo obrigado.

O rapaz deu um amplo sorriso. Takubo não conseguiu evitar o espanto com esse sorriso ofuscante quando o rapaz entrou na luz. Como se uma brisa refrescante acabasse de passar.

O público também soube no mesmo instante que estava na presença de alguém extraordinário.

Aya olhou com admiração esse "Príncipe" quando ele cumprimentou o público.

Era como o momento em que um astro do cinema saúda os fãs numa estreia.

O rapaz era magro e alto, vestido com um terno cinza-azulado lustroso, de bom gosto. Usava camisa branca e uma gravata chique, roxa e verde. Surpreendentemente, pouquíssimos pianistas usavam gravata.

Cabelo castanho-escuro, curto e cacheado, e traços calmos, profundamente cinzelados.

O público observou com a respiração suspensa o rapaz ajustar o banco.

De repente, Aya sentiu uma estranha nostalgia.

Parece que o conheço faz muito tempo, pensou ela.

Os astros fazem a gente se sentir assim, não é? Que a gente os conhece desde sempre.

Era porque a aura deles — como dizer? — criava um padrão. Como algo que se torna um clássico instantâneo. O astro personifica o que o público sabe e anseia há muito tempo.

Aya ouviu uma voz conhecida na cabeça. A voz do Sr. Watanuki, o seu antigo professor.

Minha mãe me ensinou o básico, mas foi o Sr. Watanuki, o meu professor de piano, que me ensinou a amar a música. Sempre que abria a porta da sua casa, eu ouvia todos os tipos de música. Eu adorava aquelas aulas.

Mas o Sr. Watanuki faleceu quando Aya tinha onze anos. Disse que não se sentia bem e morreu pouco depois de ser internado no hospital. Aconteceu muito depressa.

Veio à mente de Aya o pensamento de que, se tivesse permanecido com o Sr. Watanuki, talvez continuasse a tocar mesmo depois da morte da mãe. Os professores que teve depois dele eram muito hábeis no ensino da técnica. Mas ninguém mais a ensinou a amar a música do mesmo jeito que o Sr. Watanuki.

O rapaz terminou de ajustar o banco e olhou à frente um momento.

Os olhos de Aya foram atraídos para a sua expressão pensativa.

Quando soube que tinha captado a atenção do público, ele ergueu os braços e começou a tocar.

Tão encantador, pensou Aya.

Naquele momento, ele sabia que o público tinha se apaixonado pelo seu som e pela pessoa que o produzia. *Era isso que significava*, pensou ela, *encantar.*

Ainda assim, como o som podia ser diferente, dependendo de quem o fazia.

Ela sabia que isso era verdade, mas, ao ver o fato se desenrolar diante dos olhos, achou ainda mais incrível.

O *Cravo bem temperado* era a obra mais padrão do repertório pianístico e, tocado ao pé da letra, facilmente soaria como música de fundo. *Mas, céus, nas mãos dele soa vivo de verdade. Emocionante, até.*

Cada nota era profunda, não exposta, mas envolta em veludo. Ainda assim, reverberava com a simplicidade e o leve ceticismo do barroco.

Que lindas apogiaturas, pensou Aya. *Elas não somem, simplesmente, nem impedem o fluxo, mas soam precisas e integradas.*

Ele parecia se divertir tanto! Nenhuma tensão, nenhum grama de esforço extra. Como se acariciasse as teclas para produzir notas cristalinas que enchiam cada cantinho da sala. Alguns pianistas tocavam com estilo ou postura idiossincrásicos, o público distraído da música enquanto assistia. Ele era cheio de uma generosidade que permitia aos ouvintes se entregarem à execução.

— Há muita expansão, mas também poder guardado de reserva.

A voz do Sr. Watanuki lhe voltou.

"Ele tem toda a música dentro dele, forte e esperançosa; nunca poderá ser contida."

É exatamente o que é, pensou ela, perguntando-se quando o Sr. Watanuki havia dito aquilo.

NÃO ADMIRAVA QUE NATHANIEL se orgulhasse tanto dele.

Mieko estava em sua poltrona de jurada, os olhos colados no rapaz diante dela.

Os treze jurados se espalhavam por todo o balcão, sentados em duas filas, com muito espaço entre si. Mieko e Nathaniel estavam na fila mais alta, um em cada ponta. Ela sabia que, enquanto escutavam com arrebatamento esse pianista, todos ali tinham plena consciência do seu mentor sentado entre eles.

Quanto *fôlego*, pensou, a palavra vindo-lhe naturalmente. Ela não usava uma expressão tão simples e franca havia bastante tempo. O mundo era cheio de executantes habilidosos, pianistas de desempenho firme e constante, cujo estudo da música era quase completo, o que dificultava ainda mais que um executante como esse surgisse, com fôlego idiossincrásico, alguém que nos fazia apreciar as pausas e espaços prenhes entre as notas.

Esse rapaz pegava elementos que deveriam ser intrinsecamente contraditórios e se apropriava deles com suavidade. Âmbito e alcance verdadeiramente espantosos.

Mieko recordou a sua impressão na festa, quando o conheceu.

Selvagem, mas gracioso. Cortês, mas instintivo.

Os sons que produzia eram, ao mesmo tempo, frescos e juvenis, astutos e espertos. Ele se continha, mas se mantinha digno.

Será que era por ser só parte japonês? Não. Ter metade ou um quarto de sangue japonês não era tão raro assim.

O toque incrível desse garoto podia ser atribuído à força que encontrava em sua individualidade híbrida, que ele usava a seu favor.

O seu som era doce e maravilhoso, mas complexo, com ambiguidades sutis também. Evocava as ressonâncias clássicas europeias, a luz e a sombra latinas, a noção poética oriental e a franqueza e a sinceridade americanas. Esses elementos se fundiam para formar um todo integrado. A cada peça, ele mostrava um aspecto diferente do seu talento. Despertava um fascínio misterioso que fazia a gente querer que continuasse tocando.

Os profissionais tendiam a desdenhar os pianistas jovens, atraentes e com competência técnica, mas Masaru seria bem recebido por todos.

Mieko notou o número de mulheres que enchia os camarotes lá embaixo. Elas percebiam com rapidez um astro atraente. Masaru combinava à popularidade todas as suas outras qualidades.

Lá do mezanino, o palco parecia muito próximo, mas, quando Masaru tocou, Mieko teve a ilusão de que um livro animado se abria bem diante dela.

O Bach foi excelente, assim como o Mozart. Ele tinha um som muito primoroso, mas não confiava apenas nisso; era claro que entendera a música profundamente. Nathaniel nunca permitiria que um aluno seu fizesse outra coisa.

Exatamente como o maestro Hoffmann.

De repente, ela se surpreendeu.

Nathaniel não estaria convencido de que Masaru é que assumiria o posto de Hoffmann?

Ela quis lhe dar uma olhada, mas se controlou.

Pensando bem, o próprio maestro Hoffmann era mestiço. A avó tinha se casado com alguém de uma família nobre prussiana; o pai, um regente famoso; a mãe, uma famosa prima-dona italiana. Ele viajava pelo mundo desde pequeno, cuidado por vários parentes. Foi sua feroz individualidade, criada por esse cenário diversificado, que produziu o músico que era Yuji Von Hoffmann.

Nathaniel pode ter descoberto em Masaru um Hoffmann da nova geração. E isso explicaria por que ficou tão abalado quando descobriu que Hoffmann teve um aluno em seus últimos anos.

Sem dúvida, Masaru era um aluno capaz de cumprir as suas expectativas.

Mieko olhava Masaru fixamente quando ele chegou ao fim da segunda peça.

A ÚLTIMA ERA A *Valsa Mefisto n.º 1*, de Liszt, a mesma peça que Aya havia escolhido.

Kanade avaliou friamente a situação.

Como era difícil dar destaque às duas primeiras peças, uma fuga de Bach e uma sonata clássica, muitos pianistas escolheram uma peça mais desafiadora para terminar. Em geral, de Liszt ou Rachmaninoff. Essa última obra teria, normalmente, onze ou doze minutos, e cinco pianistas haviam escolhido a *Valsa Mefisto*. Alguém a tinha tocado ontem, mas Kanade não conseguiu assistir. Ela leu a reação do público na internet, mas não viu nenhuma referência direta à peça, ou seja, provavelmente não foi nada muito memorável.

Ela se sentou ereta para prestar muita atenção ao desempenho de Masaru.

Esse "Príncipe" tocou o Bach com muita precisão e exprimiu ao máximo a pureza do Mozart, mas agora, mudando repentinamente, ele passou para um modo mais brilhante e glorioso.

Era como se trocassem de pianista. Todo o seu ser se encheu da fria paixão da valsa de Liszt, com os seus temas dinâmicos.

Quando pianistas menos potentes tocavam, Liszt parecia um ruído barulhento; mas os dedos do Príncipe dançavam de leve nas teclas.

Tocar piano com tanta força tornava mais eficazes os trechos em pianíssimo, a dinâmica inacreditavelmente emocionante.

Glissandos perfeitos, executados sem preocupação. *Tremolos* doces, transparentes, dilacerantes.

Ela estava acostumada a músicos de técnica excepcional e não esperava se surpreender, mas a técnica daquele rapaz era extraordinária. Articulação nítida e eletrizante. Uma sonoridade soberba que agarrava o coração do público e o levava aonde ele queria.

O acorde final ressoou, e o Príncipe se levantou sob vivas e gritos de aprovação.

Ele sorriu, pôs a mão no peito e fez uma profunda reverência. Ao ver o rosto belo e franco, a adoração do público aumentou ainda mais.

— Uau! Isso foi totalmente *incrível*! Ele pode mesmo ganhar o prêmio.

Aya aplaudia com tanta empolgação que Kanade desanimou.

Aquela *Valsa Mefisto* tinha estabelecido um novo nível. *Aya não percebe que isso a deixa em desvantagem?*

O Príncipe saiu do palco com um grande sorriso. Mesmo depois de sumir, era como se seu brilho ainda se demorasse atrás de si.

Ele é simplesmente incrível, pensou Kanade.

Ele já é *um astro*.

A onda de aplausos não parava.

It's only a paper moon

Akashi Takashima continuava colado na poltrona.

O público explodiu numa tempestade de aplausos, mas, contra a maré, Akashi se sentiu arrastado para baixo, afundando cada vez mais no assento.

Só conseguia ouvir os vivas frenéticos como o efeito sonoro de um mangá — o *bong* pesado e persistente de um sino que reverberava fundo dentro dele.

Uma pianista surgiu, e ele só conseguiu pensar: *pobre moça*. Ela tocava com todas as suas forças, e, embora se fixassem nela, os olhos vazios do público ainda estavam impregnados com o brilho de Masaru Carlos Levi Anatole. Não viam a moça, e sim *ele*.

Só no terceiro concorrente, depois de Masaru, o público conseguiu voltar a se concentrar nas apresentações.

Hoje, uma linha divisória foi criada, pensou Akashi. Daí para a frente, o tempo seria medido em *Antes de Masaru Carlos* e *Depois de Masaru Carlos*.

Akashi tinha sentido a reação à sua apresentação no dia anterior e ficou com uma sensação boa.

Se tocar assim, tinha pensado, *não posso perder. Até eu estou no páreo.*

Ele tentou não pensar demais nisso, porque todos estavam no mesmo concurso e qualquer um poderia ser eliminado, mas era impossível ignorar completamente essa voz interior que lhe dizia que tinha uma chance decente.

No momento em que Masaru apareceu, aquela vozinha interior foi soprada para longe.

Ele tentou ao máximo não obter nenhuma informação sobre os outros concorrentes. Para ser franco, simplesmente não tinha espaço na cabeça. Mas ouviu alguma coisa em sua rede de amigos do tempo da faculdade de música, boatos sobre os concorrentes mais notáveis.

Uma coisa ele tinha ouvido: um pianista extraordinário participaria, o aluno favorito de Nathaniel Silverberg. Mas achou difícil acreditar no que disse um colega que havia assistido a esse pianista em Nova York. Ele lhe perguntou como era o rapaz e ficou surpreso ao saber que ele não tinha tocado piano, mas trombone. Pensando bem, na faculdade esse amigo havia estudado jazz e tocava contrabaixo; fazia sentido que encontrasse o pianista num famoso *jazz club* novaiorquino.

O sujeito era incrível, disse o amigo. Tocava um solo radical, barra pesada, como Curtis Fuller. Tinha apenas quinze ou dezesseis anos, mas deixava muito profissional na poeira.

Ele olhou o histórico do rapaz e se espantou ao descobrir que o trombone era só um hobby: ele era aluno de piano em tempo integral na escola Juilliard. Diziam que também não era ruim na guitarra e na bateria.

Ah, o tipo de gênio que dominava tudo sem esforço, pensou Akashi. O rapaz tinha tanto talento que poderia explorar uma orquestra inteira.

Ele tinha imaginado um menino-prodígio precoce e excêntrico. Um menino criado com amor, que parecia de outro mundo.

A criança-prodígio era um conceito antigo do mundo musical. Desde pequenas, conseguiam ver coisas que as pessoas comuns não viam e tinham acesso ao mistério que era a música.

A questão é que elas não viam o mesmo que as pessoas comuns. As pessoas comuns ansiavam por produzir algum dia uma música divina, sentiam alegria ao partir do sopé da montanha, no nível do mar, na esperança de atingir as alturas cintilantes, tinham um prazer absoluto em superar os fracassos enquanto, passo a passo, se aproximavam da música. Os prodígios não sentiam essa alegria.

Às vezes, as pessoas comuns tinham uma noção distorcida de superioridade em relação aos gênios.

Por isso, Akashi nunca se sentiu ameaçado por eles nem os invejava. Mas, quando Masaru Carlos apareceu no palco, a imagem que Akashi tinha de sua própria e escassa *genialidade* foi esmigalhada.

Aquela maturidade, aquela musicalidade imensa, aquela noção clara do contexto todo. Era um milagre que tivesse tudo aquilo com apenas dezenove anos. Era realmente um gênio.

Akashi se sentiu inspirado e arrasado. Apesar de todas as qualidades com que obviamente Masaru fora abençoado, Akashi ainda sentia nele o som sério e profundamente ponderado, o estoicismo de quem busca mais.

Sem dúvida, era por isso que experimentava tantos outros caminhos, como a guitarra e o trombone. Era o seu desejo de captar uma visão completa da música, de sondar o significado da música até as profundezas.

Akashi se encheu de desespero. *Por que não nasci assim? Por que tento competir com uma pessoa como essa, no mesmo instrumento, ao mesmo tempo, no mesmo concurso?*

Por que tento? Por quê?

Enquanto esses pensamentos rodopiavam na sua cabeça, os concorrentes *Depois de Masaru Carlos* vieram e se foram com rapidez. Masaru tinha se apresentado mais ou menos na metade dos executantes do dia naquela primeira etapa, e a segunda metade do programa pareceu acabar antes que Akashi notasse; de repente, ele percebeu que o dia tinha se encerrado e que o público se dirigia à saída.

Por quê?

Akashi finalmente conseguiu se forçar a se levantar. Sabia que tinha de começar a estudar para a segunda etapa, mas tudo parecia sufocante demais. Lentamente, subiu o corredor inclinado da sala de concertos agora deserta, como um velho que lutasse contra a gravidade.

— Você já sabe? *Aquela* garota vai tocar no último dia da primeira etapa.

— É. Aya Eiden. É algo que vale a pena ver.

Aya estava num compartimento do banheiro feminino e bocejava. Espantada com as vozes ali fora, a mão inconscientemente foi até a boca.

— Há muito burburinho em torno dela, não é?

— Imagino... Quer dizer, o que foi que ela pensou? Alguém que já deu um concerto no Carnegie Hall e tudo.

Pareciam duas moças falando, conversando diante do espelho enquanto retocavam a maquiagem.

Aya hesitou. Estava presa. Se saísse naquele momento, será que as moças perceberiam que ela era Aya Eiden? Seu cabelo estava diferente da foto do programa. Agora usava um chanel curto, e talvez não a reconhecessem. Principalmente se parecesse despreocupada.

— Quantos anos ela ficou de fora?

— Muitos. Sete, oito, talvez?

— Aonde esse tipo de gente vai, de qualquer modo? São tantos! Gênios infantis que estreiam com orquestra aos dez ou doze anos. Mas tenho a sensação de que não são muitos os que fazem uma grande carreira.

— Eles ficam esgotados, né? Só conhecem o piano. Quem não sabe mais nada no mundo fica limitado, né? Como atores infantis famosos. Há uma muralha que os impede de virarem atores adultos.

Aya sentiu um arrepio na espinha.

Depois dos vinte anos, como adulta, ela não seria mais especial. Um caso de esgotamento. Algumas coisas impiedosas que haviam dito a seu respeito lhe vieram à memória.

— Seria engraçadíssimo se ela não passasse da primeira etapa — disse uma das moças.

— Seria difícil de aguentar. Será que está nervosa? Depois de tantos anos afastada? Quer dizer, um concerto solo para reviver a carreira é uma coisa, mas num concurso você passa ou não. Se fosse eu, ficaria com medo demais de continuar.

O mesmo que dizer que Aya estava sendo imprudente. Ela sentiu um suor frio lhe correr pelas costas.

— Acha que ela vai mesmo aparecer?

— Eu queria assistir.

— E se ela cancelar de novo, no último minuto, como antes?

As vozes sumiram. O silêncio caiu.

Aya ainda não conseguia se forçar a sair.

QUANTO TEMPO FICOU ALI dentro até abrir a porta e espiar, ela não saberia dizer. Não havia ninguém.

Ela lavou as mãos e saiu do banheiro. O saguão estava deserto.

Ficou aliviada por Kanade não estar com ela. A amiga tinha coisas a fazer em Tóquio, e partiu logo depois da apresentação de Masaru Carlos. Aya não queria que Kanade a visse como estava agora.

Ela praticamente saiu correndo da sala de concertos. *Não é como se eu estivesse neste concurso porque quero.*

Esses pensamentos passaram pela sua mente durante todo o caminho de volta ao hotel.

Estava com vergonha? Arrependida? Triste? Zangada? Não sabia direito quais eram as emoções naquele momento.

Mas esse é o público *— a imagem e a impressão que o público tem de mim.*

Até então, ela não se importava. O vasto mundo fora da sala de concertos a atingia ruidosamente com enorme quantidade de despeito.

O público *não me esqueceu. Nunca esqueceu que fui a pobre ex-menina prodígio que, num impulso de última hora, cancelou um concerto.*

As vozes que tinha ouvido rodopiavam sem parar dentro da sua cabeça.

"Aya Eiden. É algo que vale a pena ver."

"O que foi que ela pensou?"

"Aonde esse tipo de gente vai, de qualquer modo?"

"Seria engraçadíssimo se ela não passasse da primeira etapa."

"Será que ela está nervosa? Se fosse eu, ficaria com medo demais de continuar."

Concordo. É imprudente e chocante fazer o que estou fazendo. Participar de um concurso depois de tantos anos. No que eu estava *pensando? Expor para todos verem esta pobre sombra do meu antigo eu, o antigo gênio infantil, se misturando com todos esses astros em formação.*

A imagem de Masaru Carlos surgiu em sua mente, e aquela magnífica *Valsa Mefisto*.

Ela correu para o quarto de hotel, fechou a porta e se encostou nela.

Por isso eu não queria participar de nenhum concurso.

Por que o professor Hamazaki quis que eu fizesse algo tão humilhante? Por causa da reputação dele? Por que criou uma exceção para me levar para a escola?

Lá no fundo, ela sabia muito bem que essa acusação não tinha fundamento. Mas, no momento, só conseguia agredir, atacar, maldizer todos eles — professor Hamazaki, Kanade e ela mesma — por decidir que deveria se inscrever.

Talvez eu só devesse não tocar.

Se eu partir agora, antes que alguém me escute, continuarei a ser a menininha genial que sumiu de repente.

Mas aí uma daquelas vozes anteriores lhe voltou.

"Acha que ela vai mesmo aparecer?"

"E se ela cancelar de novo no último minuto, como antes?"

Aya começou a suar frio.

Uma placa branca no palco que diz: "88. AYA EIDEN."

Mas ninguém aparece no palco. E um rebuliço passa pela plateia.

A equipe começa a cochichar. Alguém vai até o palco e remove a placa com o seu nome. Um rebuliço ainda maior varre a sala.

Alguém ri, há mais cochichos.

— O quê? Ela cancelou?

— De jeito nenhum. Eu queria tanto ouvir Aya Eiden.

— Ela fugiu de novo. Devia estar muito apavorada.

— E estava aqui agorinha mesmo, escutando os outros concorrentes da primeira etapa.

— Foi por isso. Ela percebeu que o padrão era muito alto. Deve ter achado que era melhor não continuar.

Ela conseguia imaginar outra cena também.

Kanade vê que a placa foi removida e sai correndo da sala, o rosto pálido. Vai até o quarto de hotel de Aya e toca a campainha, mas ninguém atende. Kanade pega o elevador e corre até a recepção. Dizem-lhe que Aya cancelou a reserva e foi embora. Em pânico, Kanade telefona para o pai.

— Aya-*chan* fugiu.

— O *quê?!*

Kanade ouve o pai engolir em seco no outro lado.

A notícia da saída súbita de Aya do concurso se espalha rapidamente pela faculdade. É um verdadeiro golpe na reputação do professor Hamazaki. Ela ouve os outros professores falando a respeito.

— Estou com pena do professor Hamazaki. Ele cuidava tão bem da filha da sua antiga amiga, e agora vejam o que aconteceu.

Não posso ir embora. Não posso desistir, pensou Aya.

Ela percebeu que o quarto estava às escuras.

Lentamente, ergueu a mão e enfiou o cartão na fenda para acender as luzes.

Estendido na cama estava o vestido azul-vivo que ela e Kanade haviam escolhido para a primeira etapa.

O coro do Aleluia

Último dia da primeira etapa.

Desde a manhã, Masami Nishina havia visitado as famílias anfitriãs, uma de cada vez, e acabara de chegar à sala de concertos. Logo depois do fim da primeira etapa, os concorrentes bem-sucedidos seriam anunciados, e ela não podia perder: precisava registrar as expressões nesse momento. Como era impossível estar em dois lugares ao mesmo tempo, Masami pediu às famílias hospedeiras que a ajudassem com vídeos dos concorrentes que estavam com elas. Como essas famílias estavam acostumadas a receber pianistas, e alguns desses pianistas já gravavam vídeos para mostrar aos pais como eram as coisas no Japão, todos aceitaram atender ao pedido de Masami. É claro que o foco principal era Akashi Takashima, e ela fazia questão de estar com ele quando o resultado fosse anunciado.

A esposa de Akashi tinha de dar aulas e não estava lá. Não que Masami percebesse, mas não conseguia relaxar quando Machiko estava com ele.

Agora, já acostumada à sala de concertos, Masami ainda se espantava com o número de pessoas reunidas para ouvir o resultado. E havia no ar uma tensão que antes não existia. Uma empolgação contida seria a melhor maneira de descrever.

— É incrível, não acha? Há tanta gente aqui!

Ela falava com Akashi, que aguardava por ela na entrada.

PARA OS CONCORRENTES, ERA um momento fatídico, mas para o público era um espetáculo empolgante.

Akashi estava de cara boa, mas se sentia nervoso desde que acordou.

Chegarei à segunda etapa?, perguntava-se. *Minha apresentação foi suficientemente boa? Daqui a sete horas, estarei sorrindo ou telefonando a Machiko para dar a má notícia?*

Veio à mente a imagem dele ligando para a esposa, escondendo a decepção, tentando soar como se a coisa toda não o incomodasse. Ele afastou o pensamento.

— Alguns pianistas ainda vão tocar.

Masami deu uma olhada no programa.

— Tem razão.

— Há o... como é que falam? Príncipe das Abelhas? E aquele pianista russo que ficou em terceiro lugar na última vez.

— Esqueci como o chamam... Príncipe das Abelhas ou do Mel. Parece que a audição em Paris foi espetacular.

— O último vencedor seguiu o mesmo caminho, não foi?

Masami folheou o programa até chegar à página que procurava. Akashi espiou por cima do ombro dela para dar uma olhada.

Jin Kazama.

A seção sobre o histórico de concursos estava em branco. Ele só tinha dezesseis anos, e era bem possível que ninguém tivesse ouvido falar dele até agora.

— Uau, ele é bonitinho. E tão jovem. Dezesseis anos. Dá para imaginar?

— Pare de falar como uma fã de meia-idade.

Akashi sorriu, embora os olhos fossem direto para o parágrafo sobre o professor de música de Jin. *Qualquer um teria a mesma reação,* pensou. Era difícil acreditar que ele se dissesse aluno de Hoffmann. No fim das contas, aquilo seria bom? Ou uma desvantagem?

Em silêncio, Akashi virou a página. Estava de olho em outro concorrente.

Havia algo na foto que acendeu cacos da memória. Os olhos grandes, sem afetação e penetrantes, a nos olhar diretamente.

Aya Eiden. Idade: 20 anos

Ela já tem vinte. *Ela ainda só tem vinte.* Os dois pensamentos colidiram em sua cabeça.

Não havia em torno dela o mesmo burburinho do Príncipe das Abelhas e do Príncipe de Juilliard, mas o retorno de Aya ao palco era um tópico quente de discussão.

Que tipo de apresentação seria a dela? E por que teria voltado?

Akashi tinha sido fã de Aya no passado. Ouvia os seus discos, ia aos seus concertos. Sempre pensava nas crianças-prodígio como uma mistura dos bebês do seriado "Os Anjinhos" com "America's Got Talent" e as achava um pouco assustadoras, mas Aya era outra coisa, inteiramente natural. Ele se lembrava, com muita clareza, de pensar quando a ouviu tocar pela primeira vez: *Essa não é uma* criança-prodígio. *É um verdadeiro* gênio.

A música era uma parte natural e fluente de quem ela era.

Quando soube que Aya cancelara de repente um concerto depois que a mãe morreu, ficou atordoado. De certa forma, sentiu-se traído. A desistência de uma menina dotada de tamanho dom foi um choque profundo.

No entanto, o tempo passou, e ele começou a pensar que talvez fosse exatamente *por* ser um gênio que ela conseguiu desistir assim, de forma tão decidida. Aquele tipo de despedida abrupta combinava com quem ela era.

Como a mitologizou na mente, agora ele tinha sentimentos confusos sobre seu retorno ao palco. Era algo parecido com o desencanto que surge quando um ídolo pop que abandonou o palco para ter uma "vida normal" decide retomar a carreira no *showbiz.*

Agora também havia o medo de se desapontar e não saber como reagir. Na verdade, outros pianistas do concurso gostariam de se desapontar. *Ah, então é só isso que ela tem para mostrar*, pensariam. Era difícil negar a tentação de desprezar um antigo ídolo.

Akashi continuou a fitar a fotografia dela, com os sentimentos claramente confusos.

MASARU ENTREGOU O PROGRAMA autografado às mocinhas, e elas deram gritinhos de alegria.

Essa cena se repetia toda vez que havia uma pausa entre as apresentações, e ele ficava contente, mas também um pouco desconcertado, pois o interrompia enquanto examinava as informações sobre os pianistas seguintes.

O programa listava todas as peças que os concorrentes planejavam tocar, da primeira etapa à final. Era muito informativo, e Masaru gostava de estudar os detalhes. A escolha do repertório revelava muito sobre a perícia técnica e as preferências dos pianistas, bem como a sua estratégia no concurso. A primeira e a segunda etapas tinham de seguir determinadas diretrizes, e a escolha das obras era mais restrita, mas a terceira etapa era um recital de uma hora, e nele, a personalidade do pianista podia realmente emergir. Havia recitais só de Chopin, outros só de Rachmaninoff, programas que destacavam compositores contemporâneos e outros que adotavam uma abordagem mais acadêmica, revelando o repertório que, segundo o pianista, o mostraria sob a melhor luz.

Francamente, naquela primeira etapa, a escolha das peças parecia incrivelmente inspirada ou incrivelmente burra.

Masaru abriu o programa na página do próximo concorrente, Jin Kazama, e das suas opções para a primeira etapa:

Bach, *O Cravo bem temperado, livro 1, n.º 1*,
"Prelúdio e fuga em dó maior".
Mozart, *Sonata n.º 12 para piano em fá maior, K. 332*,
"primeiro movimento".
Balakirev: *Islamey, Fantasia oriental.*

A ESCOLHA DE *ISLAMEY* ele conseguia entender. As peças de Bach e Mozart não eram muito desafiadoras, e *Islamey*, uma das duas peças mais difíceis de todo o repertório de piano, era a opção mais estratégica para exibir domínio técnico.

O nível técnico havia disparado nos últimos anos e, embora *Islamey* raramente fosse apresentada, ali, na primeira etapa, havia vários pianistas que escolheram tocá-la.

Ainda assim, por que *O Cravo bem temperado, livro 1, n.º 1*?

Era uma peça tão conhecida que até os que não conheciam música erudita a tinham ouvido uma vez ou outra. E toda vez era preciso filtrá-la pelas várias outras apresentações famosas. Tocá-la era uma decisão corajosa.

O Mozart também era uma escolha ousada. Outra peça muito conhecida, o que dificultava abordá-la diretamente. Ou a escolha fora feita de forma natural e inocente pelo pianista, ou ele a fez intencionalmente.

Masaru pensou melhor.

Não... espere aí, refletiu. Essas peças não foram necessariamente escolhidas pelo próprio Jin Kazama. Como era o primeiro concurso de um novato e a primeira etapa, era mais natural que o professor escolhesse o que ele tocaria.

Se a escolha foi feita por instrução de Yuji Von Hoffmann enquanto ainda estava vivo, seria uma tática deliberada. Nesse caso, ele devia ter muita confiança.

Masaru quase soltou um assovio.

A plateia começou a aplaudir, e Masaru ficou surpreso ao ver uma mulher de vestido amarelo fazendo uma reverência no palco. A apresentação tinha acabado antes que ele percebesse, e deixara de ouvi-la.

NOS BASTIDORES, O AFINADOR Kotaro Asano se inquietava.

Na mente, tinha a figura daquele garoto. *Logo é a vez dele. E a minha também.*

Dos três afinadores enviados pelos fabricantes de pianos, Asano era o mais jovem. Afinar pianos num concurso era um trabalho exaustivo, mas, para os afinadores, também uma honra enorme. Ele esperou muito tempo por sua chance, e finalmente lhe permitiram participar. Quando chegou, estava animado, mas o clima na sala era mais tenso do que ele esperava. Asano entendia por que os afinadores diziam que não conseguiam dormir durante os concursos. Era cansativo em termos físicos, mas também desgastava emocionalmente com tantos concorrentes a conhecer e tentar compreender, apesar da barreira do idioma, que tipo de som esperavam. Ele fazia anotações detalhadas, mas ainda estava intranquilo, a cabeça cheia de sons e imagens de todos os tipos enquanto se esforçava para reproduzir o que queriam. Relaxar estava fora de questão. Alguns pianistas ficavam nervosíssimos, e era como se esse nervosismo passasse para ele e o deixasse agitado.

Uma moça da França, bem difícil de agradar, não parava de insistir que "este não é o meu som", o que o deixou completamente esgotado. Foi nesse momento que o rapazinho japonês apareceu; só por ser capaz de falar a mesma língua, foi um grande alívio.

— Olá. Sou Kazama. Muito prazer em conhecê-lo.

O menino baixou a cabeça, num cumprimento rápido.

— Sou Asano. Muito prazer em conhecê-lo. Farei o possível para garantir que o piano fique exatamente do modo que você quer — disse Asano, seu cumprimento típico para os concorrentes, e fez uma reverência.

— Ah, de qualquer forma, estará bom para mim — disse o garoto. — Sei que é um piano incrível.

Asano não acreditou no que ouvia.

— Quando diz de qualquer forma...

Asano coçou a cabeça. Ouvira dizer que o garoto tinha dezesseis anos e que era o seu primeiro concurso. Ele precisava saber que a afinação correta era importante, mas como explicar?

— Cada pessoa tem um toque diferente e uma preferência sonora, e o som do piano muda mais do que você imagina. Há uma afinação que funciona melhor com o seu repertório. Então, você poderia tocar alguma coisa para mim?

— Hum...

Agora o menino coçava a cabeça.

Ele hesitou, foi até o piano, ajustou o banco, sentou-se e começou a tocar algumas escalas.

A atenção de Asano foi atraída.

Aquele era o mesmo piano em que a moça francesa tocou? Nossos pianos soam mesmo assim?

O menino começou a cantar "Love Me Tender". A equipe nos bastidores fitava, de olhos arregalados.

Era improvisado. Não uma voz treinada, mas livre e fácil.

Asano nunca ouvira falar de um pianista que tocava e cantava quando o afinador chegava para a consulta. Normalmente, os pianistas tocavam o clímax da peça que iam apresentar ou uma seção cuja ressonância queriam conferir.

De repente, o garoto parou.

— Hum — disse ele outra vez.

— Algo errado? — Asano não pôde deixar de perguntar.

— Hum — repetiu o menino. Em seguida, levantou-se, ajoelhou-se e encostou o ouvido no chão.

— Qual é o problema?

Asano estava prestes a se aproximar, mas o menino levantou a mão. Ficou algum tempo imóvel, depois se levantou outra vez.

— Certo — disse, e andou até o fundo do palco. — Sr. Asano, tudo bem mover esse piano?

O menino apontou o piano de cauda à direita.

No fundo do palco, havia três pianos de fabricantes diferentes, para os pianistas escolherem qual queriam tocar.

Segundo as instruções do menino, ele e Asano deslocaram o piano trinta centímetros.

O garoto voltou a se sentar e tocou algumas escalas.

— Hum. Agora está bom.

Ele fez que sim e olhou Asano.

— Sr. Asano, quando eu tocar, o senhor poderia se certificar de que aquele piano esteja lá?

O menino se levantou, como se tivesse terminado.

— Ah, mais uma coisa. Esta tecla *aqui* e aquela *ali* estão desafinadas.

O menino apontou e saiu depressa.

Asano conferiu as teclas. Realmente: a nota de uma tecla estava um pouco acima, a da outra um pouco abaixo, uma diferença tão leve que a maioria não notaria.

Asano começou a suar frio. Nem ele nem a moça francesa, com todas as suas queixas sobre *meu som*, haviam percebido. Ele tirou do bolso uma fita adesiva e foi até onde tinham colocado o outro piano. Colou uma tira de fita no chão, escreveu o número do menino no concurso com uma caneta hidrográfica e disse a si mesmo que tinha de avisar ao encarregado daquele fabricante.

UMA PLACA COM UM novo nome foi colocada no canto do palco; um burburinho de empolgação soou pela plateia.

81. KAZAMA JIN

RECENTEMENTE, ELES HAVIAM ADOTADO o hábito de mostrar os nomes no estilo em que apareciam nos vários países de onde vinham os concorrentes; para os japoneses, isso significava o sobrenome primeiro.

Mieko se sentiu estranhamente tensa. Simon, Smirnoff e Nathaniel deviam estar se sentindo da mesma maneira. Olga e os outros jurados também estariam curiosíssimos e cheios de expectativa, alguns deles, sem dúvida, aguardando com ceticismo considerável para ouvir o garoto desenterrado em Paris por aquele trio de *arrivistas*.

Seriam considerados culpados? Ou ridicularizados?

Mas, independentemente do que os outros poderiam pensar deles, Mieko queria descobrir o que havia na música do garoto.

Será que minha primeira impressão estava errada? Ela precisava descobrir.

O CLIMA EXTRAORDINÁRIO DA sala de concertos deixou Hiroshi Takubo, o diretor de palco, com os nervos à flor da pele.

Ele deu uma olhada rápida na plateia e viu que, embora o intervalo entre as apresentações estivesse apenas na metade, as pessoas já entravam. Só havia lugar em pé.

Ele deu uma olhada no garoto que aguardava fora do palco; parecia distraído e cutucava a orelha com o mindinho.

O menino se misturava ao fundo, e quase não era notado. Estava mais relaxado do que a equipe. Usava uma camisa branca e um par de calças pretas que pareciam de um manequim grande demais. Talvez seu uniforme da escola.

O problema era que, com a sala tão lotada, o piano soaria muito diferente. Todos aqueles corpos absorveriam o som. E todas as pessoas em pé junto à parede e nos corredores também o afetariam. Ele deveria avisar o garoto?

Takubo temia que lhe dar um conselho gratuito de última hora aumentasse a pressão do momento, mas decidiu contar com a natureza tranquila do garoto. Além disso, tinham lhe dito que o menino tinha ouvidos aguçadíssimos.

— Kazama-*kun*? — chamou Takubo, fazendo-lhe um gesto para se aproximar. — A sala está lotada. Estou pensando que todas aquelas pessoas em pé diante das paredes vão absorver muito som. Sugiro que você toque com mais firmeza do que de costume.

O menino pareceu se espantar.

— Entendo. O público? Faz sentido.

Ele espiou a plateia pelo olho-mágico. No palco, Asano afinava cuidadosamente.

— Desculpe, mas o senhor pode levar uma mensagem ao Sr. Asano por mim? Diga-lhe para pôr o piano de que falamos no lugar original e o deslocar trinta centímetros no sentido oposto.

Takubo pegou um bloquinho e uma esferográfica no bolso do peito e pediu que o garoto repetisse as instruções.

O menino traçou um diagrama com uma mensagem para Asano.

Asano examinou a mensagem cheio de dúvidas, enquanto Takubo explicava a lotação incomum do auditório. Um murmúrio passou pela sala quando o afinador, no meio de seu trabalho, começou de repente a empurrar outro piano.

— Desculpe o pedido súbito.

O menino cumprimentou rapidamente com a cabeça o afinador que chegava aos bastidores.

— O posicionamento está bom, então? — Asano deu uma olhada no palco.

O menino espiou pelo olho-mágico.

— Está, acho que está ótimo.

Takubo olhou o relógio.

Graças a Deus, conseguimos a tempo.

A porta se abriu, e o menino andou até a luz.

Houve uma tempestade de aplausos. O garoto fez um cumprimento rápido com a cabeça e causou uma chuva de risadas.

NATHANIEL SE VIU SEM fôlego com aquele menino simples. Um *filho da natureza* — era a única maneira que conseguia descrevê-lo.

Só espero que a expectativa da plateia não o esmague.

Quando o menino ergueu a cabeça depois do pequeno cumprimento e voltou o olhar para o piano, Nathaniel ficou espantado com a expressão do seu rosto.

Jin Kazama se sentou um pouco desajeitado e começou a ajustar o banco com impaciência. Depois, se lançou diretamente à peça.

Nathaniel sentiu que os outros jurados se espantavam também.

A sala de concertos estava toda nervosa, perplexa, sem saber o que acontecia.

Que som *era* aquele? Como no mundo ele conseguia produzir aquilo?

Era como se a água da chuva pingasse, uma gota de cada vez, cada gota incapaz de sustentar o próprio peso. Uma afinação especial? O afinador tinha afastado o outro piano nos fundos... será que havia alguma conexão?

Nathaniel balançou a cabeça.

Não se muda o som assim só com a afinação. E o concorrente que tocou antes do garoto usou o mesmíssimo piano.

Por que essa impressão de sons descendo do alto? O tema musical emergia várias e várias vezes, como se o piano, de longe e de perto, tocasse sozinho. Nathaniel ouvia em estéreo, como se vários pianistas tocassem.

Não era um som ordinário, mas algo muito mais tridimensional.

Nathaniel sentiu o próprio choque, percepção que, em si, era outro choque.

Um prelúdio e fuga de O *Cravo bem temperado* que soava celestial. Ele nunca tinha ouvido uma execução como aquela.

AKASHI TAKASHIMA TAMBÉM ESTAVA espantado.

Como cada um dos sons conseguia permanecer e ressoar por tanto tempo? Seria a afinação?

A sala estava lotada, com gente em pé junto às paredes. Como o som reverberava daquele jeito?

Akashi sentiu um arrepio súbito.

Um gênio desconhecido tomando uma direção totalmente inesperada. Absolutamente diferente de Masaru Carlos.

Antes que ele percebesse, não era mais Bach, mas Mozart, a cor da peça mais viva, mais brilhante. A iluminação do palco parecia literalmente mais ofuscante.

A plateia toda parecia fulminada.

Ele se sentiu agitado, uma empolgação pulsante, um calor que irradiava bem de dentro. *Essa* era a melodia suprema e penetrante que Mozart pretendia. Sem hesitação, sem dúvida, como uma pura e branca flor de lótus que se abrisse na lama. Como se fosse apenas natural, e tivéssemos apenas de receber, as duas mãos bem abertas, a luz que descia.

Desde que se sentara, o rapaz sorria, notou Akashi. Nunca olhava as teclas. Não era como se ele tocasse o piano, mas como se o piano tocasse *o garoto*. Como se ele chamasse e o piano ficasse feliz em responder.

Akashi sempre se comovia profundamente com a frase do primeiro movimento da *Sonata n.º 12 para piano*, os compassos que demonstravam melhor o gênio de Mozart. Toda vez que ouvia aquela melodia milagrosa, escrita centenas de anos atrás, tremia, mas agora estava todo arrepiado.

Esse Mozart... até onde ele o levará?

O garoto começou a última peça, *Islamey*.

Como ele faz o piano soar assim?

MASARU TAMBÉM ESTAVA ESPANTADO, tomado pela ilusão de que o piano soava antes que o menino o tocasse.

O *Cravo bem temperado*.

Econômico, mas sensual, até um pouco sensacional.

Era como se ele improvisasse. Aquela frase famosa de Mozart provocava uma reação emocional como se ele tivesse acabado de pensar nela.

Então veio o *Islamey*.

Masaru teve a sensação visceral de que, talvez, Jin nem soubesse que essa era uma das peças mais difíceis do repertório pianístico.

A maioria dos pianistas que vão tocar uma peça difícil se prepara, como se dissesse: "Bom, agora algo *muito* difícil." Até os profissionais fazem isso.

Era a primeira vez que Masaru sentia que o *Islamey* podia ser tão... bom, *divertido*.

Será que não era a primeira vez que o ouvia tocado corretamente, cada nota pressionada?

Masaru sentiu a pele se arrepiar.

Conforme o número de notas a pressionar aumentava com o andamento, o som ficava necessariamente mais tênue, menos distinto. Mas os acordes que o garoto tocava não eram nada indistintos, mas bem definidos. Na verdade, quando chegou à segunda metade da peça, a sua execução ficou ainda mais vigorosa.

Masaru notou outra coisa surpreendente.

Ele mesmo havia estudado um pouco a peça. Devido à estrutura da melodia e do ritmo, mesmo que o andamento correto se mantivesse, havia partes que soavam arrastadas, como se o pianista desacelerasse. Era uma ilusão. Mas, com aquele garoto, isso não acontecia.

A peça avançava com ímpeto, correndo para o clímax, uma parede de sons que saltava como se do piano... não, de todo o vasto espaço retangular do palco.

O público se agarrava com desespero às poltronas para não ser soprado por aquela pressão acústica, por aquele som que se lançava contra eles. Os *tremolos* substanciais, como a terra ribombando, eram uma série de bolas rápidas e ardentes que atingiam rostos, olhos, orelhas, o corpo inteiro, até.

Masaru aguentou, entregando-se ao prazer daquilo tudo.

A música de Jin era algo que se vivenciava com todo o seu ser.

As últimas notas ressoaram e, como se impelido por elas, o garoto se levantou, cumprimentou com a cabeça e saiu com rapidez do palco.

O público demorou para perceber que havia acabado. Por um momento, um silêncio esquisito tomou conta da sala. Mas, no instante seguinte, todos saíram do feitiço.

Com gritos e berros febris.

Não havia bis na primeira etapa, mas o público não quis saber.

Mais aplausos, o som dos pés batendo no chão. A porta dos bastidores só voltou a se abrir quando um membro da equipe saiu para pôr o nome do próximo concorrente.

You'd Be So Nice to Come Home to

Os jurados ficaram sem saber o que dizer com a apresentação de Jin Kazama.

O pânico é exatamente assim, pensou Mieko enquanto olhava em volta. Assim que Jin desapareceu, todos começaram a falar ao mesmo tempo.

Ela olhou Nathaniel, perdido em pensamentos.

Como Mieko esperava, as reações se dividiam ao meio.

Inacreditável, fantástico, milagroso.

Vulgar, desnecessariamente inflamado, um circo.

Para Masaru Carlos, houve elogios e bênçãos unificados; qual era a diferença aqui?

Mieko respirou fundo e organizou os pensamentos.

Ao ouvir Jin uma segunda vez, ela sentiu que entendia um pouco melhor a situação.

Quando o ouvimos tocar, é impossível não reagir emocionalmente. Seu som atinge uma parte macia e delicada no fundo do coração da qual as pessoas tinham se esquecido.

Uma salinha lá dentro que todo mundo possuía.

Quando alguém se tornava músico profissional, a presença dessa salinha se tornava fugidia. Naquela sala ficava a essência da música que a pessoa *realmente* amava, presente desde a infância. Um anseio inocente pela música simbolizado por um rosto de criança.

Quando o pianista se tornava profissional, seu ser se impregnava de conhecimento prático, como se a música que amava e a música considerada superior fossem coisas diferentes. Quando a pessoa se acostumava a produzir música como parte do trabalho, como um produto, ficava cada vez mais difícil identificar a música realmente amada. E restava a consciência dolorosa de ser incapaz de uma apresentação que satisfizesse a si mesmo, da execução ideal. Quanto mais longa a carreira profissional, com os obstáculos cada vez maiores, quanto maior o afastamento do ideal, mais sagrado ficava aquele pequeno santuário interior. Se não tomasse cuidado, só raramente você abriria aquela salinha; de fato, esqueceria que ela existe.

Mas a apresentação de Jin Kazama escancarou a porta dessa sala interior. A abertura repentina dessa porta provocou reações extremas e diametralmente opostas — uma gratidão febril porque a sala foi aberta e o repúdio à invasão rude do espaço privado de cada um.

O maestro Hoffmann deve ter percebido tudo isso.

Um público indefeso, com aquela parte macia do eu interior destrancada, mostraria um entusiasmo próximo do frenesi quando suas emoções fossem emboscadas dessa maneira.

Mieko conseguia analisar objetivamente dessa forma a música de Jin, mas continuava confusa, incapaz de se concentrar em como devia processar tudo aquilo.

Havia outra coisa estranha.

Ao ouvir Jin Kazama uma segunda vez, ela não sentiu mais tanta aversão. Dessa vez, foi genuinamente atraída, cheia de admiração.

Seria por já ter lido a mensagem do maestro Hoffmann? A carta agora a influenciou a favor de Jin? Uma coisa era claríssima. Havia algo avassaladoramente emocional na execução do garoto.

Como era possível que ele conseguisse gerar música daquele jeito, tão viva e intensa?

Ele transmitia a partitura com técnica impecável, mas mantinha o seu som fresco, imaculado. Era difícil acreditar que ele a tivesse estudado um número absurdo de vezes.

Talvez fosse exatamente por isso que a sua execução provocava uma reação tão adversa de alguns jurados; não parecia produto de esforço e estudo intensos.

Recentemente, parecia que a questão principal da música era a capacidade do executante de transmitir a intenção do compositor, com ênfase em como interpretava a partitura e levava em conta o contexto social e pessoal da época da composição. Hoje em dia, a tendência era não receber bem a interpretação ou execução livres do músico.

Mas o modo de tocar de Jin Kazama não tinha o impedimento dessas restrições. Era verdadeiramente livre, transbordante de originalidade, e nos fazia duvidar que ele sequer conhecesse o nome do compositor. Dava a impressão de que era só ele e a peça, enfrentando-se com ousadia, individualmente. Apesar disso tudo, a execução foi impecável — realmente difícil para os envolvidos com a educação musical aceitarem.

— Eu me pergunto o que Yuji tinha em mente.

Mieko ouviu Olga murmurar. Como esperado da presidente da comissão julgadora, o seu comportamento calmo não dava nenhuma pista de que lado ela estava: dos que aplaudiam Jin ou dos que o rejeitavam.

Mas era claro que pensava profundamente. Ao notar que Mieko a olhava, Olga se virou para ela com uma expressão estranha.

— Curioso. Muito curioso esse menino — murmurou.

Ela parecia não buscar a concordância de Mieko; sacudiu de leve a cabeça e foi para a sala de descanso dos jurados.

— AYA-*CHAN*? AYA-*CHAN*, TEMOS de ir.

Kanade deu um tapinha no ombro de Aya e a assustou.

Ela precisava ir para a sala de estudo, trocar de roupa e aguardar a sua vez.

— Aya-*chan*, você está bem? Quer que eu vá com você?

Aya olhou Kanade com olhos vazios e balançou a cabeça.

— Não, estou bem. Fique aqui. — Aya se levantou, a bolsa de roupas na mão.

Febril, ela desceu o corredor e saiu da sala de concertos; a execução de Jin Kazama reverberava na sua cabeça.

Ela estava inconsciente do que a cercava, mas o corpo recordava o caminho.

A música de Jin Kazama não a deixava. Bach, Mozart e *Islamey* num circuito sem fim.

Que choque. Que música brilhante e colorida.

Música cheia da alegria da vida.

Esse garoto é amado pelos deuses musicais.

Ela sentia isso instintivamente desde o momento em que o encontrou na faculdade em Tóquio.

No instante em que apareceu no palco, ela soube que era ele.

Aya saudou a manhã daquele dia, o último da primeira etapa, com desespero.

Não conseguia tirar da cabeça a conversa ouvida no banheiro dois dias antes. Sentiu náusea; teve vontade de gritar.

Kanade interpretou o comportamento de Aya como simples excesso de tensão; agindo de forma indiferente, convidou-a para ouvir o chamado Príncipe das Abelhas.

Hoje é o fim da linha para mim, pensou Aya. A cortina se fecharia em silêncio sobre a história da menina genial. Um fim banal e idiota para a garota que, quando fez vinte anos, tornou-se, como elas disseram, apenas ninguém, totalmente incapaz de voltar aos palcos.

Essa fria premonição abalou Aya até os ossos. *Sinto muito, Kanade. Sinto muito, professor Hamazaki.*

Ela sabia que nunca conseguiria se desculpar o bastante com os Hamazaki, pai e filha. Sentiu-se horrível por decepcionar Kanade. Eles ainda teriam vontade de se relacionar com ela depois? Ficariam mais magoados do que ela. Aya os imaginou se preocupando.

— Uau, quanto público. Esse Príncipe das Abelhas realmente atrai multidões.

Aya levantou a cabeça e viu que Kanade olhava em volta. O público parecia agitado. Havia até pessoas junto à parede dos corredores laterais.

Aya também estava de olhos arregalados com essa cena incomum. Sabia que o garoto era um pianista japonês de quem todos falavam desde a audição de Paris, mas esse público febril a deixou vagamente apreensiva. Na verdade, não era da conta dela, mas sentiu pena dele por ser objeto de tanta atenção.

AYA ASSINOU O NOME no balcão de inscrição e foi levada para as salas de ensaio.

Enquanto descia o corredor, ouviu outro pianista estudando freneticamente uma peça.

Ela entrou numa sala e se sentou diante do piano de cauda.

Fechou os olhos e escutou Jin tocando em sua cabeça.

O deus da música. Deus estava... presente ali.

Aya recordaria muitas vezes essa estranha sensação.

O que surgiu em sua mente foi aquela cena da infância. A chuva batendo no teto metálico, a menina batucando o ritmo com os dedos segundo o andamento do som.

A mãe, o professor Sr. Watanuki, a bolsa com a clave de sol bordada.

As apresentações que fez lhe voltaram, uma após a outra, com clareza assustadora.

Salas de concertos, pianos, maestros e músicos diferentes.

As peças que tocou, a reverberação dos diversos pianos, tudo fluiu pela sua cabeça.

Isso mesmo. Na época, havia sempre alguém esperando dentro do piano. Quando ela entrava no palco, alguém sempre a chamava de dentro do instrumento. Alguém sempre esperava por ela.

Jin Kazama parecia tão... feliz. Exatamente como eu era.

Deus esperava por ele. Como esperava por mim.

Esqueci completamente como era divertido.

Não, isso não é bem verdade.

Eu fugi.

Ela sentiu uma dor surda no peito. A vontade de chorar cresceu dentro dela.

Ondas quentes golpeavam sem parar as suas têmporas.

Quero tocar. Como eu tocava. Que eu consiga tocar com alegria mais uma vez.

Na sala de ensaio, Aya manteve os olhos fechados. Não encostou no piano nenhuma vez.

Uma pessoa da equipe deu uma espiada e uma batidinha na porta para lhe dizer que logo seria a sua vez. Estava na hora de trocar de roupa.

A sala se esvaziou depois da apresentação de Jin Kazama, mas agora se enchia outra vez. Uma sensação muito diferente corria por ali, um tipo de expectativa agourenta.

Kanade achou o clima inquietante e doloroso.

Quando ela mesma se apresentava, sempre sabia que tinha estudado, que dava o seu melhor, e conseguia enfrentar com coragem qualquer coisa no palco.

Mas, quando a apresentação era de outra pessoa, ficava muito indefesa.

Os olhos do público estavam cheios de um tipo de hostilidade gritante, pois todos esperavam para assistir ao retorno daquela antiga menina genial — ou talvez para ver que, afinal de contas, ela era apenas uma sombra do que havia sido.

Kanade achou difícil respirar. Uma pontada dolorosa de empatia passou por ela.

A moça inspirou fundo, sem ruído.

As pessoas ainda andavam ruidosamente pelos corredores.

— Bem-vinda de volta.

Hiroshi Takubo se limitou a uma saudação simples.

Queria que soasse sincera.

A moça nos bastidores o olhou. Parecia absorta, como se pensasse alguma coisa, mas, aparentemente satisfeita, sorriu para ele.

Takubo sorriu de volta.

Ele realmente a vira nos bastidores no passado — e se lembrava do que ela tocara. Um concerto de Ravel.

Ele se lembrava como se fosse ontem — escutando nos bastidores, o coração trêmulo.

Recordou o rosto beatífico da menina que voltava à escuridão dos bastidores.

Takubo notou que agora um clima diferente enchia a sala de concertos.

Ao olhar aquela moça que aguardava em silêncio ali no escuro, sentiu como se parte de sua calma natural passasse para ele.

— Eiden-*san*. Está na hora — disse Takubo com uma olhada no relógio.

Ela avançou para a luz, o rosto não mais de uma moça, mas como ele já o tinha visto: cheio da dignidade de uma deusa.

MASARU ESCUTOU COM ATENÇÃO o burburinho em volta, na esperança de captar por que o próximo concorrente atraía tamanha multidão. Ele logo recebeu o histórico necessário de algumas garotas próximas.

Ah, pensou, *isso explicava a mistura de curiosidade e má vontade,* o clima que o cercava.

Um sentimento complicado, bastante desconfortável.

Pobre moça, pensou. *Uma apresentação morna não vai resolver aqui.*

Esses pensamentos passavam pela sua cabeça quando a porta do palco se escancarou.

Uma moça miúda surgiu. Sua aparência o espantou.

Ele se sentiu atraído para o rosto dela, mas não sabia por quê.

Era como se uma brisa refrescante chegasse com ela.

A moça usava um vestido simples, azul-vivo. O cabelo num corte chanel curto e diagonal.

O olhar dela ficava com a gente. Como se a luz irradiasse de dentro dela — e Masaru percebeu que teve o mesmo tipo de sensação muito tempo atrás.

Quando era criança. Ali no Japão.

Eiden Aya. Aya...

Ele não conseguia acreditar. Todo aquele tempo, ele imaginava a bolsa de pano puída no canto da mala no quarto de hotel.

Coincidências como essa certamente não acontecem, pensou, mas o coração não parava de bater com força. Na verdade, as batidas só ficaram mais barulhentas.

Quando a moça se instalou no banco, a sala ficou quase dolorosamente imóvel.

Masaru fitou atentamente o perfil dela, a expressão dos olhos, sem querer perder nada.

Aparentemente alheia, a moça fitava o espaço.

Os olhos se estreitaram como se houvesse luz demais, e um leve sorriso surgiu em seus lábios.

Ela baixou as mãos até as teclas. O público todo despertou.

Estamos num NÍVEL DIFERENTE *aqui*, pensou Akashi Takashima.

Havia um profissional de verdade no palco. Uma pessoa nascida para ganhar a vida com a música.

Akashi ficou meio enojado de si mesmo ao perceber que, de repente, se sentiu comicamente aliviado.

A moça era um ídolo. Antigamente e agora.

NATHANIEL SILVERBERG RECORDOU AS palavras de Hamazaki.

"Há uma moça que fará você despertar", dissera-lhe Hamazaki com um sorriso irônico.

O seu velho amigo Hamazaki, agora reitor de uma faculdade de música particular, respondia à pergunta dele sobre os pianistas japoneses.

Ele não mencionou quem era, mas, agora que a tinha ouvido, Nathaniel percebeu. Talvez Hamazaki só estivesse sendo modesto, mas de onde é que saiu aquela pianista, afinal de contas?

Nathaniel sentiu uma pontada de exasperação. Então, sorriu.

Uma execução extraordinária e muito madura, pensou. Isso era *real* — como se um adulto maduro e experiente se enfiasse no meio de um monte de crianças. Sua técnica já era parte tão integrante da música que nem dava para notar. Só se podia apreciar a música, não fazer uma avaliação.

Na sonata de Beethoven, a habilidade interpretativa brilhou de forma fascinante. Ela já tinha um domínio sólido do próprio estilo, e havia uma dignidade inviolável na sua execução.

Ele sentiu que suava frio.

Não era Jin Kazama o rival de Masaru. *Era essa moça.*

ELA COMEÇOU A *VALSA Mefisto* de forma tranquila e informal.

O público agora estava sinceramente extasiado, sem nenhuma malícia.

Kanade teve medo de chorar.

A emoção que sentiu dez anos atrás quando ouviu pela primeira vez Aya tocar voltou com tudo.

Era uma apresentação totalmente diferente da de Masaru Carlos.

Tranquila, mas dramática. Nobre, mas emocionante. Camadas de energia que se acumulavam aos poucos. A *Valsa Mefisto* fazia o coração tremer; não dava para impedir.

Essa moça realmente parecia se elevar. Uma deusa criando asas.

— Bem-vinda de volta, Aya-*chan* — sussurrou Kanade. — Finalmente... *finalmente* você voltou ao lugar a que pertence.

NOS FUNDOS DO AUDITÓRIO, estava um garoto com um boné desgastado.

Fitava com atenção, olhos arregalados, rosto corado, a moça no palco.

AYA SE LEVANTOU, FEZ uma profunda reverência, e a sala explodiu em aplausos.

Ela ergueu os olhos, com um grande sorriso, e saiu às pressas do palco.

Não houve batida de pés nem vivas, só aplausos crescentes que não paravam.

— Hum...

— Isso foi... incrível.

— Como pensei. Aya Eiden é outro nível.

— Ela está num patamar só dela.

Masaru pulou de pé. Estava tão empolgado que não percebeu que se sentia desesperado para sair da sala. Mas os corredores estavam tão lotados de gente que compartilhava sua reação que ele mal conseguia avançar.

Me deixem sair. Me deixem sair.

Ele ficou impaciente atrás das pessoas do público que avançavam bem devagar.

Ela está aqui. Minha Aya-chan.

Masaru sentiu que ia explodir em lágrimas.

— Com licença. *Pardon* — disse, abrindo caminho a cotoveladas e saindo no saguão com um pulo.

Romance

De volta aos jeans e ao suéter, Aya sentiu que seu antigo eu havia retornado. Como estava incrivelmente aliviada e recuperada... como se a visão se clareasse, como se um mau feitiço se quebrasse. *É difícil acreditar*, pensou, *que, até hoje de manhã... não, na verdade, até ouvir Jin Kazama, eu estivesse tão desesperada.*

Usar vestido realmente me deixa tensa.

Aya fez um grande alongamento e saiu da sala de descanso.

Já parecia um sonho.

Havia mais dois concorrentes depois dela, e, em seguida, os que haviam passado seriam anunciados.

Por que fiz isso? Ela se sentia calma o bastante para se perguntar aquilo.

Não. Ela sempre foi calma, mesmo quando se apresentava. Havia uma parte dela que se escutava tocar. Isso nunca mudou, desde quando criança.

Sempre sentira a presença do outro eu que examinava do alto, em silêncio, o que estava embaixo.

Mas que vontade foi aquela que tive antes?, perguntou-se.

Foi o único momento em que sentiu um arrepio, quando tentou recordar aquele sentimento.

Aquela vontade que me forçou a querer tocar como Jin Kazama, o amado pelo deus da música. O que foi aquilo?

Fazia anos que não sentia uma compulsão como aquela. Na verdade, não a sentia nem quando criança. Não sabia que esses sentimentos existiam dentro dela.

Foi aquele menino, a música daquele menino, que provocou essa vontade.

Jin Kazama. Devo ser grata a ele? Ou talvez...?

Ela foi até o elevador e apertou o botão da sala de concertos. A apresentação seguinte já tinha começado.

Uma coisa era certa, concluiu ela: esse sentimento de realização, de catarse, só surgiu porque ela esteve no palco. Não era algo que sentia quando estudava.

A pergunta é: quero sentir isso de novo? Tenho vontade de retornar completamente à linha de frente da música? Espere aí. Eu já retornei, no que diz respeito ao mundo. Mas estou preparada para enfrentar o mundo outra vez?

Conseguiria aguentar as fofocas e a expectativa? Aya, a tranquila e despreocupada, que sempre fez o que quis?

Aya balançou a cabeça.

Uma coisa é certa. Adorei cada minuto.

Num canto do saguão deserto, havia um elevador para o andar das salas de ensaio.

Quando saiu do elevador, como esperado, não havia ninguém lá. Enquanto olhava o corredor de um lado para o outro, uma figura alta assomou.

Cabelo castanho-escuro, suavemente crespo. Camisa e calças azuis bem cortadas.

Céus! É o Príncipe de Juilliard, percebeu Aya com um sobressalto.

Ele era tão grande, pensou, *quando visto de perto. Com uma aura incrível em volta. Um verdadeiro príncipe. Parecia pertencer a uma espécie muito diferente.*

Ela ficou cheia de admiração.

Estará esperando alguém, em pé aqui, desse jeito?

Aya deu uma olhada para trás.

O Príncipe continuava parado; ele a olhava, mas ela não conseguia entender o que ele queria. Talvez fosse imaginação, mas os olhos dele pareciam meio lacrimosos. Ela passou por ele e parou, de costas, junto à porta de uma sala de estudo.

A voz dele a chamou por trás.

— Aa-*chan*?

A FORMA COMO A memória funciona é insondável.

Quando ele disse o seu nome, o tempo se rebobinou imediatamente, e uma gaveta do cérebro que ela nunca abria se escancarou.

Essa voz, o jeito de dizer o meu nome...

Ela deu meia-volta e viu um rapazinho magro, latino-americano, de pele escura e cabelo crespo.

"Aa-*chan*, tenho de voltar à França."

A voz de um menino perplexo.

"Sinto muito", havia dito o menino, baixando a cabeça quando Aya começou a chorar.

Ele sempre foi reservado, um pouco tristonho, não o tipo que faz nada às pressas... mas produzia um som que era tão ilimitado quanto o mar num dia cintilante.

— Ma-*kun*? Você é mesmo Ma-*kun*? É você mesmo? — Ela o olhou com intensidade.

A face do garoto — não mais um garoto, mas um *rapaz* imponente, com bem mais de um metro e oitenta — se acendeu. Ele fez que sim.

— Sim, sou eu mesmo, Masaru. Aa-*chan*, sabe... ainda tenho aquela bolsa comigo, a que você me deu com a clave de sol.

— Sem chance!

Aya sempre ria das garotas que falavam assim a qualquer momento. Garotas da sua idade, esvoaçantes como borboletas, com todas as reaçõezinhas banais: *Sem chance! Está brincando? Sério? Que horror!*

Mas agora, uma daquelas frases patéticas foi tudo o que lhe veio à mente. Eles voltavam a se ver depois de mais de dez anos, e que outra reação ela teria além de gritar e correr para abraçá-lo?

Ela descobriu que o queixo de Masaru ficava muito mais alto do que o topo da sua cabeça quando os braços dele a envolveram. Ele tinha o dobro do seu tamanho.

— Ma-*kun*, não acredito que você ficou tão grande.

Aya levantou a cabeça para fitar o rosto dele. Quando garoto, ele parecia claramente peruano, mas agora a pele e o cabelo estavam mais claros, e era difícil identificar alguma nacionalidade específica. Os traços cinzelados lhe lembravam um filósofo ou um sacerdote budista, levemente altivo e inacessível.

Masaru caiu na gargalhada.

— Pare com isso, Aa-*chan*! Você está falando como minha avó. Quando subiu no palco, eu soube que era você no mesmo instante. *Você* não mudou nada.

ELE PEGOU A MÃO dela e a apertou.

— Conte-me, Aa-*chan*— disse Masaru — Como está o Sr. Watanuki? Sabe, cumpri minha promessa a vocês. Comecei a estudar piano assim que cheguei à França. Um aluno me apresentou para um professor no Conservatório, e estudei com ele. Depois, me matriculei no Conservatório e me formei em dois anos.

— Você era mesmo um gênio, não é, Ma-*kun*? — perguntou Aya.

— Eu? — Masaru fez que não. — Sempre achei que você e o Sr. Watanuki é que eram gênios!

O verdadeiro gênio era o Sr. Watanuki. O professor que, quando ela apareceu certo dia com Masaru atrás, ficou contentíssimo em lhe dar aulas também. O homem que reconheceu o talento de Masaru e se maravilhou. E agora, ali estava aquele menino, anos depois, um rapaz maravilhoso em quem todos tinham tanta esperança, um astro em formação. Ah, se pudesse estar ali, como o Sr. Watanuki ficaria feliz.

— Ma-*kun*...

Aya sentiu uma onda de tristeza subir.

— O Sr. Watanuki faleceu. Menos de dois anos depois de você voltar à França. Tinha câncer de pâncreas, e só descobriram tarde demais. Não ficou nem um mês internado. Pensava sempre em você, Ma-*kun*.

O rosto de Masaru se entristeceu. O sorriso sumiu, ele ficou pálido.

— *Sensei*... — disse ele. — Ele... morreu mesmo?

Aya fez que sim.

— Está sepultado em Zoshigaya.

— Eu... Eu gostaria de lhe prestar homenagem em seu túmulo.

— Vamos juntos. Sei que ele ficará feliz.

AGORA, A MÃO DE Masaru estava na dela. Era como se tivessem voltado no tempo. Só que ela precisava erguer a cabeça para olhá-lo, de tanto que crescera, e a mão dele era o dobro da sua.

Mas, pensou ela, *as mãos dele eram grandes, mesmo naquela época.* Dizem que crianças com pés e mãos grandes ficam muito altas. Com mãos tão grandes, ele conseguiria facilmente cobrir todo o teclado, e Rachmaninoff não seria um problema. Na verdade, quando crianças, haviam falado em tocar uma peça de Rachmaninoff a quatro mãos, lembrou-se Aya. Bom, com mãos como aquelas, seria um passeio para ele.

As pessoas saíam da sala; uma apresentação devia ter terminado. Ela percebeu que Masaru tinha deliberadamente esperado por ela.

— Ma-*kun*, você ainda sabe cantar aquela música de que gostava, "Funa uta"?

Ela o olhou, provocante, e Masaru encheu-se de orgulho.

— É claro! Quando a cantei no *karaoke* de Tóquio, todos os japoneses ficaram muito surpresos.

Ela imaginou Masaru, com a aparência que tinha agora, berrando aquela canção japonesa, e sentiu o riso crescer por dentro.

— Mas meu professor é ainda mais incrível. Ele canta aquela de Kiyoshi Maekawa. "O deserto de Tóquio."

— O quê? Nathaniel Silverberg?

Ela sabia que Silverberg tinha sido casado com uma japonesa; mas, ainda assim... tentou imaginá-lo com aquela juba, em pé, muito ereto, entoando a canção.

Começou a rir, e Masaru a puxou pela mão.

— Aa-*chan*, você ri demais. Vamos ouvir o último pianista. Depois, vem o anúncio de quem passou.

Aya foi despertada do seu riso.

O CONCURSO. ELES ERAM rivais. Apenas vinte e quatro concorrentes passariam para a segunda etapa. E só doze para a terceira.

Masaru parecia pensar a mesma coisa.

No rosto sorridente e positivo dele, não havia nenhum vestígio do menino que ela conheceu. A voz era confiante.

— Acho que eu e você não precisamos nos preocupar, Aa-*chan*. Vamos dar o nosso melhor na segunda etapa.

Ela conseguiu dar uma resposta morna.

Masaru, claramente, chegaria à final; nenhuma dúvida a esse respeito, pensou ela. Com aquela apresentação soberba e encantadora, como não chegaria? Já falavam nele como possível vencedor. Havia boatos de que os jurados lhe deram notas altíssimas.

Mas o que pensaram *dela*?

— SRTA. EIDEN? — Uma voz vinda de trás.

Ela se virou e encontrou um homem e uma mulher com braçadeiras da imprensa. Repórteres.

— Parabéns por terminar a primeira etapa. A sua apresentação foi maravilhosa.

— Somos da revista *Classic Stream*. Podemos lhe fazer algumas perguntas?

Pela cara dos dois, ela devia ter feito tudo certo. Mas o pedido foi muito súbito, e ela não era entrevistada havia muito tempo. A mente ficou vazia.

— Como foi estar de volta ao palco pela primeira vez, depois de tanto tempo?

— Você sentiu algo especial ao realmente tocar de novo?

— Bom, hã...

— Sinto muito, mas vamos assistir à próxima apresentação. Assim, se nos dão licença... — disse Masaru, sorrindo para os repórteres, mas interrompendo-os com firmeza.

Ele puxou a mão de Aya e a levou para a sala de concertos.

Agora nossos papéis estão completamente invertidos, pensou ela.

Lá atrás, ela ouviu:

— Ei, aquele lá com ela não é o cara de Juilliard?

— É, sim, você acertou.

Por um segundo, ela temeu o que eles diriam.

Masaru sentou-se rapidamente num lugar nos fundos da sala.

Aya havia planejado encontrar Kanade, mas Masaru a levou para outro lugar, e ela não conseguiu dizer nada.

A primeira etapa logo terminaria, e então poderia se reunir a Kanade.

— Obrigada por me salvar — sussurrou Aya com um sorriso.

— Se não quiser falar com alguém, é melhor recusar na hora.

— Você deve receber muitos pedidos de entrevistas também.

— Não aceito nenhum na primeira etapa. Dou algumas depois que anunciam o resultado. E faço o mesmo na segunda etapa.

— Entendo.

Exatamente o que seria de se esperar de um futuro virtuose: saber lidar com a mídia. *Eu não me surpreenderia se ele já tiver assinado contrato com alguma agência*, pensou ela.

Aya abriu o programa e estudou de novo a página de Masaru.

— Seu nome é bem comprido, hem?

— E o seu é difícil para mim.

— Então você representa os Estados Unidos. Por isso não notei que estava no concurso. Você não é cidadão francês?

— Agora qualquer uma serve. Juilliard me pediu que me inscrevesse como americano. Daqui a pouco talvez eu tenha de escolher uma delas.

Ele era um ano mais novo do que ela. Aya se espantou com a idade dele no programa: dezenove anos.

Ele é tão adulto, mas ainda adolescente.

Aya estava prestes a virar a página, mas notou que Masaru ainda segurava com firmeza a sua mão direita.

Ele não a soltava desde que a havia pegado.

— Ma-*kun*? — disse Aya. — Pode soltar a minha mão?

— Não.

FOI O CHOQUE EMOCIONAL de se encontrarem de novo, depois de tanto tempo separados, que fez Masaru segurar a mão dela e sentir a nostalgia que a sensação provocava. Mas, ao mesmo tempo, ele tinha uma sensação inconsciente de outra coisa...

De que, se não ficassem bem conectados ali, ela poderia dar as costas ao piano outra vez. Que essa musa, sem remorsos por deixar algo aqui na Terra, abandonaria Masaru e iria para algum lugar muito distante. E nunca mais voltaria.

Em algum lugar dentro de si, Masaru não conseguia se livrar desse mal-estar, dessa ansiedade.

Ode à alegria

Masami se concentrou em Akashi, cujo rosto estava franzido de tensão. Pelo visor da câmera, ele parecia um tanto desolado.

— Como está se sentindo? — perguntou ela.

Akashi lhe deu uma olhada e sorriu.

— Bom, bastante tenso, tenho de admitir. Não me sinto assim desde o dia em que meu filho nasceu.

Ele deu um tapinha brincalhão no peito.

O saguão se enchia. Muita gente da imprensa, alguns com braçadeiras, câmeras prontas.

Dos noventa e poucos concorrentes, cerca de três quartos seriam cortados.

Masami sabia que os concursos eram impiedosos e deixavam todo mundo tenso.

Mas também havia empolgação. Uma vibração. Para os fãs da música, nenhum outro espetáculo era tão cativante.

Akashi perambulava, os olhos fitando a multidão sem focalizar. Ele passaria ou não? Sua mente devia estar cheia de apreensão, pensando que aquele momento decidiria o seu destino. Masami percebeu que estava ficando nervosa.

Com o olho franzido no visor, ela fez a câmera varrer o saguão, como se acariciasse suavemente a cena. Como acontecia com a maior parte dos cineastas, olhar o mundo pelo visor a acalmou imediatamente. Sentia-se no controle, como se extirpasse uma pequena fatia do mundo.

Houve um burburinho e vivas na multidão.

Os jurados começavam a descer a escada do andar de cima.

Uau, são muitos!, pensou Masami.

Sem dúvida era um ponto alto aquele grupo de treze jurados internacionais deslizando na direção do público.

Os refletores se acenderam, e uma fila de câmeras avançou rumo a eles, transformando a cena em teatro. O silêncio caiu.

No meio da primeira fila estava Olga Slutskaya, a presidente da comissão julgadora. Mostrava um amplo sorriso, mas tinha um ar penetrante nos olhos, um ardente fogo interno, e não era só o terninho laranja que vestia; ela era uma presença inconfundivelmente vigorosa. Os romances costumam descrever o cabelo das pessoas como ruivo, mas o de Olga, iluminado pela luz forte, era um verdadeiro vermelhão.

Ela pegou o microfone sem fio.

— Aos nossos pianistas e aos que os apoiam, muito obrigada por todo o esforço durante a primeira etapa do concurso.

Com a voz, que falava um japonês fluente e cuidadoso, o salão ficou imóvel.

Todos os olhos estavam presos à sua mão, à folha de papel branco segurada entre os dedos finos e longos.

— O nível do concurso tem subido a cada evento — observou Olga —, e os participantes deste ano são os melhores que já tivemos. Espero que os que não passarem não se sintam desanimados e continuem a progredir.

Enquanto ela continuava a fazer observações desse tipo, o saguão lotado se agitou.

Tudo muito bom, tudo muito bem, mas quem havia passado ou não?

Olga sorriu.

— Vejo que todos estão ansiosos pelo evento principal. Assim, sem mais delongas, aqui está a lista de pianistas que passarão à segunda etapa.

Olga desdobrou a folha de papel.

— Número 1, Alexei Zakhaev.

— *Eba!* — subiu um grito.

Todos se viraram para olhar para trás. Num canto do saguão, um jovem russo e seus amigos se abraçavam.

— É raro que o primeiro a tocar passe — murmurou Akashi.

— É mesmo? — perguntou Masami.

— Em geral, ser o primeiro é uma grande desvantagem — explicou ele.

— Número 8, Han Hyonjon.

Outro grito de alegria. Aparentemente, era uma coreana.

— Número 12, Jennifer Chan.

Vivas ainda mais altos.

Flashes piscaram em volta de uma moça asiática. Uma pianista americana, cotada para o grande prêmio.

Os nomes foram lidos em rápida sucessão; toda vez as pessoas davam vivas, mas Masami não conseguiu registrar todos com a câmera. A multidão também ficava cada vez mais barulhenta.

Akashi tinha empalidecido. O seu número se aproximava.

Masami focalizou nele a câmera de vídeo. Os olhos dele estavam arregalados, sem piscar.

Ela prendeu a respiração.

— Número 22, Akashi Takashima.

Por um segundo, Akashi pareceu totalmente vazio.

Então, seu rosto ficou visivelmente corado.

— *Yes!* — exclamou em voz baixa, socando o ar com o punho fechado. Olhou Masami para pedir apoio, a aparência tímida e genuína de alívio tomando conta dele.

— Consegui. Obrigado. Obrigado.

Não ficou claro a quem agradecia, mas ele se curvou várias vezes para a câmera.

— Parabéns — disse Masami, uma sensação de calor lhe inundando o corpo. Com a câmera numa das mãos, ela conseguiu apertar a mão dele com a outra.

Estou tão feliz, pensou ela. *Agora podemos continuar filmando.*

Como Akashi era o primeiro pianista japonês a ser citado, os repórteres vieram registrar sua reação.

— Ah! Preciso ligar para casa — disse Akashi, e correu para um canto do saguão. Masami foi atrás.

Akashi daria a feliz notícia à esposa. Essa cena ela precisava registrar.

Mas, quando viu Akashi conversando animado com a esposa pelo celular, não conseguiu deixar de se sentir solitária.

— Número 30, Masaru Carlos Levi Anatole.

Surgiram vivas, e todos no saguão aplaudiram. Masaru conquistara fãs, não só no público, mas entre os rivais e também no pessoal da equipe.

Masaru sorriu e cumprimentou, e, enquanto observava a distância, Aya se espantou outra vez com as suas características de astro.

— Isso é que é popularidade — sussurrou Kanade a Aya.

— Ele é bem bonitão, não é? — comentou Aya.

Ela ainda não tinha contado a Kanade que encontrara Masaru pouco antes, nem que eram amigos de infância. Assim que avistou Aya, Kanade começou a lhe dizer que estava assombrada com a sua apresentação, e aparentava prestes a chorar. Não parecia ser a hora certa.

— Incrível. Eram muitos asiáticos inscritos, mas estou achando que talvez sejam mais da metade dos aprovados — disse Kanade.

Vários inscritos bem-sucedidos eram da Coreia do Sul e da Europa oriental, e Aya se preocupou com o número de concorrentes japoneses que passariam. Quando chegaram à metade do anúncio, só três pianistas japoneses haviam sido citados: o rapaz que era o concorrente mais velho, uma adolescente e um aluno da faculdade de música, de vinte anos.

Antes que Aya percebesse, a lista dos que iam para a segunda etapa passou dos vinte nomes.

Os lugares disponíveis estão se esgotando depressa. Essa frase lhe veio de repente.

Se dissessem seu nome, seria o último ou o penúltimo, previu Aya. *Ser um dos últimos números não era bom para o coração,* pensou.

Olga respirou fundo.

Aya estava imaginando ou Olga hesitava?

— Número 81, Jin Kazama.

— *Ah!* — Outra onda de empolgação percorreu o público.

Aquele garoto. Aquele garoto amado por deus. Olga teria mesmo hesitado antes de anunciar seu nome?

Mas essa ideia foi interrompida pelo estrondo dos aplausos.

As pessoas examinaram a multidão em busca de Jin Kazama, mas logo se ouviu a voz da dúvida: "O quê? Ele não está aqui?" Parecia que o garoto perdera o anúncio. Não era o único, é claro, porque também punham uma lista dos concorrentes bem-sucedidos no saguão e na internet.

— E número 88, Aya Eiden. Isso encerra a lista de vinte e quatro pianistas.

Aya estava tão absorta especulando sobre o paradeiro de Jin Kazama que levou um momento para registrar o que acabara de ouvir.

Kanade soltou um gritinho e a abraçou, enquanto outros se viravam para ela, sorrindo e aplaudindo, e ela compreendeu.

Passara para a segunda etapa.

— Parabéns! *Parabéns*, Aya-*chan*!

Agora, Kanade realmente chorava.

As duas se abraçaram, mas o coração de Aya não se comoveu.

Ao sentir o olhar de alguém sobre si, ela ergueu os olhos e viu Masaru no canto, mostrando-lhe o polegar erguido.

Eu não falei que nós dois passaríamos?, diziam seus olhos. *Vamos dar o máximo na próxima vez também.*

O espetáculo iria continuar — assim como a competição com Masaru.

Na parede do saguão, havia fotos de todos os inscritos. Os membros da equipe estavam prendendo florezinhas de fita às fotos dos concorrentes bem--sucedidos. Cada vez que um pianista passasse para a próxima etapa, outra florzinha seria acrescentada à foto.

— Foi por pouco — disse Alan Simon.

Eles estavam na sala de fumantes, e ele fitava pelo vidro as fotos enfeitadas.

— O *que* foi por pouco? A síndrome de abstinência de nicotina? — perguntou Mieko.

Também fumando, ela o encarou um segundo.

— Bom, isso também — disse Simon. — Eu queira dizer Jin Kazama.

— Então ele conseguiu passar.

— Como esperávamos.

Cada jurado dava aos inscritos uma de três notas — O, Δ ou X, em essência três, um ou nenhum ponto — e os pianistas eram classificados pelo total.

As notas de Jin Kazama ficaram claramente divididas entre alta e baixa — três e zero. Esse sistema permitia que os pianistas passassem mesmo que não recebessem muitos três, mas obtivessem uma pontuação mediana uniforme. Simon e Smirnoff ficaram em pânico na espera pelo resultado, mas, pelo modo como a pontuação foi organizada, Jin Kazama passou, embora por pouco.

— Ajudou muito você ter mudado de ideia, Mieko — disse Simon, com um certo sarcasmo, e lhe deu uma olhada.

— Não é que mudei de opinião. Só finalmente compreendi.

Mieko deu de ombros. Dessa vez, dera três a Jin Kazama.

— De qualquer modo, a habilidade técnica dele é mais do que suficiente para a primeira etapa. O que acho mais espantoso foi que alguém lhe desse zero — continuou ela.

— Eu me pergunto que tipo de aulas teve. Quem é o seu professor agora? E qual é a sua ambição? Ele planeja se tornar pianista de concertos? — Simon balançou a cabeça de um lado para o outro, como se cantasse.

— Eu mesma estou um pouco preocupada com isso. — Mieko olhou para cima e soltou uma nuvenzinha de fumaça.

— Acho que não consigo imaginá-lo como solista.

— Pois é! Mas consigo vê-lo transformado num tremendo músico, de um tipo que nunca vimos.

De repente, ela teve a visão de um caminhãozinho se sacudindo por uma trilha estreita entre arrozais, o garoto na carroceria tocando um piano de armário.

— Do que você está falando? Ninguém vai começar a tocar "A Internacional" hoje em dia — disse Simon.

— Em japonês, temos um ditado: *Plante quando fizer sol, leia quando estiver chovendo*. Significa levar uma vida tranquila e pacífica. Para esse pianista, talvez signifique tocar piano enquanto cuida de abelhas. Num mundo com tantas preocupações ambientais, pode ser que apreciem isso.

Ele disse como piada, mas Mieko conseguia ver Jin Kazama com uma vida que englobasse os dois. E tinha a leve premonição de que esse tipo de vida musical poderia dar certo. A imagem mais clara, contudo, era do garoto passeando nas montanhas, cantando.

— Ele é curioso, com certeza. — Mieko percebeu que repetia a frase de Olga. — Muito curioso.

Akashi fitava a flor cor-de-rosa presa ao lado de sua fotografia.

Masami tinha se afastado para filmar. Eles haviam prometido se encontrar mais tarde para jantar e comemorar. Mas, antes de se preparar para a segunda etapa, que começava no dia seguinte, Akashi queria algum tempo para si, para saborear a alegria.

Todo o seu trabalho até então se resumia àquilo: uma única florzinha de fita.

Ele sentiu as lágrimas subirem.

O apoio da família e dos amigos possibilitou aquela florzinha. E tudo valeu a pena. Claro, era só uma flor feita de fita, mas, para ele, nenhuma outra flor o deixaria mais feliz.

— Vou acrescentar mais uma flor a isso — disse, e tirou uma foto com o celular.

Depois, segurou o celular à distância de um braço, virou-o e inclinou-o para tirar uma boa *selfie*. Era complicado acertar a distância, e ele não conseguia se encaixar com a flor no mesmo enquadramento.

É mais difícil do que pensei.

Enquanto tentava, ouviu uma risada vinda de trás.

Virou-se e encontrou Masami às gargalhadas.

— Céus, o que você está tentando fazer? Deixe que *eu* faço.

Eles se entreolharam e caíram na gargalhada.

Ele não se lembrava da última vez que rira assim, com o coração tão leve.

A tensão que sentira com o anúncio dos jurados o fez perceber que vinha sufocando as emoções, que sentira tão pouca coisa todo aquele tempo.

Os dois recuperaram o fôlego, abriram juntos as portas duplas e saíram.

Segunda etapa

(Primeira parte)

O aprendiz de feiticeiro

A segunda etapa do concurso, que teria três dias, começava na manhã seguinte.

Na segunda etapa, o tamanho do público em cada apresentação era mais constante. Não eram só os amigos e familiares que assistiam, mas muito mais frequentadores regulares que planejavam assistir ao máximo que pudessem. Sentia-se mais uma intensidade de foco, tanto no palco quanto na plateia.

As apresentações da segunda etapa duravam quarenta minutos, o dobro da primeira. Os pianistas tocariam:

1. Dois estudos dos seguintes compositores: Chopin, Liszt, Debussy, Scriabin, Rachmaninoff, Bartók, Stravinski.
2. Uma ou mais peças dos seguintes compositores: Schubert, Mendelssohn, Chopin, Schumann, Liszt, Brahms, Franck, Fauré, Debussy, Ravel, Stravinski.
3. A peça "Primavera e Ashura", de Tadaaki Hishinuma, encomendada especialmente para o Concurso Internacional de Piano de Yoshigae.

O que mais preocupava os concorrentes era em que posição do programa pôr a única peça nova, a composição moderna "Primavera e Ashura" (Ashura era uma divindade guardiã budista, uma imagem bélica).

Como indicava o título, a peça usava como motivo a poesia de Kenji Miyazawa, e era quase completamente atonal. A execução durava cerca de nove minutos, quase um quarto do tempo de cada uma, e a posição era uma decisão importante.

Não importava o ponto de vista, a peça se destacaria, e não parecia bom colocá-la no meio. Assim, a maioria pôs a composição no início ou no fim da sua seleção.

— Bom, é simples. Você toca em primeiro ou em último lugar...

Sentados num canto no fundo do auditório, com o programa na mão, Masaru e Aya cochichavam entre si. Masaru se apresentaria no segundo dia, Aya no terceiro.

O primeiro concorrente, Alexei Zakhaev, de volta ao palco após noventa outros se apresentarem na primeira etapa, parecia tranquilo depois de uma execução requintada e saiu do palco sob aplausos generosos.

Kanade tinha voltado a Tóquio e planejava retornar na noite seguinte.

Tenho certeza de que ela fará o relatório para o professor Hamazaki, e fico aliviada porque ela levará boas notícias, pensou Aya.

Ela estudou as escolhas de Masaru.

— O seu recital começa tranquilo, então acho que é bom pôr "Primavera e Ashura" primeiro.

— Eu sabia que você ia entender. — Masaru ficou contente.

— Mas, Ma-*kun*, você não vai ficar sem tempo? É difícil saber quanto essas variações vão durar.

No fim do recital, Masaru havia incluído um conjunto prolongado de variações de Brahms. Tocadas com demasiada tranquilidade, ocupariam quase vinte e cinco minutos. Não dava para saber se ele conseguiria ficar dentro do limite de quarenta minutos.

— Pode ser mais rápido, mas nunca mais lento. Dificilmente passo do tempo. Vejo que você pôs "Primavera e Ashura" bem no meio. Isso é ousado. Logo depois do *Fogo-fátuo* de Liszt.

— É como se estivessem todos conectados com o nosso universo, ou talvez o clima. A ideia foi essa.

— Hum. Você vai tocar as variações de Mendelssohn. Também adoro essa peça.

Ela e Masaru tinham abordagens parecidas para escolher as peças e construir o recital. Adoravam escutar os outros tocarem e, tanto quanto possível, gostavam dos concursos. Ela não conseguiria pôr em palavras, mas o ponto de vista deles era muito semelhante.

— Vejo que você escolheu o *Concerto n.º 3*, de Prokofiev, para a final, Ma-*kun*.

— E você, o *n.º* 2, Aa-*chan*. Que incomum.

— Você acha?

Ela recordou com um arrepio que o *n.º 2*, de Prokofiev, era a peça que deveria tocar no dia em que abandonou o palco.

Será que foi uma escolha inconsciente? Aya reprimiu o pensamento.

— Gosto de todos os concertos de Prokofiev — disse ela. — Dá para dançar com Prokofiev.

— Dançar?

— É. Mesmo na música que não é de balé, há partes em que consigo visualizar a dança. Quando estreou, parece que o *n.º* 2 foi muito criticado, mas é preciso dar crédito a Diaguilev, porque foi depois desse concerto que ele contratou Prokofiev para escrever balés.

— Quando ouço o *n.º 3*, penso numa ópera espacial, como *Star Wars*.

— Entendo perfeitamente! Ele é do espaço exterior. O n.º 2 é mais *noir*.

— Exatamente. Como uma briga de gangues.

Eles se entreolharam e riram.

— Consigo realmente imaginar você tocando o *n.º 3*, de Rachmaninoff, Ma-*kun*.

— Hã... Os *números 1* e *2* são uma coisa, mas o *n.º 3* não faz muito o meu estilo. Na segunda parte, é como se houvesse um vazamento da autoconsciência do pianista. Como o *n.º 2* ficou muito popular, Rachmaninoff deve ter decidido se superar com um concerto que prendesse o executante no seu feitiço.

Aya ergueu as sobrancelhas.

— Ma-*kun*, onde você aprendeu a palavra *vazamento* em japonês?

— Com um aluno de Juilliard. Peguei muitos mangás emprestados com ele e os estudei para não esquecer o japonês.

Graças a isso, ele ainda falava muito bem a língua, embora o vocabulário às vezes pegasse Aya de surpresa.

— Veja só: se chegar ao final, o Príncipe das Abelhas vai tocar o *n.º 3*, de Bartók. Bartók combina perfeitamente com ele, não acha?

O Príncipe das Abelhas. Jin Kazama. Então Masaru também estava de olho nele.

— O garoto é incrível — continuou ele.

— Tem razão. Nunca ouvi um som tão elétrico.

— Isso mesmo. Mas dizem por aí que alguns jurados não gostaram muito dele.

Depois de todo o entusiasmo em torno da sua execução? Aya não conseguia acreditar.

— Acho que alguns não gostam da vivacidade dele. Acharam que estava sensacionalizando Bach ou algo assim. Tudo se resume ao sistema de notas e dedução de pontos.

Masaru estava calmo com isso. Mas Aya se sentia inquieta. Num concurso, a opinião pública era um fator. Mas, se uma apresentação estupenda e criativa não fosse reconhecida, o que era talento, afinal?

— Eu também estava pensando num concerto de Bartók — murmurou Masaru, — mas é preciso levar em conta a orquestra.

— A orquestra?

Masaru coçou o nariz.

— Encomendei alguns CDs da orquestra que vai tocar nos concertos, e o naipe de metais é meio fraco, como tende a acontecer com as orquestras japonesas.

— Mesmo quando nunca houve tanta gente tocando em bandas?

— Com Bartók, é preciso um naipe de metais bem forte, senão não há impacto. Dá para pôr mais músicos, mas eles têm de coordenar a execução durante muito tempo, senão simplesmente não se consegue o som necessário.

Aya não conseguia acreditar que ele chegou ao ponto de investigar a orquestra da etapa final.

Masaru não era só uma personalidade atraente, mas também um tático calculista. Para a maioria dos concorrentes, chegar à final seria tudo o que podiam desejar. Para dizer a verdade, não estariam muito preocupados com a orquestra que tocaria com eles se chegassem a esse ponto.

— Por falar em metais, ouvi dizer que você toca trombone, Ma-*kun*.

Ele se virou para ela, surpresa.

— Quem lhe disse isso?

— Alguém na faculdade de música.

A rede de informações das faculdades de música era formidável.

— Achei que devia tentar algo além do teclado. Tenho braços compridos, e me disseram que eu lidaria bem com a vara, e experimentei. E você, Aa-*chan*? O que fez quando parou com o piano?

Parece que Masaru também sabia alguma coisa sobre o histórico dela, o que a surpreendeu. *Bom,* pensou, *é uma história bem conhecida no mundo musical, e acho que seria de se esperar.* Ela deu de ombros.

— Parei de me apresentar, mas não parei com o piano. Toquei teclado em grupos de *fusion* e jazz e toquei bastante guitarra por algum tempo. Mas, ultimamente, não tenho tocado.

— Guitarra ou violão clássico?

— Guitarra de jazz. Meio modinha minha, mas copiei Pat Metheny, Joe Pass, caras assim.

Ela se lembrou dessa época da vida antes de entrar na faculdade, quando estava totalmente dedicada à guitarra.

— Adoraria ouvir você tocar.

— Não sou tão boa assim. Achei a guitarra um instrumento muito masculino, na verdade. Principalmente no rock e no jazz.

— Você acha?

— Acho. Dizem por aí que, quando se toca guitarra, a gente entende, pela primeira vez, como os homens se sentem quando *gozam.*

Masaru bufou com desaprovação.

— Então, Aa-*chan*, quando você for a Nova York, podemos tocar um jazzinho também.

— Podemos, sim!

De repente, Masaru a olhou muito sério.

— Você realmente deveria fazer uma visita depois do concurso — disse ele.

— A Juilliard?

— Não só a Juilliard.

— "Não só", por quê?

— Deixa para lá — respondeu Masaru, e virou-se para olhar à frente.

Não só a Juilliard.

Aya decidiu não pensar demais sobre isso e mudou de assunto.

— A próxima pianista é amiga sua — disse ela.

— Quem?

— Jennifer Chan. Não é uma das concorrentes cotadas para vencer?

— Bom, ela realmente é boa — respondeu Masaru. — Tem muita potência e técnica. É o tipo perfeito para concursos.

Masaru parecia insinuar outra coisa.

— Adoraria saber o que você pensa dela, Aa-*chan*.

A porta do palco se abriu, e Jennifer Chan, alta, num vestido vermelho--vivo, surgiu. Vivas vieram da plateia.

— Uau. Vestido vermelho outra vez. Ela fica bem de vermelho.

— Parece que usa um tom de vermelho diferente em todos os concursos.

— Deve ser a sua cor da sorte.

Chan andou ousadamente até o piano, encarando a plateia por um segundo.

O PROGRAMA DE CHAN também começava com "Primavera e Ashura".

Como Masaru, ela decidira partir dessa obra. O interessante foi que deu a impressão de que era uma peça esquisita, que precisava ser tirada do caminho. Os programas realmente exibiam a personalidade de cada pianista.

Aquela era a estreia mundial de "Primavera e Ashura", e todos estavam curiosos para ouvir como Chan a tocaria. Com uma composição não testada, não havia precedente a seguir, e era útil escutar a execução dos outros.

Quero ouvir o máximo possível de apresentações, pensou Aya.

A leitura de Chan parecia perfeita. Aya ficou impressionada com a interpretação cristalina.

Quando apresentavam peças de compositores japoneses, os pianistas do Japão tendiam a aceitar como tais as partes impressionistas e as tocavam de um jeito meio nebuloso e indeterminado, enquanto os ocidentais buscavam transmitir imagens zen.

Chan lia a música de forma desapaixonada, sem nada aleatório nem intencional, e fazia total questão de interpretá-la de um modo muito concreto e particular. Era como se fosse possível ouvi-la explicar o significado de cada nota que exprimia a visão do universo de Kenji Miyazawa e do tema da criação como um todo. A abordagem racional de Chan em cada situação e a sua personalidade eram mais do que evidentes.

Esse é um modelo de como tocar, pensou Aya.

Em seguida, vieram os estudos mais desafiadores de Chopin e Liszt, que pareciam ser o forte de Chan.

Aya sentiu que se desligava da sensação de assombro.

Uma execução dinâmica, sim, mas havia algo plano e monótono, pensou. Embora a técnica de Chan fosse irretocável, era como estar tão cheio de boa comida que não dava para aceitar nem mais um pedacinho.

Aya achou que entendia o que Masaru tinha tentado dizer.

Ela raramente analisava o desempenho de outros pianistas assim. Preferia se recostar como qualquer outra pessoa da plateia e deixar a música inundá-la. O comentário de Masaru sobre querer ouvir o que ela pensava era um fator de incentivo, mas não o único.

Uma imagem esquisita vinha tomando forma em sua mente havia algum tempo.

A imagem de homens altos jogando vôlei. A cena de um craque que faz uma ofensiva incrível do fundo da quadra, mas o outro time prevê a trajetória da bola e bloqueia todas as jogadas.

Havia algo em comum entre a música e a agilidade acrobática dos grandes atletas; na verdade, quando assistia a um jogo, às vezes Aya ouvia música na cabeça.

Não era claro por que a execução de Chan conjurava aquela imagem, mas nela o padrão das ofensivas ficava tão previsível que o outro time conseguia sincronizar os bloqueios com perfeição, de modo que nenhum ponta conseguia marcar.

A capacidade física era impressionante, mas o ponta nunca marcava. Em poucas palavras, ninguém se comovia.

Por que isso, perguntou-se Aya, se claramente a execução era apaixonada e bem configurada?

A coisa toda era incompreensível.

Ela recordou o que um diretor de cinema havia dito: os filmes de Hollywood não eram mais entretenimentos, mas *espetáculos.* Era como soava a apresentação de Chan.

Desde o início do século XX, muitos músicos eruditos europeus fugiram para os Estados Unidos ou emigraram para lá. Naturalmente, o talento gravitava na direção da riqueza e do poder. Depois que os prósperos Estados Unidos se tornaram um imenso mercado musical, a música erudita se popularizou. A demanda era apresentar músicas fáceis de entender.

Para as orquestras, isso significava a inclusão de peças impecavelmente construídas e, para o piano, peças em que as notas fossem bem organizadas, tudo executado com técnica nítida e transcendente. Era bem diferente da música dos salões históricos, em que as obras eram tocadas para uma plateia seleta e privilegiada. Agora, o exigido era um som expansivo e ofuscante que enchesse as imensas salas de concertos construídas para abrigar um público crescente. Os músicos precisavam satisfazer a expectativa do mercado, e a execução evoluiu para atender a essas exigências.

As pessoas não queriam mais que os músicos improvisassem. Queriam ouvir as músicas famosas com que já estavam familiarizadas. Estavam menos interessadas em obras novas ou desafiadoras, e as idiossincrasias eram evitadas.

O crescimento do mercado de CDs só acelerou essa tendência.

Os CDs, como era de conhecimento comum, excluíam os registros superior e inferior, os sons no limite da audibilidade. Assim, o tipo de nuance de execução nativa da Europa, que por tanto tempo foi uma tradição, se erodiu.

Chan era a personalização perfeita da pesquisa de opinião realizada pelo mercado americano, exatamente o tipo de pianista que o público esperava agora. A questão não era se isso era bom ou ruim. Era o tipo de pianista produzido pela demanda da época e do público.

CHAN CHEGOU AO FIM de um esplêndido recital de quarenta minutos.

O público reagiu com entusiasmo, com vivas crescentes.

O bis era permitido a partir da segunda etapa. Chan saiu um instante do palco e voltou, respondendo aos aplausos com um sorriso tranquilo. A sua silhueta alta, de vestido vermelho, numa mesura graciosa, não poderia ser mais brilhante.

— Então, o que achou? — cochichou Masaru no ouvido de Aya, enquanto os aplausos continuavam.

— Ela consegue tocar qualquer coisa. Que força incrível.

— Não é?

— Senti que estava na Disneylândia, andando na Big Thunder Mountain Railroad.

Masaru ficou calado.

— Às vezes você diz coisas assustadoras, Aya-*chan*.

— Digo?

Masaru parecia perdido em pensamentos.

— Mas você está certa. Ela é uma atração.

— O público adora, e ela é muito popular.

— No entanto, se você lhe dissesse isso, ela ficaria irritada. Mas é preciso admitir que se encaixa.

— Não lhe conte o que eu disse, certo?

— É claro que não. Eu nunca faria isso.

— A execução de "Primavera e Ashura" foi muito boa — disse ela. — Acho que entendi a estrutura da peça pela primeira vez.

— Eu também. Ela é boa em dar uma interpretação tridimensional. É o seu ponto forte.

— Também gostei da *cadenza*. Será que foi ela que escreveu?

— Não, acho que foi o professor. Boleyn. Chan não sabe improvisar. Muitos pianistas acham difícil.

"Primavera e Ashura" tinha uma parte improvisada, marcada *livremente, dando a sensação do universo.*

Livremente, dando a sensação do universo?

A própria Aya tentou muitas abordagens da *cadenza* de "Primavera e Ashura", mas ainda não havia decidido como interpretá-la.

Mas aquele garoto, Jin Kazama, para ele *sentir o universo* deveria ser bem natural.

Ela o imaginou. Não no palco, mas quando esbarrou nele, na faculdade de música, de boné e roupa informal.

— Ma-*kun*, a sua *cadenza* é composição sua, não é?

Como você pergunta uma coisa dessas?, disseram os olhos dele.

— É claro — respondeu Masaru. — A sua também, não é?

— É. Você escreveu a sua?

— Por enquanto. Muita gente já a ouviu, e pensei muito sobre o modo de tocá-la.

Aya fez uma pausa. Masaru a olhou.

— Está me dizendo que não escreveu a sua?

— Não. Ainda estou brincando com algumas versões. Não consigo me decidir, e estava pensando em seguir o meu sentimento durante a apresentação.

Masaru ficou estupefato.

— Mas é um concurso, Aa-*chan*. Uau, você realmente *diz* coisas assustadoras. Seu professor não disse nada?

— Disse.

Aya recordou o momento. Mesmo quando a partitura indicava uma seção improvisada, no mundo erudito, a maioria dos pianistas tocava uma *cadenza* publicada.

Quando ela discutiu com o professor o modo de abordar a *cadenza* de "Primavera e Ashura", ele não viu problema nenhum em ser escrita por ela. Mas, quando ela lhe disse que seguiria a sensação do momento, ele tentou dissuadi-la.

"Não se pode correr um risco desses num concurso", ele alertara.

"Eu sei, mas..." Ela fizera uma pausa. "Em alguns dias chove, em outros venta, e a música nos diz para sentir o universo. Não seria contra as instruções da partitura estudar uma *cadenza* várias e várias vezes? Assim, por exemplo", ela havia dito, antes de tocar cinco versões diferentes da *cadenza*, com títulos como "Dia Chuvoso", "Outono Claro", "Tempestade", "Noite da Chuva de Meteoros Leônidas".

Masaru ficou momentaneamente sem palavras.

— Eu sabia. Essa é a Aya que conheço.

Ele sorria, embora houvesse um toque de dor no seu rosto.

— Uau — disse ele. — Ah, se não estivéssemos no mesmo concurso.

Eles se calaram.

— Concursos são muito absurdos — disse Aya dali a algum tempo, e Masaru riu.

Os dois voltaram a fitar o palco.

— Vamos guardar segredo — disse Masaru. — Sabíamos disso quando nos inscrevemos.

Os dois se instalaram nas poltronas quando o sinal tocou para indicar o fim do intervalo.

Primavera e Ashura

Mais relaxado na segunda etapa, Akashi alongou as mãos, unindo-as e pressionando a ponta dos dedos.

A tensão da primeira etapa havia sido insuportável. Ele não recordava nada tão assustador nos últimos anos. Mas estar no palco, mesmo que só uma vez, o mudou.

Eu me tornei músico, disse ele a si mesmo. *O palco me fez perceber que sempre fui músico.*

Esse sentimento borbulhava dentro dele.

Que sensação incrível de realização. Agora, a vida comum parecia muito remota. O sentimento de estar no palco, o piano de cauda iluminado, a emoção de andar na direção do instrumento, o instante em que todos os olhos se fixaram nele quando ergueu as mãos, quando o íntimo e o sublime colidiram numa só entidade. Então, o aplauso apaixonado. A sensação de ter dividido algo com o público.

Akashi reviveu a sua euforia quando saiu do palco.

Pertenço a este lugar, pensou. *Era por este momento que eu estava sedento.*

Agora, nos bastidores, ele tinha certeza.

Mas, conforme a apresentação da segunda etapa se aproximava, ele começou a sentir um peso na boca do estômago. Como se tivesse uma segunda consciência que, agora, esvoaçava acima do eu físico.

Os quarenta minutos da segunda etapa pareceriam longos. Manter a concentração não era fácil. E era ainda mais difícil manter o público com ele.

Montar o programa era uma tarefa empolgante, mas árdua.

A primeira coisa que Akashi fez foi comprar discos de algumas execuções canônicas e escolher as favoritas, rearrumar a ordem, intercalar outras peças para que se encaixassem no limite de quarenta minutos, e escutá-las repetidamente. Depois, ele mesmo as tocou para ver se o nível técnico era bom, se ele se sentia à vontade ao tocar. Seguiram-se consultas ao ex-professor e, muito tempo depois, ele finalmente se decidiu por um programa.

Agora, preciso estudar.

O repertório. A eterna questão dos músicos.

O desejo era de ser conhecido como um músico de repertório amplo? Ou criar reputação de especialista em determinado compositor, tornar-se alguém cujo forte fosse Schubert ou Mozart? Não importa o tipo de músico que quisesse ser, o importante era ter um repertório substancial.

Era possível passar meses refinando uma peça, mas, ao se afastar dela por algum tempo, os detalhes seriam esquecidos. Voltar ao ritmo talvez não levasse tanto tempo quanto da primeira vez, mas o estudo dedicado era essencial, senão o desempenho não seria convincente.

Os pianistas tocariam mais de dez peças durante o concurso. Os que chegassem à final, dezessete ou dezoito. As peças mais longas tinham quase trinta minutos; a exigência técnica das diversas peças variava e, do mesmo modo, o tempo necessário para refiná-las. Era quase impossível manter todas as peças no mesmo grau de perfeição.

Quantas vezes tenho dito "ah, se eu fosse um gênio?", pensou Akashi. Há um número inacreditável de gênios que conseguem reproduzir uma peça depois de ouvi-la uma só vez ou tocar a peça à primeira vista, sem estudar. De quem ele ouvira falar isso? Um pianista que viajou para um concerto cujo programa era uma peça que ele nunca havia tocado, e ele examinou meramente a partitura no trem e, no mesmo dia, a executou no palco, sem falhas. E outro pianista que perguntou: "Por que você estuda tanto? Não entendo. Depois que se conhece a música, é só fazer os dedos se moverem."

Akashi acreditava ser bom para decorar, mas nunca nesse nível. A não ser que estudasse muito, sempre ficava ansioso.

Para um trabalhador ocupado, com pouco tempo para estudar, a única maneira seria dormir menos. No ano anterior, preparar-se para o concurso foi uma batalha constante com o sono. Mesmo quando realmente adormecia, acordava de repente, mexendo os dedos inconscientemente numa frase difícil que a memória muscular não largava.

Havia várias maneiras de estudar, mas, depois de pensar muito, Akashi se decidiu por blocos de três meses. Primeiro, tocava na ordem todas as peças que teria de executar — no seu caso, doze — até sentir que estavam lapidadas. Nos três meses seguintes, refinava-as ainda mais, começando da primeira. Depois, repetia o processo. Dessa maneira, após um intervalo ele estudava a mesma peça outra vez. Esse modo de tocar uma peça durante um longo período lhe deu confiança e aprofundou a sua interpretação da música.

As coisas nem sempre funcionavam como planejado. Duas peças levaram muito mais tempo do que ele pretendia — Três movimentos de *Petrushka*, de Stravinsky, peça tecnicamente difícil, que guardou para o fim da segunda etapa, e a *Kreisleriana*, de Schumann, que pôs no programa da terceira etapa.

Por outro lado, descobriu que algumas peças que achava difíceis na faculdade eram muito mais fáceis de tocar agora. Sem dúvida, havia coisas que só a experiência ensina. Felizmente, pelo menos ele descobriu que a sua técnica não havia piorado e confiava que conseguiria competir com os participantes mais novos.

Então, havia o concerto que teria de tocar se chegasse à final. Achou difícil começar a estudá-lo.

Chegar à final era um bônus, pensou, e, além de adiar o estudo do concerto, ele teve dificuldade de encontrar alguém que tocasse a parte orquestral em outro piano. Mas, quando finalmente conseguiu, surgiu outro problema: encontrar um lugar com dois pianos onde pudessem estudar. Ele achou que não fosse permitido, mas pediu ao pessoal da seção de pianos da loja de música onde trabalhava que deixassem ele e o acompanhador ensaiarem fora do horário comercial. Mas essa foi a extensão do estudo da dupla.

Agora parecia um sonho, estar realmente prestes a se apresentar.

Cheguei até este ponto, disse ele a si mesmo. *A hora de mostrar o fruto das longas horas de estudo está bem aqui. Neste mesmo instante.*

Uma apreensão súbita tomou conta dele.

E depois? O que vem depois? Quando esses dias tensos terminarem, o que me espera, então?

Os aplausos o tiraram do devaneio.

Inconscientemente, inspirou fundo. Agora, havia um intervalo.

Essa pode ser a minha última apresentação, pensou. *Fiz tudo o que podia. Darei o meu melhor, o melhor que consigo neste ponto.*

Ele fechou os olhos e invocou a imagem de si mesmo tocando no palco.

A primeira peça, "Primavera e Ashura", era fundamental. Se conseguisse uma execução convincente, o resto era de peças conhecidas que ele já tocara inúmeras vezes.

O mais difícil para Akashi, por não ser aluno de faculdade de música, não era tanto o concerto, mas aquela peça inédita.

Se estivesse na faculdade, poderia estudar a composição com o professor e examinar minuciosamente a estrutura e a interpretação. Também haveria outros professores para consultar, e ele trocaria informações com os demais alunos. Quanto à *cadenza*, ele imaginou que a maioria dos pianistas pedia aos instrutores que a reescrevessem.

Mas Akashi começou a ver que realmente podia ser uma vantagem ser um pianista mais velho.

Ele sempre amara a literatura, e houve um tempo em que lia bastante a obra de Kenji Miyazawa. Um pianista mais maduro estava fadado a ter uma compreensão mais profunda do texto.

Ele começou a reler os poemas e histórias de Miyazawa na ida e na volta do trabalho, além dos comentários e estudos críticos, com a intenção de captar a visão de mundo do poeta, a sua visão do universo. Fez uma visita rápida à distante Iwate, lar de Miyazawa, e foi aos lugares que, pelo que se dizia, eram o ambiente das obras.

Miyazawa era cabeça-dura, idiossincrásico, isolado, sonhador, mas também um pouco mal-afamado, cheio de autocomiseração e infeliz — uma mistura complexa de realista e visionário.

Enquanto se sacudia dentro do trem, Akashi superpunha mentalmente imagens da literatura de Miyazawa à composição musical.

Esse pedaço lembrava a praia da Inglaterra, pensou, *e esse pedaço deve ser "A noite da ferrovia da Via Láctea" — uma imagem de voo pelo céu noturno —, enquanto aquela outra deve ser do poema "A manhã do eterno adeus".*

Uma ideia súbita lhe passou pela mente. *É isso,* pensou Akashi. *Vou fazer a melodia da* cadenza *se encaixar nos versos desse poema.*

Irmão, me trarás alguma neve?
Irmão, me trarás alguma neve?

Esses versos do poema "A manhã do eterno adeus", que Miyazawa escreveu sobre a morte de Toshi, a irmã mais nova, eram especialmente memoráveis. Escritos no denso dialeto do norte, os versos evocavam a irmã, com febre alta, implorando que o irmão lhe buscasse um pouco de neve para que ela a comesse. Palavras pungentes, mas, ao mesmo tempo, rítmicas e melodiosas.

Akashi não era muito hábil na improvisação, embora sempre lhe dissessem, desde a infância, que tinha sensibilidade real para a poesia. Havia estudado composição e não achou muito difícil.

Ele decidiu que escreveria de modo que a mão direita tocasse a melodia baseada nas palavras de Toshi para exprimir a sua voz chamando dos céus depois da morte, e a mão esquerda retrataria a vida cotidiana de Miyazawa, coletando cristais de gelo enquanto contemplava o mundo e o cosmo.

Decidido isso, ele se perdeu em pensamentos, enquanto diversas melodias lhe vinham à mente. Akashi acrescentou vários extras e acabou com uma *cadenza* de cinco minutos. Teria de reduzi-la a três minutos.

Certo dia, ele tocou a *cadenza* para a esposa.

— Intensa e caótica demais.

As reações da esposa eram as do ouvinte comum, francas, sem preconceitos, e, em geral, a reação dela o pegava de surpresa.

Angustiado, ele foi em frente, descartou as partes de que não tinha certeza e tocou para ela outra vez.

— Agora está legal! — disse a esposa. Quando a ouviu cantarolando a melodia de "Irmão, me trarás alguma neve?" enquanto arrumava a casa, ele teve certeza de que também agradaria ao público que a ouvisse.

Com a *cadenza* sob os dedos, ele soube que a sua "Primavera e Ashura" estava pronta.

Além da que fez para a esposa, essa apresentação no concurso seria a primeira vez, e provavelmente a última, que alguém a ouviria.

Assim, ele ansiava pela apresentação e a temia ao mesmo tempo. O próprio compositor estaria sentado com os jurados, e o plano era dar ao melhor executante um prêmio com o seu nome: Prêmio Hishinuma.

Então, o que o compositor e o público pensariam da sua "Primavera e Ashura"? Da sua *cadenza*?

Enquanto esses pensamentos rodopiavam sem parar, soou o sinal de que faltavam cinco minutos.

Minha vez.

Akashi se endireitou, pronto para ir.

QUANDO CHEGOU AOS BASTIDORES, ele se sentiu calmo.

Por experiência, sabia que, em geral, sentia euforia logo antes das apresentações. Empolgado, ansioso, uma sensação de grande poder e possibilidade enchendo o corpo.

No minuto em que começasse a tocar, saberia se essa euforia era real ou não. Houve vezes em que descobriu que, na verdade, era uma ilusão para fugir à pressão de se apresentar.

E agora?, ele se perguntou. Aquela exultação seria real?

Akashi entrelaçou os dedos.

Que eu acredite na música.

Ele queria gravar na consciência a escuridão dos bastidores onde estava, a sensação dos dedos entrelaçados.

Sentiu uma lufada de vento frio. Olhou o palco. A porta estava fechada, os membros da equipe imóveis.

Só a minha imaginação?

Ele olhou novamente os dedos.

A luz se filtrava por uma lacuna na moldura da porta e pelo olho mágico.

Uma sensação estranha tomou conta dele, uma súbita premonição.

Além daquela porta, está o pomar de amoreiras da minha avó, onde havia dezenas de amoreiras. O verão está começando, e a chuva acabou de diminuir.

AKASHI CONSEGUIA VER A cena com clareza.

A luz nublada do sol, tingida com a cor do verão, iluminava tudo.

O chão estava acarpetado de folhas de amoreira, gotas de chuva pousadas nos galhos lá em cima, querendo cair.

Uma serra azulada se erguia à distância. Nuvens de tinta flutuavam pelo céu.

Akashi havia acabado de descer do ônibus e estava junto ao pomar de amoreiras da avó. O vento ameaçava levar seu gorro embora, mas o elástico sob o queixo o mantinha no lugar.

Além do pomar, Akashi avistou a casa da sua amada avó.

E o piano meia cauda que Akashi amava mais do que tudo.

Ele começou a correr.

Banhado pelo aroma das folhas de amoreira e pela sensação do vento e do sol nas bochechas, ele correu o mais rápido que as pernas lhe permitiram pela trilha estreita de terra que atravessava o pomar.

— Vovó...

Akashi conseguiu ouvir a sua própria voz chamando.

Uma rajada de aplauso trovejante o sacudiu; um pianista coreano vinha pela porta do palco.

Uma chama de luz entrou.

Sua vez tinha finalmente chegado, e, mesmo no palco, a sensação persistiu.

Medo do palco?, ele se perguntou. *Sou como uma criança traumatizada que inventa um amigo imaginário, um* alter ego.

Mas Akashi tinha consciência de estar calmo e sorridente enquanto ajustava o banco com paciência.

Avistou a esposa, Machiko, sentada junto ao corredor, à esquerda, a cinco filas da frente.

Ficou surpreso por encontrá-la tão depressa.

A primeira peça, "Primavera e Ashura".

Ele começou a tocar como se a conhecesse havia anos.

Ah... entendo, percebeu enquanto tocava.

Aquele pomar de amoreiras — era sobre isso. E sobre o litoral inglês de Kenji Miyazawa, a sua cidade natal de Hanamaki, em Iwate, o seu universo.

Akashi sentiu a paisagem de Iwate se filtrar pelo auditório escurecido. O murmúrio do rio à noite. As estrelas cintilando no alto.

Ele caminhava pela margem do rio.

Miyazawa também andava com ele. Alguns passos à frente, a cabeça curvada, como na foto do poeta que Akashi havia visto.

Tudo isso era criação de Miyazawa para todos nós. A cada volta, a cada retorno. Estávamos aqui só por um breve momento. Nem mesmo um piscar de olhos para o universo. O mais curto dos momentos.

Antes de perceber, ele tocava a *cadenza*.

A voz de Toshi, chamando do céu, várias e várias vezes.

Irmão, me trarás alguma neve?

Irmão, me trarás alguma neve?

Miyazawa continuava a caminhar pela margem do rio, a cabeça baixa, como se não conseguisse ouvir o chamado de Toshi.

A voz dela era linda, cristalina. Como um eco distante, como os guizinhos do cajado de um pedinte, tilintando várias e várias vezes no céu, lá em cima.

Irmão, me trarás alguma neve?

Irmão, me trarás alguma neve?

Tudo veio e se foi, depois sumiu na imobilidade do tempo. E o ciclo se repetiu. O círculo se fechou e retornou aos saudosos dias de antigamente, um passado renovado.

O acorde final de Akashi soou.

Ele manteve os dedos acima das teclas, observando os vestígios do som desaparecerem.

A sala estava em silêncio.

Agora, o estudo de Chopin. Mais conhecido como "La Négresse". Uma peça a que as suas mãos estavam tão acostumadas que pareciam criar a forma dos sons por conta própria.

Os dedos praticamente deslizavam pelas teclas.

Será que está bom? Akashi tinha as suas dúvidas enquanto tocava.

Era como se outra pessoa tocasse. Como se um segundo eu olhasse de cima.

Esse ágil e vibrante "La Négresse". *Estou fazendo parecer fácil,* pensou Akashi. *Um pouco travesso, e nada mau.*

Em seguida, vinha o estudo de Liszt.

Variações sobre um tema de Paganini, *Étude n.º* 6.

Uma peça clara e modulada que desenvolvia livremente o tema famoso.

Ótimo, estou tocando dinamicamente. Os meus dedos se movem bem. O tema de Paganini tem tanto drama sempre que o escuto. É possível torná--lo muito pretensioso, mas vou baixar isso aqui, disse ele consigo.

É estranho que os meus dedos sigam os pensamentos tão de perto. Parece que não sou eu que estou tocando, mas que outra pessoa me *toca. Só que os sons saem exatamente como quero, portanto, não há dúvida;* sou eu *quem está tocando.*

Ele estava em boa forma. Tocava de forma confortável, mas com a firmeza necessária. Uma arquitetura tão eficiente e equilibrada nessa peça... seu *jo-ha-kyu*, pode-se dizer?

Como se diz *jo-ha-kyu* — introdução, desenvolvimento e clímax — nos idiomas ocidentais? Os termos artísticos japoneses conseguiam captar algo essencial.

O público assistia com muita atenção, como se fosse só ouvidos. Aqueles ouvidos e os dele tinham se fundido, como se ele e o público se tornassem um só, respirando em sincronia.

Ele chegou ao fim. *Um fim bem elegante, modéstia à parte,* pensou.

Em seguida, vinha o *Arabesque,* de Schumann. Um pequeno respiro depois da exuberância de Liszt.

Ainda assim, o *Arabesque* era uma peça difícil. Era simples, a seu modo, mas isso deixava ainda mais difícil suavizar as passagens. *Toda vez que toco, descubro algo novo, e quanto mais toco, mais difícil fica a peça.*

Amo Schumann. Algum dia, ele queria realmente aperfeiçoar a sua *Fantasie.*

Por alguma razão, concluiu Akashi, sempre que tocava o *Arabesque,* recordava-se de momentos da infância. Começar no piano, o que significava ir à casa da avó, ter medo do som das lagartas comendo as folhas de amoreira. Estranhamente, isso lhe dava vontade de chorar.

Ah... o Schumann acabou. Uma peça curta, mas sempre que chego ao fim, fico triste. Quatro peças concluídas tão depressa.

Agora, a última.

Stravinski, Três movimentos de *Petrushka.*

Uma introdução ousada e gloriosa. Que as notas rígidas e ríspidas ressoem claras como um sino.

O glissando foi quebradiço, mas suave.

Tão pitoresco, tão traiçoeiro.

Akashi caiu firmemente num estado de espírito estranho.

Uau! Vejo cores à minha volta! As cores de *Petrushka*. Vivas, modernas, elegantes, cheias de vivacidade.

Sou eu *tocando? Ou estão me* fazendo *tocar?*

O que é isso que vejo? É como se estivesse numa viagem, de um pomar de amoreiras a uma praia inglesa e depois à Europa.

Um som esplêndido e glorioso que ressoava pela sala de concertos.

Akashi e o público vivenciaram juntos essas cores vivas e respiraram os *tremolos* e acordes.

Então, o clímax.

Naquele momento, Akashi e o público voaram diretamente para o céu. E, com uma correria de acordes tempestuosos, a música cascateou rumo à coda, como um surto de ondas enraivecidas.

Pronto.

Mesmo quando se levantou, Akashi ainda não conseguia sentir que era ele mesmo.

Quando ouviu os aplausos e viu Machiko com lágrimas correndo pelo rosto, finalmente compreendeu. A segunda etapa realmente terminara.

Rondó Caprichoso

Um menino estava sentado num canto da plateia, balançando-se bem de leve enquanto escutava a apresentação. Com roupas informais, afundado na poltrona, era totalmente imperceptível, como um garoto do bairro que, por acaso, passasse por ali e entrasse na sala de concertos. Ninguém parecia perceber que era Jin Kazama, um dos pianistas.

Na verdade, a primeira coisa que ele sentiu quando soube que tinha passado para a segunda etapa foi alívio.

Porque agora havia uma possibilidade maior de seu pai lhe comprar um piano.

Não que ele transbordasse de confiança. Praticamente nunca havia tocado na frente de ninguém, muito menos em concursos, e não fazia a menor ideia de como a sua execução seria recebida. Quando ainda estava vivo, Yuji Von Hoffmann lhe disse: "Seja quem você é, Jin. Há valor em quem você é. Não se preocupe com o que os outros dizem. Só toque do jeito que quiser." E, nesse sentido, não havia confusão. Ele só precisava seguir as instruções do professor.

Jin se espantou com as apresentações, todas excelentes, a técnica extraordinária. Mesmo assim, não teve dúvida nenhuma sobre a sua apresentação nem sensação de inferioridade. A sua fé no maestro Hoffmann era absoluta. Ele dera o selo de aprovação à execução de Jin, e isso lhe bastava.

Quando a atenção se afastava durante as apresentações, elas podiam passar despercebidas, sem deixar nenhuma impressão.

Jin Kazama reagia à música de maneira visceral e, quando ouvia pianistas tocando daquele jeito, adormecia por reflexo.

Quando começava a cochilar, seu corpo balançava de leve, mas às vezes era porque estava absorto na apresentação. E quem o olhasse poderia pensar que cochilava o tempo todo, enquanto outros concluiriam que escutava com avidez.

"Escute", tinha lhe dito o professor. "O mundo transborda de música."

JIN ESCUTOU COM ARREBATAMENTO a apresentação de Jennifer Chan, mas não demorou para começar a cochilar.

Realmente, o mundo transbordava de música, mas havia algumas coisas que passavam sem serem ouvidas.

Embora a sensação seja boa, pensou o garoto esfregando os olhos.

Era incrível que cada piano soasse de forma tão diferente. Desde pequeno, ele nunca teve piano, embora tocasse todos os tipos de piano em muitos lugares diferentes. Por necessidade, aprendeu o básico da afinação e conseguia extrair o seu próprio som de qualquer instrumento.

Conseguia identificar um bom piano à primeira vista.

Ele recordou como ficou extasiado com o piano no palco, brilhante e distinto, e quis muito acariciá-lo, abraçá-lo com força junto a si.

Também sabia identificar um bom piano pela voz, mesmo de longe. Para ele, era como se o instrumento o chamasse. *Aqui estou!*

Ele ouviu o chamado de um piano naquela vez em que invadiu a faculdade de música. Não esperava que aquela moça o pegasse, e claro que nem sonhava que competiriam no mesmo concurso.

Ele balançava em silêncio de um lado para o outro, embebido na música.

Concursos eram uma coisa estranha, pensou. Estar mergulhado em tanta música... era como um sonho.

Para permitir que ela impregnasse o corpo — inspirar música, expirá-la —, perdia-se toda a noção do tempo; o coração simplesmente saía flutuando.

O conselho do professor lhe veio à mente.

Era fundamental entender a estrutura e o pano de fundo histórico das peças, como soou quando apresentada pela primeira vez. Embora ninguém soubesse com certeza se o modo como soou originalmente era mesmo o que o compositor esperava ouvir.

O timbre do instrumento também mudava com o uso. E houve mudanças no estilo de execução com o passar do tempo.

A música sempre tinha de ser *agora*. Não podia ser algo preservado no museu e não fazia sentido se não estivesse *viva* no *presente*. Se bastasse apenas desenterrar um lindo fóssil, a música se tornaria mera relíquia do passado.

Jin sentiu uma brisa acariciar o rosto.

Sabe, pensou, *a apresentação daquele cara, Akashi Takashima, foi muito cativante.* Jin havia imaginado ondinhas num rio, o assovio do vento, o universo totalmente preto acima. Aquele homem também deveria viver a sua própria música.

Jin achou que conseguia ver um campo verde também, e se perguntou que tipo de campo seria. O campo vasto parecia ondular ao vento como uma criatura viva.

Irmão, me trarás alguma neve?

Jin conseguiu captar até a pronúncia dialetal da frase do poema de Miyazawa que Akashi havia entretecido.

Ele recordou que, com o maestro Hoffmann, havia tocado piano elétrico, os dois sentados na traseira de um caminhão em movimento.

Revezando-se para improvisar as melodias que ouviam dentro da cabeça.

Quantas horas haviam tocado, sem nunca se cansar?

O caminhão ribombava, a paisagem mudava a cada minuto. O vento açoitava as florestas e os morros, acariciava o cabelo, erguia o boné.

Não seria fantástico se pudessem fazer o mesmo ali, naquele palco, com aquele piano incrível?

Era uma pena que não pudessem.

A princípio, ele ficou comovido e assombrado: com a acústica maravilhosa, o lindo piano, como se um presente numa caixa brilhante amarrada com fita estivesse guardado em silêncio para o ouvinte.

Mas, depois de alguns dias, tudo começou a ficar sufocante.

Ele queria ser capaz de libertar a música daquele recipiente escuro, daquela jaula de paredes grossas onde estava confortavelmente guardada.

Levar aquele rebanho de notas para fora, para um espaço mais vasto e aberto, como o Flautista de Hamelin, atraindo as notas para o ar livre.

É claro que lá o som seria absorvido, dispersado, perturbado por outros sons de todos os tipos, mas ainda poderiam brincar e traquinar com toda a música encontrada na natureza.

Depois de mais alguns dias, o pensamento do garoto mudou outra vez.

Talvez, pensou, *a natureza também esteja* aqui.

A natureza estava dentro dos executantes. Imagens mentais de cenas da cidade natal aninhadas, acumuladas na mente, na ponta dos dedos, nos lábios, nos órgãos internos. Quando tocavam, a própria natureza generosa contida naquelas lembranças se exprimia.

Portanto, estamos mesmo *todos conectados,* pensou ele.

Com a apresentação de Akashi Takashima, ele realmente sentiu isso; foi pego de surpresa.

Mas, nos concursos, o programa das peças era estipulado. Essa era a única coisa que o deixava insatisfeito.

Peças famosas e maravilhosas que ele nunca se cansava de ouvir. Todas incríveis, porém, de certo modo, limitantes. Mas alguma liberdade permanecia no jeito de tocar — as inúmeras maneiras de interpretar.

É verdade, pensou ele. *O mundo ficou bem restritivo.*

Enquanto flutuava, quase cochilando num mar de sons, o garoto vasculhou a memória.

Eu me lembro de conversar com o meu professor sobre algo parecido.

Foi depois que Jin esteve pela primeira vez no Conservatoire de Paris.

— Gostaria que pudéssemos levá-la para fora — tinha comentado Jin. — Toda essa música enfiada dentro desse prédio impressionante, posando de roupa formal, toda iluminada.

O maestro deu uma risadinha.

— Tudo bem, Jin. *Você* a leva para fora — disse ele.

Os olhos de Hoffmann tinham ficado meio assustadores, como dois poços sem fundo.

— É dificílimo, sabe, Jin, em qualquer sentido real. É difícil levar a música para o mundo de fora. Você entende, não é? O que enclausura a música não são as salas de concertos e as igrejas. É a *mente* das pessoas. Apenas levá-la para um espaço bonito não significa que você *realmente* tomou posse do som. Isso não vai libertá-lo.

Na verdade, o garoto não conseguia acompanhar o que o professor dizia, embora percebesse que ele estava muito sério.

Naquele momento, o professor lhe dava um fardo pesadíssimo.

Foi pouco tempo depois que o maestro mencionou a ideia de Jin participar do concurso.

E foi mais ou menos nessa época que Hoffmann adoeceu e ficou acamado em casa.

Quando circulou a notícia de que Von Hoffmann estava doente, músicos do mundo inteiro correram para o seu lado, mas o mastro se recusou a recebê-los. Provavelmente não queria que ninguém o visse tão fraco e indefeso.

O garoto ficou preocupadíssimo. Hoffmann era o seu único professor, mas também representava toda a música maravilhosa que ocupava a maior parte da sua experiência.

Ele viajava tanto com o pai que era difícil encaixar as visitas ao maestro. Quando finalmente conseguiu chegar à casa dele, tocou a campainha várias vezes, mas não havia ninguém em casa, o interior escuro. O garoto começou a tremer.

Ele despencou fora da porta como um filhote abandonado e lá ficou, esperando.

— *Jin!*

Felizmente, o maestro e a esposa voltaram no dia seguinte. Quando avistaram o garoto à porta, eles gritaram como se tivessem visto um fantasma.

— Esperando aí, você vai morrer de frio — disseram, ralhando com ele.

O menino começou a chorar, os ombros se sacudindo.

— Vou preparar para nós uma boa xícara de chocolate quente — disse Daphne, a esposa do maestro, e foi para a cozinha.

— Graças a Deus, foi apenas uma estada curta no hospital, para exames de rotina — disse o maestro. — Não estou com medo, Jin.

Com os olhos travessos cintilando, Hoffmann deu um tapinha no ombro do choroso Jin.

— Vou na sua frente levar todas aquelas notas *para fora* — disse ele, apontando o teto. — Você é o meu presente de despedida, Jin. Minha linda dádiva para o mundo.

— Não, maestro. Não me deixe.

Jin caiu de joelhos, e Hoffmann sorriu.

— Não me mate ainda — disse com uma gargalhada.

Ele mostrou seu sorriso típico, como se acabasse de ter um pensamento endiabrado.

Agora, aquele sorriso se derretia num mar de sons.

Maestro, o que devo fazer? O que devo fazer para que toda essa música faça parte do mundo maior?

Agora, as lágrimas enchiam seus olhos.

Meio adormecido, ele sussurrou: "Algum dia, vou cumprir a promessa que fiz ao senhor e levar a música ao mundo."

Um quadro sonoro

Hoje em dia, o padrão se tornou excepcional — murmurou Tadaaki Hishinuma enquanto enchia a boca de *naan*.

— Houve algum executante da sua composição que você preferiu?

Nathaniel jogou a pergunta informalmente, a expressão neutra.

Hishinuma deu um sorriso.

— Acho que sim — respondeu, desviando-se da pergunta.

— Deve ser interessante ouvir esses pianistas tocarem uma composição diante da pessoa que a escreveu. Uma experiência sem igual, algo que ninguém mais pode sentir.

O comentário de Mieko fez Hishinuma balançar a cabeça.

— Interessante, sim, mas estressante. Porque pus tudo o que tinha naquela partitura, e, na maior parte das vezes, eles não captaram a minha intenção. Embora eu não possa lhes dizer "ei, não é isso, idiota, pare o que está fazendo".

— Isso eu entendo — disse Nathaniel.

Ele trabalhava com composição e arranjo para as telas e o palco. Mieko já o vira nos ensaios, como era crítico e detalhista, insistindo para que os músicos melhorassem. Quando se tratava da sua obra, ele se angustiava com as nuances de cada uma das notas.

— Com que liberdade você permite que os músicos interpretem uma peça?

— Tudo depende de como entendemos a expressão *interpretação livre* — disse Hishinuma, dando de ombros.

Nathaniel ficou aborrecido.

— Se for para a satisfação do músico, então não deveria ser permitido — disse ele. — Embora a maior parte das interpretações livres seja exatamente isso. — Claramente, ele suportou muitas *interpretações livres* da sua música.

— Mas essa é a questão — disse Hishinuma, inclinando-se à frente. — Você acha que o compositor realmente compreende a própria obra?

Ele podia estar sorrindo, mas a expressão dos olhos era intensa, e Nathaniel ficou um momento em silêncio.

— É claro que *acha* que compreende. Que sabe o que cada som significa, cada frase. Afinal de contas, foi ele que compôs. Pensamos: *Eu criei isso.*

Hishinuma mastigou mais um pouco de *naan*. Para alguém da sua idade, ele tinha bastante apetite, e, enquanto provava porções generosas das quatro versões de *naan*, rasgando os pedaços e enfiando-os na boca, elas foram sumindo rapidamente.

— Bom, há tipos que se acham onipotentes. Como em "você tem de prestar muita atenção a cada nota que escrevi, conheço a obra melhor do que todo mundo, as minhas intenções são absolutas", essas coisas.

Nathaniel ficou meio sem graça. Ele era claramente o tipo de compositor descrito.

— Mas, sabe, quando envelheci, fiquei com a sensação de que, sabe, não passamos de mediadores.

— Como assim?

— Compositores, músicos, todo mundo. Desde o começo, a música está em toda parte. Nós a captamos e a escrevemos como notas. Depois, tocamos. Não a criamos, só a traduzimos.

— Então, somos profetas — disse Nathaniel.

— Isso. Um ser celestial nos confia a sua voz, e nós a passamos adiante. Na presença da música, um compositor famoso e um músico amador são iguais: profetas individuais. Passei a pensar assim. Uau, esse *naan* está incrível. Tudo bem se pedirmos mais um pouco?

— Vamos pedir outro de alho também.

Nathaniel chamou o garçom.

— Agora que você falou, é porque a música é uma arte reproduzível, que tem de ser sempre refeita. Palavras de Yuji Von Hoffmann.

À menção do nome de Hoffmann, Nathaniel e Mieko se entreolharam rapidamente.

O primeiro dia da segunda etapa havia terminado, e Nathaniel aproveitou a oportunidade para convidar Hishinuma para jantar. A última vez em que dividiram uma refeição acabou mal, por isso Nathaniel convidou Mieko para ir também. Ela queria saber mais sobre o relacionamento entre Jin Kazama e o maestro Hoffmann. Assim, embora com relutância, lá estava ela outra vez jantando *curry* e *naan*.

— Imagino que vocês dois querem saber daquele rapaz, não é?

Hishinuma não perdeu o olhar que os dois trocaram. Provavelmente, desde o momento em que foi convidado, ele sabia que estavam loucos para lhe perguntar alguma coisa.

Nathaniel e Mieko se entreolharam outra vez.

— Isso mesmo — responderam, fazendo que sim.

— É verdade que o maestro Hoffmann foi à casa de Jin lhe dar aulas? — Nathaniel entrelaçou os dedos sobre a mesa.

— É verdade, sim — responde Hishinuma. — Ouvi a apresentação do garoto na primeira etapa. Fiquei impressionado. Tive de ligar para Daphne e lhe contar. Perguntar onde foi que o acharam.

— O que ela disse?

Mieko notou que ela e Nathaniel tinham se inclinado à frente com expectativa. Ela achou engraçado. Tudo o que tivesse a ver com o maestro Hoffmann os fazia agir como criancinhas.

— Soube que o garoto é parente distante de Yuji.

— O *quê?* — Entoaram os dois em coro.

Hishinuma fez um gesto para minimizar a ideia.

— Parente muitíssimo distante. Quase sem parentesco nenhum. Vocês sabem que a avó de Yuji era japonesa. O garoto descende de um ramo da família dessa avó.

— É mesmo?

— Então, quase sem parentesco nenhum.

Nathaniel pareceu aliviado. Mieko se perguntou se o rosto dela refletia a mesma reação.

— Daphne disse que não fazia ideia de onde se conheceram. Yuji só dizia que foi uma *estranha virada do destino.*

Uma estranha virada do destino.

Mieko achou a frase esquisita, mas também convincente.

— Agora todos sabem que o pai do garoto é apicultor, mas vocês sabiam que eles viajam o tempo todo? Parece que têm um apartamento em Paris, mas raramente ficam lá.

— E a escola?

— Às vezes ele vai, outras, não. O pai tem formação de professor e ensina o filho.

— Hum.

Então, talvez fosse aí que o garoto arranjou aquela sensação de liberdade, de que nada o amarrasse.

— E o mais interessante... — Hishinuma baixou a voz de repente. — Parece que o menino não tem piano.

— *Sério?*

— Quer dizer que ele não tem piano em casa?

Hishinuma fez que sim.

— Exatamente — disse. — Mas ele sabe onde achar pianos quando estão de viagem e consegue permissão de tocar. É assim que sempre fez, tocando com estilo próprio, até conhecer Yuji.

— Inacreditável — disse Mieko.

Talvez fosse exatamente *por isso* que conseguia tocar de maneira tão espetacular. O pensamento veio a Mieko de repente: é paradoxal, mas, se não sabe quando vai tocar outra vez, com certeza a pessoa se concentra no estudo quando tem a oportunidade.

Se barriga vazia é o melhor tempero, como dizem, a fome pianística poderia criar um ambiente ótimo para estudar.

— A princípio, Yuji também ficou surpreso. Parece que o menino consegue fazer qualquer piano soar magnificamente. Também sabe afinar o instrumento. Aprendeu por necessidade, suponho. Isso realmente provocou o interesse de Yuji. Ele gostava de visitar o garoto onde quer que estivesse, usando o piano que houvesse. E por isso decidiu ir até ele.

— Entendo... então foi por isso que ele foi.

— Seja como for, o garoto não tem partituras para ler, e adotou o hábito de decorar as peças depois de ouvi-las uma única vez. Senão, improvisa. Daphne me disse que certa vez os ouviu tocando. De lá para cá, improvisando em dois pianos. Ela disse que era como se conversassem.

Nathaniel e Mieko ficaram sem palavras.

O maestro Hoffmann improvisando? Nenhum deles tinha ouvido falar nisso, e, possivelmente, ninguém mais que o conhecesse. Impossível! O maestro? E nos últimos anos, numa sessão de improviso com um garoto que tinha idade para ser seu neto?

Os sentimentos de Mieko ficaram em torvelinho — com uma inveja intensa e uma sensação humilhante de que o maestro não quis ter nada a ver com ela. Sem dúvida, Nathaniel, ao seu lado, passava por uma luta interna semelhante, talvez até mais traumática.

Ainda mais forte era o desejo de ter ouvido aquelas sessões de improviso e o pesar profundo porque a oportunidade se perdera para sempre.

— Gostaria de saber se alguma dessas sessões foi gravada — murmurou Nathaniel.

— Não faço ideia. Mal começaram a organizar as coisas dele. O sujeito tendia a ser indiferente a gravações, então, quem sabe? Talvez haja alguma, talvez não.

Nathaniel e Mieko suspiraram de decepção.

Uma coisa que os dois tinham em comum era a noção de que a morte de Von Hoffmann havia sido uma perda imensa.

— Escutem, vocês deviam se preocupar mais com a situação de vocês mesmos — disse Hishinuma, com ênfase, e os dois o olharam.

— Como assim? — perguntou Mieko.

— A questão é a seguinte — disse Hishinuma com um sorriso irônico. — Vocês são mesmo capazes de dar notas ao garoto?

Mieko se espantou. Recordou a previsão agourenta murmurada por Smirnoff, logo depois das audições de Paris.

Ela entendia cada vez melhor o significado por trás das palavras *droga potente* de Hoffmann.

Estamos diante de um baita dilema, pensou ela.

— Está dizendo que não podemos? — contrapôs Nathaniel, em voz baixa.

É claro que ele sabia aonde Hishinuma queria chegar. Não que entendesse plenamente o dilema que ela, Simon e Smirnoff haviam enfrentado. Em termos intelectuais, sim, mas ele não o *sentia* de verdade.

— Bom — admitiu Hishinuma. — Eu só estava me perguntando quem daria notas a um talento tão original. Se olharmos historicamente os concursos de piano, os virtuoses não convencionais sempre foram rejeitados, porque excediam o que os jurados eram capazes de compreender.

Hishinuma ficou pensativo e rasgou mais um pedaço de *naan.*

— Enviar aquele menino foi um crime premeditado. Um desafio a vocês, jurados, e a todos nós. *Nós* é que estamos sendo testados.

— Acho que não é bem assim. — Nathaniel parecia disposto a se contrapor a tudo o que Hishinuma dissesse.

Era comum dizer que os jurados, enquanto julgavam os outros, eram eles mesmos julgados. O conhecimento da música e os preconceitos de cada um eram desmascarados no processo.

Pelo menos em termos intelectuais, Mieko achava que sabia que era assustador ser jurada; que o seu caráter e a sua sensibilidade musical eram expostos.

Mas, como Nathaniel, até então, ela nunca havia compreendido como realmente era aquela *sensação*.

Cavalgada das valquírias

Ele estendeu a mão para fora da cama, como sempre, para desligar o despertador pouco antes que tocasse.

Atrasou-se um momento para se levantar enquanto tentava recuperar o sonho que teve antes de acordar.

Masaru tocava "Primavera e Ashura". Era gostoso. Não estava no palco, mas ao ar livre, num espaço verde e luxuriante. Era assim que devia ser, sentiu.

Era difícil agarrar os sonhos — como agarrar um peixe na água e vê-lo deslizar entre os dedos.

Ele desistiu, levantou-se e abriu a cortina.

Lá embaixo, o horizonte era uma mistura de cinza e azul. Assim que avistou o mar, o sonho se dissipou. Só um vestígio dele permaneceu.

Ele fez alguns alongamentos leves e saiu para correr.

O ar frio era agradável. Os dias em Yoshigae haviam entrado na rotina.

Masaru sempre foi bom em relaxar onde quer que estivesse. Adaptável, mas fazendo tudo no seu próprio ritmo. Esse era o forte dele: conciliar o contraditório como se fosse apenas natural.

Ele era o primeiro executante do segundo dia da segunda etapa, mas não se importava com a ordem em que era colocado. Imaginou que tocar primeiro não seria ruim porque, quando terminasse, poderia se sentar e apreciar os outros recitais.

Como dissera a Aya, foi útil ouvir a execução da nova peça no dia anterior. Cada interpretação era diferente, mas ouvir as oito ajudou o rapaz a entender do que tratava a composição.

Mas foi a "Primavera e Ashura", tocada pelo seu mentor Nathaniel Silverberg, que causou a impressão mais forte. Nathaniel nunca vacilou na fé que tinha em Masaru. Como se o desafiasse, ele lhe tocou a sua versão idiossincrásica e inspirou Masaru a interpretá-la a seu modo.

Nathaniel conhecia pessoalmente o compositor Tadaaki Hishinuma e deu a Masaru uma aula que analisava em detalhes a sua personalidade e as características especiais das suas composições.

Conhecer Hishinuma em carne e osso foi uma experiência bem-vinda. Masaru tinha bastante confiança na sua capacidade de ler os outros. As expressões, os gestos, a voz do compositor lhe disseram muito. Mesmo que fossem só alguns minutos, não houve nada melhor do que encontrá-lo e falar com ele.

A segunda etapa era a única ocasião em que todos os pianistas tocariam a mesma obra. Havia várias metas nisso: ver como lidavam com a música contemporânea, como abordariam uma peça nova em folha e promover a imagem do concurso como verdadeiramente internacional. Mas também era uma oportunidade inigualável de comparar os diversos executantes.

Esse era um dos aspectos importantes da segunda etapa, mas Masaru decidiu que não era essencial. O importante seria demonstrar que a peça era levada a sério, mas sem que se destacasse demais do programa geral. Ela precisava se incorporar a um recital de quarenta minutos e soar como parte do fluxo completo do programa.

Ele conferiu a respiração enquanto corria, imaginando toda a amplitude da sua apresentação.

Adorava elaborar estratégias. Nas competições de salto em altura, também gostava de criar uma estratégia para enfrentar os rivais, a altura em que se elevaria a barra, todos os planos de jogo diferentes que a competição permitia. Mas também não se podia permitir que a tática fosse a sua ruína. Era difícil abandonar um plano em que se ficou muito tempo trabalhando, mas, quando a competição começava, era preciso ter flexibilidade para se ajustar a cada nova situação.

Agora, em retrospecto, a desclassificação no concurso de Osaka talvez fosse uma bênção disfarçada, porque, em termos da experiência em concursos, ele podia participar do concurso de Yoshigae como recém-chegado.

Os concursos eram interessantes, e Masaru se considerava um forte concorrente, mas achava que não era o tipo que viveria se apresentando neles. A sua estratégia era participar apenas de dois ou três eventos importantes. O de Yoshigae seria a sua estreia e a primeira batalha de verdade.

Ele estava respirando com mais força do que de costume. Havia começado a acelerar e, agora, sem querer, corria mais depressa.

Isso não é bom, disse a si mesmo. *Tenho de me controlar.*

Ele fez alguns alongamentos e respirações profundas.

A sua "Primavera e Ashura" seria...

Ele fechou os olhos e tentou visualizá-la.

A peça de abertura da segunda etapa. A primeira peça do programa que montou deliberadamente para fluir da imobilidade ao movimento. Imaginou-se tocando suavemente as teclas para transmitir as primeiras notas.

De repente, a sensação que teve no sonho daquela manhã voltou como uma enchente.

Calor, luz do sol se filtrando pelas folhas. *Estou sentindo toda a criação nesta peça...*

Ele se lembrou de pensar nisso. *O mesmo sentimento que tenho agora.*

Masaru olhou em volta como se visse o mundo pela primeira vez.

Uma pracinha aninhada entre os prédios. O ar ainda estava frio, a tensão pré-aurora inabalável. O amanhecer chegou em silêncio, e, de repente, o mundo se encheu com os sinais do despertar. O canto dos pássaros; o tremor do chão com o ribombo dos carros numa estrada distante. Bem devagarinho, a manhã impregnou o mundo.

Toda a criação.

Masaru sentiu um fluxo tranquilo de energia. Sentiu o vento antes que começasse a soprar, as cores das árvores prestes a luzir ao sol. O corpo inteiro absorveu aquilo tudo.

Ele correu de volta ao hotel e tomou uma chuveirada quente.

A água atingiu a cabeça e os ombros, escorreu pelas costas. *Na vida cotidiana, cada cantinho minúsculo se enchia com a maravilha da criação*, pensou.

"Primavera e Ashura." O que ele queria transmitir, decidiu Masaru, era a beleza do espaço vazio, do que estava *no meio*. Não como Jennifer Chan, que deu uma explicação nítida para cada uma das notas.

O clima da peça era sereno, recatado, descomplicado. Mas o mundo que retratava era vasto. Como um jardim interno em miniatura ou uma casa de chá. Onde uma parte evocaria o todo. Onde, a partir de um fragmento minúsculo, sentia-se algo imenso e sem fim.

Ou talvez fosse possível dizer que inspirava uma visão paradoxal do universo em que o mundo inteiro estivesse ali contido exatamente por causa da pequenez.

Hishinuma havia deixado muita coisa inexplicada e permitiu que cada uma das notas sugerisse um mundo separado.

O compositor, nativo inveterado de Tóquio, era, basicamente, uma pessoa tímida. Não divagava e acreditava que nem tudo precisava ser explicado, que a tentativa era vulgar. A sua sensibilidade estética era tradicionalmente japonesa.

Ainda assim, a intenção de Hishinuma, nessa composição, não era transmitir uma clara representação do Japão. Masaru queria garantir que isso fosse compreendido. Do começo ao fim, aquela era a visão do cosmo de Kenji Miyazawa e um reflexo do caráter de Hishinuma.

A questão era como transmitir isso.

Enquanto tomava o café da manhã, Masaru ponderou a jornada até ali. A sua estratégia para a peça era simples. Não explicar as coisas demais com o som. Não usar nenhuma passagem verborrágica. Era isso. A tarefa, então, seria inspirar o ouvinte a imaginar o mundo imenso por trás de todo aquele comedimento.

Era uma clara contradição, mas tinha de haver um jeito, que Masaru perseguiu por um processo prolongado de tentativa e erro. Até que descobriu.

Não vou explicar, disse a si mesmo. *Deixarei que* sintam.

O tema da sua "Primavera e Ashura" seria a expressão do espaço vazio.

Foi preciso um tempo inesperadamente longo para definir isso, mas ele estava convencido de que era a abordagem certa. Mas como exprimir o *espaço vazio*?

Ele tentou todo tipo de coisa até que, finalmente, encontrou: a *cadenza*.

Masaru fitou a orientação escrita na partitura.

Livremente, dando a sensação do universo.

As notas estavam arranjadas para criar essa sensação cósmica. Só na *cadenza*, que não continha nota nenhuma, seria possível obter um vislumbre da real *substância* do cosmo.

Posso usar a "cadenza" *para completar essa expressão de espaço vazio.*

Masaru ficou empolgado. Pela primeira vez na vida, sentiu que havia descoberto o *segredo* da música contida numa partitura, o *segredo* do próprio mundo.

Com isso, pensou, *a sua execução de "Primavera e Ashura" estaria completa.*

Masaru recordou vivamente o instante em que teve certeza disso.

Fiquei verdadeiramente feliz, como se o mundo se abrisse para mim.

Agora, pensou, *o que me cabe é reproduzir essa sensação.*

Masaru respirou devagar e começou a trocar de roupa.

Havia chegado o dia em que tocaria a peça pela primeira e, talvez, pela última vez.

O SEGUNDO DIA DA segunda etapa.

Eram dez e meia da manhã e, para a apresentação de abertura da sessão, a sala de concertos estava lotada.

O porquê era óbvio. Masaru seria o primeiro.

Toda essa atenção não o deixava convencido nem tenso. Ele meramente a aceitava como natural. Bem consciente da sua popularidade, não tinha problemas em apreciá-la e aceitar o fato de que realmente era um astro.

Ficou nos bastidores, reorganizando os pensamentos. *Onde Aa-*chan *estará sentada?*, se perguntou. *Será que vai gostar do meu jeito de tocar?*

Os comentários de Aya sobre a execução de Jennifer Chan o espantaram. Ele estava um pouco nervoso em pensar no que ela diria sobre a dele, mas decidiu que, mesmo assim, perguntaria depois.

— Mas nós dois somos discípulos do Sr. Watanuki — Masaru havia dito a Aya quando estavam sentados na plateia. — Ele foi o nosso primeiro professor, nos ensinou todos os tipos de música, do *enka* de Yashiro Aki ao rock. Ele nos inspirou o amor à música. Portanto, não há como a nossa apresentação virar uma *atração*. Não é verdade?

Para quem estou tocando?

Era isso que ele se perguntava enquanto pairava nos bastidores.

Toco para o público? Para mim? Para o deus da música?

Não sei. Mas uma coisa está clara: toco para alguém. Ou não para alguém, *mas para* alguma coisa.

Os concursos eram uma experiência muito estranha, pensou.

OS CONCURSOS ERAM EXATAMENTE isso: pessoas competindo umas contra as outras, mas também eram um espetáculo de uma só pessoa, o recital de um solista. Era estranho comparar o que, em essência, eram recitais de solistas diferentes.

Mas, durante esses quarenta minutos, o público e o palco são todos meus, pensou Masaru. *Todos os olhos estarão apenas sobre mim, todos os ouvidos sintonizados na minha execução.*

Esse pensamento bastou para emocioná-lo. O rosto pálido de um colega de sala esvoaçou por sua mente.

"Você é tão talentoso", costumava dizer esse colega.

"Você é um astro", lhe diziam. "O pacote completo."

Ele ouviu isso no Conservatoire de Paris e na Juilliard, e as pessoas diziam com uma mistura de inveja e admiração no rosto. Os que falavam eram talentosos a seu modo, a habilidade técnica não muito diferente da dele.

Como responder?

Adotar a abordagem humilde? Mostrar-se modesto? *Não, não mesmo... Ainda tenho muito a aprender.* Ou apenas agradecer?

As duas reações deixavam Masaru pouco à vontade. Era verdade que ele se destacava. Algo nele era exclusivo.

Mas, no fim, era assim que os outros o avaliavam, não como ele se avaliava. Havia coisas sobre si que ele não entendia e coisas que só *ele* poderia entender.

Assim, quando o elogiavam, ele só sorria. Não respondia, não fazia uma autoavaliação.

A única coisa que entendia era que podia exprimir o que quisesse, algo que sabia desde que começara a tocar. Quando ele e Aya tocaram uma versão em quatro mãos de "Little Brown Jug", quando ele tentou pela primeira vez um minueto de Mozart, soube que, em algum dia do futuro, conseguiria transmitir o que desejasse.

Quando começou as aulas a sério, logo desenvolveu a técnica. Era como se recordasse conhecimentos que já tinha. Ele entendia a essência das peças que tocava, experimentava outros instrumentos, escutava todos os tipos de música e absorvia tudo com tanta rapidez que a mente quase não conseguia acompanhar.

— Você é um caso incomum — tinha lhe dito Nathaniel Silverberg. — Eu não o chamaria de precoce. Nem de criança-prodígio.

— Então, o que sou? — Masaru não pôde deixar de perguntar.

— Você só *sabe*. Desde o comecinho, você *sabia*.

Então, o professor contou uma história.

— Há muito tempo, houve um escultor no Japão — começou Nathaniel. — Ele deixou algumas esculturas budistas, do tipo hoje em dia considerado Tesouro Nacional. Dizem que esculpia com incrível rapidez. Nunca hesitava e trabalhava tão depressa que era como se as mãos mal conseguissem acompanhar a ideia que tinha na cabeça. Certo dia, alguém lhe perguntou como fazia aquilo. "Não estou fazendo", respondeu ele. "Só desenterro o Buda enterrado na madeira." Quando observo você, Masaru, me lembro dessa história.

Masaru escutou com perplexidade.

É claro que ele não se via como uma obra acabada, mas como uma obra em andamento, ainda com as bordas ásperas, com muita coisa que era preciso estudar e aprimorar. Mesmo que se esforçasse pelo resto da vida, ele sabia que nunca ficaria totalmente satisfeito.

Ainda assim, consigo *fazer o que sou capaz agora.*

Masaru tinha essa estranha convicção.

O que ele achava difícil de entender era que parecia que os outros não se sentiam assim. Muitos viviam cheios de medo e ansiedade: *posso esquecer as notas, posso ficar paralisado, posso cometer erros.* Sentiam tanta pressão que o palco se tornava um lugar aterrorizante. Masaru partia do princípio de que *conseguia fazer.* Se isso era um talento, então ele imaginava que fosse talentoso.

O DIRETOR DE PALCO, Sr. Takubo, era uma sombra que sorria nos bastidores.

As melhores salas de concerto do mundo quase sempre tinham ótimos diretores de palco, pessoas bem conhecidas dos músicos. O diretor de palco hábil dava uma sensação de calma; bastava olhá-los para a pessoa se encher de confiança.

Takubo exalava calma, mantinha a distância correta, mas a sua profunda empatia pelos músicos era clara. Ele confiava, incentivava, estava lá para satisfazer todas as suas necessidades.

Tenho muita sorte, pensou Masaru.

— Está na hora. — O diretor fez um sinal com a cabeça.

Masaru devolveu o sinal.

— Boa sorte.

Masaru pisou no palco.

Uma explosão enlouquecida de aplausos o envolveu e animou. A expectativa do público sempre lhe dava poder.

Tudo bem; agora, "Primavera e Ashura".

A SEGUNDA ETAPA DE Masaru começou baixinho.

Aya e Kanade escutavam do fundo da sala de concertos. Os olhos de Aya estavam colados no palco banhado em luz.

Não é só o refletor, pensou. *Há uma aura clara em volta dele.*

Num instante, ele paralisou o ar e puxou o público para o seu mundo.

A apresentação de Masaru determinaria como "Primavera e Ashura" seria vista a partir dali.

Aya sabia que a abordagem de Masaru era diferente de todos os que tinham tocado no dia anterior. Era muito natural, sem afetação.

Ela sentiu um arrepio percorrer os braços.

Era possível ver a escuridão... o universo.

Estrelas tênues, um espaço vazio, abandonado, sem fim.

Ele tem tantos recursos para aproveitar, pensou ela. *Consegue produzir tantas histórias, tantas cenas, nos permite vê-las, representa-as bem diante dos nossos olhos.*

A expressão *música visual* tinha se tornado muito conhecida, e era exatamente o que Masaru fazia. Cada elemento visual era único, cheio de emoção, convincente. Masaru possuía uma voz própria e a usava para transmitir muitas coisas.

Frases curtas e sussurradas, recatadas, misteriosas. Masaru encontrou o toque e a dinâmica perfeitos. Só ele conseguiria produzir aquele fôlego, aquela imobilidade.

E "Primavera e Ashura"?, pensou Aya. *Seria imprudente improvisar?* Isso a deixaria perto do nível estudado de perfeição de Masaru?

Aya ainda não havia pensado dessa maneira, e a descoberta a espantou.

A TÃO ESPERADA *CADENZA*.

Nathaniel sentiu o poder fluir pelo rapaz.

Era a primeira mostra de emoção de Masaru ao expor as partes *ocultas* da peça.

Uma *cadenza* com técnica transcendente, que usava passagens em oitavas e acordes complexos.

Nathaniel temia que a *cadenza* de Masaru fosse difícil demais e se destacasse em excesso do resto, mas Masaru insistira. "Eu vou fazer com que ela seja parte da peça. Ninguém vai notar a técnica."

Na verdade, ele conseguiu: fez da *cadenza* uma parte integrante do todo.

O aluno de Nathaniel realmente evoluía a cada dia. A apresentação a que Nathaniel assistia era totalmente diferente do que tinha ouvido apenas uma semana antes. O rapaz fizera um progresso excepcional.

Parte do gênio de Masaru era o espaço inexaurível para o crescimento. Ele nunca estabelecia limites para si; cada dificuldade apenas alimentava mais desenvolvimento.

Nathaniel estava cheio de orgulho e admiração.

Diziam que o aluno não pode escolher o professor, mas isso não era necessariamente verdade. No caso dos grandes talentos, Nathaniel sentia que *era mesmo* o aluno que escolhia o professor.

Ele não dizia isso por vaidade. Masaru possuía grande talento, disso tinha certeza, mas não era, de modo algum, porque ele fosse um professor extraordinário.

No entanto, Nathaniel tinha habilidade para ajudar Masaru a aprofundar e desenvolver o seu talento.

Os dois deviam ter sentido isso intimamente no momento em que se conheceram. Masaru escolheu Nathaniel por acreditar que ele poderia ajudá-lo a crescer. E Nathaniel sentiu o mesmo: ali estava um aluno em quem poderia investir toda a sua habilidade e que, então, o ultrapassaria. Era um aluno que não tinha nenhum problema em usar Nathaniel como degrau. E, para um professor, essa era a esperança mais valiosa. Nathaniel tinha visto muitíssimos casos tristes e lamentáveis de alunos que nunca superavam o professor. Para o mestre, isso era desanimador, porque, por melhor que alguém seja como executante, também é necessário criar a próxima geração de músicos.

Naturalmente, havia muitos gênios do piano que nunca aceitavam alunos, que não serviam para ensinar. Eles só deixariam como legado as suas execuções e, dessa maneira, ensinavam quem os escutasse.

Mas, quando havia a decisão de aceitar alunos, era preciso ver resultados. A partir do momento em que Nathaniel se tornou professor, desenvolver o dom dos alunos virou uma prova do seu próprio dom.

Um pensamento súbito lhe veio.

Ah, se o maestro Hoffmann pudesse ouvir Masaru tocar.

Essa CADENZA *é extraordinária.*

Aya sentiu arrepios outra vez.

Um único raio de luz brilhando entre as estrelas tênues.

E, a partir dessa luz, um vislumbre de infinitas cores.

O fraseado dele é incrível, pensou ela. Toda aquela experiência de improviso no trombone se revelava.

Os jovens pianistas eruditos não estavam acostumados a improvisar. Sempre havia, nas suas *cadenzas*, uma sensação de vergonha e desconforto. Com uma peça nova, cuja reputação ainda não havia sido determinada, a execução em geral soava pouco convincente, e a técnica ofuscante era a única coisa que prendia a atenção.

Aya conseguia imaginar como o Sr. Watanuki ficaria impressionado.

Ma-kun *é exatamente tão incrível quanto você disse.*

ENTÃO, FLUINDO SEM EMENDAS de "Primavera e Ashura", os *Études-tableaux, op. 39, n.º 6*, de Rachmaninoff.

Um início sinistro: algo se remexia num poço de trevas.

Movimentos mais rápidos, um *tremolo* tenso perfurando a escuridão.

Passagens rápidas para exibir a atenção dele aos *detalhes.*

Ele fez um trabalho fantástico na ordem das peças, pensou Kanade.

O programa era apresentado com perfeição, como uma imagem que se desenrolasse, cada peça uma extensão da que vinha antes.

E, NA TERCEIRA PEÇA, o "Étude n.º 5, Pour les octaves", de Debussy, eles estavam de repente ao ar livre. Ao lado da sensação de escala exclusiva de Debussy, o dinamismo de Masaru criou uma incrível expressividade emocional.

Depois, outra mudança de marcha ao chegar à peça final, as *Variações*, de Brahms.

O tema de *Paganini* foi apresentado com ousadia e confiança, servido de forma surrealista.

Onidirecional, impecável, mas com uma sensação de algo ainda na reserva, o todo imbuído de um frescor impressionante.

Kanade se maravilhou com a confiança de Masaru: ele parecia estar plenamente se divertindo.

O talento dele de fato brilhava.

Era difícil manter a tensão certa num conjunto tão longo de variações — como uma série de filmes que usassem sempre os mesmos atores. Era preciso ter exatamente o ritmo certo para chamar a atenção do público e atraí-lo.

Rachmaninoff também escreveu as suas variações sobre o tema de *Paganini*, mas dizem que, até ele, quando sentia que o público se entediava, pulava algumas.

A peça inteira, as melodias e o desenvolvimento, foi escrita com vários artifícios para manter o interesse do ouvinte, mas, ao tocá-la, outros desafios surgiam. Era muito mais difícil do que se imaginava repetir o mesmo tema tantas vezes e conseguir que ainda soasse novo. Era necessário um foco extremo e o uso de uma grande variedade de ferramentas expressivas.

Masaru era um artista do entretenimento, mas não corria atrás da popularidade. Brilhante e encantador, também dava a impressão de um abismo assustadoramente profundo.

Kanade pretendia analisar a personalidade dele, mas, sem perceber, viu-se completamente cativada pela música.

TOCAR AS VARIAÇÕES ERA divertido, pensou Masaru. *Era como os improvisos e arranjos do jazz.*

Até um tema curto de quatro compassos tinha possibilidades sem fim. O compositor provara aquilo havia muito tempo. Ao tecer uma tapeçaria de variações caleidoscópicas, era possível rastrear o processo de pensamento do compositor.

Quando tocava essas variações de Brahms, Masaru se imaginava guiando uma canoa rio abaixo, deslocando-se com velocidade, um vento agradável acariciando o rosto e empurrando as costas. Ele se via remando com um bom andamento, seguindo para a foz do rio, passando por paisagens que mudavam a todo minuto.

Cada golpe do remo o fazia avançar, e a canoa chegava finalmente à boca do estuário — sem necessidade de pressa. Uma remada de cada vez. Amortecendo toda a impaciência, aguardando a premonição do clímax. Mantendo a empolgação e a calma sob controle, tremendo de alegria enquanto avançava. *Logo vou emergir.*

Um espaço amplo espera a minha chegada, uma cena que nunca vivenciei.

Masaru sentiu um arrepio estranho passar pela coluna.

É isso *que estou procurando. Estou tocando para chegar a esse lugar nunca visto.*

QUANDO A APRESENTAÇÃO TERMINOU, e ele se levantou sob aplausos retumbantes, Masaru sentiu que aquilo acontecia com outra pessoa, como se observasse tudo de um poleiro muito alto.

Amor

Masaru estava tão dominado pelo espanto de vivenciar aquela nova sensação que, na hora em que voltou à sala de concertos depois de um intervalo, as portas já estavam fechadas.

Droga, perdi a apresentação seguinte.

Ele teve de se contentar em assistir pelo monitor no saguão.

A qualidade do som não era boa, mas ele conseguia ter uma ideia.

Absorto no que acontecia no monitor, não notou uma figura alta se aproximar.

— Você tocou tão bem, Masaru.

Ah, não, pensou ele, *é a última pessoa que eu queria ver agora.* Ele se irritou por ter sido emboscado.

A moça era alta, com traços distintos, vestida de calça jeans e um suéter largo, bordô escuro.

Era Jennifer Chan, do mesmo departamento de piano da Juilliard.

— Então você voltou. Achei que só voltaria no anúncio do próximo resultado — disse Masaru com um toque de sarcasmo na voz.

— Tento evitar as más execuções, mas sempre tomo o cuidado de pegar as boas. Inclusive a sua, é claro.

Ele não se surpreendeu por Chan não entender a pequena alfinetada.

Desde que começaram em Juilliard, ela se sentia rival de Masaru, e essa rivalidade havia ficado famosa. Todos ficavam curiosos para ver como a competitividade dela se desenrolaria. Recentemente, havia estreado como solista e parecia à frente de Masaru, mais ocupado tocando trombone de jazz.

Masaru nunca considerou Chan uma rival. Para ele, toda aquela ideia de competir em algo tão incomparável não fazia sentido. E não gostava quando os outros a citavam como exemplo.

Quando tinha quatorze ou quinze anos, ele começou a ficar mais alto e a demonstrar os seus muitos dons, as meninas passaram a se interessar; Masaru provou a felicidade e a infelicidade de ser objeto de tanto afeto unilateral e aprendeu que, se maltratasse os sentimentos dos outros, também poderia se magoar muito.

— Sua "Primavera e Ashura" foi muito suave, não foi? Silverberg achou bom? — De repente, Chan passou a confrontá-lo, e Masaru deu de ombros.

— Pensei muito e foi o que finalmente encontrei. Minha própria interpretação.

— Ah, eu me lembro. Silverberg é bem próximo de Hishinuma, não é? E essa é a interpretação do próprio compositor? — Os olhos de Chan se arregalaram, como se de repente recordasse essa conexão.

— Não, você se engana. O Sr. Hishinuma não ofereceu nenhuma interpretação além do que está escrito na partitura. Foi só como minha "Primavera e Ashura" ficou.

— Sério? — Chan parecia não acreditar.

Isso provava que os dois não estavam no mesmo comprimento de onda, pensou Masaru. Se estivesse no lugar de Masaru, Chan teria feito Silverberg sondar Hishinuma sobre o tipo de execução que esperava ouvir. Faria qualquer coisa para obter uma vantagem. Para Chan, era assim que se faziam as coisas, o seu modo próprio de mostrar o compromisso com a música.

Como seria se tivesse acontecido?, pensou Masaru.

Se abordasse Silverberg e lhe pedisse a interpretação pessoal do Sr. Hishinuma, o professor atenderia? Ele tentou imaginar a cara dele naquela situação.

Qualquer coisa poderia acontecer. Silverberg sabia muito bem que Masaru era um estrategista, e isso nunca o incomodou. Talvez concordasse se Masaru quisesse seguir esse caminho. Mas era possível que reagisse de maneira diferente e lhe dissesse que seria injusto, que não havia necessidade.

É uma questão interessante, pensou Masaru. *Terei de perguntar a ele.*

— Aliás, aquela moça com quem você estava é uma pianista japonesa, não é? Por que está passando tempo com ela? — A voz de Chan interrompeu os seus pensamentos.

Ah, pensou Masaru. *Era isso que ela realmente queria saber.*

— Ah, eu a conheci quando criança. É uma enorme coincidência ela estar aqui.

— Sério? — repetiu Chan. — Quer dizer que você já morou no Japão, Masaru?

— Por pouco tempo. Morávamos no mesmo bairro e tínhamos aula de piano no mesmo lugar.

— Uau! Incrível vocês dois serem bons o bastante para se apresentar num concurso internacional.

— Pois é.

Chan baixou a voz.

— É melhor tomar cuidado — disse ela.

— Hein? — Masaru não acreditou no que ouvia.

— Ela não era profissional quando criança e depois sumiu?

Você realmente sabe tudo sobre ela, pensou Masaru, meio espantado, meio impressionado. *Em que mundo vivemos! Informações e fofocas demais.*

— Andar com uma garota de má sorte como ela pode lhe dar azar. Não acha que ela descobriu que você é um dos principais candidatos ao prêmio e quis usá-lo para promover o próprio retorno?

Masaru a olhou sem expressão.

— Você não está falando sério, não é? — disparou de volta, e Chan franziu a testa.

Ela se orgulhava da sua perspectiva lógica e racional e desprezava quem deixava a emoção influenciar a sua opinião. Mas ali estava ela falando de *sorte*.

— Obrigado pelo aviso. — Masaru deixou claro que não tinha nenhuma intenção de continuar a conversa.

Chan deu uma olhada no relógio e disse que tinha de ir.

— Você não vai assistir às outras apresentações? — perguntou Masaru.

— Não, agora tenho aula para a terceira etapa — disse Chan com leveza. — Assisti a você tocando, e isso basta por hoje. Até mais!

Ela deu um pequeno aceno e saiu às pressas, rolando a tela do celular ao mesmo tempo.

Meio tonto, Masaru observou-a partir antes de se virar para olhar o monitor. Havia perdido a maior parte da apresentação atual.

"Mazeppa", de Liszt. Todos tocam peças muito difíceis. Ele se concentrou nos dedos do pianista.

Mas não conseguia esquecer o ar sério nos olhos de Chan.

Ficou surpreso por ela saber tanta coisa. Todos estavam sempre de olho na gente, não é? Aa-*chan* detestaria saber o que os outros diziam nas suas costas.

ERA DE SE ESPERAR, mas num concurso havia pessoas de todas as origens. Os pianistas estavam na idade mais impressionável — da adolescência aos vinte e poucos anos —, e Masaru sabia que juntar todos eles numa experiência tão intensa provocaria inevitavelmente alguns namoros, embora a maior parte desses relacionamentos não durasse.

Também estava em ação um tipo de efeito de suspensão da realidade. Em geral, os jovens músicos em formação eram muito sozinhos, e os concursos eram a suprema experiência solitária. O pianista viajava para um país estrangeiro que não conhecia, com tanto estresse, que dava dor de barriga, e subia no palco sozinho. Com o encontro de pessoas colocadas na mesma situação, em que o seu próprio ser e musicalidade eram expostos para todos verem, não era de se admirar que a empatia e a atração florescessem.

E lá surgia a antiga questão de se um casal que tocasse o mesmo instrumento poderia ter sucesso no relacionamento.

Os casais musicais não eram nada raros, mas metade tendia a vir de um campo diferente da outra metade: um regente e uma pianista, um compositor e uma cantora.

Havia muitos casais de pianistas, mas a impressão de Masaru era que, em geral, os dois ou pelo menos um deles tinha mais probabilidade de ser professor, ou crítico, do que músico praticante. Raramente ouvia falar de um casal em que ambos eram executantes de destaque.

Sem dúvida, tocar o mesmo instrumento deveria levar uma certa unidade ao relacionamento, mas as diferenças na abordagem da música não seriam uma fonte de atrito? E a disparidade de capacidade musical poderia provocar emoções indesejadas que ameaçariam o relacionamento.

*Tudo bem. Então, que tal eu e Aa-*chan*?*

Antes de perceber, Masaru mergulhou profundamente em pensamentos.

Aprume-se, rapaz. Só faz dois dias que nos reencontramos. Não posso me distrair.

Ele se alongou.

Era tudo culpa de Chan, decidiu, um pouco ressentido. Mas ele não conseguia esquecer aquele ar nos olhos da colega. Será que havia alguma verdade no que ela disse?

Uma garota de má sorte, ecoou a voz de Chan.

Não que ele acreditasse que Aa-*chan* fosse especialmente azarada. Mas esbarrar nela outra vez no concurso poderia ter algum significado para ele. Mas qual, não sabia.

Masaru cruzou os braços e fitou o monitor. Seus pensamentos não estavam mais na apresentação, mas muito distantes.

Segunda etapa

(Segunda parte)

Clair de Lune

O público fluía para o saguão.

Já estava escuro lá fora, e até naquele espaço aquecido dava para sentir que a temperatura havia caído. Aya suspirou profundamente. Todo o seu corpo parecia cheio de nós.

O nível das execuções do segundo dia foi elevado, mas nenhum dos pianistas chegou à altura da "Primavera e Ashura" de Masaru. Haviam tocado bem, é claro, mas a maioria tentou projetar uma imagem vagamente japonesa que ela achou pouco convincente, e nenhum havia chegado perto. O conteúdo e a potência da *cadenza* dele também a elevavam muito acima das outras.

Um fator importante era a ordem da apresentação, pois ele foi o primeiro. Se tivesse tocado depois, talvez ela avaliasse melhor alguns outros. Esse era o impacto da apresentação de Masaru, o modo como a sua interpretação foi a recordação duradoura que o público guardou daquele segundo dia.

A impressão que a *cadenza* de Masaru causou em Aya foi tão avassaladora que ela precisou se esforçar para tirá-la da cabeça enquanto ouvia a dos outros. Recordava cada detalhezinho, e, se começasse a tocá-la na mente, Aya não conseguia impedir que fosse até o final.

A minha cadenza *conseguiria ser tão convincente?*, ela se perguntou. Uma *cadenza* improvisada realmente atingiria aquele nível de perfeição? Ela teve vontade de tocar a sua versão.

Isso era novo. Desde o início do concurso, ela não se sentia tão motivada para tocar quanto naquele momento.

Kanade percebeu que Aya estava à flor da pele.

— O que foi, Aya-*chan*?

— Quero tocar a minha *cadenza*.

— Que tal irmos à casa da Sra. Harada, onde você pode tocar sem esbarrar em nenhum dos outros pianistas?

A Sra. Harada era amiga do professor de Aya e tinha uma escola de piano em Yoshigae. Nenhum dos seus alunos havia chegado à segunda etapa.

— Gosto muito dessa ideia, mas sinto que estaria invadindo.

— Não se preocupe com isso. Ela vai ficar contente se você usar o piano.

A casa da Sra. Harada, que também servia de escola, ficava no centro da cidade, a uma pequena distância da sala de concertos.

— Eu não me importo de ir sozinha, Kanade-*chan*. Você pode esperar no hotel. Se ficar com fome, pode jantar, se quiser.

— Tudo bem. Então mande uma mensagem quando voltar.

— Certo.

Como colega de faculdade, Kanade sabia que é muito melhor estudar sozinho, e assim se despediu rapidamente.

Aya se apressou, verificando o mapa; a *cadenza* de Masaru ainda tocava interminavelmente na sua cabeça, e isso a irritava.

Tenho de cobrir a execução dele com a minha, disse a si mesma. Então, algo a fez parar de repente.

Ela deu meia-volta.

Havia acabado de sair da principal área do centro da cidade, perto do bairro comercial, e havia muitos pedestres.

Aya sentiu que alguém a seguia, embora achasse que era apenas a imaginação lhe pregando peças. Ela olhou em volta, mas nada parecia fora do comum. Então, voltou a andar.

Com os olhos brilhantes e as bochechas gorduchas, a Sra. Harada era do tipo que deixava a pessoa instantaneamente relaxada.

— Desculpe eu vir de mãos vazias — disse Aya, e a Sra. Harada sorriu.

— Não se preocupe — disse ela. — Concentre-se na sua apresentação. É muito mais fácil estudar longe do concurso.

— Tome a chave. É uma cabaninha; fique à vontade para tocar quanto quiser. E ajuste a calefação como preferir. O banheiro fica junto da porta da frente. Deixei lá alguns petiscos para você. Já jantou?

— Vou pensar nisso depois de estudar.

— Se ficar com fome, me avise. É para isso que estou aqui. É só apertar o botão do intercomunicador.

A Sra. Harada lhe entregou a chave e apontou uma pequena edificação quadrada à prova de som.

Aya agradeceu rapidamente e foi até lá.

Devia ser um lugar maravilhoso para dar aulas de piano.

Havia dois pianos de cauda, um sistema de som e uma mesinha com chocolates e biscoitos empilhados num prato. Havia até uma garrafa térmica com chá quente.

A janelinha era uma só, com vidros duplos e persianas brancas.

Aya ajustou o banco e fez algumas escalas de aquecimento. Os longos anos de prática faziam disso uma segunda natureza, e ela as tocou com rapidez, subindo em semitons.

A *cadenza* de Masaru ainda tocava na sua cabeça. Antes de perceber, ela mesma a tocava.

Uau, é difícil, pensou. *Terei de estudar se quiser articular todas as notas.*

Ela imaginou Masaru no palco.

A imobilidade. A escuridão. A leve luz das estrelas se filtrando...

Ela reproduziu a *cadenza* dele, mas, em determinado momento, acrescentou seu próprio arranjo e a levou numa direção diferente.

E a... cadenza *dela*? A sua "Primavera e Ashura"? Só então os ouvidos dela captaram um som diferente.

Que som era aquele? Uma vibração, como se algo batesse...

Ela parou de tocar e foi olhar.

Bang, bang, bang.

Alguém batia em alguma coisa. Mas onde? Ela andou pela sala, levantou a persiana da janela e soltou um gritinho. Havia alguém ali fora.

Antes de largar a persiana, ela vislumbrou uma mão acenando.

— Que mer...?

Ela já tinha visto aquela pessoa. Aya voltou à janela e levantou a persiana outra vez.

Lá fora, um garoto tirou o boné e fez uma mesura.

— Jin... Kazama?

O menino sorriu e fez um gesto como se implorasse. Apontou a porta, aparentemente lhe pedindo que a abrisse. Aya foi até lá e a destrancou.

— Desculpe interromper.

O menino fez um gesto de desculpa com a cabeça e, boné na mão, entrou.

— Como você... chegou aqui?

— Pulei o muro.

— Não... quero dizer, como sabia deste lugar?

— Desculpe. Segui você.

Aya fitou o rosto levemente corado do garoto.

— Por quê? — perguntou, e Jin deu uma risadinha.

— Imaginei que você ia a algum lugar tocar piano sozinha. E sabia que, onde quer que você fosse, haveria um piano bom.

Aya piscou, surpresa.

— Onde você está hospedado durante o concurso?

— Na casa de um amigo do meu pai. Um florista.

— E o estudo?

— Não gosto de usar os pianos das salas de estudo do concurso. Prefiro o piano da casa das pessoas, onde a gente sente os dedos de quem toca, onde a sua presença permanece.

Nervoso, Jin fitou os olhos de Aya.

— Então... posso tocar piano aqui com você? — perguntou ele.

Aya não sabia o que dizer.

As pessoas costumavam chamá-la de desligada, mas aquele menino estava num nível bem diferente. Aquilo era inaudito: um pianista que seguia uma colega concorrente no meio de um concurso e pedia para estudar com ela.

— Você estava tocando a peça daquele cara, não é? Aquele cara grandão? O que parece um príncipe?

Ele se sentou diante do outro piano que estava ao lado, abriu a tampa e tocou um lá.

NA SALA DE ESTUDO da faculdade, lembrou-se Aya, ele tocava em uníssono o estudo de Chopin de outro pianista em outra sala. Que audição sensível e assustadora ele tinha.

Jin tocou uma frase furiosa em oitavas. A *cadenza* de Masaru.

Ele a executou com tanta perfeição que era como se o próprio Masaru a tocasse.

Jin parou e sorriu.

— Ficou tocando na sua cabeça o tempo todo, não é? — perguntou ele. — Assim que saiu, quis reproduzir... acertei? Aposto que sim. Eu também.

A voz dele era melodiosa.

— Então você pensou em procurar um piano?

Aya se sentiu arrepiada outra vez. *Ele enxerga através de mim*, pensou. *Tudo. Como me sinto, o impulso que tive de tocar.*

Ele era mesmo amado pelo deus da música.

E eu? Aya se surpreendeu com a intensidade do que sentia.

O deus da música também me ama?

Aos olhos de Aya, por um momento, um único refletor iluminou Jin e o banhou com um resplendor amarelo.

Não escolhi você.

Escolhi Jin Kazama.

Uma dor horrível lhe perfurou o peito, aguda, mas espalhada. Algo amargo agarrou o fundo da sua garganta. *Por que isso me causa tanta agonia?*

Ela sentiu que fazia tempo que sabia a resposta; que vinha se agarrando a um conceito vazio de que, no fundo, queria continuar se apresentando e sabia disso melhor do que ninguém. A sensação de olhar os outros de cima. O terror profundo de lhe dizerem que não tinha talento, que depois dos vinte anos simplesmente estaria na média.

Cacos daquela dor no peito ainda permaneciam.

— O meu professor me disse para procurar alguém que me ajudasse a levar esse som para fora.

Aya tinha se desligado um momento e perdeu o que o garoto acabara de dizer.

— Eu estava achando que você podia ser essa pessoa.

— Podia ser o quê?

— Nada — disse ele com um gesto de dissuasão. — A lua está linda — acrescentou, virando-se para a janela.

Agora, a persiana estava erguida, e Aya percebeu que estava tão preocupada que nem olhou o céu.

Os dedos do menino esvoaçaram acima das teclas, lembrando exatamente borboletas que flutuavam na luz.

"Clair de lune", de Debussy.

Sempre que ouvia aquela peça, Aya imaginava o céu noturno diante da janela. O luar se despejando sobre um mundo em silêncio.

Aya sentou-se ao lado do garoto, e eles começaram a tocar "Clair de lune" juntos.

Tocaram com um arranjo próprio, entregando-se ao ir e vir das ondas sob a lua.

Jin Kazama ria. Ria com a boca escancarada.

Sem perceber, Aya também estava rindo.

De repente, a peça mudou.

"Fly Me to the Moon."

Qual deles começou? Veio do nada — era tudo o que ela podia dizer.

Afinal de contas, aquele era o menino que chegou até a fazer uma versão em rumba da canção infantil "Zui zukkorobashi".

Eles se revezaram tocando o baixo, trocando solos. Agora, "Fly Me to the Moon" transicionou para o segundo movimento da *Sonata ao Luar*, de Beethoven.

Entendo, pensou ela. *A introdução é um pouco parecida.*

Então, o terceiro movimento.

Eles começaram no andamento perfeito, em uníssono total.

Aya sentiu que havia duas dela, que estava se ouvindo em estéreo.

Uma lancha a motor deslizando pela superfície da água? Era assim que parecia? Não... mais como a excitação de acelerar em esquis aquáticos, os borrifos voando. A empolgação nervosa de saber que, com um movimento em falso, você seria feito em pedaços pelas ondas.

No momento seguinte, Aya passou para "How High the Moon", enquanto Jin continuava com o Beethoven. Ele se uniu a ela com um acompanhamento:

uma versão fluida e estonteante em semicolcheias. Aya inseriu alguns glissandos supersônicos.

Posso voar. Voar para qualquer lugar.

Aya olhou o teto, depois a lua.

Posso mesmo voar. Ela se viu fitando uma estrela tênue que cintilava muito longe.

A sua própria "Primavera e Ashura". Estava lá.

Over the Rainbow

O terceiro e último dia da segunda etapa.

Masami passou a noite inteira analisando o vídeo.

Ela gravara muita coisa e, se não fizesse a revisão agora, a sua vida ficaria mais difícil depois.

Se Akashi passasse da segunda etapa, ela continuaria a filmá-lo, mas, como já passara da primeira, agora ela estava com uma ideia melhor de como tudo aquilo viraria um documentário digno de ser assistido. Se ele tivesse sido eliminado na primeira barreira, inevitavelmente o programa perderia impacto. Como diretora, ela deu um suspiro de alívio quando ele passou.

Masami havia dado destaque a mais alguns pianistas da Rússia e de outros países, mas nenhum deles chegou à segunda etapa. A família que hospedava um daqueles pianistas lhe disse: "Nenhum dos concorrentes que ficaram em nossa casa passou da primeira etapa. A linha é fina, não é? Ficamos com pena deles."

Parecia que a família sentira mais do que os próprios pianistas. As famílias hospedeiras os levaram para comer *kaiten sushi* para alegrá-los. Embora não passassem da primeira etapa, eles marcaram um miniconcerto numa escola fundamental da cidade, e Masami teve permissão de filmar. O concurso de Yoshigae incentivava os concorrentes a tocar em concertos locais, e ela também soube que ocorreriam outros eventos, como aulas para crianças.

Ainda havia algum tempo antes do anúncio no final da segunda etapa, e Masami decidiu filmar alguns voluntários da equipe organizadora. Talvez porque também trabalhava nos bastidores, ela sentia muita empatia pela equipe que fazia um trabalho tão valioso na retaguarda. O concurso de Yoshigae, especificamente, dependia bastante dos voluntários locais, e o entusiasmo e a dedicação deles eram inspiradores. Alguns participavam desde o primeiro concurso, e ela podia ver que todos aguardavam o evento com expectativa. Disseram-lhe que escolhiam um pianista de que gostavam mais e torciam ardorosamente por ele. E se o escolhido acabasse vencendo e fizesse carreira pelo mundo? Ora, tanto melhor.

Masami entendia de que modo o drama doce e amargo dos concursos internacionais de piano cativava as pessoas.

Mas o que achava estranho era a frequência com que fracassavam determinados pianistas que, para ela, certamente avançariam. Parecia haver muitos casos de favoritos do público desdenhados pela comissão julgadora. Como os jurados conseguiam comparar pianistas tão bons, afinal? Era tudo muito enigmático.

Sempre que ela perguntava aos outros qual era o pianista mais promissor do dia, além dos da Rússia e da Coreia do Sul, os nomes que mais apareciam eram os de Jin Kazama e Aya Eiden.

Kazama era um aluno desconhecido do ensino médio que passara pelas audições de Paris. Quando viu a foto dele, Masami disse que o achou uma gracinha, o que levou Akashi a lhe pedir que parasse de falar como uma mulher de meia-idade extasiada com um rostinho bonito. Quanto a Aya, Masami tinha ouvido dizer que era uma criança-prodígio que tocou profissionalmente, parou de se apresentar de repente e tinha esperanças de retornar. Os dois tinham histórias interessantes.

Akashi havia mencionado que era um grande fã de Aya. Agora, Masami também assistira à sua apresentação. Ao aparecer no palco, ela parecia muito pequena, mas, quando começou a tocar, o seu poder e a sua presença a engrandeceram.

Ainda estavam no começo, mas, quando Masami pedia que alguém previsse um vencedor, o primeiro nome citado era o do jovem americano Masaru Carlos Levi Anatole, que Akashi também tinha ouvido tocar e se deslumbrado. Outro nome que aparecia era o de Jennifer Chan, também americana, e da Juilliard. Os dois eram pianistas soberbos e abrangentes. Jennifer já havia estreado profissionalmente nos Estados Unidos.

Parecia que vários eram cidadãos americanos com raízes asiáticas. Jennifer Chan tinha origem chinesa; com Masaru, era difícil dizer de onde era só pela aparência, porque havia partes japonesas, peruanas e francesas. Ele era imensamente popular, e claramente já conquistara o coração do público. Mesmo para os ouvidos não treinados de Masami, a sua qualidade de astro era óbvia; sem rodeios, ele também era bonitão.

Não importava a aparência; para tocar num concurso, aqueles pianistas precisavam passar horas intermináveis estudando. Masami achava impressionante a quantidade incrível de tempo investido. Era possível estudar mais de dez peças, e acabar sendo eliminado na primeira etapa. Para muitos, tudo acabava em vinte minutos.

Akashi deixou de dormir para ter mais tempo para estudar. Podia ser um bom pianista, mas não era fácil para a esposa, uma professora, que trabalhava muito para a família pagar as contas.

Mas como Akashi se alegrou quando a sua apresentação se concluiu! Ela ficou toda arrepiada. *Será que já senti tanta felicidade e realização com o meu trabalho?*

Ela tinha certeza de que a sua profissão era a certa, mas já a havia deixado feliz? Ela nunca pensara sobre isso.

Masami estava em pé diante da parede com as fotos dos concorrentes, do lado de fora da sala de concertos.

Algumas fotos tinham fitas presas. Mas muitas, muitas mais não tinham.

Os olhos dela encontraram a imagem de Akashi. Uma imagem em preto e branco, com o seu típico sorriso gentil. Ela deu uma risadinha ao se lembrar dele brigando com a câmera para tirar uma *selfie* com a foto enfeitada com a fita. Mas, quando pensou no esforço que ele fez para ganhar aquela única fita, ela teve vontade de chorar.

Esse concurso de piano era mesmo o mais cruel e absurdo dos eventos.

Mas ela também percebeu que estava seduzida por tudo aquilo.

Cruel, sim, mas sedutor e fascinante a seu modo.

E seria mesmo possível dar nota à arte? A maioria diria que não é possível classificar uma parte da arte como superior, a outra como inferior. Em termos intelectuais, todo mundo sabia disso.

Mas, emocionalmente, ela ansiava por ver aquela mesma distinção ser feita. Por ver os escolhidos, os vencedores, o punhado de gente que receberia aquela grande dádiva. E, quanto maior o esforço, mais empolgante era, mais comoventes a alegria e as lágrimas.

Masami queria assistir ao drama humano, à jornada até aquele ponto. Ver as pessoas chegarem ao topo, mas também vislumbrar as lágrimas dos que não chegassem.

Ela adoraria ir algum dia àquele concurso como uma pessoa comum da plateia. Gostaria de ir com uma amiga. Como seria maravilhoso escutarem música juntas, vivenciar o drama, testemunhar esses momentos.

A apresentação anterior havia acabado; as portas da sala de concertos se abriram, e a multidão se derramou para fora.

Mas hoje estou assistindo às apresentações como parte do meu trabalho, como alguém que tem uma missão. Masami se recompôs e, com a câmera na mão, entrou na sala de concertos.

Sagração da primavera

Era o terceiro e último dia da segunda etapa. A sala de concertos já estava agitada. As pessoas disputavam os bons lugares, e a seção da esquerda, diante do palco, que permitia a melhor visão das mãos do pianista, começava a lotar.

Quando entrou no bufê do hotel, Kanade parou.

Aya estava sentada na outra ponta do restaurante, e o vislumbre súbito do seu rosto trespassou o coração de Kanade.

Aya-chan, *você... mudou?*

Kanade não conseguia identificar o que ou como havia mudado, mas algo nela estava diferente. Parecia concentradíssima em alguma coisa e fitava fixamente o espaço, perdida em pensamentos.

O que há por trás dessa nova expressão no seu rosto?, perguntou-se Kanade. Era como se algo tivesse sido concentrado, destilado. Algo... maduro. Como se, numa única noite, ela se tornasse a própria imagem de um filósofo contemplativo.

— Bom dia, Aya-*chan* — saudou Kanade, deixando a bolsa cair na cadeira diante da amiga.

— Ah... bom dia — disse Aya com cara de susto.

Kanade estava morta de vontade de lhe perguntar o que havia acontecido, mas se segurou. Algo dentro dela avisou que era melhor não interromper aquele momento de concentração. Aya mexeu o café com uma colher.

— Dormiu bem? — perguntou Kanade, aproveitando o momento.

— Não exatamente. — Aya soltou um grande bocejo. — Eu estava com coisas demais na cabeça. Queria *tanto* tocar.

— Eu sei — respondeu Kanade. — É difícil ser a última na ordem das apresentações.

— Se eu tivesse mais tempo para pensar, ficaria ainda mais confusa.

— É? — perguntou Kanade.

— Tudo pode mudar depois que eu ouvir Jin Kazama tocar.

Kanade entendeu: a impaciência de Aya não era por ser a última.

— Será que você está falando da *cadenza* de "Primavera e Ashura"?

Aya fez que sim.

— Tirei a *cadenza* de Ma-*kun* da cabeça, mas, desde então, venho debatendo vários tipos de ideia.

— Entendo...

Kanade estava meio chocada, meio impressionada. Não era um tipo ruim de problema. Ela não conseguia imaginar que houvesse outro concorrente com uma dificuldade daquelas — *qual* das muitas *cadenza*s escolher.

Bom, os concursos eram sobre isso, disse a si mesma. Percorrer o próprio caminho era muito bom, mas não se a pessoa acabasse completamente sozinha em algum lugar.

— Jin Kazama e eu pusemos "Primavera e Ashura" no meio do programa, e a nossa abordagem é um pouco diferente de quem a colocou no começo ou no final — disse Aya.

Ah, então é Jin Kazama que está na cabeça dela.

Jin, com a sua execução livre, fácil, vigorosa. Ela conseguia entender por que Aya, o gênio aparente, sentia-se atraída por isso. Percebia uma alma gêmea.

Kanade havia entendido, pelos boatos e pelo clima da sala de concertos, que os pianistas e jurados mais tradicionais tratavam Jin como um tipo de *corante artificial*. Para Aya, faria mais sentido estar preocupada com gente como Jennifer Chan e Masaru Carlos.

— A conversa do momento é a maravilha de *cadenza* do Príncipe de Juilliard — comentou Kanade.

— É. Ma-*kun* é um verdadeiro gênio. Um potencial ilimitado — disse Aya, desviando o assunto com leveza. — Vou pegar mais café — acrescentou ela ao se levantar.

Kanade a observou se afastando. *Às vezes ela não faz ideia de como os outros se sentem*, pensou.

MAIS CEDO, NAQUELA MESMA manhã, Jin Kazama cochilava num saco de dormir.

Em vez de ficar num hotel, o pai o apresentou a um conhecido florista de Yoshigae. O filho do dono fez faculdade com o pai de Jin.

— Um concurso internacional? Mas nem temos piano aqui!

Quando Jin apareceu, tirou o saco de dormir da bagagem e o estendeu num canto da sala, o dono ficou um pouco incomodado. "Preparei um quarto para você", disse. Mas Jin estava acostumado ao saco de dormir no chão e dormia melhor nele do que em qualquer outro lugar.

O pai havia telefonado e explicado ao amigo que devia deixar Jin fazer as coisas do seu jeito, pois era assim que ele preferia, e o homem cedeu.

Com o passar dos dias, o florista se acostumou a Jin profundamente adormecido no canto da sala de estar até que, finalmente, levantava-se e começava o seu dia. Ele simplesmente deixou Jin fazer o que quisesse.

O dia na floricultura começava cedo.

Mais ou menos na hora em que o sol nascia e anunciava oficialmente o início do novo dia, a equipe já estava voltando do mercado de flores.

Quando sentia a luz da manhã se esgueirando, Jin gostava dos sons do pessoal atarefado da floricultura. O aroma de água fria, o cheiro revigorante das flores recém-cortadas, a fragrância da vida. As plantas japonesas, com o seu verde vibrante, emanavam um cheiro singular, quase irresistível.

O florista era empresário, mas também artista, um célebre praticante dos arranjos florais japoneses tradicionais, e havia formado vários alunos.

Era um tipo que Jin conhecia bem. Agricultores e hortelões, pessoas que trabalhavam com a natureza e, principalmente, com plantas, tinham uma paciência espantosa. Quando lidam com o mundo natural, realmente há pouco que os pequenos seres humanos possam fazer. É possível tentar, mas há pouquíssima garantia de recompensa.

Quando Yuji Von Hoffmann se uniu a Jin e seu pai nas viagens e aconselhava Jin sobre os diversos pianos de vários locais (a maioria das pessoas que ofereciam pianos eram agricultores ou estudiosos da ciência natural, conhecidos do pai de Jin), o maestro declarou uma impressão semelhante.

— Talvez seja esse o rosto real da música — disse ele.

As palavras dele voltaram a Jin.

— Você dá água para ajudar as coisas a crescerem e ajusta o seu trabalho de acordo com a chuva e as mudanças do vento e da temperatura. Certo dia, as flores se abrem inesperadamente e podem ser colhidas. Ninguém sabe que tipo de fruto a sua labuta trará. Só é possível ver isso tudo como uma dádiva que excede à compreensão humana.

— Música é ação. Hábito. Se escutar com atenção, você verá que o mundo está sempre cheio de música.

A noite passada foi muito divertida, pensou Jin, com um sorriso surgindo no rosto.

A *Sonata ao luar*, "How High the Moon". Podiam voar até onde quisessem. Aquela garota era incrível. Ele não conhecia ninguém como ela, com os sentimentos tão afinados com os seus.

Até onde voaremos hoje?, ele se perguntou.

De repente, Jin se sentiu plenamente acordado e faminto.

Talvez eu deva comer arroz com ovo, pensou, sentando-se e empurrando-se para fora do saco de dormir.

Ele teve uma lembrança súbita e tentou sair do saco sem perturbá-la. Na noite anterior, pusera as calças, a sua melhor roupa, embaixo do saco de dormir para mantê-las passadas enquanto dormia, mas, quando saiu, elas tinham se deslocado e agora estavam amarrotadas.

Terei de arranjar um ferro, pensou.

Jin coçou a cabeça, frustrado, alongou-se e se levantou.

KANADE NÃO FOI A única a achar que a expressão de Aya tinha mudado.

No momento em que viu Aya na área do café da manhã, Masaru pensou a mesma coisa: *Há algo diferente nela*.

— Bom dia, Ma-*kun*. Kanade, esse é Ma-*kun*.

— É um grande prazer conhecê-la. Aa-*chan* me contou tudo sobre você. — Masaru sorriu e baixou a cabeça.

— Uau. Seu japonês é tão bem-educado. Estou impressionada.

Masaru deu uma risadinha.

— Falar, tudo bem, escrever é outra história. Mas, por estar no Japão, estou me lembrando aos poucos.

— Talvez seja assim com as pessoas que têm bom ouvido.

Quando chegaram à sala de concertos, Kanade perguntou:

— Onde vocês vão ficar? Atrás, outra vez?

— É — respondeu Aya. — Gosto de ficar onde possa sair depressa. Mas você e Ma-*kun* podem se sentar na frente, se quiserem.

Os três encontraram lugares atrás, no meio.

— Que público imenso.

— Pois é. O público de Yoshigae é sempre muito dedicado. Há pessoas que até fazem anotações enquanto assistem.

— Será que é por haver muitos professores de piano entre eles?

— Aa-*chan*, o que você achou do meu modo de tocar? — perguntou Masaru, meio hesitante. Estava morrendo de vontade de lhe perguntar.

— Você foi incrível, Ma-*kun*. — Aya o encarou bem nos olhos.

Ela realmente mudou, pensou Masaru de novo, nesse instante. Como, exatamente, não sabia dizer. Seria algo a ver com a maquiagem? Não, não podia ser, porque Aya raramente se maquiava.

— Todo mundo usa os mesmos pincéis e tintas para criar um quadro. Têm as suas cores preferidas, os pincéis mais fáceis de usar. Não importa a peça, pintam com as mesmas pinceladas. Alguns veem isso como individualidade e, na verdade, às vezes é mesmo. — De repente, os olhos de Aya escureceram.

É isso, pensou Masaru. *Hoje, os olhos de Aya estão mais sombrios. Há uma escuridão fria e enigmática neles. Como se ela tivesse visto algo além da compreensão humana.*

— Mas você, Ma-*kun* — continuou Aya, — consegue escolher as suas tintas e os seus pincéis. Você tem muitíssimas ferramentas para escolher. Se quiser criar um desenho a tinta, tem nanquim e pincéis japoneses à disposição. Pode pintar na tela ou numa tábua, se quiser. Um pianista assim poderia facilmente virar alguém que só foca na técnica, mas você, não, Ma-*kun*.

Ele entendia o que ela tentava dizer. Aya se referia ao tipo de pianista que toca tudo bastante bem e acaba como mero generalista. Era preciso admirar a versatilidade deles — ela era útil —, porém era difícil respeitá-los.

— Mas a coisa mais espantosa é que não importa a ferramenta que você use, Ma-*kun*. Tudo o que toca tem a sua assinatura exclusiva. Para mim, *essa* é a verdadeira individualidade.

A expressão de Aya continuava séria.

Não havia elogio maior, e Masaru sentiu um calorzinho lhe encher o coração.

Lembranças nítidas lhe vieram à mente de quando eram crianças e estudavam piano, e Aya lhe disse que a execução dele era como o oceano.

*Estou bem. Vou ficar bem. Porque Aa-*chan *acredita nisso.*

Além do professor Silverberg, que Masaru respeitava muito, não havia mais ninguém cujos elogios ele buscasse com tanta expectativa.

— Isso me deixa muito feliz.

Masaru era só sorrisos, e Aya se sentiu um pouco desconcertada.

— Não fique tão empolgado — disse ela. — É só a minha impressão pessoal. Você deveria perguntar ao seu professor o que *ele* achou.

— Se *você* me diz que é bom, é só o que preciso saber.

Kanade, assistindo a tudo isso, deu uma risadinha.

— Vocês dois parecem crianças. Fico pensando se era assim que ficavam quando iam juntos às aulas de piano.

— Talvez.

— Aa-*chan*, sabe, hoje há algo diferente em você. Aconteceu alguma coisa?

As palavras de Masaru pegaram Kanade de surpresa. *Ah, então* há *alguma coisa.*

Aya pareceu confusa.

— Não sei o que é, mas você está diferente hoje.

— É, também achei — concordou Kanade.

Aya olhou de um para o outro.

— Têm certeza? Não dormi muito bem, será que pareço cansada?

Ela inclinou a cabeça e esfregou o rosto.

— Não — respondeu Kanade. — É como se a sua expressão tivesse mudado. Mais adulta, será?

— Hum... — Aya pensou sobre isso. Ergueu os olhos.

Ah, lá está de novo. Aquele ar sombrio nos olhos dela.

— Entendo. Talvez porque ficou muito divertido.

— Divertido? — perguntaram Masaru e Kanade em uníssono.

— Ontem, quando ouvi a *cadenza* de Masaru, fiquei pensando muito. Levei um tempo enorme para tirá-la da cabeça. Mas, enquanto pensava, ela só me pareceu... muito divertida!

— Muito divertida — repetiu Masaru.

Divertida. A música? Ou o concurso?

— Sei que está tarde para dizer isso, mas comecei a achar tudo muito gratificante. A nova composição, o concurso. Todos nós reunidos assim, tocando piano. Talvez seja por isso que pareço diferente.

Ela deu uma risadinha. Masaru e Kanade se entreolharam.

A moça ali sentada era extraordinária. Até que ponto eles realmente a conheciam?

O CONCURSO JÁ ROLAVA por mais de uma semana. E, com o som inundando os presentes na mesma sala de concertos, dia após dia, todos se acostumavam a ele ou, talvez, até se cansassem. O fato era que, com o passar do tempo, ficava cada vez mais difícil distinguir a boa execução da que não era tão boa.

Houve até algumas apresentações que provocavam dúvidas sobre como aquele pianista conseguiu chegar à segunda etapa.

As pessoas também falavam que vários pianistas que haviam chegado à etapa final de algum concurso importante mais cedo aquele ano, haviam sido eliminados na primeira etapa de Yoshigae.

Às vezes a pessoa entrava no fluxo; às vezes, não. Quem por acaso acertasse, passava; senão, ficava para trás. Por isso, dizia-se que os concursos eram um tipo de jogo de azar. Mesmo que houvesse muito burburinho sobre determinado pianista, se a execução dele não estivesse à altura, o jogo acabava.

Akashi Takashima adorava ouvir os outros pianistas tocarem.

Fazia anos que não participava de concursos, e ele adorava se atualizar com os estilos de execução e com as peças que haviam ficado populares. Era empolgante se conectar ao que havia de mais recente no mundo da música.

Como era o último dia da segunda etapa, naturalmente Akashi tinha em mente o anúncio dos pianistas bem-sucedidos.

Ele aguardava especialmente o aparecimento da sequência Jin Kazama e Aya Eiden, os dois últimos pianistas dessa etapa.

Akashi recordou a apresentação anterior de Kazama, que foi totalmente inigualável.

Se alguém lhe perguntasse o que havia de tão memorável nela, ele acharia difícil responder.

Akashi só se lembrava de ser derrubado, de ficar comovido, de nunca ter ouvido uma execução como aquela.

Todos reconheciam a criatividade de Jin, mas circulava o boato de que os jurados não o acharam excepcional. Akashi meio que entendia, meio que não.

Criatividade. Hoje, todos a queriam tanto que conseguiam sentir o seu sabor, mas o que significava quando a criatividade era considerada negativa? Akashi achava que entendia os meandros dos concursos, mas não gostou dessa notícia de como alguns viam Jin.

Se fosse para ser franco, é claro que, como concorrente, ele apreciava qualquer coisa que reduzisse o número de rivais. Mas, como fã da música, esperava que dessem valor a uma apresentação tão inigualável quanto a de Jin.

E havia Aya Eiden.

Toda vez que olhava o folheto, ele não conseguia evitar uma empolgação inocente, como se reencontrasse o seu primeiro amor.

A apresentação dela havia sido tão dinâmica, tão surpreendente.

Havia nela um ar muito diferente. O senso de convicção inabalável da pessoa que percorre o próprio caminho. Fazia o coração dele tremer.

Ele tinha certeza de que ela teria uma classificação alta; mas e depois do concurso? Ela voltaria a se apresentar? Outros também deviam se fazer a mesma pergunta. Seria uma declaração de que ela voltaria? Ou um tipo de exame, sem muita preocupação com o resultado?

Não importava; ele estava extasiado por ouvi-la tocar novamente.

E aí havia "Primavera e Ashura".

Vários concorrentes a tinham tratado meramente como peça incomum para se exibir, mas Akashi achava que teria um papel bem maior do que muitos esperavam. A prova disso era que a maior parte das impressões da segunda etapa até então eram sobre a execução dessa obra.

O recital inteiro de Masaru foi brilhante, mas Akashi ficou com uma impressão muito viva e intensa da sua *cadenza* em "Primavera e Ashura". Dependendo de como fosse abordada, a peça poderia ter um apelo amplo.

E essa também era a esperança de Akashi. Ele confiava no modo como tocou "Primavera e Ashura", tinha certeza de que fizera um serviço melhor do que o dos outros ao interpretar o poema por trás da composição. Mas a pergunta era: alguém reconheceria isso?

Essa era a sua esperança secreta.

Eu também tenho uma chance realista de vencer.

Akashi sentiu o espírito competitivo crescer dentro de si.

A SALA DE CONCERTOS já estava explodindo, e, quando as portas se abriram, entrou mais gente ainda.

Takubo deu uma olhada por sobre o ombro no garoto em pé atrás dele.

Jin Kazama parecia totalmente relaxado.

— Kazama-*kun*, hoje só há lugar em pé outra vez. O que quer que eu faça?

Asano, o afinador, estava prestes a entrar no palco.

O garoto remexeu o cabelo enquanto pensava.

— O piano está bom naquele lugar. Só o faça soar um pouco mais suave.

— Mais suave?

— Isso. Não o deixe soar brilhante demais.

— Mas... há mais gente lá do que quando você tocou na outra vez. Estão em duas filas nos corredores. — Takubo não conseguiu deixar de explicar. — Um público tão grande vai engolir o som.

O garoto balançou a cabeça.

— O público está cansado, a sala está estagnada, o ar também está cansado. Há muita umidade acumulada com tanta gente respirando.

Takubo e Asano se entreolharam.

— Além disso, depois de mim, aquela moça vai tocar, e a execução dela é a mais nítida e brilhante de todas. Ela vai despertar as pessoas. — O garoto sorriu.

— Então você quer mesmo um som mais suave? — Asano queria ter certeza. Ele entrou rapidamente no palco e, ignorando o burburinho da plateia, começou a afinar.

O garoto escutou, fazendo que sim de vez em quando.

— É isso — disse ele. — Assim mesmo que eu queria.

Um rapaz realmente incomum, pensou Takubo a observá-lo.

Um azarão. A expressão lhe veio à mente.

— É mesmo um piano excelente — disse o garoto, fitando o palco.

Havia um ar surpreendente, quase irresponsável, nos seus olhos. *Esse garoto é totalmente imprevisível*, pensou Takubo.

Asano continuou a afinar até o último momento do intervalo, sem dúvida, sentindo a pressão das instruções de Jin para tornar o som *suave*.

Ele voltou aos bastidores, meio inquieto.

— O som está bom?

— Está.

O garoto sorriu e ergueu a mão aberta.

Asano ficou inseguro um segundo, mas fez que sim e bateu a palma da sua mão na dele.

Takubo notou que o público silenciava. Ele soltou um pigarro.

— Bom, Kazama-*kun*, está na hora.

Jin Kazama entrou no palco, como se, para todos os efeitos, estivesse apenas saindo para um passeio com o cachorro no parque local numa tarde de sol.

Por um instante, Takubo achou que vislumbrava um raio de sol e uma floresta verde no palco enquanto o garoto andava.

Jin fez uma pequena reverência e sentou-se no banco como se não pudesse esperar nem um segundo para começar. A plateia ficou imediatamente em silêncio. Todos sabiam que ele gostava de começar depressa.

Masaru se espantou com a ilusão de que todas as poltronas da sala pareciam se elevar.

Era estranhíssimo, mas, no momento em que ouviam Jin, parecia que as células respiravam, que o corpo ia ficando mais leve.

Ele se concentrou em cada nota, ansioso para não perder nada.

Debussy, "Étude n.º 1".

Uma escolha audaciosa, pensou Masaru. *Ousada, mas totalmente de acordo com ele.*

Como sugeria o subtítulo — "d'après Monsieur Czerny", "segundo o Sr. Czerny", autor de métodos para iniciantes —, a peça fazia pensar na criança que começa a aprender piano. Iniciava com uma escala marota e desajeitada para cinco dedos que subia e descia, mas essa impressão de estudo básico de piano logo evoluía para outra coisa. Os dedos tímidos assumiam um toque mais seguro e poderoso, as mãos direita e esquerda heterogêneas agora, em uníssono dinâmico, até essa *peça de estudo* terminar como uma *apresentação* espantosa.

Tão ofuscante. Tão impregnada com as cores de Debussy. Masaru ficou espantado.

CADA PEÇA QUE ESSE garoto executava soava como se ele gerasse as suas próprias frases improvisadas.

Kanade se esforçou para não perder nenhuma expressão do seu rosto nem o modo como os dedos dele se moviam.

Ele era só algum *corante artificial*? Ou era *para valer*?

As primeiras impressões dela, em geral, eram acertadas, mas, com Jin, o seu ouvido crítico a abandonou. Uma coisa que ela podia dizer era que nunca tinha ouvido um músico erudito como ele.

Talvez Friedrich Gulda? Ou Fazil Say? Não. Havia nele algo fundamentalmente diferente desses pianistas ecléticos. A sensação de improviso ao vivo. Era algo que ninguém conseguiria imitar.

A segunda peça que Jin tocou era do *Mikrokosmos*, de Bartók. Os tons meio terrosos de Bartók, a melodia jazzística e extravagante, combinavam bem com o garoto. Selvagem, seria possível dizer? Animalista? Lembravam crianças brincando ao ar livre.

NATHANIEL SILVERBERG SE SURPREENDEU ao sentir um interesse genuíno pela apresentação.

Não era a escolha de programa do maestro Hoffmann. A intuição lhe disse isso. O garoto tinha a capacidade instintiva de alterar — habilidade que os músicos de hoje tinham de possuir sem falta. A capacidade de se *produzir*, de mostrar que tipo de músico queriam se tornar. Só os que possuíam essa objetividade se destacavam da multidão e sobreviviam. Tocar ao vivo no palco era como compilar um álbum e, por meio das peças dos outros, de todos os períodos históricos, era preciso atrair os ouvintes para o seu mundo interior e exibir uma visão de mundo exclusiva.

O maestro Hoffmann havia tratado Jin como igual.

Esse pensamento causou uma leve pontada de dor.

Havia muitos alunos autointitulados de Hoffmann, ou que eram assim chamados pelos outros, mas nenhum tinha feito uma sessão de improviso com ele.

Só aquele garoto lá no palco.

Maestro, como planejou orientá-lo?

Silverberg não conseguia impedir essa pergunta.

Ficaria satisfeito, desde que a dádiva *que nos concedeu* explodisse*? O senhor deve ter previsto muito bem o choque para todos nós envolvidos na formação musical. O que acontece com ele* depois *de explodir? O que deveríamos fazer com ele? Quem vai orientá-lo?*

Bartók. O *Mikrokosmos*. Bartók era um homem que adorava as melodias folclóricas de sua terra natal e dedicou boa parte da vida a pesquisá-las. Mas foi forçado a abandonar a pátria e terminou a vida, desiludido, num país distante. Um compositor nômade... e agora esse garoto tocava as suas melodias rústicas.

Maestro, ninguém pode orientá-lo. Quer que ele seja um pianista nômade? O senhor não se importaria com isso? Nathaniel continuou a fazer essas perguntas a ninguém específico.

Akashi Takashima aguardava a próxima peça com a respiração suspensa. Sentia-se esquisito, como se rezasse ou, talvez, quisesse chorar.

Que apresentação estou esperando? O tipo que vai me encorajar em relação à minha? Que me deixará aliviado por saber que a minha interpretação foi excelente? Ou... estou torcendo por algo que me impressione?

A "Primavera e Ashura", de Jin Kazama, começou baixinho.

Um início informal, como se fosse a continuação da peça anterior, *Mikrokosmos*.

A peça evoluía com simplicidade. Vida cotidiana. O caminho de sempre. Abra a janela, e o novo dia começou. Natureza. As leis do universo que cercam a atividade humana. Pressupostas e despercebidas, elas enchem a nossa vida.

Até então, a interpretação seguia a partitura. Uma abordagem direta, que soava como improvisos próprios, mas ainda bem suave. Não muito diferente da leitura dos outros.

Mas, no momento em que mergulhou na *cadenza*, essa impressão se fez em pedacinhos.

O público ficou paralisado.

A *cadenza* criada por Jin Kazama era cruel e violenta num grau absurdo.

Os *tremolos* clamorosos e assustadores eram como facadas no peito, dolorosos de escutar. Acordes persistentes no registro mais grave.

Um grito agudo, um ribombar, um vento furioso. Uma ameaça abertamente assustadora, irresistível.

Uma *cadenza* violenta, nada como as outras apresentações agradáveis, naturais, inocentes.

Akashi percebeu que mal respirava.

Esse realmente era *Ashura*.

Akashi sentiu que a sua própria abordagem mais indulgente da peça lhe era jogada na cara.

Jin usava a sua *cadenza* para exprimir a parte de *Ashura*, a noção de luta e discórdia.

A natureza não envolve suavemente os seres humanos. Em vez disso, desde a Antiguidade, ela os havia derrubado, levado-os quase à extinção.

O poeta Kenji Miyazawa tinha dolorosa consciência disso. Em Tohoku, no nordeste do Japão, onde morava, ele assistiu a um desastre natural atrás do outro. Congelamento seguido pela perda da safra, erupções vulcânicas e terremotos. As pessoas erguiam os olhos para o céu, aos prantos, ofegantes, sofridas. As crianças e os idosos morriam de fome. Era uma realidade fria e sem coração. Mesmo assim, a primavera chegava, e as estações iam e vinham.

O filho de um apicultor; a ferocidade da natureza para a qual os seres humanos não eram páreo; sem dúvida, o próprio Jin vivera isso. Tinham sido as imagens cósmicas e zen de beleza da peça que Akashi e os outros leram e tentaram exprimir. Mas Jin Kazama os confrontou e lhes apresentou essa violência com o verdadeiro *Ashura*.

Akashi sentiu uma irritação que formigava e se transformou em dor intensa e felicidade indescritível. Não sabia o que estava sentindo, nem o que deveria sentir.

O ESTILO DE JIN Kazama não deixava espaço para aplausos entre as peças enquanto ele avançava rapidamente.

Na quarta peça, lançou-se em Liszt, *Deux légendes, n.º 1*, "São Francisco de Assis pregando aos pássaros". Era mais comum que os pianistas escolhessem o *n.º* 2, "São Francisco de Paula andando nas ondas".

Mas o *n.º 1* era a peça que combinava com Jin Kazama.

Mieko sentiu um estranho assombro com a inclusão dessa peça logo depois da *cadenza* tempestuosa de "Primavera e Ashura".

São Francisco era um santo católico que viveu nos séculos XII e XIII. Nascido numa rica família de mercadores, abriu mão de toda a riqueza para levar uma vida mendicante, e a lenda conta que ele se comunicava com as aves e os outros animais. A peça ilustrava seus gorjeios e seu bater de asas enquanto São Francisco conversava com elas.

Os trinados e *tremolos* intermináveis dos dedos de Jin Kazama conjuravam imagens vívidas para Mieko: passarinhos que esvoaçavam e saltitavam com o rapaz esfarrapado na Natureza.

Como Jin dominou tanta expressividade, tão natural para ele quanto respirar?

Era como se tentasse apagar a partitura...

Apagar a partitura. O que isso *significa*?

Extrair, ali no palco, a face nua e exposta da música...

Por um instante, Mieko sentiu que havia agarrado alguma coisa.

Parecia uma visão efêmera, que roçara de forma passageira o seu coração, do que o maestro Hoffmann esperava com aquele garoto.

Mas tudo sumiu antes que conseguisse pôr em palavras; Mieko estalou a língua de frustração consigo mesma. Houve uma mudança gloriosa quando as palavras de São Francisco se transformaram em revelação, a luz brilhando num mundo renovado.

Jin Kazama e São Francisco eram um só.

Agora que pensava nisso, ela conseguiu ver a semelhança. Jin não tinha piano, levava a música na cabeça, movia-se incansável de um lugar a outro, falando com as abelhas. Livre e sem restrições.

Mieko fitou o garoto no palco, banhado em luz.

MASARU NUNCA TINHA OUVIDO Kazama tocar Chopin, e aguardava a última peça, o *Scherzo n.º 3 em dó sustenido menor.*

Para Masaru, tocar Chopin, aquele criador de melodias com doçura e popularidade, revelava a verdadeira essência do executante.

O *Scherzo n.º 3* combinava muito com Jin e fluía perfeitamente a partir da peça anterior, "São Francisco de Assis pregando aos pássaros".

Então, o tom mudou. Masaru sorriu sem querer. Agora, aquela era uma versão sensacionalista de Chopin, como nunca houve outra!

Em italiano, *scherzo* significava uma piada, um gracejo, e o *scherzo* de Jin Kazama era excepcionalmente travesso.

Parece que Jin ama muito tocar, pensou Masaru. *É escutar e ficar morrendo de vontade de tocar também, de correr para o piano mais próximo e se divertir tanto quanto ele.*

Avaliá-lo era perda de tempo, já que, como membro do público, a reação era simplesmente o desejo de ouvir mais.

Masaru percebeu que uma parte dele analisava friamente como os jurados avaliariam os dois.

Talvez Masaru levasse vantagem, pois eles achariam a sua execução mais fácil de compreender, de avaliar. Se não gostassem da direção adotada por Jin, provavelmente o garoto não chegaria à etapa seguinte.

Mas, se Jin chegasse à terceira etapa... Bom, aí a situação ficaria interessante.

Masaru ficou curioso com o próximo programa de Jin. Queria muito ouvi-lo.

Em poucas horas, eles saberiam o resultado.

Mas, antes, Aa-*chan*: a última pianista da segunda etapa.

Enquanto fitava o gênio no palco, Masaru se perguntou: *Então, Aa-*chan*, como você vai tocar?*

Ela estava na sala de descanso, esperando para entrar, mas Masaru falou com ela dentro da cabeça.

A "Primavera e Ashura" de Jin havia sido espantosa. Masaru não fazia ideia de que ele adotaria aquela abordagem. *Agora que a ouviu, Aa-*chan*, como você vai tocar a sua?*

O RECITAL DE JIN chegava a um encerramento ofuscante. Ele deu o último acorde do *scherzo* com um relâmpago brilhante e pulou de pé enquanto o aplauso ardente e meio enlouquecido enchia a sala.

O público, de rosto corado, se levantou para aplaudir de pé.

As pessoas bateram os pés e assoviaram.

Jin Kazama sorriu e cambaleou até os bastidores.

Os vivas eram tão altos que os que estavam encostados na parede dos fundos teriam de gritar entre si para serem ouvidos. Alguém notou uma moça em pé em silêncio.

Estava com um vestido de noite verde. Segurava a bainha do vestido e fitava fixamente o palco. Era Aya Eiden.

Ela não quis se aquecer para a sua apresentação, preferiu escutar Jin Kazama tocar ao vivo. Quando as pessoas finalmente começaram a se dirigir para a saída, ela olhou em volta, espantada, e saiu trêmula da sala de concertos, ainda segurando bem no alto a bainha do vestido.

Fogo-fátuo

Um vento frio soprava do palco.

A empolgação com a apresentação de Jin Kazama perdurava, mas estava claro: o ar havia mudado.

A moça de vestido verde-profundo andou até o palco.

O público captou a estranha dignidade dessa moça, diferente de todos os concorrentes anteriores.

QUANDO ELA FOI NA direção do banco do piano, os olhos semifechados, uma expressão etérea no rosto, Masaru sentiu que acabara de ver a sombra do eu de Aya flutuar acima do palco, projetando-se no chão.

Os aplausos trouxeram de volta a tensão e a expectativa; o público esperava ansioso a apresentação.

Aya se instalou e, por um momento, ergueu os olhos para um ponto no espaço, os seus pensamentos em outro lugar.

Ela está fazendo de novo, pensou Masaru. *Fitou o mesmo ponto na primeira etapa.*

Masaru gostaria de também ver o que Aya olhava.

Ela deixou as mãos caírem sobre as teclas.

O mundo dramático de Rachmaninoff explodiu como um violento tapa na cara, uma presença imensa que, de repente, se fazia conhecer.

Masaru se arrepiou. Ela evoluíra.

Études-tableaux, op. 39, n.º 5, "Appassionato em mi bemol menor".

Ela evoluíra *da noite para o dia.*

Ficou muito divertido. Ele recordou as palavras dela pela manhã.

Devia estar evoluindo enquanto escutava Jin Kazama. Mas agora, num instante, aquela execução vibrante foi apagada da mente do público. Mas dava a ela um ponto de partida para construir o seu próprio castelo.

Essa voz, tão absolutamente confiante: ela criava uma enorme pintura com sons.

UMA QUANTIDADE INCRÍVEL DE *informações*, pensou Akashi.

O que separa o som do profissional e o som do amador é a diferença nas camadas de informação. Cada som que ela criava estava embebido de um tipo de filosofia e visão de mundo, mas também era animado e novo. Essas camadas nunca se coagulavam, mas vibravam continuamente, ideias quentes e cinéticas que fluíam como magma sob a superfície. A música se tornava um ser orgânico e *vivo*.

Tinha-se a sensação de uma presença mais elevada que olhava para baixo. A própria Aya era como um xamã ou espírito que usava o piano como meio. Como se ele usasse Aya como o seu receptáculo.

O foco de Aya nunca diminuía. Ela fechou os olhos brevemente antes de iniciar a segunda peça: *Estudos transcendentais n.º 5*, "Feux follets (Fogo-fátuo)", de Liszt.

Como dizia o nome, trazia a ideia de chamas pálidas e tremulantes. A partitura densamente povoada era conhecida como uma das peças mais desafiadoras do repertório pianístico.

Em contraste com o Rachmaninoff, era uma peça delicadíssima. Tocá-la era como pôr no mais fino dos fios muitas miçangas minúsculas e multicoloridas.

Dava para ver — dava mesmo — o fogo-fátuo oscilando no escuro. E quase captar um sopro de fósforo.

Uma multidão de luzinhas pálidas e ofuscantes oscilando e lampejando, para depois sumir.

Mas o mais incrível era que um dinamismo tão modulado viesse de um corpo tão miúdo. O toque de Jin Kazama era muito potente, mas aqui havia uma clareza terrível do som, como se ampliado por um alto-falante.

Akashi recordou um professor que disse que só o talento produzia um som tão imenso.

Os dedos de Aya pararam, e as chamas desapareceram.

A sala ficou em silêncio.

Ela fechou os olhos. O público prendeu a respiração.

Em seguida, vinha "Primavera e Ashura".

Akashi engoliu em seco.

A VERSÃO DE JIN Kazama para aquela peça havia sido tão chocante para Aya que, desde o momento em que a ouvira, algo dentro dela começou a rodopiar em alta velocidade, na busca desesperada da resposta.

Aya percebeu que os seus dedos tinham começado a tocar a melodia da abertura de "Primavera e Ashura".

O universo.

Ela voltou o olhar para o ponto que ficava em algum lugar acima do piano.

E viu uma escuridão se desdobrar diante de si.

O farfalhar do prado aos seus pés. Ela sentia o capim sob os dedos e a sola nua, as folhas frescas lhe fazendo cócegas com ternura. O vento soprava de algum lugar e fazia o cabelo flutuar, a bainha do vestido subir e descer.

Quem está aí?

Aya sentiu alguém em pé atrás dela, observando, *cuidando* dela. Com uma aura quente, um pouquinho assustadora.

Quem é *você?*

As costas ardiam, formigando com a luz fria. Alguém estava fisicamente presente.

Uma presença que ela conhecia bem, calorosa, nostálgica.

Os dedos tocavam "Primavera e Ashura". Uma melodia chorosa, mas sagaz.

A *cadenza* estava chegando. *Livremente, dando a sensação do universo.*

Aya teve a ilusão de que se expandia, como Alice no País das Maravilhas. Que inchava no universo sem dimensão, absolutamente negro.

Seus dedos começaram a parecer muito distantes, muito abaixo dela. Mas a sensação neles era nítida, aguda. Cada parte do corpo lhe dizia exatamente que tipo de som estava criando.

Era isso que chamavam de *entrar no fluxo*?

Ela sentiu que se dividia em muitos eus: um avaliava friamente; outro tocava a melodia; outro pensava no programa; outro flutuava no espaço.

E atrás dela estava...

Mamãe

A percepção reverberou dentro da sua cabeça e a abalou profundamente.

A mente de Aya se esvaziou.

Céus, você levou bastante tempo. Menina boba.

Ela ouviu a voz... Não, era mais como se crescesse dentro do coração.

Aya ficou um pouco revoltada consigo.

Por que não notei antes quem era? Eu era mais próxima dela do que todo mundo. A pessoa que tanto desejei, que cuidava de mim, que me deu tudo. A minha mãe que de repente me deixou.

Não, ela não me deixou. Ela sempre esteve ao meu lado. Eu só precisava me virar para vê-la.

Mamãe, me perdoe.

Aya sentiu algo quente correr pelo rosto. Uma intensidade subia do fundo dela.

Com os dedos bem abertos, ela tocou o acorde inicial da *cadenza*.

Os olhos de Kanade se arregalaram.

De onde *vinha* aquela *cadenza*? Não era nenhuma das que ela andara estudando.

E aquilo eram lágrimas? Ou suor? Kanade viu que o rosto de Aya estava molhado.

Mas a expressão dela não mudou. Os olhos ainda estavam semifechados.

Não é a apresentação que imaginei.

Kanade absorveu tudo.

Robusta, mas solta e confortável, generosa e sólida. O tipo de toque que Aya nunca havia mostrado. Não brilhante nem radical como sempre, mas com algo que envolvia tudo... como... a própria Terra.

A Mãe Terra.

As palavras saíram sem querer.

O horizonte se estendeu para sempre. Crianças corriam. Alguém lá longe, com os braços abertos, à espera. Todas as criaturas vivas que andavam pela Terra.

Ela sentiu um prado verde se abrir no fundo, dentro de si. Sentiu a fragrância do capim. O aroma consolador da ceia vindo na brisa.

Uma sensação indescritível de segurança. De paz. Como se retornasse aos dias despreocupados da infância.

Ah, então esse é o retorno de Aya. Kanade teve certeza.

Aya havia escutado a intensidade do *Ashura* de Jin Kazama e respondido. A dela não era uma descrição do ciclo de massacre e violência, mas de uma Terra que envolve e engole tudo. Uma Terra que, então, dá à luz e alimenta a nova vida.

A música de Aya havia crescido e amadurecido como nunca.

JIN KAZAMA ESTAVA ESCONDIDO nos fundos da sala e fitava atentamente Aya no palco.

De lá, sentia o vento soprar.

Sabia onde ela estava.

Um prado fresco e verde, a luz brilhando.

Você pode voar ainda mais alto, sabe?

Jin fechou os olhos e voou pelo ar com Aya.

E ISSO MARCAVA o retorno da garota genial.

Mieko estudou a moça, os seus sentimentos, uma mistura de empatia e alívio.

Ouvira indiretamente tudo sobre Aya Eiden. Como ex-criança-prodígio, Mieko recordava claramente como se sentira arrasada quando Aya se aposentou tão abruptamente dos concertos.

Tão nova, mas tão talentosa... Mieko se lembrava de como era horrível. Dia após dia em turnês, a solidão e os momentos de vazio, o desespero de pensar que aquilo não acabaria nunca. A pressão de estar constantemente à altura de ser uma criança-prodígio.

E eu aqui pensando que Aya estaria atrasada e tentaria se recuperar, mas, na verdade, ela ultrapassou todo mundo. Superou a todos.

A sua *cadenza* era muito mais do que brilhante. Tinha uma maturidade inesperada, uma maturação.

As *cadenza*s de Masaru e Jin Kazama tinham o ardor próprio da juventude, mas Aya já tinha passado desse estágio fazia muito tempo.

Até onde irá essa mocinha? Ela é uma rival digna do seu queridinho, não é?, pensou Mieko, com uma olhada em Nathaniel.

Aya continuava totalmente concentrada. Passou para a quarta peça, como antes, sem espaço para aplausos.

A *Sonatina,* de Ravel.

Uma peça em três movimentos, um tanto antiquada, e Aya a tocou meticulosamente.

O que ela faz é nos dar um novo lembrete da alegria de ouvir ótima música.

Também para Nathaniel Silverberg, a habilidade de Aya era um fato dado, e agora ele simplesmente apreciava a *Sonatina* como alguém na plateia.

Nesse ritmo, talvez houvesse uma disputa cabeça a cabeça na etapa final. O verdadeiro concurso estava apenas começando.

Enquanto a analisava e a comparava com Masaru, Nathaniel percebeu que Jin Kazama continuava um fator preocupante. Nathaniel estava perplexo com ele, com a dificuldade de compará-lo com os outros, de lhe dar notas.

Ele tinha plena consciência da natureza contraditória dos concursos. Não era nada de novo, pois, quando jovem, passara por algumas épocas difíceis e, mais tarde, fez os alunos passarem pela mesma coisa. Nos concursos, havia muita coisa com que era preciso se conformar. Ainda assim, depois do recital de Aya, o resultado seria anunciado, e isso determinaria o rumo daquele concurso.

Como sempre, não houve aplausos entre as obras, e agora Aya começava a última peça. As *Variations sérieuses*, de Mendelssohn.

Uma abertura tranquila, com ondinhas indo e vindo. As ondas ficavam mais altas e começavam a rugir. O tema voltava. Então, como espuma enraivecida, as variações se expandiam.

A execução de Aa-*chan*, no mais verdadeiro sentido da palavra, era *dramática*, concluiu Masaru, mergulhando nela.

Vários executantes eram dramáticos de forma exibida, mas poucos conseguiam ser genuinamente dramáticos e, ao mesmo tempo, fazer a peça falar. Principalmente os pianistas jovens, dos quais muitos se esforçavam demais para se exprimir e se exibiam em excesso.

Em certo sentido, ele se sentiu traído pela *cadenza* dela. Tinha realmente esperado uma passagem travessa e vanguardista que superasse a de Jin Kazama. Se Aya quisesse, conseguiria criar facilmente várias versões intensas que causariam perplexidade.

Mas a *cadenza* dela foi generosa e afetiva, quase decepcionante, e isso o pegou de surpresa.

Masaru ficou chocado ao reconhecer que a *cadenza* dela era um tipo de ode em resposta à de Jin.

Ela realmente tocou, como indicava a partitura. *Livremente, dando a sensação do universo.*

Aa-*chan* não se importava com o resultado do concurso? Não tinha nenhuma ambição? E a perspectiva de se tornar pianista de concertos? Não era o que ela planejava? Muito embora sua execução pudesse ser tão superior assim?

Muito embora conseguisse produzir um som tão arrepiante e assombroso? Masaru fechou os olhos.

Um trecho tempestuoso chegava ao fim; a peça se acelerava rumo ao clímax.

A conclusão da segunda etapa.

Masaru abriu os olhos.

Aya, que mantivera os olhos semifechados o tempo todo, arregalou-os com um sorriso generoso e se levantou.

A sala tremeu com aplausos retumbantes. As pessoas pularam de pé.

Masaru e Kanade se entreolharam, como se despertassem de um sonho, e, sorrindo entre lágrimas, também se levantaram.

A expressão de Aya quando voltou para o bis era tímida, até envergonhada.

Agora, a segunda etapa estava oficialmente concluída.

E o resultado logo seria anunciado.

Céu e inferno

Com a câmera na mão, Masami se surpreendeu com o clima estranhamente febril do público.

O saguão transbordava, não só de concorrentes, mas de amigos e familiares e, sem dúvida, de colegas da escola de música. Ela reconheceu alguns rostos que havia visto no palco. Agora com roupas informais, misturavam-se à multidão, embora, quando olhava com atenção, ela visse que estavam tensos e corados.

Masami inspirou fundo e apontou a câmera para Akashi Takashima, em pé, ao seu lado.

Como os outros concorrentes, Akashi estava tenso e rígido.

— Como está se sentindo? Nervoso? — perguntou ela, notando que a sua própria voz estava mais tensa do que pensava.

Foi como se Akashi não a ouvisse: ficou parado algum tempo, olhando vagamente à frente.

— O quê? Ah, sim... *estou* nervoso. *Muito.*

— É muito estressante — disse Masami. — É como esperar o resultado do vestibular. Não... Na verdade, me sinto mais empolgada do que isso.

Akashi fez que sim.

— É. Quando fizeram a primeira etapa, fiquei tão preocupado que foi como se esperasse o resultado sem, na verdade, sentir que eu mesmo estava no concurso e tive sorte. Mas, agora, parece que estou no lado de *dentro*, e quando penso que meu destino está prestes a ser decidido... — Akashi se calou.

Destino. Era naquele momento que o resultado de tanto esforço apareceria. Será que algum dia ele teria a oportunidade de voltar a subir naquele palco?

É bom que a minha apresentação já tenha passado, pensou. *Se me pedissem que tocasse agora, eu me faria em pedaços.*

Os jurados não haviam aparecido, mas flashes piscavam por toda parte, tentando registrar os pianistas antes do grande momento.

Akashi percebeu que Masami o filmava, e lhe passou pela mente a ideia de que não tinha tempo nem energia para se preocupar com câmeras.

Os olhos dele dardejaram pela sala: a silhueta alta de Masaru Carlos e de Jennifer Chan, ambos exibindo uma calma etérea. *Tenho inveja deles*, pensou Akashi. *O tipo de músico cujo talento é um fato dado.* Ele gostaria de não ser um tipo comum de pessoa, que se preocupa constantemente com coisas triviais como ter talento ou não, que sofria sem saber se tinha uma chance de 50% — ou seria menor? — de chegar à próxima etapa.

Houve vivas súbitos.

Ele olhou para o lado e viu o grupo de jurados deslizando pela escada do andar superior.

O sangue correu pelo seu corpo.

Os jurados desciam calmamente, o rosto relaxado.

Akashi sentiu um relâmpago súbito de ódio por eles, por aquelas pessoas que decidiriam tudo. Ele sabia que era um ódio mal direcionado. Tinha total consciência de que o julgamento refletia o viés de inúmeras pessoas que, embora nada tivessem de especial, mesmo assim, decidiam participar do universo musical.

Como ele. Uma daquelas pessoas incontáveis, sem nada de especial no mundo. Do céu, ele nem seria visível, só um pontinho, um na multidão de músicos sem nome.

Um membro da equipe entregou o microfone a Olga Slutskaya, presidente da comissão julgadora, e o saguão se calou de repente.

Olga sorriu friamente e começou a falar.

Seus comentários iniciais entraram por um ouvido dos concorrentes e saíram pelo outro, pois eram praticamente uma repetição do anúncio da primeira etapa.

— O nível de execução foi bastante alto — disse ela —, tecnicamente muito competitivo. Não avançar para a próxima etapa não significa que a musicalidade do concorrente esteja sendo diminuída. Vimos aqui uma tendência promissora em termos da gestão do programa sonoro... — *Et cetera.*

As pessoas a observavam de olhos vazios enquanto ela tecia as suas observações.

Os vinte e quatro que haviam chegado à segunda etapa seriam reduzidos a doze na terceira.

— Agora, gostaria de anunciar o nome dos pianistas que avançarão para a terceira etapa.

Talvez Akashi estivesse imaginando, mas pareceu que todos se inclinaram juntos à frente.

— Primeiro: Alexei Zakhaev.

Soou um viva, e um homem pulou de alegria, sem dúvida, o próprio Alexei Zakhaev.

O azarado que tocou primeiro conseguira novamente. Era claro que todos ficaram surpresos.

O nome do segundo pianista foi lido em voz alta. Uma moça coreana. O próximo também era coreano. Dessa vez, um rapaz. Com os nomes coreanos, Akashi não sabia identificar se era homem ou mulher e tinha de ver a pessoa para descobrir.

Houve alvoroço na multidão e uma certa comoção. A princípio, Akashi não identificou por quê. As pessoas cochichavam e lançavam olhares numa direção específica.

Ele seguiu os olhos dos outros até a espantada Jennifer Chan.

Ela fora cortada.

Não!, pensou Akashi, puxado de volta para a realidade.

Mas Olga continuou.

— Número 30, Masaru Carlos Levi Anatole.

Akashi viu Masaru Carlos sorrir como se agradecesse as congratulações.

A sua mente ficou vazia.

"Número 22, Akashi Takashima."

A voz de Olga anunciando o resultado da primeira etapa soou na sua cabeça.

Número 22, Akashi Takashima.

Desta vez, o seu nome não foi lido.

Ele levou algum tempo para entender.

Akashi notou que, ao seu lado, Masami estava paralisada. *Devo estar com a mesma cara vazia e espantada de Jennifer Chan*, pensou ele.

Naquele instante, passou pela mente de Akashi uma frase da *Kreisleriana*, de Schumann, que ele sempre estragava, uma cena imaginada de si mesmo tocando aquela frase sem parar.

A *Kreisleriana* que ele deveria tocar na terceira etapa.

Mas agora não tocaria, não teria de tocá-la, não precisaria ter medo de estragar aquela frase.

Ainda assim, ela tocava sem parar na sua cabeça.

Cortado. Fui cortado.

O tempo foi em frente e deixou Akashi para trás. Nomes e nomes de pianistas foram lidos e, quando absorveu as reações, a alegria de alguns, a decepção de outros, tudo parecia atrás de uma vidraça, uma cena de outro mundo, não do dele.

Nenhum dos nomes se registrou, só a realidade de que o dele não estava lá.

— Número 81, Jin Kazama.

Subiu um viva intenso, quase violento. Aquilo também foi recebido pela multidão com surpresa e um estranho alvoroço, ou ele só estava imaginando?

— Finalmente, número 88, Aya Eiden.

Akashi percebeu que abria um sorriso.

Sempre fui fã dela. Ela é um dos meus ídolos. Como música, ela é genuína. Estou contente.

O clamor fluiu em torno dele. O barulho e a comoção. Pessoas gritavam com empolgação. Congratulações e lamentos, amargura e confusão: agora ele conseguia observar calmamente todas essas emoções.

— Imediatamente após, haverá uma reunião com os jurados — anunciou uma voz, — e esperamos que todos os concorrentes aproveitem a oportunidade para conversar com eles.

— Sinto muitíssimo.

A voz de Masami o trouxe de volta.

— É. Acho que fui cortado. — Akashi se surpreendeu ao ver como soava animado.

Parecia que Masami também se sentia assim, sua expressão ficou ao mesmo tempo pasma e aliviada.

Akashi se alongou.

— Obrigado por tudo, Masami. Sinto muito não deixar o programa mais interessante. — Ele falava sério.

Masami balançou a cabeça.

— Eu é que tenho de lhe agradecer. Sei que ficar com a câmera no rosto o tempo todo foi horrível, mas muitíssimo obrigada por colaborar. De verdade.

Masami estava chorando? Ou era ele que imaginava?

— De jeito nenhum. Você não deveria estar filmando os outros agora? — Akashi fez um gesto para mostrar os que estavam em volta.

— É. Isso mesmo. Já volto.

— Vá em frente.

Agora, Akashi poderia ir para casa.

Ele lembrou que precisava ligar para Machiko, e saiu para o saguão deserto.

Que tom de voz deveria usar quando telefonasse? O que deveria dizer?

Ele ensaiou a conversa na mente enquanto pegava o celular.

A reunião depois do anúncio da segunda etapa foi bem tempestuosa, pois Jennifer Chan protestou de forma volúvel e veemente contra o resultado da segunda etapa.

Mesmo que não tivesse protestado, em geral, havia um clima estranho e complexo nessas reuniões com jurados, devido à sensação fumegante de insatisfação e ressentimento com as decisões.

Dessa vez, Jennifer Chan foi diretamente para Olga Slutskaya e proferiu as suas objeções em voz clara e alta, deixando todos perplexos.

Sem dúvida, uma das principais funções desses encontros era aplacar a insatisfação, mas raramente alguém protestava tão abertamente.

— Não posso aceitar — argumentava Chan. — Explique exatamente onde deixei a desejar.

Em certo sentido, a sua objeção era admirável, mas logo o seu pai, um empresário bastante rico e conhecido nos Estados Unidos, com laços estreitos com o Secretário de Estado americano, e o seu professor telefonaram para os jurados e transformaram a festa em um breve tumulto.

No fim, Nathaniel Silverberg chamou Chan num canto e a acalmou.

— A sua técnica é impecável — disse ele —, e ninguém nega a sua musicalidade óbvia. Mas o fato é que vários jurados, e não digo só um ou dois, sentiram que você não deveria passar para a terceira etapa. Creio que você deveria dar um passo atrás e pensar no que isso significa. A sua incapacidade de entender as razões pode ser um dos fatores que a impediram de avançar, não acha?

Chan franziu o rosto e caiu em prantos. A mãe, que a acompanhava, tentou consolá-la, e, quando Chan saiu do prédio, já era quase meia-noite.

— Estou achando que já chega por hoje.

Mieko havia observado tudo isso à distância e, quando ofereceu ao lúgubre Nathaniel uma taça de vinho, ele murmurou para ninguém em particular:

— Ela já estreou no Carnegie Hall. Tenho certeza de que queria o prêmio daqui para reforçar a carreira.

— Bom, é algo que ela precisa descobrir por conta própria.

— Ela foi impaciente. Realmente detestou que as pessoas a comparassem com seus antecessores e a chamassem de Lang Lang de saias, esse tipo de coisa.

— Entendo.

Mieko vinha considerando a mesma coisa, pois, quando ouviu Chan tocar, pensou: *Um Lang Lang já basta.* Os outros jurados pareciam ter a mesma opinião, e a própria Jennifer Chan provavelmente sentira a mesma coisa.

— O professor dela provavelmente lhe disse algo como *Seja você mesma*. Ela é sensível demais à palavra *originalidade*, coitada.

— Céus, esse conceito é uma ilusão, no fim das contas.

Quando erguia a taça até os lábios, ela viu Masaru se aproximar.

Nathaniel mostrou o aluno com o queixo.

— Ela deve ter sentido muita pressão. Tem uma rivalidade intensa com ele.

— Hum... Não deve ser fácil para ela.

Mieko também captou um interesse romântico por parte de Chan. Torceu para que a situação não se complicasse demais.

— Boa noite, senhor — disse Masaru.

— Como está Chan?

Masaru deu um sorriso forçado.

— Ela voltou ao hotel com a mãe. Mas se acalmou. Está bem; não é do tipo que fica remoendo.

— Você a consolou? — perguntou Mieko, e Masaru fez um gesto negativo.

— De jeito nenhum — respondeu ele. — Acho que o consolo de um colega concorrente não é muito reconfortante.

— É verdade.

— Aliás...

Havia uma moça em pé atrás de Masaru.

Hein?, pensou Mieko.

Uma moça miúda de cabelo Chanel. Vestida de modo informal — jeans e suéter —, mas Mieko já a havia visto. Uma das concorrentes?

— Senhora, gostaria de lhe apresentar. Esta é Aa-*chan*... quero dizer, Aya Eiden.

Nathaniel e Mieko fizeram que sim. *É ela mesmo?*, se perguntou Mieko. A menina-prodígio que retornava. Mieko conhecia o nome, mas era a primeira vez que a via de perto.

Parecia tão viçosa, tão genuína. Era difícil acreditar que carregava aquele passado todo. Acima de tudo, os seus olhos eram incríveis. Olhos grandes que sugavam as pessoas.

— Parabéns por chegar à terceira etapa — disse Mieko, sorrindo.

Masaru, o rosto vermelho, se virou para Nathaniel.

— Lembra que lhe contei como comecei no piano? Aa-*chan* é a menina de quem lhe falei, a primeira pessoa a me levar para as aulas de piano. Nunca imaginei que nos reencontraríamos aqui. Nunca — repetiu.

Mieko percebeu que Nathaniel estava surpreso.

— *Sério?* Aquela com quem você tocou "Little Brown Jug"?

Mieko não conhecia a história, mas, aparentemente, aqueles dois eram amigos de infância.

Masaru sorriu e fez que sim.

— Isso mesmo. Soube no instante em que a vi. No instante em que vi Aa-*chan* no palco.

— Mas eu não reconheci você.

Eles se entreolharam.

— Vocês realmente não se viam desde aquela época?

Nathaniel, incrédulo, se revezava olhando um e outro.

Os dois eram completamente diferentes como músicos, mas ambos tinham um certo carisma.

— Bom, as suas apresentações foram extraordinárias — disse Nathaniel com voz gentil. — O Beethoven da primeira etapa e o resto.

— Obrigada — respondeu Aya com uma pequena reverência.

Mieko achou que Nathaniel começaria a tremer a qualquer minuto, pois era óbvio que Masaru estava totalmente apaixonado.

Apaixonar-se por outro concorrente? Um dos seus maiores rivais? Este é um concurso importantíssimo, não o momento de se apaixonar loucamente por uma moça.

Mieko quase ouvia o apelo calado de Nathaniel.

Com certeza, ele devia se lembrar de que, quando era só um pouco mais velho do que Masaru, tinha se apaixonado perdidamente por Mieko. Consciente, também, de que essa mesma mulher estava ao seu lado, olhando-o.

Nathaniel soltou um pigarro.

— Está tarde, e vocês dois deveriam repousar. Os concursos cansam mais do que se pensa.

— Sim, já vamos voltar. Maestro, nos vemos amanhã.

Os dois jovens fizeram várias reverências e se foram. Nathaniel observou os dois se afastarem, a expressão ambivalente.

— Você se controlou muito bem — brincou Mieko.

— Como assim? Eu não estava me controlando. — Mas a voz estava sombria.

Mieko caiu na gargalhada.

— É como se um jovem casal viesse anunciar o casamento, e você fosse um velho se perguntando se não deveria jogar um raio neles.

— Claro que não.

Nathaniel reagiu na defensiva, mas começou a sentir um toque de melancolia.

— Que maravilha ser jovem.

— Estava pensando a mesma coisa — disse Mieko. — Bom, também fico por aqui. Como você disse, os concursos cansam mais do que se pensa.

Nathaniel pousou a taça de vinho numa mesa próxima e foi com Mieko na direção da saída.

— Nunca imaginei que ele passaria da segunda etapa — disse Nathaniel.

— Jin Kazama?

— Tinha 70% de certeza de que não passaria.

Para Mieko, foi, ao mesmo tempo, surpreendente e esperado.

— Uma coisa é certa — disse ela. — Há mais gente aguardando com expectativa a próxima apresentação dele. Mais ou menos o mesmo número que achou que Jennifer Chan não deveria passar.

Nathaniel lhe deu uma olhada.

— Você ouviu?

— Só gostaria de saber como você a convenceu a aceitar a decisão dos jurados.

Mieko ficou surpresa ao ver que os jurados, que haviam sido tão negativos a respeito de Jin, passaram aos poucos a aceitá-lo; mas, como teve a mesma experiência, talvez não fosse tão difícil de entender. Só que ainda havia jurados decididamente contra ele, e dessa vez Jin também mal cruzara a linha para a etapa seguinte.

Aquilo ia ser interessante, pensou ela. Quantos fãs a mais Jin conseguiria atrair? Os jurados que o rejeitaram completamente sucumbiriam agora à sua atração?

Mieko e Nathaniel ficaram esperando o elevador, e ela lhe deu uma olhada.

E Nathaniel?

As portas se abriram.

E eu?, pensou ela. *Realmente aceito a sua mestria musical? Compreendo o que ele faz? E as intenções do maestro Hoffmann?*

Enquanto ponderava sobre isso, um enorme bocejo subiu dentro dela.

Nathaniel tinha razão: aquilo era mesmo muito mais cansativo do que ela imaginava.

Vou guardar esses pensamentos, pensou ela, *até ouvir a apresentação dele, na terceira etapa. Só posso agradecer por ouvi-lo tocar de novo.*

Ela se alongou e entrou no elevador.

Terceira Etapa

Intervalo

Está gelado aqui.

— De quem foi a ideia de vir, afinal de contas?

— Não foi de Aa-*chan*?

Em novembro, o litoral era violento, deserto, sem nenhuma atração.

Eles haviam passado a maior parte do tempo nos hotéis e na sala de concertos e não estavam acostumados à mudança de temperatura. Aya se arrependeu de estar apenas com uma jardineira leve e um casaco igualmente fino.

Ela puxou a gola para cima, encolheu-se e fez uma careta.

Foi mesmo Aya que sugeriu que uma ida ao litoral poderia ser uma boa mudança de ares. O litoral diante da janela do hotel parecia quente e calmo, e ela não esperava que o vento estivesse tão cortante.

— Vamos voltar. Se deixarmos Masaru se resfriar, Nathaniel Silverberg vai nos torcer o pescoço.

Kanade olhou Aya fixamente, com uma expressão severa.

— Ei, Jin! O que você está fazendo aí?

Masaru agitava loucamente os braços para Jin, que podia ser avistado à distância, de cócoras, a cabeça baixa enquanto inspecionava alguma coisa.

— Vamos voltar! — gritou Aya.

O garoto pulou de pé e veio correndo.

— Encontrei esse búzio. A espiral é na sequência de Fibonacci — disse ele, erguendo uma conchinha.

— Sequência de Fibonacci? Exatamente o que eu esperaria de um gênio. — Masaru riu.

De fato, as notas de Jin Kazama em ciências eram excepcionais, embora ele mal fosse à escola. Ele contou que frequentou o conservatório de música como ouvinte porque todos o aconselhavam a se matricular numa faculdade de ciência e tecnologia.

— A música deve realmente seguir a ordem do universo — disse Aya. — A música e a matemática têm muita afinidade. As suas notas em ciência também devem ser altas, não é, Ma-*kun*?

— Acho que sim.

— Sempre achei que as leis que governam o universo eram meio aleatórias.

— Aleatórias?

— Sempre pensei que a menor unidade de matéria seria totalmente diferente, dependendo da galáxia. Mas li recentemente que a pesquisa mostra que água é água em qualquer lugar, oxigênio é oxigênio, onde quer que esteja. Acontece que o universo é mais simples do que imaginei, e as mesmas leis se aplicam a todos os lugares. Achei isso muito curioso.

— Hum... Acho que sei aonde você quer chegar. — Masaru fez que sim.

— Na raiz, o universo é o mesmo aonde quer que se vá. Pode haver estrelas frias o ano todo, outras sempre quentes, mas os componentes são os mesmos.

— Que estranho. Achei que havia um número infinito de coisas basicamente diferentes, mas, mesmo que os processos e resultados se diferenciem, o básico da vida é o mesmo.

— Ou seja, contanto que determinadas condições existam, formas de vida exatamente como os seres humanos são possíveis.

— É. Dizem que não se pareceriam necessariamente conosco, mas, mesmo que alguns detalhes sejam diferentes, é estranho acabarem ficando assim.

— Tem razão. É interessante que as antigas teorias estivessem certas. O poder da intuição, acho. Sabe, se a matéria é a mesma em todo o universo, isso também prova a teoria do Big Bang, não é? Que tudo começou num ponto só?

— Será que eles têm pianos?

— O quê?

— Tá. Suponha que haja um planeta na borda da galáxia com o mesmo ar, e as ondas sonoras sejam transmitidas da mesma maneira, então acho que a música vai se desenvolver lá. Se isso acontecer, tipos parecidos de instrumentos musicais também vão surgir. Em algum canto distante do universo, pode haver alguém tocando com o máximo entusiasmo algo parecido com um piano.

Masaru parou.

— É possível. Então esse planeta deve ter seu próprio Mozart ou Beethoven.

— Talvez tenha!

— Eu adoraria ver as partituras. Quero o máximo possível de peças, se forem de Mozart ou de Beethoven.

— Eu também.

Outro Mozart no outro lado do universo. Que tipo de música seria?

No horizonte, o sol se despejou por um rompimento nas nuvens e iluminou um único caminho.

De repente, Aya teve uma sensação de déjà-vu. Masaru andando ao seu lado.

Jin na frente, os olhos colados no chão, estudando-o com curiosidade.

Kanade com pressa de voltar.

O mar acinzentado e a praia.

O vento cortante e o ritmo da maré.

Por alguma razão, me sinto estranhamente nostálgica, pensou Aya. *Isso me faz tremer.*

Como se eu conhecesse este momento desde sempre — nós quatro, na praia de Yoshigae, neste dia, andando juntos no vento frio. Este momento ficará gravado no meu coração, este sentimento quase doloroso. Vou me lembrar dele pelo resto da vida.

A PRIMEIRA E A segunda etapas foram oito dias corridos de batalha, mas agora havia um dia de folga antes que os dois dias da terceira etapa começassem.

Aya não fazia ideia de como os doze concorrentes restantes passariam o tempo livre. Descansariam? Ou passariam o dia inteiro estudando?

Uma lacuna no tempo.

Ela acordou tarde e, depois de um estudo de aquecimento à tarde, Aya e Kanade decidiram sair para um passeio e deram com Masaru. Como estavam no mesmo hotel, não era difícil se encontrarem. Ela pensou em lhe mandar um e-mail para perguntar se planejava descansar no dia de folga, mas hesitou, e Masaru também hesitou em lhe mandar um e-mail sobre os seus planos. Mas, quando soube que ele pensava numa mudança de cenário, os três decidiram passear juntos.

— Vamos até o mar — disse Aya.

No momento em que saíam, Jin Kazama apareceu.

— Aquele é o Jin?

Quando Masaru o avistou, Jin veio caminhando.

— Onde você está hospedado?

— Na casa do amigo do meu pai — respondeu Jin.

— Você realmente aparece em toda parte, não é? — comentou Masaru.

Aya e Kanade acharam estranho, mas Jin só respondeu com um sorriso.

— Ah... Acho esse tempo livre meio sufocante — disse Masaru se alongando.

— Pensa assim também, Ma-*kun*? — Aya o olhou com surpresa.

— Penso. Não preciso de dias de folga e gostaria que fizessem o concurso sem pausas.

— É. Se a gente não tomar cuidado, perde tempo pensando num monte de coisas inúteis.

— Quem realmente precisa de folga é a equipe organizadora. E os jurados também — disse Kanade, interrompendo as queixas murmuradas. — Organizar um concurso é muito cansativo. Se para os pianistas já é difícil, os que estão nos bastidores não têm nem tempo de dormir. — Ela vira a dificuldade do pai quando organizava concursos e não pôde deixar de dar a sua contribuição.

— Faz sentido — disse Masaru. Ele parecia um pouco envergonhado de só pensar nisso agora. — A equipe realmente trabalhou muito por nós. Os meus amigos de Juilliard disseram que as famílias hospedeiras também foram muito legais com eles. E, no Japão, esses concursos funcionam com a precisão de um relógio.

— Quantas vezes você participou de concursos, Ma-*kun*? — perguntou Aya enquanto caminhavam.

— Este é o segundo. Também participei de outro em Osaka. Não sei como são os concursos em outros países.

— Já ouvi vários boatos de que são bem difíceis.

Eles partiram novamente para a praia, mas o frio inesperado os fez voltar depressa, e eles decidiram passear pela cidade.

— Eu adoraria um *unagi* — disse Jin Kazama. Afinal de contas, a cidade era famosa pelo *unagi*, ou enguia grelhada.

— Mas é muito caro — sussurrou Aya para Kanade.

— Uma vez não tem problema. Papai permitirá — sussurrou Kanade de volta.

Elas não queriam que Masaru e Jin pagassem, porque tinham viajado muito para estar ali.

— Eu não tinha visto todas essas lojas que vendem instrumentos musicais japoneses. Esta é a primeira vez que caminho pela cidade.

Eles passaram por várias lojas com *shamisens* na vitrine. Nem em Tóquio havia muitos desses.

— Aa-*chan*, já experimentou o *shamisen*? — perguntou Masaru enquanto espiava uma vitrine.

— Ainda não. Mas gostaria de tentar.

— Em Nova York, assisti a uma apresentação de *tsugaru-shamisen*. Fiquei surpreso ao ver como são bons no improviso.

— É mesmo? Quem eram?

— Aqueles dois irmãos que tocam juntos — respondeu Masaru.

— Sei de quem você está falando. O *tsugaru-shamisen* soa como um solo baseado em números-padrão. Já ouviu Shinichi Kinoshita e Roby Lakatos tocando duetos?

— Aquele cara que chamam de "rabequista do diabo", não é?

— Isso. Ele é incrível.

— O *tsugaru-shamisen* soa como um trio inteiro tocando. Como se guitarra, baixo e bateria tocassem ao mesmo tempo.

— A melodia, a linha do baixo e a percussão rítmica se fundem num só. Mas o que quero tocar não é o *tsugaru-shamisen*, mas o tipo que acompanha as baladas japonesas.

— É diferente do *tsugaru-shamisen*?

— Não é tocado de maneira tão percussiva e tem um som mais abafado, como acompanhamento de uma recitação.

— Hum... Eu não sabia que havia esse tipo também.

— Não é afinado no mesmo temperamento, e o compasso é bem diferente da música ocidental. Por isso quero experimentar.

— Quero experimentar o *shakuhachi* — disse Jin.

— *Shakuhachi*? — repetiu Aya, os olhos arregalados de surpresa. — Dizem que leva três anos só para aprender a tirar som da flauta de bambu, não é? Essa é uma ambição inesperada.

— Acho que é a coisa mais próxima do som real do vento — disse Jin.

KANADE OLHAVA EM SILÊNCIO. No ponto mais importante de um concurso, ali estavam três concorrentes aprovados em duas etapas, mas totalmente relaxados e se divertindo.

Gênios, pensou. *Fazer o quê?*

Ela se sentia um pouco de fora, a mesma sensação de isolamento que costumava ter nesse mundo em que talento competia com talento.

Esse pessoal tem alguma ideia de como são abençoados?

E todos os que tentavam ganhar a vida como músicos, que estudavam horas e horas, sem conseguir dormir, o nó na barriga ao pensar se seriam capazes de tocar sem tropeços, abatidos pela própria mediocridade, mas incapazes de desistir? E *eles*?

Tudo bem. Chega de pensamentos negativos, disse a si mesma.

As pessoas rotuladas como gênios tinham os seus próprios problemas. Aya compreendia a sua condição de prodígio caído. Havia recebido inúmeros insultos.

Ninguém sabia se a vida daria certo. Nem para Masaru, que parecia no caminho do estrelato, o futuro era garantido. Muitos prodígios tinham virado brinquedos do destino. O mundo era cheio de trágicas estrelas caídas.

E ainda havia Jin Kazama. Que vida aguardava esse rapaz incomum?

Kanade observou o garoto estudar o *shamisen* na vitrine.

Inconscientemente, ela deu um passo atrás. Os três juntos assim, naquele momento.

A mão tocou o celular no bolso.

Preciso tirar uma foto. Ela furtou um instantâneo rápido dos três, que conversavam informalmente. *Talvez algum dia essa foto tenha um alto valor,* pensou Kanade.

Ela se imaginou velhinha, sendo entrevistada a respeito.

— Isso mesmo, tirei a foto por acaso. Nunca imaginei que se tornariam astros tão importantes. Essa foto hoje é muito valiosa, não é?

Kanade piscou, surpresa com a nitidez dessa cena imaginária.

Os três talvez nunca mais se juntassem assim no mesmo lugar. Essa premonição lhe passou um segundo pela mente.

De repente, ela percebeu: esses três nunca tiram fotos.

Novamente, isso fez Kanade se sentir um pouco deixada de fora.

Acho que para eles não há necessidade de registrar a vida. Os outros registrarão a vida deles e a manterão por...

AYA SE VIROU E viu que ela os fotografava.

— Está tirando fotos? — perguntou Aya.

Kanade pôs a língua para fora como sinal de vergonha.

— Desculpe. É que, quando vi vocês três, pianistas, olhando o *shamisen*, achei que seria uma ótima oportunidade para uma foto.

— Tem razão. Como é que não pensei nisso? Vou tirar uma foto de Ma-*kun*. E de Kazama-*kun* também. Uma foto desses futuros grandes pianistas.

Ela procurou o celular.

— Posso... participar? — perguntou Masaru. — Achei que seria um pouco rude. — Ele puxou o celular. — Quero mandar para os meus amigos.

— Tire uma, tire uma! — Jin estava contentíssimo.

— Kazama-*kun*, você não tem celular?

— Tenho, mas deixei em casa.

— O celular não serve para nada se não estiver com você.

Kanade observou os três posando uns para os outros. *Talvez eu os tenha superestimado um pouquinho,* pensou.

Promenade

A nacionalidade dos doze concorrentes restantes da terceira etapa era: americana (1), russa (2), ucraniana (1), chinesa (1), coreana do sul (4), francesa (1) e japonesa (2).

Devido à localização geográfica do concurso, era natural que houvesse muitos pianistas asiáticos, mas Mieko achou essa lista representativa das tendências do mundo da música erudita. Um concurso que atraía inscritos de altíssimo nível refletiria, naturalmente, os países que tinham mais energia e ambição musicais.

Em si e por si, isso mostrava que o nível do concurso de Yoshigae havia subido, não é?

Mieko se alongou e ocupou o seu lugar entre os jurados.

Com seis executantes por dia, cada um tocando durante uma hora, e somando os intervalos, havia uma sessão longa e difícil à sua espera.

O primeiro dia começaria às doze horas, e a última apresentação terminaria às nove da noite.

Assim que a equipe abriu as portas da sala de concerto, todos os lugares foram ocupados. Quando chegavam a esse estágio, com o número de concorrentes reduzido para doze, o público já tinha os seus favoritos, e a sala se enchia instantaneamente.

Os jurados ficariam mais atentos, também.

Até então, tudo não passava de um processo de eliminação. O pianista podia ser capaz de se concentrar por vinte e até quarenta minutos, mas uma apresentação de uma hora exigia um nível de concentração profissional. Fazer a plateia escutar a sua música durante uma hora inteira não era tarefa fácil. Era preciso que o programa do recital fosse cativante e tivesse uma voz distinta.

Outra consideração era que seria a terceira vez que os jurados ouviriam cada concorrente, e escutariam com ouvidos ainda mais críticos.

Naquele momento, era uma questão de vida ou morte para os pianistas.

Apesar do dia de folga, Mieko se sentia física e mentalmente cansada.

Quando Alexei Zakhaev, o primeiro pianista, apareceu no palco, o público e os jurados notaram que algo não estava bem.

Cadê o sorriso dele?

O sempre travesso Zakhaev estava com uma aparência soturna.

Pálido demais, parecia rígido quando se sentou.

Ao ajustar o banco, suas mãos pareciam desajeitadas.

Ele inspirou fundo e mergulhou no recital, mas parecia outra pessoa. Um murmúrio confuso passou pela sala.

Céus, ele está tão esquisito, pensou Mieko. Zakhaev, consciente de que não era mais aquela pessoa cheia de autoestima, ficou cada vez mais desconjuntado.

Dizem que, quando soube que o aluno tinha chegado à terceira etapa, o mentor de Zakhaev viajou às pressas para o Japão, e os dois passaram a noite numa aula intensa.

Provavelmente, nem o professor nem o aluno previam que ele chegaria tão longe. Empolgados e nervosos, era provável que tivessem exagerado naquela sessão de estudo de última hora.

Sei como se sente, maestro, pensou Mieko, *mas o senhor devia ter deixado pra lá.*

Zakhaev sorteou a primeira posição e, até então, a havia transformado em vantagem. Sem pensar que chegaria à terceira etapa, tocou como queria, as apresentações cheias de generosidade de espírito e franqueza naturais.

Mas agora o constrangimento atrapalhava. Não admirava, com o professor viajando meio mundo, correndo para ficar ao seu lado.

De qualquer modo, de quase cem pianistas, ele chegou ao exclusivo grupo de doze, entre os quais a lembrança do vencedor anterior, impelido ao estrelato, ainda estava fresca. Ele agora conseguia ver a vitória como uma possibilidade real, sentir seu sabor.

Mas tinha dificuldade de recordar o conselho que o professor lhe dera na noite anterior. *Mantenha a calma*, disse repetidas vezes a si mesmo.

Só que, quanto mais fazia isso, mais a palavra *vencer* piscava na mente. Ele movia os dedos, tentando tocar melhor, tentando mostrar o que sabia fazer, mas acabou exagerando e perdendo a generosidade sonora pela qual era conhecido.

Quanto mais desesperada a tentativa de conectar o fraseado, mais ele se esforçava, e os erros enchiam a execução.

Zakhaev estava totalmente abalado, e os ouvintes perceberam.

Aquele não era mais um recital, mas um carro desgovernado, sem freios, descendo uma estrada na montanha. O público assistia sem fôlego, esperando para ver onde terminaria aquela apresentação aterrorizante.

Mesmo quando a peça terminou, e o público aplaudiu, Zakhaev ainda parecia sem expressão.

Quando começou a peça central da apresentação, *Quadros de uma exposição*, de Mussorgsky, a situação começou realmente a fugir dele.

Ele deve ter planejado começar com um bom ritmo, numa abordagem juvenil e agressiva, mas, de repente, fez cara de pânico, pois, aparentemente, o andamento inicial estava mais veloz do que pretendia.

A "Promenade" introdutória foi apressada. Os dedos deslizavam pelas teclas, a voz fraca, sem captar o âmago do som.

Aguente aí, disse-lhe Mieko, nervosa, em silêncio.

Você ainda consegue se recuperar, pensou ela. Acalme-se na seção do "Velho Castelo".

Quadros de uma exposição era estruturada como uma coletânea de contos, e o motivo de "Promenade" se repetia entre as partes. Havia vários andamentos, e alguns tinham uma tonalidade calma e tranquila. Haveria muitas oportunidades para ele se recuperar.

Mas os freios de Zakhaev continuavam enguiçados. Ou, mais precisamente, o conceito de contraste tinha voado pela janela. Ele avançou à toda, ignorando as placas e curvas, como se a sua apresentação só terminasse quando ele batesse. Assim, continuou, arremessando-se à frente, trocando os pés pelas mãos.

Mesmo assim, ele merecia ser elogiado, pensou Mieko, por tocar quase todas as notas, mesmo àquela velocidade estonteante. *Mas, se está tocando "O mercado de Limoges" nessa velocidade, o que fará quando chegar à "Cabana sobre patas de galinha"?*

Mieko sentiu uma pontada de dor no peito.

Talvez ele até saísse voando do banco no meio da apresentação.

Se *ela* se sentia assim, pensou com empatia, *imagine o professor de piano, sentado em algum ponto da sala de concertos. Esse rapaz no palco deve estar prestes a provocar um enfarte no professor.*

O rosto de Zakhaev, mortalmente pálido na primeira metade, agora ficou vermelho-vivo.

Não admirava. Por se forçar tanto na primeira metade, agora os braços deveriam estar inchados de puro esforço.

Ele já se perdera. Como dizem, a mente era um branco total.

Mieko recordou a expressão *reflexo espinhal.* Agora ele tocava completamente por memória muscular.

Ela percebia que o público da primeira fila estava literalmente paralisado. Sentiu pena deles, presos no pânico de Zakhaev.

Uma escala ascendente, uma montanha-russa subindo com estrondo a ladeira íngreme, um instante de puro medo e pânico ao chegar ao zênite.

Como se saltasse de um penhasco no vazio, Zakhaev foi como uma avalanche para a seção final, "A grande porta de Kiev".

Uma avalanche era exatamente o que acontecia ali. Estranhamente, talvez aliviado porque o fim estava à vista, de repente o som se acalmou, como se ele afinal relaxasse.

Mieko soltou um suspiro de alívio, e pôde dizer que o público e o próprio Zakhaev também soltaram.

Totalmente empolgante, pensou ela, *embora tenha cortado anos da minha vida.*

Claramente, os jurados em torno dela também sentiram alívio.

Um monte de velhos entre nós, pensou ela, *então tome cuidado para não os matar, ok?*

O espírito franco e inato de Zakhaev voltou de repente; ele se inclinou um pouco para trás e levantou a cabeça como se respirasse.

Ah, céus, se ele tocasse assim desde o princípio.

Mieko se recostou na poltrona.

Esse rapaz tinha naturalmente um som bom e limpo, uma visão ampla. Agora, finalmente, ela podia se dar ao luxo de *julgar.*

A execução assumiu mais cores, uma voz mais pronunciada.

O público agora conseguiu relaxar e apreciar o que escutava. Já passara por emoção suficiente para o dia todo. O último acorde soou.

Zakhaev, corado, se levantou com alívio profundo, sendo envolvido pelo aplauso igualmente aliviado e encorajador do público.

— Graças a Deus — disse Mieko.

Depois de lançado num vórtice de suspense e excitação, o público se viu instantaneamente atraído pelo próximo concorrente, uma jovem sul-coreana que não trazia nada do sobressalto e da agitação que a precederam e fez uma apresentação calma e límpida.

Ah, uma das alunas de Schneider, pensou Nathaniel Silverberg enquanto fitava a moça no palco. Ela estudava num conservatório da Irlanda.

Assim como no esporte, nem sempre o jogador famoso se tornava um grande técnico, no mundo musical havia em todos os países professores que, embora não fossem grandes executantes, exibiam um verdadeiro talento para identificar e orientar jovens pianistas.

Schneider era um desses, e, nos últimos anos, Nathaniel tinha visto grandes pianistas que, no fim das contas, haviam estudado com ele.

Talvez fosse o modo como Schneider os ensinava a usar as mãos, mas havia momentos em que dava para pensar: *Ah, é claro, é um dos alunos de Schneider.* E, nessa época de execuções cada vez mais homogêneas, era interessante perceber esses vestígios do professor no estilo de cada pianista.

Todos os alunos de Schneider tinham em comum um tipo de fidelidade à música, um modo de lê-la e interpretá-la. O público sempre se sentia seguro quando escutava um aluno de Schneider.

Às vezes, também havia um vislumbre inesperado das ideias musicais do próprio Schneider, momentos em que o ouvinte pensava: *Então é assim que ele aborda as coisas, então ele é esse tipo de pianista.*

E havia muita coisa que o pianista só compreendia depois de tentar ensinar, momentos em que percebia pela primeira vez o que ele mesmo considerava bom. E realmente era possível, por meio dos alunos, tornar realidade essa execução ideal.

Isso era verdade no caso de Schneider, e talvez ele se apresentasse *por meio* dos alunos. Em certo sentido, continuava a ser um músico ativo.

Então é assim que a música é transmitida, pensou Nathaniel.

Mesmo que diluída, difusa, a ponto de não ser possível determinar qual era o original, o protótipo esquecido, de certo modo o aroma, o toque, a essência permaneciam.

Então, a essência do maestro permanece dentro daquele garoto Jin Kazama?

Ele nunca pensara assim.

Ficara tão distraído com o estilo despreocupado e irrestrito da execução de Jin que não procurou o toque de Hoffmann ali em algum lugar.

Então o maestro esperava deixar algum vestígio seu? Viveria dentro daquele garoto?

Silverberg sentiu que uma luz minúscula se acendia dentro do peito.

Quando se chegava a esse nível, tudo se resumia a uma questão de gosto.

Akashi, agora de volta à plateia, assistia com admiração ao terceiro concorrente da Coreia do Sul.

Ele gostou de pianistas específicos da segunda etapa e tinha certeza de que passariam. Achou difícil aceitar a notícia de que haviam sido eliminados, e comprou seus CDs para ouvi-los.

Os achados o surpreenderam. O que realmente o pegou no contrapé foi a meticulosidade dos jurados como ouvintes. Akashi sempre se orgulhara de ouvir muito piano.

Mas ficou perplexo ao ver que sua impressão era diferente quando os ouvia na sala de concertos e no CD.

Ele descobriu que havia alguma razão para terem sido eliminados.

A razão mais clara era a incapacidade dos pianistas de sustentar a tensão. Em vez disso, eles se atrapalhavam. Quando se ouvia com atenção, era possível perceber que o tema ficava obscuro ou que a peça lhes escapava. Akashi percebeu que sacudia a cabeça, perguntando-se por que havia ficado tão impressionado ao escutá-los ao vivo.

Ele ficou surpreso ao perceber que até a execução de Jennifer Chan, que soara tão dinâmica na sala de concertos, parecia monótona agora no CD.

Preciso trabalhar minha habilidade de escuta, pensou.

O pianista agora no palco tinha lhe parecido muito simples e pouco adornado, mas, com a apresentação sólida de Beethoven na terceira etapa, aos poucos a sua capacidade se revelou.

Por outro lado, na segunda metade do recital, o pianista começou a exibir outro lado, com uma execução maravilhosa da sempre desafiadora *La Valse*, peça de concerto de Ravel.

Os jurados haviam reconhecido tudo isso, o verdadeiro valor do pianista. Akashi ficou impressionado.

Uau, pensou com um certo atraso, *que glissando incrível.*

Com que facilidade o pianista o executava, como se simplesmente escovasse as teclas, ao mesmo tempo que parecia tão despreocupado.

Ele se lembrou da primeira vez que tentou um glissando e chorou com a dor.

Para fazer um glissando, era preciso deslizar as costas dos dedos por várias teclas — algo bastante simples, mas também incrivelmente doloroso.

Ele fitou o rapaz descontraído no palco. *Também quero tocar essa peça, para tocar assim,* pensou Akashi.

Pensar que todos tocavam peças tão difíceis. Os pianistas eram realmente incríveis, com técnica soberba.

Progredir era como subir uma escada, não como subir uma ladeira suave.

Havia ocasiões em que ele tocava, tocava e ficava num impasse total, sem avançar um centímetro. Havia vezes incontáveis em que se desesperava, achando que atingira o limite.

Então, certo dia, do nada, vinha um momento em que chegava ao degrau seguinte, em que percebia que, por alguma razão, de repente conseguia tocar algo em que estava emperrado.

Estou muito contente de ter participado disso, pensou Akashi.

Estou contente de ser um dos inúmeros pianistas do mundo.

Ele ficou tão comovido com os próprios pensamentos, como se esses sentimentos fossem recompensa suficiente, que quase teve vontade de chorar.

Ainda assim, naquele momento, havia pessoas que o superavam muito, que estavam num plano tão mais alto que ele nunca se identificaria com elas.

Presenças que só podia admirar, cuja experiência nunca teria.

O pianista terminou *La Valse*, e, enquanto aplaudia com entusiasmo, Akashi imaginou o próximo concorrente: Masaru Carlos.

Sonata em si menor

Um programa de uma hora, cujo conteúdo era ilimitado, pois eles tinham a liberdade de tocar o que quisessem. Livres para escolher qualquer combinação de peças.

Os pianistas modernos poderiam escolher qualquer período. De Bach, do século XVIII, a Shostakovitch, do século XX, da herança dos últimos trezentos anos.

Mas até os profissionais — ou talvez se deva dizer, *porque* eram profissionais — nem sempre conseguiam tocar o programa que queriam.

Isso era ainda mais acentuado entre os pianistas populares que expandiam a base de fãs. Para vender mais ingressos e encher grandes salas de concertos, era preciso tocar a música que o público queria ouvir.

Entretanto, num concurso, era possível, em princípio, escolher um programa experimental sem se preocupar com a venda de ingressos. Na verdade, talvez fosse o único lugar onde se podia ser mais ousado.

Pensamentos aleatórios passavam pela cabeça de Masaru enquanto ele esperava nos bastidores.

Quero ser o tipo de pianista, pensou ele, *que as peças que quero tocar e as que o público quer ouvir sejam as mesmas.*

Ou seja, o tipo de pianista que faz o público gostar das peças que *ele* acha interessantes. O tipo de pianista que extrai o máximo de encanto e fascínio de cada peça e consegue transmiti-los.

Masaru ainda não contara a ninguém, mas tinha uma ambição secreta.

A ambição de criar música erudita *nova*. De ser um novo tipo de pianista compositor.

Chopin, Liszt, Schumann, Brahms, Rachmaninoff, Scriabin, Bartók.

Todos eram pianistas *e* compositores famosos. Sendo assim, não deveria haver mais pianistas compositores hoje em dia?

Não que ele se comparasse com algum deles. Só para fazer justiça à obra deles, precisaria de mais de uma vida.

Havia toneladas de pianistas com habilidade técnica extraordinária, mas por que nenhum pianista compositor surgia entre esses virtuosos? Fazia tempo que Masaru achava estranho.

Dito isso, a maior parte da *música contemporânea* funcionava num campo pequeníssimo, e a música existia principalmente para os próprios compositores e para os críticos. Não era uma obra que desse vontade de tocar ou escutar.

Não poderia haver um pianista que ligasse tudo isso?

Até Friedrich Gulda, um tipo de gênio liberal, que transcendia as barreiras musicais, começou a tocar a sua própria obra como pianista de jazz. Embora pertencesse à raça rara que personificava o som vienense ortodoxo, foi tratado como um ponto fora da curva, fora do terreno do pianista erudito. Era forte assim o feitiço lançado por seus antecessores, altos assim os obstáculos.

Mesmo assim, pensou Masaru, *algum dia eu gostaria de tentar*. Esse era o sonho que ele alimentava dentro de si.

De repente, ele ouviu o sinal que indicava a próxima apresentação. Sorriu. *Primeiro o que vem primeiro. Tenho de fazer o meu absoluto melhor na próxima hora.*

Talvez por notar o sorriso irônico de Masaru, o diretor de palco o olhou um segundo sem entender.

— Está na hora — disse Takubo. — Boa sorte.

A terceira vez que Masaru ouvia essas palavras.

— Muitíssimo obrigado.

Pela terceira vez, ele deu a Takubo um sorriso caloroso e entrou no palco.

FAZIA ALGUM TEMPO QUE Masaru havia decidido que a *Sonata para Piano*, de Bartók, seria a primeira peça que tocaria.

Começar com essa peça de vanguarda prenderia o público e derrubaria a imagem doce que as pessoas tinham dele.

No decorrer da vida, Bartók disse muitas vezes que o piano era um instrumento de percussão, além de melódico. Em geral, pouca gente pensava assim do piano. No entanto, olhe lá dentro, e você verá os martelinhos batendo nas cordas a uma velocidade imensa, a prova clara de que, sim, ele é *percussivo*. Mas, só de olhar as teclas, ninguém diria.

Por começar com Bartók, todos seriam plenamente lembrados de que o piano é um instrumento que *golpeia*.

E, por isso, Masaru mais *socava* o piano do que *tocava*.

Na sua cabeça, havia a imagem de golpear uma marimba, os dedos como dez longos martelinhos, os pulsos virando-se com habilidade para atingir as teclas.

Ele tentava imitar a flexibilidade e a falta de esforço inigualáveis do tocador de marimba.

Nos instrumentos de percussão, não se pode hesitar antes de tocar. Se hesitar uma fração de segundo, a força central se enfraquece, a intensidade do som diminui.

Por isso, para tocar Bartók, é preciso bater com urgência e até violência, o que seria de se esperar, já que o piano é um instrumento de percussão.

Apesar disso tudo, que peça legal era aquela!

O coração de Masaru se elevou enquanto tocava.

Sim, era uma alegria bem parecida com tocar bateria. A sensação das vibrações ricocheteando pelo corpo, o prazer do ritmo crescendo dentro da gente. Uma alegria primordial.

O tambor é um instrumento da Antiguidade em todos os povos e países.

Nesse sentido, pensou ele, *o piano é uma extensão do tambor.*

Depois de experimentar todos os tipos de instrumento, um dos conhecidos de Masaru tinha se decidido pela bateria. Cada tambor equivale a uma orquestra inteira, afirmava ele.

O mesmo acontecia com o piano. Com um único piano, era possível reproduzir a orquestra toda. Em vez de baquetas, os martelinhos batiam em cordas de aço internas.

Batiam. Batiam.

Os seres humanos possuíam esse desejo básico de exprimir os seus sentimentos, golpeando alguma coisa para produzir som. O tambor foi o primeiro em que bateram para satisfazer esse desejo. Com o tempo, o piano surgiu. E essa peça de Bartók.

De que forma extraordinária Bartók desenvolveu o seu som, tão puro e refrescante; ouvi-lo era encontrar uma paisagem adorável, um sentimento eufórico, como se o céu azul se abrisse diante dos olhos.

Sempre que tocava Bartók, Masaru sentia o cheiro da floresta, da grama, uma gradação complexa de verdes, gotas d'água caindo das folhas.

O vento passando pela floresta até uma clareira, onde havia uma cabana de troncos.

O som de Bartók era como um tronco grosso, serrado de forma grosseira. Sem verniz, sem acabamento, a beleza dos veios visíveis. Uma estrutura construída com solidez no meio da natureza, um som como os próprios materiais.

O som de um machado reverberando em algum ponto da floresta.

Um ritmo robusto, regular.

Impressionante. Impressionante. Ressoa na floresta uma vibração que é possível sentir nas entranhas.

O batimento de um coração. O ritmo dos tambores. O ritmo da vida, da emoção, e a inter-relação entre os dois.

Batendo. Batendo.

Baquetas-dedos atingindo a madeira.

Era possível entrar em transe enquanto se batia o som, ganhando forças, golpeando com ainda mais vigor. Totalmente absorto, dando tudo o que se tem. Até dar um branco.

Um último golpe, e o som para.

Então, silêncio. A imobilidade absoluta da floresta.

Quando se levantou, Masaru foi envolvido por uma onda de aplausos.

Sorrindo, fazendo uma reverência, ele sentiu alívio e, ao mesmo tempo, uma alegria indescritível.

Quero ser o tipo de pianista, pensou ele de novo, *que as peças que quero tocar e as que o público quer ouvir sejam as mesmas.*

E a peça seguinte?, perguntou-se Masaru.

Essa, sem dúvida, também é uma peça que eu e a plateia queremos ouvir.

Sibelius. *Cinco peças românticas.*

Como o nome indica, era uma meia-volta completa da obra de Bartók, uma série de cinco peças curtas e melódicas. Melodias desavergonhadamente belas e bem ordenadas.

Nada tecnicamente difícil; podem ser tocadas com toda a doçura desejada.

Mas, para Masaru, pôr a obra em segundo lugar no programa era um risco.

No seu recital de uma hora, a segunda peça tinha um papel fundamental.

O contraste com Bartók dava equilíbrio e visava a liberar o público de qualquer tensão. Também oferecia e satisfazia o desejo do público pelo tipo de música ternamente arrebatadora que esperavam de Masaru. Mas a meta principal era lançar as bases para a importante obra que vinha em seguida, uma sonata de Liszt.

Mas esse Sibelius é mais difícil do que eu imaginava, pensou, e sentia isso agudamente toda vez que estudava.

Era tecnicamente simples, e ele a dominou com rapidez. Mas a doçura bordejava o mau gosto, um constrangimento excessivo (a expressão *vazamento da vergonha do pianista* explicava bem). Era difícil encontrar um equilíbrio convincente que não a deixasse cantar demais nem, em contraste, soar muito brusca. Caso se esforçasse em excesso para enfatizar a mudança de rumo depois de Bartók, poderia estragar tudo, e, como o final era bem despreocupado, deixar o público insatisfeito.

Afinal de contas, o que significa Românticas*?*

Ele fitou o título, sem saber o que Sibelius queria dizer.

Como compositor finlandês representativo, Sibelius projetava uma noção de *brancura.* A neve que cobria florestas densas de coníferas pontiagudas, gelo, geleiras, lagos azul-profundos. Um branco elegante e refinado.

Isso realmente é romântico, tentou sussurrar a alguém.

Mas como faz você se sentir? Ele fechou os olhos.

Amantes trocando olhares. Sombras se aproximando.

Uma linda noite. Luz tremulante das velas.

Um pouco embaraçoso, um pouco agridoce, um pouco lacrimoso, a sensação de flutuar no ar.

Como as melodias em si eram mais do que suficientemente românticas, ele quis tocá-las de forma direta, bastante rígida, os acordes uniformes, os arpejos precisos, sem nenhum *ritardando* pretensioso.

Luz cristalina, do tipo visto no cristal Baccarat.

Cantar era difícil. Às vezes, você podia cantar com prazer e descobrir que soava como alguém berrando no *karaoke*. Era preciso ser humilde e paciente para se entregar ao fluxo natural da peça e se aproximar da voz do piano. Senão, o lado convencido do executante logo se mostraria.

Para fazer uma melodia deslumbrante cantar, os próprios sons tinham de ser maravilhosos.

Masaru poliu e refinou ainda mais o seu toque, em busca de maneiras de tornar mais suave, mais fluida a transição de um som a outro.

Enquanto se concentrava, sentiu, como sempre, que era dificílimo tocar em volume constantemente homogêneo e garantir o alinhamento de cada partícula sonora.

Era preciso deixar o som surgir, em vez de tentar forçá-lo. Ele estudou minuciosamente, buscando esse tipo de som.

Todo o seu trabalho e a sua pesquisa levaram a essa conclusão: o som romântico precisava da sensação de algo contido.

Um som fraco ou tocado até o limite: nenhuma dessas abordagens daria certo. Era preciso ser como um acolchoado cheio e fofinho, almofadado, além de levemente úmido. Precisava haver umidade, como os olhos líquidos dos amantes, mas para transmitir essa sensação orvalhada o pianista tinha de estar calmo e sereno.

Era preciso força muscular para o volume não ficar mais alto do que o necessário. Era como pôr uma xícara suavemente sobre a mesa: era necessário força para segurar a xícara parada no ar antes de pousá-la.

O poder de parada era necessário para obter um som romântico. Físico e emocional.

Critérios semelhantes a ser *adulto*.

Tenho de ser mais forte, pensou Masaru.

Um corpo tenaz, um espírito forte. Era isso que criava o som verdadeiramente *romântico*.

É claro que ele não conseguia pensar nisso tudo enquanto tocava.

As lembranças de todas as tentativas e erros por que passara se fundiram e esvoaçavam por um canto do coração como uma sombra.

Masaru estava absorto em expandir a execução *romântica* que buscava. Uma doçura soberba de tom.

Na verdade, ele simplesmente deixou livre o desejo de cantar, os sentimentos novos e francos.

Uma euforia calada perdurou. Então, Masaru sorriu e se levantou, enquanto aplausos ensandecidos irrompiam. Ele sentiu a temperatura do público disparar, sentiu que todos haviam compartilhado a sua alegria na música.

MASARU SE PREPAROU PARA a terceira obra, o prato principal de hoje.

A maior obra de Franz Liszt, a *Sonata em si menor*.

Composta de 1852 a 1853, estreou em 1857. Liszt já tinha se aposentado como pianista a esse ponto, e foi o seu aluno, Hans von Bülow, que a apresentou.

Renomada como obra-prima, tinha uma forma pouco convencional. Por ser anunciada como sonata, quando estreou, houve um debate acalorado sobre o seu encaixe ou não nessa forma. Devido à nova estrutura, foi, sabidamente, submetida a críticas intensas.

A principal característica era que, ao contrário da forma sonata usual, dividida de maneira clara em exposição, desenvolvimento e reexposição, essa sonata era tocada como uma peça contínua.

Tinha quase trinta minutos de duração e era muito exigente em termos técnicos...

Masaru estudou a estrutura complexa e delicada, mas, toda vez que a ouvia, ela o espantava com a prefiguração meticulosa, bem parecida com um romance de enredo cuidadoso.

Era como uma história magnífica escrita com notas musicais.

Tanto o escritor quanto o leitor precisavam de tremenda tenacidade.

Como um trovador, era preciso absorver fisicamente a peça inteira para conseguir contá-la no palco — a história com todas as suas reviravoltas, escrita numa linguagem tão maravilhosa.

Era uma peça famosa que ele ouviu repetidamente desde criança e estudou numerosas vezes. Tinha decorado a partitura havia muito tempo.

Mas, na preparação para o concurso, estudou-a meticulosamente outra vez, desde o começo. A partitura era um tipo de planta baixa, uma massa de peças para construir o vasto edifício da *Sonata em si menor.*

Onde ficava cada parte, que papel desempenhava?

Como se visualizasse um imenso prédio tridimensional, Masaru estudou cada cantinho da partitura.

E, quanto mais lia, mais se maravilhava.

Nas composições famosas, a beleza da partitura espantava só por olhar. Até crianças que não sabiam ler música discerniam os padrões atraentes e animados.

É claro que havia versões variadas e pequenas questões sobre qual era o original escrito por Liszt, mas, ainda que trechos tivessem sido revistos e acrescentados por gerações posteriores, a impressão e o equilíbrio da partitura convenciam de que era construída com muito requinte.

Ela foi criada pela imaginação humana, escrita e tocada durante centenas de anos — uma coisa verdadeiramente espantosa, milagrosa.

A composição — a história — começava de maneira informal, com uma cena enigmática.

Um rapaz caminha em silêncio e pisa de leve pelo capim de uma trilha desolada de inverno. Está bem-vestido, um intelectual, os olhos escuros, fumegantes.

O céu está nublado, coberto de nuvens espessas, o ar cortante. A imobilidade é absoluta, e nem o chamado dos pássaros perturba o silêncio.

O som nítido de um graveto quebrado sob os pés.

O homem percebe uma lápide em ruínas, semienterrada no capim. Há datas gravadas, mas a inscrição está desgastada e só transmite a futilidade e a fugacidade da vida.

O rapaz passa por cima da lápide.

Diante dele, aparece uma aldeia num morrinho baixo, a torre de uma igreja, as paredes de um velho castelo; é claramente um lugar com uma rica história.

A expressão do rapaz é austera, os olhos fixos num ponto à distância, insinuando um passado perturbado, pois o que se desdobra é um conto trágico de várias gerações condenadas que explora as complexidades da motivação humana.

Depois dessa introdução agourenta, chega o primeiro tema, com o surgimento dos integrantes de uma família de proprietários de terras.

Fala-se do pai despótico, dos seus irmãos mais novos que disputam a sucessão e dos seus filhos, com os seus relacionamentos emaranhados. Maquinações se põem em andamento, as sementes da discórdia já plantadas.

Depois de uma prolongada narração, chega o segundo tema.

Um novo protagonista aparece: uma jovem heroína de rosto doce.

Embora parte do clã governante, ficou órfã cedo, e foi marginalizada. Criada pela avó estrita e amorosa, leva uma vida simples e frugal nos arredores da aldeia.

A bela e inteligente heroína. Uma mirada em seus olhos e se vê que possui a verdadeira coragem.

O tema combina com a sua personalidade, uma melodia emotiva, calorosa e transbordante de afeição.

No caminho de volta do presbitério, ela encontra o rapaz nos arredores da aldeia, ainda fitando um ponto fixo.

Ele está com uma autoridade que explica algo extensivamente.

A heroína contempla o rapaz.

Nunca o viu, mas algo se remexe por dentro, e ela tem a sensação de que o conheceu muito tempo atrás...

O acaso reúne a moça e o rapaz várias vezes. Uma criança se machuca no pasto, e os dois conversam quando vão ajudá-la.

O rapaz lhe conta que é advogado e que um cliente lhe pediu que visitasse a aldeia para preparar um processo. Eles se sentem atraídos um pelo outro, mas o ar gelado que às vezes surge nos olhos dele a preocupa.

Aos poucos, os moradores descobrem o novo homem na aldeia, e os boatos são muitos.

Parece que foi encarregado de processar o clã de proprietários, dizem as fofocas.

Não demora, e a notícia da sua chegada chega aos ouvidos do chefe do clã.

O tema do clã é cheio de tensão.

Aos poucos, esse misterioso rapaz encurrala o clã. Membros mais obscuros da família sofrem acidentes súbitos ou morrem, um atrás do outro, em brigas tolas.

A cena muda rapidamente, e os homens do clã estão em pânico.

O que está acontecendo? Será uma vingança contra eles? E o rapaz, estará envolvido? Quem será o responsável?

Eles começam a desconfiar uns dos outros.

Uma cena após outra se passava na imaginação de Masaru.

Era como se ele pudesse até ouvir as pessoas falando.

Ele conseguia ver a luz das velas ao jantar, o reflexo fosco de uma moeda paga ao informante na porta dos fundos, a água da chuva se empoçando nos sulcos deixados pelas carruagens.

Era uma história cheia de personagens magníficos — a bela moça de vontade forte, a avó com o dom da profecia — que oferece descrições detalhadas de paisagens e estados de espírito enquanto avança rumo ao desenlace trágico.

Não se pode fugir do destino. Passo a passo, as engrenagens do tempo giram, reunindo os personagens, levando-os aos lugares onde se encontrarão.

O rapaz abre o coração para a heroína, mas, quando descobre quem ela é, fica transtornado. E a heroína tenta descobrir por quê.

O rapaz confessa que está ali para se vingar do clã, para destruí-lo.

A história chega ao clímax.

Finalmente, o clã revela que o rapaz é filho do filho mais novo, assassinado antes que pudesse revelar a intenção maligna dos outros parentes. Na época, a mulher dele tentou fugir com o recém-nascido, mas foi encurralada e morta. O filho não estava em lugar nenhum. Era uma noite fria de inverno, e a probabilidade de sobrevivência de um bebê era pequeníssima. Eles tiveram certeza de que havia morrido em algum ponto do caminho...

O clã manda assassinos contra o rapaz visitante.

Mas, com as suspeitas mútuas crescendo na família, os homens do clã se voltam uns contra os outros.

O rapaz luta, há sangue por toda parte, cadáveres espalhados em volta.

O rapaz, ardendo com o desejo de vingança, tenta capturar a heroína.

E, bem nesse momento, há um grito.

A avó, acamada todo esse tempo, consegue se levantar, grita um nome, e o rapaz se enche de espanto.

Eles são irmão e irmã!

A escuridão se parte com o grito da heroína quando um membro do clã esfaqueia o rapaz.

A cena final: a heroína percebe uma lápide semienterrada no capim. Tem o nome da sua mãe, a mulher assassinada naquela noite fria de inverno.

A heroína, incapaz de suportar a dor, fita o céu e sai andando na distância.

MASARU SENTIU QUE CONSEGUIA ver a palavra *Fin* marcando o fim da partitura. Mas, não, seria em alemão — *Ende*?

Ele fechou a partitura. Uma história meio clichê, mas era o século XIX, a época dos Grandes Romances.

E era também a história que Masaru conseguia *ouvir* na música.

O que restava era transmitir essa narrativa complicada por meio da execução.

ELE DESCOBRIU QUE O trabalho de completar uma peça era muito parecido com limpar uma casa.

Limpar a casa envolvia um trabalho físico interminável. Tocar também.

Era difícil manter a casa limpa.

Se fosse uma casa pequena, a limpeza era mais fácil e não demorava muito. Era possível deixá-la limpinha em pouco tempo, e só era preciso um pouquinho de arrumação para que ficasse em ordem outra vez.

Mas limpar uma casa grande não era fácil. Para mantê-la sempre com a melhor aparência, era preciso ficar vigilante o tempo todo.

A *Sonata em si menor* era uma casa imensa. A estrutura era complexa, camadas e mais camadas de um projeto elaborado. Pessoas incontáveis tinham ido e vindo e mantido o lugar impecável.

E se pedissem a uma só pessoa que limpasse toda essa casa enorme?

Só abrir a pesada porta já era difícil. Para chegar ao *porte-cochère*, era preciso varrer pilhas de folhas e pensar constantemente em como seria o lugar a princípio, quando tudo era novo.

Havia muitas coisas que não dava para saber como tratar — o velho papel de parede, o corrimão de latão.

Primeiro, era preciso considerar o tempo e o esforço necessários para limpar e como proceder. Só com tudo meticulosamente preparado seria possível começar.

Masaru estava confiante. Tinha o equipamento de limpeza mais recente e bastante vigor.

Mas, quando começou, percebeu que a tarefa era muito mais difícil do que pensara a princípio.

Não havia como chegar a todos os cantos da varanda. Era grande demais, e logo ele ficou sem fôlego.

Esfregou aqui e ali, mas deixou muitas partes intocadas, inclusive as janelas. Não lhe restavam forças para varrer a fuligem do teto. No começo, tudo o que conseguiu foi passar um pano nos corredores.

Concentre-se num só ponto, e a poeira logo se acumula em outro lugar na sua ausência.

A composição era mais difícil do que ele havia imaginado.

Masaru saiu da mansão mais uma vez e pensou.

Agora sabia que limpar aleatoriamente nunca deixaria o lugar todo em bom estado.

Estava decidido a empregar cada grama de força que tivesse e todos os seus recursos técnicos numa batalha de tudo ou nada.

Experimentou todos os tipos eficientes de abordagem, mas afinal concluiu que a única maneira era simplesmente limpar e polir cada cômodo individualmente, fazendo um serviço completo e cuidadoso.

Com isso, ele fez diversas descobertas.

Ornamentações maravilhosas em lugares que ninguém havia notado, gavetas dentro de guarda-roupas que ninguém jamais puxara. Janelas traseiras que revelavam vistas revigorantes e que nunca haviam sido abertas.

Enquanto estudava todo dia, ele passou a entender a hora correta de encerar o assoalho do saguão de entrada e quando fazer uma pausa na limpeza.

Pouco a pouco, a mansão ficou mais arrumada, e a aparência ordeira do prédio quando foi construído emergiu.

A balaustrada de cada lado da escada que levava ao grande salão tendia a ficar empoeirada, e ele a limpava diligentemente.

Às vezes, escancarava todas as janelas e deixava a brisa soprar pela mansão.

Passou a conhecer lugares menos acessíveis que ainda queria limpar. Lugares que os hóspedes poderiam notar e observar, admirados, como até aquelas áreas fora do alcance haviam sido bem cuidadas.

Ele notou até como a luz da manhã entrava no corredor do lado leste e mostrava as flores junto às janelas no seu melhor ângulo.

Finalmente, o grande dia chegou.

O dia em que cada canto da mansão tinha sido renovado, com o prédio exibindo toda a sua glória original.

Ele entendeu as mudanças operadas na casa a cada estação, o que era necessário para lidar com cada uma delas.

Essa mansão lhe pertencia. Ele recordava cada árvore, cada folha de grama do jardim, e, se fechasse os olhos, imaginava com clareza como balançavam.

O dia chegou.

O momento em que ele sabia tudo o que havia para saber sobre essa composição.

A hora em que a música impregnou cada canto do seu ser.

Foi um momento de suprema alegria quando ele sentiu que, não importava como tocasse, ele e a música eram verdadeiramente *um só*.

Ele poderia fazer o que quisesse: decorar a mansão inteira com flores ou dar uma festa que durasse a noite toda...

Embora Masaru ainda sentisse todas as horas e horas em que havia trabalhado nela, agora, enquanto voava pela *Sonata em si menor*, a peça parecia absolutamente nova, como se fosse a primeira vez que a tocava.

Esqueça todas as dificuldades.

E apresente esse drama ofuscante ao público e a mim mesmo.

O que vem depois? Aonde ela vai? Ele também era como alguém da plateia, esperando com a respiração suspensa o que se desenrolaria a seguir.

Todos os ouvidos estavam fixos na história que Masaru contava. A atenção do público estava arduamente concentrada nele, sozinho no palco, e ele sabia que a empolgação e a tensão se equilibravam na borda.

A solene cena final estava quase chegando.

Ele a tocou vigilante, com firmeza. Tornou-a o mais plena e completa possível. Sem deixar nada de fora.

Contou tudo, mas deixou uma reserva de força — uma sugestão de algo que perdurava.

A heroína sumia lentamente à distância.

A cena, agora deserta.

A planície vazia, só o capim balançando ao vento.

Ele sentiu que realmente conseguia ver a palavra *Ende.*

A sala de concertos estava em silêncio.

Masaru se levantou com uma tempestade de aplausos. Fez uma profunda reverência.

Muitíssimo obrigado.

Por alguma razão, palavras de gratidão lhe vieram. Ele não sabia a quem agradecia.

Obrigado por me deixar tocar essa magnífica peça narrativa. Obrigado, de verdade, por me deixar tocá-la aqui, hoje.

Ele fez várias reverências para o aplauso interminável, que só parou quando ele se sentou mais uma vez.

MASARU ESPEROU UM POUCO mais para a sala se aquietar e, então, começou a última peça.

Uma valsa curta de Chopin.

Ele escolheu a peça como um tipo de bis do recital de uma hora.

A "Valsa n.º 14 em mi menor". Uma obra póstuma de Chopin. Uma valsa romântica, agridoce e pungente.

Uma peça informal. Uma despedida; havia muito, Masaru decidira que seria a sua última peça.

A tranquila cortina final. Ele jamais gostou de finais arrastados.

Masaru terminou a valsa e rapidamente se levantou, mais uma vez envolto em aplausos retumbantes.

Ele absorveu com o corpo inteiro como o público, que batia os pés, estava empolgado e comovido.

Fez uma reverência, os olhos fechados, e saboreou o sentimento. *Acabou.*

Mesmo depois de se retirar para os bastidores, os aplausos não deram sinais de parar.

Um baile de máscaras

Fascinante. Como sempre, a apresentação de Masaru conquistou como um todo o afeto do público, que ainda se agitava. Essa foi a palavra que surgiu na mente de Aya, sentada num canto da sala de concertos.

Não *maravilhoso* nem *incrível.*

Fascinante.

Aya compreendeu que Masaru contou um drama grandioso. Ela não sabia que era um conto do século XIX, mas a sensação de um drama humano tumultuado foi vivamente transmitido.

Eles tinham a mesma imagem mental de algumas obras — o *Concerto para piano n.º 2,* de Prokofiev, como uma peça *noir,* o *n.º 3* como *Star Wars,* e Aya achou que conseguia formar na mente a imagem que Masaru tinha da *Sonata em si menor.*

Entendo, percebeu ela. *Essa sensação de uma peça tão* fascinante *é porque foi tocada por um amigo, alguém de quem sou próxima.*

Só fazia dois dias que tinham se encontrado depois de tantos anos, mas Aya sentia que sabia o que motivava Masaru.

Ao tocar com outros, ela costumava sentir que alcançava a essência deles, quando algo reverberava bem lá dentro, no mais profundo do seu ser. Sabia que, quando o ouvinte passava a conhecer a personalidade do executante, a compreensão da sua música se aprofundava.

Mas essa execução *fascinante* de Masaru era diferente de tudo o que ela já tinha vivenciado.

Parte disso era a riqueza de originalidade de Masaru. Ele era um pianista excepcional e encantador. As suas interpretações eram vivas e bem definidas, sempre interessantes.

Mas não era só isso. Aya ponderou a respeito enquanto olhava o público, que trocava impressões com empolgação.

Masaru era especial. *Para mim,* pensou ela, *ele é como um segundo eu, uma parte minha. E nunca me senti assim com ninguém.*

Será amor o que estou sentindo? Aya inclinou a cabeça e pensou, tentando ser objetiva.

Masaru era atraente, sem dúvida nenhuma, e popular com as mulheres. Qualquer mulher ficaria contente de conhecê-lo melhor. Talvez ela só estivesse se empolgando porque um sujeito atraente e maravilhoso era legal com ela.

É claro que sentia uma pontinha de amor por dentro.

Mas a certeza que tinha era desapaixonada. Não o arrepio da emoção. Era a mesma certeza de quando tocava e sentia que se observava de cima.

Era a primeira vez que sentia aquilo — que as execuções de alguém eram tão completamente diferentes das dela, mas a faziam sentir que *ela* é que tocava. Execuções que a faziam acreditar: *eu o conheço. Entendo o que ele sente.*

Quando comparava isso com o que sentia ao escutar Jin Kazama, ela entendia que era especial.

Ela também sentia uma proximidade, uma empatia por Jin.

Principalmente no dia em que tocaram juntos a *Sonata ao luar*, ela sentiu uma unidade com ele, uma tontura e um impulso enquanto competiam para superar um ao outro.

Mas foi momentâneo. Só uma sensação passageira que a inundava enquanto tocava com ele. Algo perto do acidental, na verdade.

Quando não estavam juntos, ela se sentia distanciada dele. Para Aya, o gênio de Jin era místico, algo que nunca conseguiria entender. A genialidade de Masaru e a de Jin estavam a mundos de distância.

Uma genialidade era possível entender; a outra, não. O que era *aquilo*? Seriam metas diferentes? Ou o modo de pensar?

Havia algo fugidio em Jin Kazama, uma característica não afetada, até um vislumbre ocasional de uma certa frieza e isolamento. A inclemência de Deus devia ser algo assim, imaginou ela.

De qualquer modo, ela nunca soube como podia ser cativante escutar a apresentação de alguém que conhecia.

Aya teve a sensação de que poderia se viciar nessa nova descoberta. Sempre adorara escutar outros pianistas; agora, desconfiava que adoraria ainda mais.

Quem viesse depois de Masaru teria azar. Era a única maneira de descrever. A impressão que Masaru deixava era tão marcante que a maior parte do público mal conseguia recordar quem vinha depois.

Mas, na terceira etapa, todos eles eram pianistas altamente talentosos. O francês que veio depois de Masaru fez uma bela apresentação.

Com composições pitorescas de Debussy e Ravel, criou um clima sem igual e conseguiu cativar o público. A estrutura do programa revelava uma visão clara e bem pensada.

Acho que consigo entender os pianistas franceses, pensou Akashi Takashima.

Talvez seja preconceito meu, mas os pianistas franceses têm um sentimento translúcido, como se envolto em tons pastéis suaves.

Um pouco simplista dizer isso, mas era como estar dentro de um quadro impressionista. Não só pela ambientação; era como se desse para ouvir as cores impressionistas cintilando nos sons que eles produziam.

Hoje em dia, o mundo parecia sem fronteiras, mas não havia como fugir das próprias raízes. A paisagem e as características da terra onde fomos criados ficam impressas de forma indelével no corpo.

Quando me escutam, as pessoas veem um pomar verde de amoreiras e sentem o vento que sopra?, perguntou-se Akashi.

Sem que percebesse, o primeiro dia da terceira etapa chegava ao fim com o último pianista.

Era um rapaz magro e alto, da China, bonito e altamente instruído.

Ele também levava o solo da pátria, os grandes rios, as cadeias de montanhas, as planícies ilimitadas.

Hum, não me lembro desse concorrente.

Jennifer Chan havia atraído toda a atenção, e poucos notaram o pianista que agora cativava a plateia.

Uma versão robusta de Beethoven, com espírito generoso e núcleo determinado para exprimir a luta beethoveniana.

O programa dizia que ele havia estudado num conservatório americano. Considerando a idade, devia ter passado a maior parte da vida nos Estados Unidos. Ainda assim, o que levava consigo não era o continente norte-americano, mas a Eurásia. Era o sangue asiático que passava pelo couro cabeludo, pelos olhos, sob a pele.

O interessante é que, na primeira e na segunda etapas, Akashi não havia percebido o histórico dos pianistas nas apresentações. Em vez disso, sentira que o mundo havia ficado mais homogêneo, as apresentações aplainadas, todas parecidas entre si.

Agora, na terceira etapa, ele percebia o *histórico* de cada executante.

Quando só restavam os concorrentes tecnicamente mais avançados — ou, em outras palavras, os mais fortes —, mais a sua essência, as suas raízes, começavam a transparecer.

A música é mesmo uma linguagem universal, pensou Akashi.

O fato de que ele mesmo tinha sido eliminado não mais lhe ocorria.

As pessoas saíram da sala de concertos. Agora, o saguão estava imerso num sentimento de satisfação e cansaço, de ter recebido o seu quinhão.

MAS NÃO ME DESAGRADA esse tipo de clima, pensou Kanade. Essa sensação de um longo concurso que entrava nos últimos estágios e se aproximava do clímax. A sensação empolgante quando o número de concorrentes se reduziu. A noção de que tudo aquilo era muito duro e implacável.

Mesmo deixando de lado a questão de ser certo ou errado reduzir a música a uma batalha, havia o fato de que essa era uma das coisas que tornavam os concursos tão cativantes.

— Foi muito divertido, não foi? — perguntou Aya, sentada ao seu lado. — Agora entendo por que dizem que as semifinais do torneio nacional de beisebol escolar são sempre as melhores de assistir.

— Beisebol escolar?

Kanade ergueu as sobrancelhas, mas entendia o que Aya queria dizer.

A esse ponto, o público conhecia tudo sobre cada pianista e a sua personalidade. Podia ponderar como uns se classificavam em relação aos outros, e cada espectador se tornava, com efeito, um jurado. Era divertido prever o resultado. Talvez soasse insensível, mas não se podia negar que um dos prazeres desse estágio era apostar no executante que chegaria ao topo.

— De que apresentação você mais gostou, Kanade-*chan*? — perguntou Aya.

— Francamente, todas foram boas.

Kanade imaginou o rosto dos pianistas.

Sentiu pena do que aconteceu com o primeiro a se apresentar, Alexei Zakhaev, mas, depois dele, todos tocaram excepcionalmente.

— Sempre sinto pena dos pianistas quando o padrão é alto assim. Mas é claro que vencer um concurso de baixo nível não deixa ninguém tão feliz assim.

— É verdade.

Era difícil dizer se Aya tinha consciência de que ela mesma era um dos concorrentes.

— Mas acho que todo mundo diria que Masaru é o verdadeiro astro. Dá vontade de ouvi-lo de novo, vê-lo, ir aos seus concertos. Parte disso é simples carisma.

— É, isso é importante para um músico — concordou Aya. — Para as pessoas quererem ouvi-lo de novo, ouvi-lo tocar mais.

— Todas as peças foram ótimas. Eu nunca tinha ouvido Sibelius tocado ao vivo; é o tipo de escolha que se esperaria dele. Embora um pouco arriscada, talvez.

— Pode ficar um pouco fácil de esquecer, se não for bem tocada.

— O último pianista também, o chinês, era muito bom.

— Muito potencial ali, com certeza — concordou Aya. — Ah, por falar no diabo, eis o nosso astro bem aqui.

Kanade olhou o saguão, onde Masaru, uma cabeça acima da maioria, estava cercado de fãs.

— Ele é popular.

— Não admira.

Não eram só garotas que queriam o seu autógrafo, mas membros mais velhos do público, vários deles homens de mais idade com bom ouvido para a música. A popularidade de Masaru abarcava todas as faixas etárias.

— Aya-*chan*, e o estudo? Quer usar aquele mesmo piano de antes? Devo ligar para a Sra. Harada? — Kanade deu uma olhada no relógio.

Aya parecia perdida. Houve silêncio por um momento.

— Hã... hoje não.

— Tem certeza? No outro dia, você mal podia esperar para tocar.

— Eu sei — disse Aya. — Naquele dia, eu mal podia esperar para tocar a *cadenza*. — Os olhos dela dardejaram em volta. — Mas, por alguma razão, não estou com vontade hoje.

A sua expressão mostrava que ela mesma achava esquisito. Ao olhá-la, Kanade teve uma sensação fria de desconfiança.

Será que Aya estava gostando *demais* do concurso? Gostando tanto como espectadora que perdeu toda a ideia de tensão? Tudo bem tocar sem temer o resultado. Mas o modo como ela se comportava agora... estava mesmo tudo bem? O dia seguinte seria um ponto crítico do concurso, afinal de contas.

Nas apresentações da primeira e da segunda etapas, Kanade se convenceu mais do que nunca de que o seu ouvido tinha acertado em cheio ao reconhecer o gênio de Aya, mas agora, com essa atitude da amiga, ela não conseguia decidir como a situação se desenrolaria.

Aya ainda não voltara completamente a tocar no palco.

Kanade estudou o rosto da outra, o ar vazio e inquieto dos seus olhos. Era um olhar que Kanade conhecia bem, a expressão de Aya quando estava insegura.

Ela mostrara muitas vezes aquela expressão nos olhos. Quando decidiu entrar no concurso. Quando escolheu os vestidos para usar no palco. Quando chegou à sala de concertos pela primeira vez. Naqueles momentos, a mente de Aya estava em outro lugar, um lugar que Kanade não conhecia. Kanade queria correr atrás dela, mas sabia que não a alcançaria nunca.

Se aquilo fazia parte do mundo da música, do mundo artístico, tudo bem. Mas, dessa vez, parecia diferente.

Kanade sentiu uma vaga impaciência e inquietação subir dentro de si.

— *A*A-CHANNN*!*

Masaru as avistou e se aproximava, acenando.

O príncipe brilhante. Toda vez que o via, Kanade era atropelada pela aura dele. Talvez fosse só momentâneo, mas o que ele irradiava agora era o tipo de luz que só teria a pessoa a quem tudo fosse prometido.

— Ma-*kun*, você foi ótimo! — exclamou Aya.

— É mesmo? Fico contente.

— Eu sabia quando vi o seu programa, porém, quando ouvi você tocar, pensei: *uau*, essas peças são perfeitas.

— Era o que eu esperava. Como ficou o Sibelius? Não estava açucarado demais?

— Você lhe deu a quantidade perfeita de doçura. Os pianistas geralmente se seguram nisso, mas algumas coisas têm de ser doces.

— Eu sabia que você entenderia, Aa-*chan*.

Kanade sentiu um pouco da inveja e tristeza que tivera com esses gênios musicais quando estavam todos na praia, mas agora, misturada a eles, havia uma certa compaixão. A inocência que possuíam... seria um tipo de bênção recebida por serem incapazes de compreender as emoções e sutilezas dos que *não* eram gênios?

— Aa-*chan*, estou morrendo de fome. Vamos jantar. — Masaru se alongou.

— Eu também. Só escutar música me deixa faminta. Kanade-*chan*, o que vamos comer?

Kanade estava perdida em pensamentos.

— Não sei... Curry, talvez?

— Parece bom.

— Mas não apimentado demais. Seria estimulante em excesso.

— Vamos lá, quero algo bom e apimentado!

— Gosta de comida apimentada, Ma-*kun*?

— Gosto. Antes de voltar para casa, quero experimentar o *rámen* superapimentado que li, de um lugar em Ebisu, em Tóquio.

Quando estavam prestes a sair, Kanade deu uma olhada furtiva neles.

Masaru aparecer de novo era uma boa oportunidade para Aya. Havia pessoas que seria melhor ela não encontrar como concorrentes, pois Aya não sentia nenhuma inspiração com conexões mornas. Mas aqueles dois eram gênios, cujo caminho se cruzou na infância. E Masaru era obviamente um rapaz atraente e maravilhoso, tanto como músico quanto como amigo. Kanade esperava que refazer o contato com ele atraísse Aya de volta ao palco.

Parte disso já tinha acontecido, mas será que não eram um pouco parecidos *demais*?

Kanade os observou, como se verificasse a empatia mútua.

Aya via Masaru como seu *alter ego*, não como rival. Isso era muito claro. Embora houvesse uma parte de Masaru que a via como rival.

Será que Aya se sentia satisfeita porque o seu *alter ego* fez uma apresentação excepcional? Será que, em parte, ela não confiava a sua própria música a ele? E planejava voltar a ser simplesmente espectadora?

— Ei! E Jin Kazama? — perguntou Aya, como se pensasse nisso de repente. Ela parou e examinou o saguão.

— Não o vejo.

— Ele estava na sala de concertos?

— Agora que você falou, não o vi. O que é estranho, porque eu tinha certeza de que ele viria assistir.

Aya parou para olhar em volta.

Kanade se espantou.

Talvez, só talvez, a pessoa que convenceria Aya a voltar ao piano, que realmente a faria voltar ao palco, seria...

Uma imagem veio a Kanade, do garoto de boné.

Enquanto Aya e os outros apreciavam o seu curry, Jin Kazama estava com o seu hospedeiro. Na sala dos tatames, acomodado com o Sr. Togashi, sem mover um músculo ao observar o florista cortar habilmente as flores com a tesoura, como se ela fosse uma extensão dos dedos.

— Jin, você já jantou? — perguntou Togashi, dando uma olhada no garoto.

O olhar do garoto estava fixo nas mãos de Togashi.

Jin não percebeu que haviam falado com ele.

De repente, Togashi sentiu algo alarmante sobre esse garoto à sua frente, como se todo o ar da sala fosse sugado por ele.

— O quê? Ah... Sim, já comi.

Os olhos do garoto, como espelhos límpidos, voltaram à vida. Ele olhou Togashi.

O florista soltou um suspiro de alívio.

EM GERAL, TOGASHI MAL parava em casa. Mesmo quando estava lá, ocupava-se com a empresa ou o estúdio de arranjos florais. Ou seja, dificilmente tinha tempo para o filho de um velho amigo. Togashi deixou a família e os funcionários cuidarem do garoto e ficou aliviado ao saber que Jin, acostumado a ficar na casa dos outros, era um hóspede que não dava muito trabalho. Mas mesmo assim se sentia mal por não ter tempo suficiente para dedicar a ele.

Certa manhã, bem cedo, quando ia sair, ele esbarrou em Jin, que lhe perguntou se, quando tivesse tempo, lhe ensinaria a fazer arranjos florais. Parecia que espiara a loja e o estúdio e vira Togashi montando os arranjos.

Jin realmente tinha tempo? Mas Togashi ficou contente com o interesse do rapaz e logo concordou, embora a sua agenda ocupada fosse um quebra-cabeça complicado e dificultasse encontrar horários.

Ele sabia do alto nível do Concurso Internacional de Piano de Yoshigae e que astros saíam dele, mas não sabia o quanto Jin era bom, nem que ficou tão falado no evento. Só soubera pela família de Jin que o garoto havia passado para a terceira etapa. *A apresentação desse menino deve ter sido incrível*, pensou Togashi.

Se fosse eliminado mais cedo, Jin poderia ter viajado diretamente de volta à França, e eles não teriam a oportunidade de ficar juntos daquele jeito.

Um dos clientes de Togashi cancelou o serviço de repente, então Jin voltou para casa assim que o primeiro dia da terceira etapa acabou. Pegou um bolinho de arroz numa loja de conveniência no caminho de volta e ainda mastigava quando entrou às pressas na casa. Nesse sentido, era verdade que havia jantado.

Quando se sentou, com o luxo de passar algumas horas com Jin pela primeira vez, Togashi sentiu a pessoa notável que ele era — alguém que, um pouco como o florista, tinha um talento atípico.

Não havia muitas pessoas como Togashi, capazes de, ao mesmo tempo, praticar com habilidade os arranjos florais japoneses e administrar uma floricultura próspera. A maior parte dos arranjadores comprava as flores em floristas, mas Togashi via a floricultura como ocupação principal, portanto, era considerado um ponto fora da curva no mundo da *ikebana*. Era como se, em vez de um músico adotar o piano e tocar, um fabricante de pianos também tivesse uma carreira de pianista profissional.

Togashi não chamava o seu trabalho de *ikebana*, nome comum dos arranjos florais, mas de *noike*, literalmente "arranjo campestre".

A linhagem da família vinha de Quioto, de uma escola de arranjos florais muito rara hoje em dia, chamada *keshiki-ike* ou "arranjos paisagísticos".

Como indicava o nome, esses arranjos reproduziam morros, campos e paisagens famosas em miniatura. Algumas composições replicavam as paisagens do período Heian e davam uma ideia de como seriam os jardins naquela época, tanto que os historiadores os usavam como material de referência em vez de documentos escritos.

Às vezes, eles tinham a oportunidade de criar paisagens em escala maior e, agora, preparavam uma delas para um evento próximo. Jin havia visto e demonstrado interesse.

Togashi explicou a Jin, em termos simples, os três princípios básicos do arranjo floral — *ten-chi-jin* — e os demonstrou num arranjo floral para ele.

No entanto, as técnicas do *noike* eram usadas para prolongar a vida das plantas, sem sobrecarregá-las. Era preciso conhecer os melhores métodos básicos de cortar e curvar as flores, de quanta água e calor a planta precisava e o melhor ambiente para ela. Quando se compreendia esses aspectos de forma abrangente, estava-se fazendo *noike*.

Jin escutou com atenção.

— Posso tentar cortar algumas?

Ele olhou a tesoura na mão de Togashi.

— Tudo bem. Mas essa tesoura exige muita força. Você é pianista e tem uma apresentação importante amanhã, não é? Vai forçar as suas mãos, portanto, é melhor ir com calma.

Apesar do aviso de Togashi, Jin estendeu a mão para a tesoura e começou a cortar, testando o fio e o funcionamento. A expressão nos seus olhos era séria e intensa, como a de um pesquisador, e ficou claro que o seu poder de observação era considerável.

— Jin, me mostre as suas mãos.

Togashi achou difícil acreditar que o garoto nunca tinha usado aquele tipo de tesoura — a sua habilidade com ela era impressionante — e pegou as mãos do menino.

— Ah. — Inconscientemente, Togashi exprimiu a sua admiração. *Que belas mãos,* pensou. Grandes, carnudas e macias.

Não as mãos delicadas de um artista, mas mãos mais generosas, adequadas para o trabalho prático. Mãos que combinavam as do artesão e as do negociante, que poderiam dar conta de qualquer coisa. Mãos envolvidas em algo de escala maior.

Togashi teve uma sensação estranha de déjà-vu.

Nessa visão, ele estava mais velho, e ele e Jin, agora um jovem vigoroso, carregavam braçadas de galhos para um evento internacional onde arranjariam as flores.

Também havia um piano de cauda no salão, e Jin ergueu a tampa e afinou o piano enquanto Togashi preparava as flores.

Togashi ficou perplexo com essa imagem e sacudiu a cabeça.

O que foi aquilo?

— Hã, Sr. Togashi, quando arranja as flores, em que o senhor pensa? O senhor as arruma tão depressa. Como se já tivesse o arranjo final na cabeça.

Jin pegou a tesoura e traçou a curva das lâminas com os dedos.

Essa era uma reação comum. Quase todo mundo, ao ver Togashi arranjando flores, se espantava com a velocidade com que trabalhava. Ele concluía as composições com enorme rapidez, como se cada segundo contasse.

— Bom, trabalhar depressa cria menos tensão nas flores. É uma das coisas que busco.

Era uma pergunta que ele recebia com frequência, e essa era a resposta-padrão, mas, por alguma razão, sentiu que o garoto precisava de mais do que uma resposta decorada.

— É verdade que, quando estou num lugar onde farei um arranjo *noike*, a cena surge na minha cabeça. Só fica lá um instante, e não posso deixar que me fuja. Se quiser reproduzir o que vejo na cabeça, preciso me apressar. Para trabalhar com rapidez, é preciso dominar a técnica, por isso estudei tanto. No começo, a imagem sumia enquanto eu trabalhava, e isso me frustrava.

— Uau. — Jin ficou impressionado. — Velocidade.

— Isso mesmo. Precisamos de velocidade para aquela imagem passageira não fugir.

O menino pensou bem, os olhos mais uma vez lembrando espelhos.

— Desculpe se soar grosseiro — disse Jin —, mas o arranjo floral não é uma contradição? O senhor corta as coisas do mundo natural, curva-as e tal e as arruma para parecerem vivas. Não sente uma contradição nisso? Matar de propósito alguma coisa e depois fazer com que pareça viva?

O tom de voz do garoto era tão objetivo que espantou Togashi. Ele parecia bem inocente por fora, mas por dentro tinha um nível inesperado de maturidade.

— É, sinto isso, sim — admitiu Togashi. — Mas, para começar, a nossa existência já é contraditória, já que a premissa é matar as coisas para viver. Comer, a base da nossa sobrevivência, se baseia nisso. O prazer do ato de comer está a uma linha bem fina de ser pecaminoso. Sempre que faço um arranjo *noike*, sinto uma certa culpa e pecado. Por isso, me esforço para tornar o melhor possível o momento do arranjo.

Togashi parou um instante.

— As empresas de maquiagem afirmam isso nos anúncios, não é? *Torne belo cada segundo, cada vida.* Acho que todo momento é eterno. O oposto também é verdadeiro. Criar o momento supremo significa que, enquanto arranjo as flores, tenho a forte sensação de que estou vivendo. E, como esse momento é eterno, pode-se dizer que vivo eternamente.

Jin olhou para cima, como se absorvesse o significado das palavras de Togashi.

— Hum, *ikebana* e música são parecidas — disse ele.

— É mesmo?

Jin pousou a tesoura suavemente no tatame e cruzou os braços.

— Em termos da possibilidade de ser reproduzida, a música é igual à *ikebana*: um único momento. Não se pode mantê-lo neste mundo para sempre. É só aquele único momento que some. Mas aquele momento é eterno, e, quando o reproduzimos, podemos viver naquele momento eterno.

Jin olhou a ponta do galho que Togashi arranjava. Havia nele um padrão de folhas, a última folhagem outonal.

— Hum... — murmurou Jin consigo mesmo. — Então, levar a música para fora é...?

— Como assim? — perguntou Togashi.

Dali a um momento, Jin o olhou de volta.

— Prometi ao meu professor de piano que tiraria a música do seu recinto fechado e confinado e a levaria para um lugar maior.

Togashi ficou perplexo.

Levar a música para fora. Togashi não sabia muito sobre o mundo musical, mas não era meio raro que um rapaz tão novo pensasse em coisas assim?

— Imagino que você não esteja falando simplesmente de coisas como concertos ao ar livre — comentou Togashi.

O garoto disse:

— Acho que é diferente. Fizemos muitas apresentações ao ar livre, mas não era isso. Ainda não fui capaz de levá-la para fora.

Ele sacudiu a cabeça, pegou de novo a tesoura de arranjos florais e fitou as lâminas reluzentes.

— Quando arranja flores, Sr. Togashi, os ramos e flores estão vivos. Como se não tivessem a mínima ideia de que foram mortos.

Togashi se encolheu com a palavra *mortos*, mas não conseguiu tirar os olhos do garoto que fitava as lâminas da tesoura.

— Um momento, eternidade e... reprodução...

Despreocupado com o olhar fixo de Togashi, o garoto continuou a se concentrar nas lâminas brilhantes.

Quero você

Estava escuro fora da janela quando ela acordou, a vidraça distorcendo a vista.

Parecia cair uma chuva fria, e ela sentiu um arrepio.

Mieko tremeu contra a vontade.

A primeira chuva do inverno. Era assim que costumava ser.

O último dia da terceira etapa estava prestes a começar e prometia ser um grande dia.

Fazia tempo que ela passara pelo pico de exaustão e, agora, sentia um tipo de ebriedade. Aquele era o último julgamento real que teriam de fazer, e ela estava entusiasmada, e suas emoções eram uma mistura de expectativa por ser liberada e de saber que sentiria falta quando tudo terminasse.

Isso mesmo, pensou. *É assim que é.*

Sempre me sinto assim quando um concurso vai terminando.

A sensação de que, embora sem dúvida houvesse panelinhas e diferenças de opinião, ela e os outros jurados, depois de tanto tempo juntos, tinham se tornado irmãos de armas.

Como se literalmente travassem uma batalha juntos.

Havia muitos jurados mais velhos, o que fazia Mieko se sentir um pouco subalterna; como um todo, eles eram resistentes. Se não fossem, nunca conseguiriam manter uma atividade que exigia das pessoas que escutassem música. A sua geração de músicos, que sobreviveu a um século de guerra, era, no fundo, inabalavelmente forte.

Mieko trocou saudações rápidas com os outros jurados e entrou na sala de concertos.

Como sempre, a primeira pessoa que avistou foi Nathaniel. Ela percebeu que sempre o procurava.

Era um homem que ela amou, um homem com quem passou anos. Ainda tinha sentimentos residuais por ele e, toda vez que o via, sentia uma leve dor por dentro.

Nathaniel se sentou rapidamente, e ela soube que estava perdido em pensamentos.

Em que estaria pensando? No futuro do aluno? Na mulher de quem se divorciou e na filha amada? Ou na orquestra que regeria na semana seguinte?

Não, ela sabia que não era nada disso.

Mieko ocupou o seu lugar e balançou a cabeça.

Provavelmente não era só Nathaniel; os outros jurados também, sem dúvida, pensavam a mesma coisa.

Jin Kazama chegaria à final? Ou melhor, *deixariam* que ele chegasse à final?

Mieko não conseguia pensar em outra coisa que pudessem discutir. Os outros pianistas dignos de chegar à final seriam decididos como algo óbvio.

Os jurados se sentaram nos seus lugares e esperaram em silêncio que a apresentação começasse.

Mas Mieko sabia. Podiam fingir calma, contudo, havia expectativa ali.

Ela sabia que, em segredo, eles aguardavam a apresentação de Jin e se perguntavam qual seria o próximo golpe daquele malandro.

Mieko não podia negar que ela também estava empolgada. Como a criança que espera para desembrulhar o presente e tenta mostrar paciência, ela se perguntou o que ele aprontaria dessa vez.

Desde a primeira etapa, as opiniões sobre Jin tinham se dividido claramente entre os que o apoiavam e os que se opunham ferrenhamente a ele. De certo modo, como se pisasse em gelo fino, ele havia conseguido chegar até aquele ponto por um caminho estreito e traiçoeiro.

O que a espantava era que, com o passar do tempo, o número de apoiadores ia aumentando.

Mesmo entre os jurados que, a princípio, sentiram nojo físico dele, havia uma sensação crescente de querer ouvi-lo de novo. Os que demonstraram, quase sem querer, um óbvio desdém pela sua execução exprimiam agora, com relutância, a esperança de ouvi-lo mais uma vez. Já eram fãs.

Quem no mundo ele *era*?

O *que* ele era?

Mieko sabia que até os apoiadores achavam difícil entender. Já tinham ouvido o rapaz tocar duas vezes, mas ainda não sabiam como reagir. E Mieko era um deles.

Embora ainda se sentisse envergonhada por, nas palavras de Smirnoff, *cometer apostasia* em relação a Jin, também era um fato inegável que se sentia atraída pela sua execução. Mas ainda questionava o julgamento que fizera dele e continuava sem saber se havia sido atraída por algo fraudulento.

E os jurados tinham uma vaga consciência de que a armadilha de Hoffmann era ardilosa e assustadora.

Também sabiam que permitir ou não que Jin chegasse à final revelaria a postura *deles* como músicos.

Mieko imaginou Hoffmann sorrindo, aquele sorriso satisfeito e estranhamente travesso.

Lá na audição de Paris, pensou Mieko, *todos caímos lindamente na sua armadilha. Foi estendido um rastilho que liga aquela competição a esta.*

Ficamos todos tão fascinados com a embalagem maravilhosa que não notamos a bomba potente que estava dentro da caixa.

A bomba em que Hoffmann instalara o longuíssimo rastilho.

Ele preparou aquilo ainda vivo... Não, isso recuava até quando começou a dar aulas a Jin Kazama. Mieko não sabia quando ele acendeu o rastilho, que continuava a arder com paciência, centímetro a centímetro, até o ponto em que detonaria uma grande explosão.

Os que pegaram aquela caixa eram aqueles mesmos jurados ali.

Que dádiva.

A chama do rastilho serpenteava cada vez mais perto.

Deveriam jogar a caixa fora sem abrir? Apagar o rastilho aceso?

Ou ficar com a caixa e liberar uma incrível exibição de fogos de artifício?

Mieko não pôde deixar de imaginar Hoffmann, naquele momento, avaliando-os friamente.

Devia ser Nathaniel quem mais sentia esse olhar.

Então, o que você vai fazer? *Você?* Você, como *músico*?

Essas perguntas eram feitas a cada um dos jurados, como a lâmina de uma faca apontada diretamente para a testa.

Era provável que Hoffmann não fizesse objeção a jogarem a caixa fora. Se no último minuto decidissem "Não, isso não serve" e apagassem o rastilho, o máximo que ele faria seria dar de ombros.

Se os visse jogar a caixa fora e cobri-la com um cobertor, com medo da explosão, provavelmente ele iria até lá, pegaria a caixa e sairia sem dizer nada.

Como ele mesmo falou, cabia inteiramente a eles verem Jin Kazama como uma *dádiva* ou um *desastre*.

Mieko levou à boca a garrafa de água mineral.

Ficou surpresa ao ver como estava ressequida.

Uau, estou mesmo tensa. O que está acontecendo?

Ela tomou outro gole.

De uma coisa tenho certeza. Mieko limpou a boca e se recostou na poltrona.

Se eliminarmos Jin Kazama hoje, em algum momento do futuro próximo, terei de aprender a conviver com isso, com o fato de ser um dos que o tiraram do concurso.

A SALA DE CONCERTOS ficou lotada quase no mesmo instante em que as portas se abriram.

Com os olhos cintilantes de ansiedade, a multidão disputava os bons lugares.

Aya e Kanade, junto de Masaru, ficaram aliviadas por conseguirem um lugar nos fundos.

A sala estava sufocante de empolgação contida e expectativa febril.

— Já está lotada.

— As coisas estão finalmente bem animadas.

Aya e Masaru cochichavam entre si, mas já havia uma barreira invisível entre eles, entre quem já tinha se apresentado e quem ainda se apresentaria.

— Você tem a sorte, Ma-*kun*, de poder se recostar e apreciar o resto da terceira etapa.

— É uma pena que você seja a última, Aa-*chan*. — Masaru lhe deu um sorriso irônico. — Mas ser o pianista que encerra um concurso... não é algo que se vive com frequência. Você está aqui há mais tempo.

— É, acho que dá para ver por esse lado. — Aya lhe deu o seu próprio sorriso irônico.

A pessoa que pode apreciar o concurso por mais tempo. E saboreá-lo plenamente. Por outro lado, contudo, também significava ser quem mais sofria.

— Onde está Jin, de qualquer modo?

Aya se espantou um pouco.

— Não o vi. Ele está sempre naquele canto lá.

Kanade também olhou em volta.

— Ele prefere ficar no corredor, não nas poltronas.

— Ele disse que consegue se concentrar melhor ali para escutar.

— Ele também não estava aqui ontem à noite. Será que está estudando?

ENQUANTO OUVIA MASARU E Kanade, Aya se sentiu estranhamente inquieta. *Estou tão desligada. Parece que nem sei que sou a última a tocar. O que me preocupa tanto?* Aya tentou identificar a fonte da inquietação, mas só se sentia afastada, sem entender a falta de emoção.

Saborear plenamente. Era verdade que havia descoberto o que era um concurso. O prazer de escutar uma variedade tão grande de pianistas e conhecer os diversos históricos.

Mas essa ideia de *saborear* era diferente do que Masaru queria dizer.

Você está aqui há mais tempo.

Ele dizia isso como concorrente, como músico. Saborear a batalha em si.

Sou diferente dele, pensou Aya. *Eu não estava* saboreando *tudo como concorrente, mas como ouvinte.*

Aya sentiu o seu estado de espírito afundar ainda mais, como se a gravidade a puxasse diretamente para baixo na poltrona, arrastasse-a para o abismo.

Por que será que estou aqui, afinal?

Essa era a pergunta que ela evitava todo aquele tempo.

O clamor da plateia sumiu, e Aya estava ali sentada na sala de concertos, sozinha.

Estar no palco *era* divertido, sem dúvida. Era gostoso tocar diante do público.

E pude ver mamãe. E voar pelo espaço.

Eu só estava fugindo e fingia não enfrentar os meus próprios medos. Agora sei disso.

Portanto, foi uma experiência valiosa. Consegui realmente sentir de novo que a música é maravilhosa.

Mas... E daí?

Aya se espantou ao perceber o quanto havia perdido o interesse em ser concorrente.

A música sempre fará parte da minha vida. E nunca vou parar de me apresentar. Isso é certo. Mas isso e este concurso onde estou agora não estão organicamente conectados. Há uma desconexão em algum lugar, e não sinto que este concurso esteja ligado à minha vida musical.

Aya sentiu um arrepio súbito. Conseguiu se imaginar, depois do concurso, dizendo "Bom, foi divertido. Gostaria de assistir a mais um" e saindo da sala de concertos.

Mas por que isso era tão assustador? Ela ficou confusa.

Já não bastava? Ela era esse tipo de pessoa, não era? E gostava desse tipo, alguém que via o concurso do qual ela mesma participava basicamente como um concerto longuíssimo e agradável.

Mas tudo bem sentir isso?

Sim, tudo bem, disse outra parte dela, a voz soando um pouco desesperada, histérica.

Você conseguiu fazer o que precisava. Fez o professor Hamazaki evitar a vergonha, não foi? O público adorou você, os repórteres até vieram entrevistá-la. Você salvou as aparências e atendeu às expectativas, certo?

Mas seria verdade? A voz da dúvida continuava a importuná-la.

Então, o que devo fazer agora? Aya não notou que estava úmida de suor frio.

O sinal tocou, o público correu para os seus lugares, mas nada disso foi registrado por Aya, só a gravidade que a puxava mais para o fundo da poltrona.

O PRIMEIRO PIANISTA ERA um coreano. Alto e carismático, com um programa centrado em Rachmaninoff que exibia com perfeição a sua destreza técnica.

— Uau, ele é mesmo bem chamativo, não é?

— Ele não estava assim na primeira e na segunda etapas.

Kanade entreouviu Aya e Masaru cochichando entre si. E concordou.

Havia concorrentes de todo tipo: alguns começavam devagar e só chegavam a si mesmos com o avanço do concurso. Esse rapaz atingiu o pico bem no momento certo da programação. Chegar à terceira etapa também certamente aumentou a sua confiança.

— Ele é muito legal — cochichou Kanade para Aya.

— É, vai ser popular.

Na plateia, muitos deviam concordar, porque, quando a apresentação terminou, as moças gritaram a sua aprovação.

A concorrente seguinte também era coreana. Uma mocinha do tipo que faz a gente realmente desfrutar a música.

Os que haviam chegado à terceira etapa estavam todos num nível em que faziam a gente pensar: *É esse aí.*

Aquela moça mal tinha vinte anos, mas havia maturidade na sua execução.

Tão jovem, mas com um estilo sóbrio e contido, pensou Kanade, impressionada.

— Ela é ótima, também.

— Todos são muito bons.

AYA E MASARU TINHAM de ser incrivelmente talentosos para se destacarem num grupo daqueles, pensou Kanade.

E não esqueça Jin Kazama.

Ela sentia que a plateia o aguardava.

Ontem, era Masaru que esperavam ansiosamente; hoje, era Jin.

Aquele clima exclusivo dele, aquele som só seu.

Tudo era muito sensacional, mas, de repente, ela ficou apreensiva por estar empolgada. O talento dele era tão incomum que ela não conseguia descrever com palavras. Sentia-se cativa do som dele, mas, quando acabava, não sabia dizer o que a prendeu tanto.

Kanade ainda brigava para saber o que pensar de Jin, algo que raramente lhe acontecia.

Ela examinou furtivamente a plateia procurando por ele.

Sombras escuras enchiam os cantos da sala de concertos.

Naquele dia, só havia lugar em pé desde a manhã.

Onde ele estava?

O Jin com quem Kanade tanto se preocupava estava bem no fundo do auditório.

Havia acordado cedo e, incapaz de ficar parado, perambulou pela chuva e se enfiou na sala de concertos poucos momentos antes do início das apresentações, unindo-se aos que estavam em pé, acocorando-se entre eles.

Ele se inclinava à frente, balançando enquanto escutava o ardor da moça coreana.

É... essa parte é bem legal também.

Ele estava com a moça, lá no mundo musical dela.

Parecia que essa parte era um castelo. Dentro de um prédio antigo. Um mundo sólido e tranquilo. Um ar calmo no lugar, o acúmulo dos anos. A moça estava com um vestido clássico e completamente imersa. Aparentemente, sem perceber que Jin estava bem ao seu lado.

Jin olhou em volta.

Paredes de pedra. Piso de madeira marchetada.

A luz das candeias tremulando.

Hum... um lugar histórico. Algo dos velhos tempos da Europa, talvez.

Jin sentiu que alguém o chamava. Saiu do lado da moça. Aos poucos, a sua consciência foi transportada para outro lugar.

Lá fora.

Ele saiu do castelo e foi para um espaço amplo e aberto.

Capim macio sob os pés. Uma ampla planície gramada.

À distância, ele espiou o maestro Hoffmann. Os dedos entrelaçados nas costas, caminhando, a cabeça um pouco baixa.

Para fora. Para fora.

Como ele deveria levá-la para fora? Levar a música para o grande mundo?

Jin correu atrás do professor.

Maestro Hoffmann, espere!

O vento soprava, e ele sentiu a luz do sol no rosto.

Conseguia sentir a luz, mas a cena era difusa.

Hoffmann parou e virou a cabeça. Jin percebeu um vislumbre do rosto dele, mas aí o professor se virou e se afastou caminhando outra vez.

Então, ele ouviu *snip, snip.*

Jin parou de correr e olhou na direção do som.

Togashi cortava galhos. Cortava ramos novos de salgueiro com um ritmo furioso, com a tesoura afiadíssima de arranjos florais, e amontoava-os nos braços.

O mais depressa possível. Para não notarem que estão mortos.

A eternidade é um instante, e um instante é eterno.

Jin arregalou os olhos.

Houve um rugido de aplausos.

Sem que percebesse, a apresentação da moça terminou, e ela fazia uma profunda reverência. Os aplausos aumentaram ainda mais.

As portas pesadas atrás dele se escancararam, e Jin se levantou às pressas. Foi pego pelo público que saía para o saguão.

Lá fora. Lá fora.

Ele andou às cegas rumo às janelas que iam do chão ao teto.

Dava para sentir o frio além do vidro.

Uma chuva gelada caía lá fora, e as pessoas abriam o guarda-chuva ao sair.

Já é inverno, pensou ele.

Jin encostou a palma da mão no vidro. Estava muito mais frio do que havia esperado e, instintivamente, ele puxou a mão de volta.

Enquanto observava, Jin ainda estava naquela planície gramada varrida pelo vento, as duas cenas se fundindo numa só.

Agora, o maestro Hoffmann estava muito longe, prestes a sumir na névoa.

O que devo fazer? E como?, perguntou Jin à figura distante de Hoffmann.

Ele tocou piano ao ar livre com Hoffmann, mas era diferente. Não havia nenhuma sensação de libertar a música. Era divertido, mas não era o que Hoffmann queria dizer com *Leve-a para fora.*

— Já se sentiu assim, maestro? — perguntou-lhe Jin certa vez.

Hoffmann sorriu e respondeu:

— Já, mas não com muita frequência.

Ele fez um gesto como se apertasse algo entre os dedos.

Jin procurou a saída. Queria respirar ar fresco.

A porta automática deslizou para se abrir, o ar frio entrou.

O ar úmido e gelado lá de fora.

O aroma do inverno.

Em silêncio, Jin começou a andar.

A sala de concertos fazia parte de um grande prédio multifuncional, e era possível andar quase até a estação sem se molhar. Só o pavimento de pedra da praça, bem na frente da sala de concertos, que não tinha teto, estava molhado de chuva.

Jin fitou o céu.

Não havia vento, a chuva caía suavemente.

À distância, houve o ribombo grave de um trovão.

Trovão de inverno. Ele sentiu algo borbulhar fundo dentro de si.

Não via nenhum relâmpago.

A chuva cinzenta riscava linhas escuras ao cair.

Sob a cobertura da calçada, a chuva soprava de lado e deixava as bochechas de Jin pegajosas.

Leve-a para fora.

Mesmo com o açoite da chuva fria, Jin ainda sentia que estava trancado em algum lugar. A sensação impaciente e ansiosa que tinha desde que acordou.

Aonde deveria ir? Aonde deveria levá-la?

Ele tirou o boné, pôs de novo na cabeça e continuou andando.

Havia um longo túnel que levava até a estação.

Sob a luz fluorescente, os pedestres haviam fechado o guarda-chuva. Jin se uniu a eles.

Quero sair, ir para algum lugar expansivo.

O túnel de cheiro úmido era sufocante.

Não é isso.

Jin começou a se apressar.

Saiu do túnel quase correndo.

Na praça vazia diante da estação.

Jin parou, sem fôlego.

A estação se erguia acima, o céu agora mais amplo.

O céu vazio e cinzento se abria acima dele. Nenhuma sugestão de luz.

Ele o fitou com olhos vazios.

A chuva tamborilava baixinho no boné. O mundo se encheu com o sussurro da chuva. Buzinas tocavam, vendedores clamavam, mas a chuva era quietíssima.

As abelhas não voam hoje, pensou ele.

Não consigo ouvir aquele zumbido de que tenho saudade.

Onde está o maestro agora?

TAKUBO, O DIRETOR DE palco, se espantou ao avistar o garoto imóvel nos bastidores, parecendo um fantasma.

No palco, o pianista, antes de Jin Kazama, estava no meio da apresentação.

— Algum problema, Kazama-*kun*?

Takubo tentou fazer a pergunta com calma, porém, não obteve nenhuma reação.

Em geral, o concorrente seguinte aguardava na sala de descanso, onde poderia estudar, e só era chamado quando o anterior saía do palco.

Alguns chegavam cedo, alguns estudavam até o último minuto — havia todos os tipos —, mas, no caso de Jin Kazama, ele quase não fazia estudo de aquecimento e dizia que preferia escutar a apresentação dos outros concorrentes na plateia, e estavam acostumados a só ver Jin aparecer pouco antes de entrar.

Alguma pessoa amável devia tê-lo deixado entrar cedo nos bastidores, mas era claro que algo estava errado.

Mesmo quando Takubo falou com ele, os olhos de Jin permaneceram sem foco.

O cabelo estava arrepiado — nada incomum nisso —, mas a cabeça e a camisa pareciam molhadas de chuva.

Em silêncio, Takubo foi até alguns membros da equipe de apoio.

— Alguém me consegue uma toalha? — pediu.

Ele a entregou a Jin.

— Use isso para se enxugar — disse, mas o garoto não reagiu.

Ele não teve opção senão pegar Jin pelo braço, levá-lo a um canto dos bastidores e secar pessoalmente o cabelo do garoto.

A sensação do cabelo macio e arrepiado do menino lembrou a Takubo o seu próprio filho quando pequeno.

Quanto tempo faz, se perguntou, *desde que enxuguei assim a cabeça de uma criança?*

Por alguma razão, ele se encheu de uma saudade agridoce.

— Kazama-*kun*, você está bem? Está se sentindo doente? — sussurrou Takubo no ouvido do garoto.

Isso pareceu espantá-lo: os olhos de Jin se arregalaram e começaram a olhar em volta.

Takubo pôs o dedo nos lábios para indicar que tinham de manter silêncio.

— Estamos nos bastidores — disse.

— É a minha vez? — Jin parecia surpreso.

— Ainda não. O concorrente antes de você ainda não chegou à metade.

Jin ficou calado um momento e soltou um grande suspiro.

Parecia ter finalmente voltado ao mundo real, os olhos não mais vazios.

— Sente-se lá.

Takubo apontou um tamborete, e o garoto obedeceu. Com a toalha enrolada na cabeça, sentou-se, perdido em pensamentos. Os olhos tinham um ar que Takubo nunca tinha visto.

Estava tão concentrado que era até assustador.

Ainda bem que não parecia doente nem em pânico.

Takubo se sentiu aliviado. Mais tarde, teria de verificar com o pessoal por que haviam permitido que Jin fosse para os bastidores tão cedo.

Durante quase trinta minutos, Jin ficou perfeitamente imóvel.

Sempre cheio de surpresas, esse aí, pensou o diretor de palco.

Takubo deu algumas olhadelas nele e no palco.

A última peça do programa terminou.

Takubo abriu a porta do palco e sorriu para o jovem russo, cujo rosto estava corado por absorver o estrondo dos aplausos.

Nada se igualava à alegria de ver o rosto de um executante nesse momento, pensou Takubo.

Os aplausos não paravam.

Queriam um bis, e o rapaz, com um sorriso sem graça, voltou para o palco.

Mais uma peça, suponho.

Takubo deu uma olhada em Jin. O garoto fitava um ponto no chão e não se movera um centímetro.

Takubo reparou que nem os vivas nem o aplauso haviam sido percebidos por ele.

Enquanto congratulava o concorrente que voltava, Takubo ainda percebia o garoto sentado na escuridão dos bastidores.

Em que estaria pensando? E o que via?

Takubo se sentiu inquieto quando ouviu o público se levantar e seguir com barulho para as saídas.

Asano, o afinador, apareceu.

— Olá — disse, e Takubo indicou com a cabeça Jin Kazama ali sentado.

— Qual é o problema dele? — perguntou Asano ao diretor de palco.

— Não faço ideia. Parece perdido em pensamentos.

— Mas preciso afinar o piano. O pianista anterior realmente lhe deu uma surra.

Jin usaria o mesmo piano do rapaz que o precedeu.

— Kazama-*kun*. Kazama-*kun*. — Asano se aproximou de Jin e se agachou ao seu lado.

— Ah, Sr. Asano.

Jin olhou para baixo. A expressão estava calma, e Takubo disse a si mesmo que tudo daria certo.

— Então, como gostaria que eu afinasse hoje? Posso afinar como você preferir.

Asano sorriu para ele, e Jin pensou um momento.

— ... Eu gostaria que o som chegasse ao céu — disse ele.

— O quê? — disseram Asano e Takubo ao mesmo tempo.

Com ar sério, Jin apontou para cima.

— Deixe de um jeito que o maestro Hoffmann consiga ouvir.

A voz dele não podia estar mais séria.

Asano cambaleou um passo atrás e, apressado, se endireitou e engoliu em seco.

— Como o quê, exatamente?

— Suave — respondeu Jin. — O oposto de um som nítido, se puder.

AYA EIDEN FOI ATÉ a sala de descanso e rapidamente trocou de roupa.

Esse vestido era vermelho, quase escarlate. A terceira roupa já.

Ela recordou os vestidos vermelhos que Jennifer Chan havia usado. *Eram todos muito incríveis,* pensou ela. *Onde ela teria comprado? Ou os ricos mandavam fazer sob medida?*

Aya imaginou o vestido prateado pendurado no guarda-roupa, lá no hotel. O vestido que guardava para a final.

Mas teria oportunidade de usá-lo?

Ela não demorou para se trocar e aplicar um toque leve de maquiagem. O vestido tinha mangas drapeadas que facilitavam mover os ombros e os braços. Ela manteve os sapatos baixos, por enquanto. Calçaria os sapatos formais nos bastidores.

Aya se olhou no espelho, girou os braços e fez que sim com satisfação.

Ela também mal fizera aquecimento.

Preciso correr de volta à sala de concertos para assistir à apresentação de Jin Kazama.

Para não se destacar no vestido, decidiu usar um casaco preto por cima e entrar na sala minutos antes do início da apresentação.

Ela se sentia mais nervosa aguardando o recital de Jin do que o seu. Nas suas apresentações, ela sabia o que ia fazer, e parecia que elas terminavam sem que percebesse.

Estou apostando nele, pensou de repente.

Mas apostando o *quê*, exatamente?

O que quero daquele gênio? Não importa o que eu espere para ele; esse problema é meu, *não tem nada a ver com ele. Mas confio que ele me trará um raio de esperança, e estou lhe implorando agora.*

Ela entrelaçou os dedos e apertou as mãos com força.

Era uma sensação esquisita.

Agora que pensava bem, Aya se sentia assim desde a etapa inicial.

Quando ouviu a primeira apresentação de Jin Kazama, sentiu que queria tocar também, estar com ele. O mesmo aconteceu na segunda etapa.

Ela conseguiu tocar a sua própria "Primavera e Ashura" porque ele tocou a dele, pensou. A apresentação dele remexeu as brasas fumegantes que jaziam no coração escurecido de Aya.

Ela estava onde estava agora, era justo dizer, porque ele a havia puxado. E depois? Depois do concurso, nos dias que estavam por vir. O futuro dela, a sua vida na música. Uma sensação de ansiedade próxima do medo se esgueirava dentro dela, como uma ardência que espetava as costas.

Ela não conseguia explicar esse sentimento que Masaru e Kanade não poderiam aliviar.

Mas, de certo modo, Jin Kazama era capaz de dissipar essa ansiedade. Ela sentia isso instintivamente e confiava nele.

Ele pode me puxar de volta, pode criar uma razão para eu fazer as pazes com o verdadeiro mundo da música.

Lá no fundo, havia muito tempo que ela esperava uma fagulha. *Então, eu lhe* imploro, disse Aya, as palavras dirigidas a Jin.

Por favor, me traga de volta. Me dê razão para voltar àquele mundo hostil e maravilhoso.

Enquanto desejava, outra parte dela sorria tristemente e pensava: *Você é bem ousada, não é, ao pedir isso?*

No espelho, ela viu o rosto de uma moça de sorriso torto.

E o que faço se a apresentação dele não atender às minhas expectativas? Se eu ficar desapontada, desiludida? Isso significa que vou em frente e desisto?

A moça do espelho mostrava um sorriso sarcástico.

Tudo o que você faz é culpar os outros. Depender dos outros. No fim, você não é música de verdade. Veja só Masaru. Até Kanade e os outros pianistas.

Eles decidiram passar a vida inteira como músicos. Sem nenhuma dúvida na mente. Mas você não é música. Será que já foi até agora? Você deixa o seu destino nas mãos dos outros, e está mesmo disposta a dedicar a vida inteira à música?

A sensação ardida se transformou numa picada aguda e dolorosa.

É por isso que estou apostando tudo nisso!, gritou ela para a moça no espelho.

Masaru é maravilhoso, e Kanade... eu a respeito tanto, como ela é séria e sincera em relação à música. Os dois têm qualidades que não tenho. Isso me faz sentir inveja e culpa. Um pouco inferior.

Admito: estou totalmente confusa. Uma moça manipuladora que culpa os outros por tudo. Mas quero tocar também!

Aya fitou o rosto pálido no espelho.

Sentiu o coração bater com força, o suor frio surgir nas têmporas.

Lá longe, soou um sinal.

Ela olhou o relógio na parede. Levantou a bainha do vestido e saiu às pressas da sala de descanso.

— KAZAMA-*KUN*, ESTÁ NA hora — disse Takubo baixinho.

Asano estava em palpos de aranha enquanto fitava Jin.

O afinador tinha virado fã do garoto e, quando Jin saiu para a luz do palco, Asano se despediu dele quase com uma oração.

Aplausos estrondosos soaram, e Asano teve uma visão.

Além das portas, um campo extenso.

O céu alto. Nuvens brancas distantes. Uma terra deserta.

E, naquele lugar deserto, Jin Kazama, bem ereto, andava sozinho.

Seguia para o horizonte distante.

Por um caminho nunca trilhado.

Aonde você vai?, gritou Asano enquanto observava o garoto sumir atrás das portas.

Jin Kazama parecia um pouco diferente das duas ocasiões anteriores em que esteve no palco.

Não correu para o piano, nem começou a tocar como se não conseguisse esperar. Em vez disso, andou com firmeza na direção do instrumento, com um ar sereno.

Céus... Ele está nervoso? Isso seria incomum, pensou Mieko, a princípio.

Ele olha alguma coisa muito longe.

No palco, os executantes estavam sempre solitários, mas ele parecia ainda mais sozinho.

Mas por quê?, perguntou-se Mieko.

Em pé ao lado do piano, o menino fez um cumprimento com a cabeça.

Os aplausos pararam. O público prendeu a respiração.

O garoto se sentou. Olhou para cima um momento.

O público também sentiu que havia algo diferente.

O garoto murmurava algo para si.

Palavras de oração? Ou só falava sozinho?

Se, naquele momento, estivesse ao lado dele no palco, talvez Mieko o ouvisse falar com Hoffmann.

O garoto sorriu.

Mieko se espantou.

Ele começou a tocar.

Aquela provavelmente era a primeira vez que Masaru ouvia uma peça de Erik Satie tocada num concurso, e duvidava que a ouviria de novo.

A espirituosa "Je te veux", ou "Eu quero você". Uma valsa leve, revigorante.

A melodia simples transformou imediatamente a sala de concertos numa rua de Paris.

O tilintar dos copos num café, a conversa da clientela.

A música de Jin era muito astuta. Ele era bem jovem, mas a sua interpretação da elegância de Satie era tão madura, tão perspicaz.

Aquela pequena peça era o prólogo do programa de uma hora.

Bem gradualmente, ele fez um ritardando...

E, de repente, iniciou a peça seguinte.

Uma peça famosa, a "Canção da primavera" dos *Lieder ohne Worte*, ou *Canções sem palavras*, de Mendelssohn.

Que mudança vibrante de paisagem.

De repente, estavam num perfumado jardim florido.

Lustrosas flores primaveris, passarinhos cantando.

Tão adorável.

Uma execução visual, transbordante de cores.

Em seguida, veio Brahms. O "Capriccio em si menor".

Aqui, o toque ficou mais livre, sem restrições. Também era uma peça curta e astuta, cheia de melancolia, mas com um toque de humor. Difícil de tocar.

Essa cena seria toda azul, não é?, pensou Masaru fechando os olhos.

Uma paisagem tingida de azul. Uma mansão à beira do lago, talvez com os moradores de traje tradicional dançando no grande salão. Ele via as mulheres na ponta dos pés.

Aquela não era mais uma apresentação num concurso.

Masaru admirava o que Jin estava fazendo, mas também se espantou.

Era como se ele fiasse as melodias, criando-as conforme lhe vinham à mente. Era um tipo esquisito de apresentação ao vivo em que uma música chamava a seguinte.

Sim, era menos um concerto ou um recital do que uma apresentação ao vivo.

O Brahms terminou como se fosse conjurado em outra sala de concertos.

Jin baixou as mãos nas teclas outra vez.

Então, uma arfada subiu do público.

Erik Satie. De novo.

A sala se alvoroçou, confusa.

Jin Kazama começou a tocar "Eu quero você".

Pelo sorriso no rosto, claramente não era um acidente. Ele sabia muito bem que repetia a primeira peça do programa.

O que está acontecendo aqui?

Masaru estava estupefato, mas também preocupado com Jin.

Uma apresentação que não seguisse o programa apresentado com antecedência seria uma violação das regras? Afinal de contas, as regras dos concursos eram muito estritas.

E se Jin fosse desclassificado?

Como um talento daqueles seria chutado da premiação?

Masaru sentiu surgir um suor frio.

Jin não pensou nem mesmo que aquilo deixaria o público nervoso?

No palco, Jin mostrava um sorriso inocente enquanto avançava levemente por Satie outra vez.

Um crime premeditado? Ou achava que aquilo estava dentro dos limites das regras do concurso? Ou...?

A segunda execução de Satie se desacelerou e, sem pressa, ele começou a peça seguinte.

Debussy.

"Pagodes", a peça de abertura da suíte *Estampes*, ou *Gravuras*. Ao lado do título japonês, que significava *Torre*, estava uma anotação que citava pagodes.

Claramente, Debussy tinha uma imagem oriental na mente.

A cena mudou imediatamente.

Um grande quadro antigo numa moldura de época.

Uma aldeia no crepúsculo. Umidade subtropical grudenta, asiática. Quase era possível sentir o cheiro do capim, o aroma do sopro do ar quente. Um pagode antigo.

Dava para sentir a gravidade puxar a paisagem do palco na direção do público.

ENQUANTO KANADE ESCUTAVA, UMA parte dela também se perguntava se ele desrespeitava as regras.

Era um concurso. Como os jurados reagiriam a ouvir Satie duas vezes?

Além disso, a segunda execução de Satie não se completou. No meio do caminho, se fundiu à peça seguinte. Aquilo era um *pot-pourri*.

Ainda assim, o coração dela foi arrebatado pela ondulante cena sonora criada por Debussy, e ela foi transportada para algum lugar distante.

Quem se importa com as regras?, foi o que Kanade acabou sentindo.

O mais incrível na música de Debussy era que, toda vez que a ouvia, ela se surpreendia novamente com a originalidade melódica. Fazia o seu coração esvoaçar, e cada vez ela voltava a se sentir assim. A mesma ideia sempre lhe vinha: *Claude Debussy, você realmente é um gênio.*

Um pagode antigo... A cena daquele quadro ocidental desbotado de repente se acelerou.

Nostalgia... era assim que se dizia? A água, lá na parte inferior do coração, um lugar escuro e profundo, era remexida por uma força invisível.

A aceleração inesperada de Debussy *arrebatou* completamente todo o público para outra dimensão.

O dinamismo de Jin Kazama se destacou ainda mais. Kanade sentiu arrepios.

O aumento do volume de pianíssimo a fortíssimo foi lindamente executado. Não era exibição, mas uma brincadeira instintiva com o som que acontecia antes que se tomasse consciência.

Como se uma corrida de automóveis se acelerasse de repente, sem nenhum som, até a velocidade máxima.

Um drama que se desenrolava baixinho, acumulando um ímpeto incrível.

A música passou para a segunda peça de *Estampes*: "La Soirée dans Grenade", ou "Noite em Granada".

Num momento, o público foi transportado para um mundo impregnado de islamismo.

A palavra *Granada* conjurava vários tipos de associação. Ficava na Andaluzia, no sul da Espanha, região onde o cristianismo e o islamismo tinham se cruzado. O céu claro e azul-escuro era absorvido pelo crepúsculo que chegava. As colunas brancas regularmente espaçadas num átrio mergulhavam no brilho do sol poente, e a palavra *infinito* vinha à mente.

O ritmo da *habanera*. Mulheres com cabelo muito preto seguravam leques e dançavam.

Algo ali no profundo mar de emoções dentro de cada um também erguia a cabeça. Um fim de tarde inquieto, sem alegria.

O crepúsculo, no qual se fundiam as bênçãos e maldições da vida.

Estava completamente imbuído disso.

Um tom de rosa-garança jazia sobre o público quando essa luz noturna brilhou no palco.

Kanade estava pregada na poltrona.

Algo como uma imensa parede de energia se lançava do palco e literalmente a prendia no lugar.

Ela sentiu a boca seca e hesitava até em respirar.

Até que a cena mudou.

A terceira peça de *Estampes*, "Jardins sous la Pluie", ou "Jardins sob a chuva".

De repente, a temperatura caiu.

A luz rosa-garança que brilhava sobre a plateia se dissipou e a levou para a França gelada.

A um jardim luxuriante molhado pela chuva da tarde.

O céu escureceu de repente, com lufadas de vento úmido, gotas de chuva.

O vento ficou mais tempestuoso e sacudia as árvores; a chuva golpeava folhas e flores e as curvava cada vez mais para baixo.

As crianças saíram correndo, tentando se esquivar da chuva; um cachorro galopava entre elas.

Ah... está chovendo.

Os olhos do público estavam grudados no palco, fitando a chuva que caía no jardim.

Pequenas poças começaram a se formar.

A água pingava dos beirais.

Na rua de paralelepípedos, a chuva formou um riachinho, uma torrente cinzenta que esguichava morro abaixo.

Kanade sentiu as gotas frias de chuva respingarem no rosto.

DEPOIS DA VIBRAÇÃO DE Debussy, Jin Kazama mergulhou diretamente nos *Miroirs* (*Espelhos*), de Ravel.

O público já estava acostumado a esse estilo dele.

Estranhamente, não era desconfortável.

Na mente desse garoto, *Estampes* e *Miroirs* estavam conectados. Uma associação entre as paisagens?

Nathaniel Silverberg não havia prestado muita atenção ao modo como o garoto repetiu Satie.

Algum jurado poderia criticá-lo por isso, mas lidariam com o problema quando chegasse a hora.

Em vez disso, Nathaniel se concentrava em sondar o que acontecia na mente de Jin Kazama.

Ele notou isso nas duas apresentações anteriores, a abordagem exclusiva que o garoto dava às peças que tocava.

Hoje em dia, a tendência era se concentrar nos próprios compositores, e os pianistas tentavam discernir as suas intenções e se alinhar melhor a elas. Essa abordagem buscava a origem da peça; os pianistas tentavam descobrir que tipo de imagem o compositor tinha em mente e pesquisavam o seu histórico e a sua fonte pessoal de inspiração.

Mas Jin era o extremo oposto. Estava decidido a trazer a peça para mais perto *dele*, o que provocaria a ira de pedantes e profissionais.

Não, não era isso. O que Jin fazia era tornar a peça uma parte do mundo *dele*. Reproduzir o seu próprio mundo por meio da música, fazer de qualquer peça que tocasse parte de algo muito maior.

Cinco cenas refletidas num espelho.

"Noctuídeos", "Pássaros tristes", "Um barco no oceano", "Alborada del gracioso (o bufão Aubade)", "O Vale dos Sinos".

Jin extraía as cenas que Ravel havia escrito. E as cenas que Jin evocava eram em grande escala. Não eram meras imagens que lhe vinham à mente, mas era como se pintasse as cenas no palco. Como se movesse o piano todo para a paisagem e mergulhasse o público ali.

Tocar Ravel era difícil. Quando a pessoa se concentrava demais na técnica, o alcance se estreitava e a visão ficava limitada. Jin, no entanto, saltou agilmente sobre essa armadilha.

Toda vez que ouvia Jin tocar, Nathaniel ficava deslumbrado com a sua técnica. O rapaz tinha uma habilidade extraordinária, mas soava tão natural que não chamava atenção para si. Como se não fosse uma habilidade que se esforçasse para obter, mas que possuía naturalmente, por direito. A sua capacidade era quase instintiva, algo que um termo mecânico como *técnica* não transmitia.

Um garoto verdadeiramente excêntrico.

Nathaniel ficou completamente arrebatado.

O garoto levava o público para o seu próprio espaço, um lugar inesperado.

De repente, Nathaniel se viu numa planície que se estendia rumo ao horizonte.

Maestro Hoffmann?

De algum modo, parecia que Hoffmann estava lá, à distância.

O que o senhor pretendia... Ao ensinar esse garoto...

Era isso?

Hoffmann deu a impressão de sorrir.

A QUINTA PEÇA DE *Miroirs*, a profundamente contemplativa "O Vale dos Sinos", chegou ao fim de maneira tranquila e, pela terceira vez, "Je te veux", de Erik Satie, soou.

Agora era óbvio que Jin Kazama sabia que quebrava as regras de propósito. As repetições de Satie formavam um caminho que unia o recital e criava uma pausa para o público.

Ele passou para um *Impromptu*, de Chopin.

Enquanto Aya Eiden pairava no público, com lugar apenas em pé, uma sensação estranha tomou conta dela.

Como se estivesse lá no palco com Jin, uma só com ele.

Como se ela mesma estivesse no palco — como se ela mesma tocasse.

Não, não é isso. É como se eu estivesse lá no palco, em pé ao lado do piano, falando com ele enquanto ele toca.

Ele a olhou, deu-lhe um rápido sorriso.

Você ama o piano?

Ela fez que sim. *Amo.*

Quanto?

Não sei. Amo tanto que nem sei dizer.

Sério?

Ele deu um sorriso travesso e continuou com o Chopin.

O quê? Acha que não digo a verdade? Aya o encarou um segundo.

Não sei. É que você parece confusa.

É mesmo?

É. Não quando você está aqui tocando, mas quando sai do palco, você sempre parece confusa.

Ele enxergou através dela, pensou Aya.

Eu realmente amo o piano, disse ele.

Quanto? Agora era a vez de Aya perguntar.

Deixe eu pensar...

Jin Kazama olhou para o vazio acima.

Amo tanto que, mesmo que fosse a única pessoa do mundo e houvesse um piano lá em um campo aberto, eu ia querer tocar para sempre.

A única pessoa do mundo.

Aya olhou em volta.

Uma planície deserta se estendia até onde os olhos alcançavam.

O vento soprava, passarinhos distantes cantavam.

A luz se despejava do céu.

Um lugar deserto e baldio, mas que, de certo modo, trazia contentamento.

Mesmo que não haja mais ninguém para ouvir?

É.

Consegue se chamar de músico se não houver ninguém para ouvir?

Não sei. Mas a música é instintiva. Mesmo que só restasse um passarinho no mundo, ele ainda cantaria. Não é a mesma coisa?

Acho que sim. O passarinho cantaria.

Não é?

O toque leve de Jin Kazama. Uma linha melódica que soava como se ele acabasse de improvisá-la.

Você não quer cantar?, perguntou ele.

Jin olhou Aya de soslaio.

Fico pensando... se quero. Não sei.

Aya franziu os olhos na luz.

Quando vejo você tocar, quero, sim, cantar. Consegui voltar ao palco graças a você. Sem ouvir você se apresentar, talvez eu nunca tivesse tocado.

É mesmo? O garoto deu de ombros.

É mesmo. É por isso que não sei. Se quero continuar cantando ou não.

Acho que isso não está certo. O garoto sacudiu o corpo.

O que não está certo?

Acho que eu e você somos iguais. Você só se viu em mim.

Iguais?

É. A música é um instinto. Com você também é assim. E por isso não conseguimos deixar de cantar. Acho que você também, se estivesse sozinha no mundo, se sentaria ao piano para tocar.

Eu?

Um vento quente soprava de algum lugar. Aya passou os dedos pelo cabelo.

É. Com toda a certeza.

Não sei.

Tenho certeza. Jin Kazama riu. *Confie em mim. Voamos juntos até a lua outro dia, não foi?*

Tem razão. Voamos. Aya riu também.

Então, estou lhe dizendo. Confie em mim.

Se é o que diz...

É. Estou lhe dizendo, e você não pode errar.

Ele deu um amplo sorriso e continuou.

De repente, Aya se recobrou.

Jin Kazama estava no palco.

Sua silhueta oscilava, parecia desfocada.

Sem saber por quê, ela pôs a mão no rosto e descobriu que chorava.

Sem que percebesse, as lágrimas corriam pelo rosto.

Obrigada, sussurrou Aya baixinho.

Obrigada, Jin Kazama.

Ela limpou as lágrimas.

A última peça de Jin Kazama.

África: Fantasia para piano e orquestra, de Saint-Saëns.

Originalmente, um concerto para piano de dez minutos.

Fascinado pela África, Saint-Saëns escreveu o tema da peça em 1889, a caminho das ilhas Canárias, ao longo do litoral oeste do continente, e a terminou dois anos depois.

Com uma melodia inigualável que revelava o exotismo que os europeus buscavam na África naquela época, dizem que, na verdade, a peça incorpora o motivo de uma canção folclórica tunisiana.

Quem olhasse o programa de Jin Kazama para a terceira etapa, sem dúvida seria atraído para um ponto específico: na coluna que listava os compositores, estava escrito *Saint-Saëns / Jin Kazama.*

Em outras palavras, o próprio Jin fizera a transcrição da peça, ou seja, aquela seria a sua estreia mundial.

Que tipo de arranjo ele criou para esse toque final do recital de uma hora?

Masaru esperava empolgado para descobrir.

O *Impromptu,* de Chopin, chegou ao fim e, depois de breve pausa, Jin Kazama começou com um *tremolo*, tocando a introdução cheia de suspense, composta originalmente para violino.

O público se retesou.

A mão esquerda, mais abaixo no teclado, tocava a melodia.

Acordes em camadas pesadas num *crescendo*, o motivo se repetindo.

Está vindo, está vindo.

A excitação da expectativa de uma obra-prima.

O público ficou instantaneamente fascinado; a sala estalava de eletricidade.

Era deslumbrante, contagiante, sentiu Masaru.

Uma melodia agradável e exótica. Um fraseado rítmico e acelerado, trocado entre as mãos.

Isso é ótimo, pensou ele. *Quero tocar também.*

Sua reação franca àquilo. Só por se imaginar batucando aquela melodia e aquele ritmo, podia prever que ficaria muito feliz.

Uma verdadeira música de concerto, uma peça que entretinha ao máximo, com um arranjo espantosamente criativo.

Num canto da mente, um Masaru diferente analisou friamente o arranjo.

Em geral, quando se adaptava um concerto para piano solo, uniam-se as partes do piano e da orquestra, para que o todo ficasse o mais próximo possível da partitura original. Quando se fazia o oposto e se instrumentava a peça de piano para a orquestra, a parte do piano era desmontada e dividida entre os vários naipes. As composições em que tanto a versão pianística quanto a orquestral eram famosas, como os *Quadros de uma exposição* de Mussorgsky e *La Valse* de Ravel, costumavam seguir esse padrão.

Mas o arranjo de Jin Kazama era outra coisa.

Sem dúvida, ele tomou posse da essência do motivo orquestral, mas também se podia dizer que tentava transformá-lo em uma peça pianística com vida própria.

O exotismo sentido por Saint-Saëns e o modo como evocou o ritmo africano — que os seres humanos sentiam de forma primal, bem no fundo do seu âmago.

A alegria do ritmo.

As escalas do desenvolvimento, que fluíam repetidamente das notas agudas para as graves, trinados agudos, acordes graves. Elas se fundiam num ritmo que qualquer um apreciaria.

Como será a partitura? Masaru tentou imaginá-la.

Quando se lia a partitura, daria para ver que o arranjo era incrível? Ou era preciso a apresentação ao vivo para deixar isso claro?

Será que ele tocava da maneira que havia escrito? Masaru achou tudo isso bem misterioso.

O arranjo era persuasivo — era do próprio Jin, afinal de contas, e a experiência do concerto ao vivo o destacava ainda mais —, mas aquela frase minúscula, o motivo que ele só podia chamar de *lampejo*, não se encontrava no original.

Será que, por acaso, ele *arranjava* ainda agora, enquanto tocava?

Sem dúvida parecia que sim.

AYA PASSOU POR UMA total reviravolta, das lágrimas silenciosas a sentir que se elevava acima dos tons vibrantes da paisagem africana.

As cores africanas que deveriam ser a intenção de Saint-Saëns, os sons da África, a paisagem, tudo isso projetado do palco na direção dela. Aya não precisava subir ao palco, porque o que estava lá vinha até ela. Nesse mesmo momento, a plateia *virou* a África, como se um vento seco e estrondoso soprasse sobre todos.

Jin Kazama sorria.

Como para mostrar a Aya, ele corria sozinho por uma vasta extensão de terra.

Ficaremos todos para trás. Não, Jin Kazama está nos engolindo no seu *universo — não um buraco negro, mas um universo que é de um branco puro. Ele nos absorverá a todos.*

Não mais o deserto claro e severo de um momento atrás, mas uma Terra cheia de luz.

A melodia cintilante e o ritmo estavam envoltos em deslumbre.

Dancem! Dancem!

Aya abriu bem os braços enquanto tentava pegar o aguaceiro de luz.

Deixava o instinto tomar conta, dava rédeas ao desejo de prazer da alma.

Mais... mais! *Quero mais luz, mais cores, mais sons.*

Com as mãos abertas, voltadas para cima, ela se esticou para o céu.

Jin Kazama, acho que sei quem você é.

Aya se entregou ao vórtice de cores, à chuva de luz.

Mieko não conseguia acreditar nos próprios olhos e ouvidos.

Era como se o rosto fosse golpeado pela pressão do som.

A pele realmente sentia o golpe, a dor.

Como um som tão imenso é possível?

Ou o que estou sentindo é só imaginação?

Ela conseguia sentir que suava frio.

Uma sensação incrível, que subia de baixo.

Ele estava tocando *swing*?

Não. Era uma peça real de Saint-Saëns.

Era exatamente como uma peça em quatro por quatro tocada numa balada com música ao vivo, a acentuação do compasso contida por pouco.

Mas... Como? Como podia ser?

O prazer impulsivo que explodia dentro dela não tinha nada a ver com um concurso de piano erudito.

NATHANIEL SILVERBERG SENTIA A mesma coisa.

Essa sensação: um calor subindo no estômago, o sentimento de que o sangue havia invertido o sentido nas veias. Pelo amor de Deus, o que *era* aquilo?

Ele ficou com medo.

Assombrado com esse *objeto* desconhecido que dominava o palco.

Aquele garoto de olhos fechados, sorridente, levava todos na sala para o inferno, mas um inferno que não ficava nada longe do céu. Nathaniel sentiu um arrepio descer pela espinha.

Aonde você vai, filho?

Nathaniel percebeu que a pergunta não era dirigida a Jin, mas a si mesmo.

Maestro Hoffmann, aonde esse garoto está nos levando?

Não, não é isso, gritou outro Nathaniel.

Aonde eu *quero ir? O que* eu *estou fazendo aqui, sentado nesta cadeira de jurado, num concurso de uma ilha no Extremo Oriente?*

Nathaniel estava perplexo.

O que está sentado aqui é o ego nu e cru.

O que estava ali, escutando o piano de Jin Kazama, não era um membro da comissão julgadora, não era um músico, mas um monte de ego puro, sem nome nem atribuição.

Por que me sinto assim agora? Nunca me senti desse jeito.

A peça de Jin Kazama se encaminhou para a *cadenza* final.

Quantos braços esse garoto tem, no fim das contas?

Um som maciço, como se ele atingisse todas as teclas ao mesmo tempo.

Isso está mesmo na partitura?

Ou é improvisado?

Enquanto esses pensamentos lhe passavam pela mente, Nathaniel, os jurados, na verdade, o público todo, eram avassalados pela onda de som, como se demolidos, engolidos, içados para cá e para lá.

Vamos nos perder!, gritou Nathaniel para si mesmo.

Mas nisso a peça acabou.

Jin Kazama ficou ali sentado, um ar vazio no rosto, o piano não mais fazendo sons.

Mas todos ainda o ouviam.

Mergulhados na *cadenza* que ainda enchia a sala de concertos.

Dentro de Nathaniel, a música também permanecia.

Era um quadro estranho. A apresentação havia acabado, mas o pianista, a plateia, todos estavam esgotados e imóveis.

Aquilo deve ter durado uns trinta segundos.

De repente, Jin Kazama encontrou os pés.

O público finalmente se libertou do feitiço e começou a se mexer.

O rapaz fez uma profunda reverência e manteve a cabeça baixa por algum tempo.

O ar estava cheio de admiração calada.

Então, previsivelmente, foi como se a sala de concertos fosse atingida por uma tempestade durante cinco minutos inteiros, com gritos e aplausos que só podiam ser chamados de *frenéticos*.

A ilha alegre

Quantas vezes fiquei em pé aqui neste ponto?

E quantas vezes ficarei aqui no futuro?

Quer dizer, até que ponto realmente entendo o que significa estar aqui?

— Eiden-*san*, não seria melhor se sentar? — perguntou o diretor de palco. Aya estava paralisada, em pé nos bastidores.

Ela sorriu, mas aparentemente recusou a oferta.

O diretor de palco pareceu compreender o que ela queria; fez que sim e, em silêncio, recuou para as sombras.

Aya se virou para o palco e se endireitou.

O louco entusiasmo provocado pela apresentação de Jin continuava; houve mais de um bis. Assim, a apresentação da última pianista se atrasou dez minutos.

O público estava mole, como se o concurso já tivesse acabado.

Aya percebeu, mas não se importou.

Só quero ficar aqui.

Antes de ir para a luz brilhante, quero ficar aqui e saborear o significado disso tudo, a alegria, o temor.

Até agora, sempre fiquei aqui sem nenhum sentimento especial. Simplesmente esperava a minha vez. E, quando chegava a hora, saía e tocava.

Nunca com medo. Mas também não empolgada.

Ela só considerava aquele um lugar para esperar.

Ouvira histórias e as vira representadas em documentários. Como até personagens importantes da música erudita, maestros de fama mundial, ficavam nervosos enquanto aguardavam nos bastidores, tremendo de medo, alguns até incomodando os que estavam por perto, insistindo até o último minuto que não queriam entrar, não queriam tocar.

Até na faculdade e em outros concursos, ela teve vislumbres daquilo. Pessoas que fitavam o espaço, empalideciam, viravam o corpo, tentando com desespero superar o medo enquanto aguardavam a sua vez.

Aya nunca teve *medo do palco* e sempre o observou de forma objetiva, como uma cena que se desenrolasse diante dela. Conseguia entender a tensão, mas *terror*? Isso ela não conseguia imaginar.

Por que ter medo? Todo mundo não está aqui porque quer*? Não é por isso que estão aqui? Então, por que tanto pavor?*, murmurou em algum momento.

Para Aya, era uma questão simples, mas ela não esquecia o choque no rosto de uma amiga que a ouviu dizer isso. Naquele momento, ela entendeu: era algo que não deveria ter dito. *Os outros são diferentes,* pensou.

Não. Eu *é que sou diferente.*

Mas ali, pela primeira vez, Aya sentiu *assombro.*

Ela tentou repetir a palavra para si.

Assombro.

Aya recordou um momento de muito tempo atrás, quando mal começara a aprender.

Estava sentada junto à janela, escutando o som da chuva.

A chuva caía no teto de metal e batucava um estranho ritmo. Foi a primeira vez que notou os *cavalos da chuva correndo*. O momento em que ouviu, de forma bem distinta, os cavalos galoparem enquanto percorriam o céu.

No silêncio da chuva torrencial, vi cavalos galopando.

É o mesmo sentimento que tive na época.

No momento em que percebeu que o mundo funcionava com base em princípios secretos e desconhecidos, ela sentiu uma inquietação pelo que estava fora daquela janela, lá no alto e muito longe.

No momento em que entendeu que o mundo estava cheio de uma beleza avassaladora que ela não entendia — talvez *ninguém* entendesse —, ficou surpresa com a sua própria pequenez e insignificância. Mas, ao mesmo tempo, sentiu assombro.

Então, já tive esse sentimento. Desde o momento em que ouvi música na natureza pela primeira vez.

Ela pensou que conseguia ouvir os cascos dos cavalos num telhado metálico na chuva — os olhos arregalados enquanto olhava em volta, inquieta.

Foi a primeira vez que sentira essas coisas de forma tão viva, como se conseguisse compreendê-las direito. Será que era isso que chamavam de *despertar*?

O murmúrio da plateia conversando, dos assistentes de palco trabalhando nos bastidores, a consciência de tudo isso fluía pelo seu corpo como uma melodia espantosa.

Ela fechou os olhos.

O QUE AYA VIVENCIAVA agora era totalmente diferente do desespero que tinha sentido na primeira etapa.

Parecia ter acontecido havia muito tempo, e agora, quando recordava, via que foi muito ingênua. Ela estivera lutando para se justificar. Aya se encolheu ao pensar e corou com a lembrança.

No passado, ela sabia muito bem que era pequena e insignificante. Mas será que não passou a pensar que tinha se tornado importante só por fazer vinte anos? Mas estava perdida numa onda de presunção de que fazia música, de que entendia a música.

Como eu era absolutamente burra! Era muito mais sábia do que isso quando pequena e realmente entendia o mundo.

Nunca cresci nada. Só vi o que queria ver, só escutei o que queria ouvir. O espelho só refletia o que funcionava para o meu bem.

Nem fiz um serviço decente ouvindo música.

Um gosto amargo subiu dentro dela.

Eu me gabava de que a música era maravilhosa, que passaria a vida mergulhada nela, mas fiz o contrário. Eu me aproveitei dela, olhei-a com desdém, mergulhei na música padrão atoleiro. Fiz as pazes com isso, achando que era o caminho mais fácil. Achando que eu era diferente, que, na verdade, nem gostava de música.

Quanto mais pensava nisso, mais ela tremia.

Kanade e os outros acreditavam nela, insistiam para que competisse, mas a sua atitude na época e depois, quando estavam escolhendo vestidos... como foi vergonhosa, ingrata, insolente.

Aya soltou um pequeno suspiro.

Ela desprezava a sua burrice.

E, quando pensou que Kanade e os outros nunca desistiram dela, apesar de toda a sua presunção de que eram tão bons por continuar acreditando nela, só se viu como uma idiota ainda maior.

E pensar... que levei até o fim da terceira etapa para perceber isso.

Ela deu um sorriso amargo para si mesma.

Não é tarde demais, é?, Aya se perguntou.

Escute, tarde demais ou não, o fato é que você ainda não fez nada.

A voz de Jin.

Pergunte-me depois que entrar no palco.

Faz sentido, pensou Aya.

Não adianta perguntar se a minha música é boa antes de eu tocar.

Onde estaria Jin Kazama? Se descobrisse onde estava, o público o cercaria, então talvez estivesse escondido em algum lugar.

Ou talvez, como em geral não se destacava, estivesse andando pelo saguão como sempre, com o seu boné característico.

E Ma-*kun*?

De repente, o peito dela se apertou.

Ma-*kun* era tão sério e sincero sobre a sua música, e, em comparação, a atitude dela não poderia ser mais grosseira.

Será que ele fugiria? Talvez se sentisse esquisito. Ele queria assumir a música adequadamente, criar o seu caminho nela, e talvez fosse ofuscante demais para Aya.

Mas ele manteve a promessa ao professor e a ela.

Promete que vai tocar piano?

Ela se lembrava do garoto magricela, fazendo que sim.

Cumpri a promessa ao nosso professor e a você, Aa-chan.

Como sou idiota. Não sei de nada. Não entendo nada. Na... da.

Aya soltou outro suspiro baixo.

Estou apavorada. Morrendo de medo de entrar no palco. Consigo tocar alguma coisa? Tenho ouvido para isso? Estou assustada sem saber se tenho algo que valha a pena escutar.

Ela sentiu o corpo inteiro tremer.

Estou assustada... mas também extasiada, admitiu Aya.

Fico empolgada com o desconhecido. O que farei lá? O que serei capaz de criar? Mais do que ninguém, estou louca para saber.

O sinal que marcava o fim do intervalo soou e, com um susto, a tirou do devaneio.

Dos bastidores, ela ouviu o burburinho da plateia.

Ser o pianista que encerra um concurso... não é algo que se vive com frequência, não é?, ela ouviu Masaru dizer.

Na hora, ela não sentiu nada, mas agora o coração batia mais rápido.

Você está certo, Ma-kun. *Essa* é *uma experiência bem empolgante.*

Ela conseguia sentir a sala de concertos lotada, o nível de emoção lá fora — a exaustão, o toque de expectativa, a noção do dever, de precisar assistir a todas as apresentações até o amargo fim.

Jin Kazama conquistou a plateia, não foi?, pensou Aya. *Então, acho que sou só um pequeno extra. O que, de certo modo, torna tudo mais fácil.*

Ela inspirou fundo.

A sensação de ter despertado não a deixou, do mundo se expandindo para todo o sempre.

Atrás dela, o pessoal nos bastidores se calou. O momento havia chegado. A agitação do público também parou.

— Srta. Eiden, está na hora.

Ao lado, uma mão se estendeu e a porta se abriu.

Tudo clareou.

Sem perceber, Aya sorriu radiante.

Que a música comece.

Assim que o público avistou o seu rosto, todos ficaram de queixo caído.

Naturalmente, Akashi Takashima era um deles.

Que expressão é essa?, perguntou-se ele.

Ela está sorrindo.

Não o tipo de sorriso que ele já tinha visto — um sorriso forçado para o público —, mas um sorriso luminoso, relaxado.

Como a expressão das pessoas depois de um aguaceiro, quando veem o sol romper.

Aya se sentou no banco e olhou um ponto acima do piano.

O que ela via?

Akashi sentiu algo amargo subir de repente dentro de si.

Eu queria ir para lá também. Queria ver o que ela *está vendo.*

Talvez eu tenha *percebido um vislumbre passageiro.*

Quero continuar. Quero continuar tocando.

Em silêncio, Akashi gritou para Aya ao piano.

Aquele sentimento que teve no palco — o corpo se enchendo de música, que transbordava dele. Aquele sentimento de estar absolutamente enriquecido, cheio de onipotência, de que, não importava quanta música saísse, sempre haveria mais. Quando se passava por isso, não havia como escapar. Não era possível impedir a vontade de sentir de novo e de novo.

Quero estar lá. No mesmo lugar que Aya Eiden.

Nunca, em toda a minha vida, desejei tanto assim alguma coisa.

É como se a pele formigasse, coberta por uma membrana de fogo frio.

Para mim, o concurso acabou.

Pelo menos, assim pensei.

Tive uma sensação de realização, me senti renovado. Achei que ficaria satisfeito, capaz de voltar à vida cotidiana.

Mas não foi o que aconteceu.

Akashi percebeu, com uma pontada de dor, que havia sido ingênuo.

Foi só a exaustão que o fez pensar assim, a letargia que sentiu depois de tantas horas que passou se preparando.

Aquele era só o começo.

Com um sentimento próximo do medo, Akashi teve certeza.

Ele segurou a vontade de chorar, mas no momento em que ouviu Aya tocar tranquilamente as notas iniciais da *Balada n.º 1*, de Chopin, os seus sentimentos, presos por tanto tempo, jorraram.

BALADA.

Aya certa vez folheou um dicionário de música e encontrou a seguinte definição: canção sentimental de amor tocada com andamento tranquilo.

O que era praticamente a ideia que a maioria tinha das baladas.

Sempre havia uma ou duas num disco. Nos concertos, eram tocadas como solo, para dar descanso aos outros membros do grupo. Para ser artista, era preciso algumas músicas assim, músicas para amantes escutarem, aninhados, perdidos um no outro.

Essa era a imagem das baladas, não era?

Mas Aya sentia que, no passado, *balada* era alguma coisa um pouco diferente. Algo mais próximo da música folclórica (e aqui o termo era diferente do uso no Japão, onde o significado original se aproximava mais de *minyo*, ou música nativa) — músicas que cantavam eventos reais ou sentimentos simples.

Ela sentia que as quatro baladas (ou "baladas" instrumentais) compostas por Chopin ficavam mais ou menos no meio, entre o significado antigo e o mais contemporâneo.

Antigamente, as músicas eram uma forma de guardar lembranças. Eram poemas épicos, apresentados no lugar dos registros históricos escritos. Depois, as músicas passaram a tratar menos do que havia *acontecido* e mais do que foi *sentido* e a exprimir emoções mais universais.

Aya achava que as baladas de Chopin transmitiam o que era ser criança, cantar músicas de criança, com o tipo de solidão do ser humano.

E é exatamente essa a solidão que sinto agora enquanto toco, pensou ela — a solidão inevitável que todos sentem assim que nascem neste mundo.

As baladas de Chopin eram tão melodiosas, tão cativantes, que pareciam existir desde sempre, mas George Sand descreveu o modo como Chopin se esforçou para compô-las. Aya se sentiu tocada ao saber que até um gênio como Chopin se esforçava para compor. Muitas obras que pareciam surgir sem esforço, desde a primeira frase inspirada até o final, envolviam agonia e luta invisíveis. Mas isso era de se esperar. Se o esforço dedicado a compor fosse claro para o ouvinte, as peças perderiam o seu poder.

Essa tristeza era profunda no fluxo ondulante do tempo, um sentimento que normalmente fingimos não existir, a tristeza que adere à vida cotidiana e nos mantém ocupados demais para senti-la. Mesmo que a pessoa tenha picos invejáveis de felicidade, uma vida realizada, toda felicidade ainda traz consigo a solidão inerente ao ser humano.

Aya sabia que não devia pensar muito profundamente nisso, porque, se o fizesse, ficaria estilhaçada com o conhecimento da fraqueza humana. Ela sempre tentava evitar essa *solidão* fundamental.

E era exatamente por isso que era *preciso* cantar — sobre essa solidão, a felicidade e a infelicidade de uma vida que é apenas um momento passageiro e transitório.

Por acreditar que as pessoas, há centenas ou milhares de anos, devem ter sentido a mesma coisa.

Por acreditar que as pessoas, a centenas ou milhares de anos no futuro, sentirão a mesma coisa.

O que uma só pessoa pode fazer é limitadíssimo, o tempo que recebe é muito curto.

Na minha vida curta e insignificante, encontrei o piano, passei muito tempo com ele, e agora tenho pessoas que me escutam tocar.

Que baita milagre é esse?, Aya se perguntou. *Que baita milagre é esse em que, a todo momento, cada som chega a essas pessoas que, por acaso, vivem ao mesmo tempo que, por acaso, estão reunidas neste espaço? É assustador pensar nisso; me faz tremer toda.*

Bem, agora, estou assombrada, assustada, trêmula.

Mas... isso me deixa feliz de um jeito que não dá para descrever.

É tudo tão precioso. Tão comovente.

Atingida por essas emoções complexas, Aya também estava mais calma do que nunca. Desde o momento em que esperava nos bastidores até agora, ela sentia o tempo todo que conseguia ver cada centímetro da sala — não, até *além* das paredes da sala de concertos para assimilar o mundo inteiro —, e estava totalmente equilibrada, a mente cristalina.

De repente, uma dúvida lhe cruzou a mente.

Seria aquela uma ocorrência momentânea? Ou a sensação que teria sempre que se apresentasse?

Ela não fazia ideia.

Até agora, quando tinha uma visão clara de tudo, francamente não fazia ideia.

Para Aya, aquele era um território desconhecido.

O PÚBLICO TAMBÉM COMPARTILHAVA o mesmo assombro e tremor.

Não tanto compartilhando a música, mas compartilhando o afeto comovente que Aya sentia pela humanidade além da composição.

Masaru, boquiaberto, a fitava.

Ela conseguira de novo: dera mais um salto à frente. Hoje, o rosto dela estava completamente diferente do outro dia.

O ímpeto disso era a apresentação de Jin Kazama, pensou Masaru, um pouco infeliz.

O crédito pertencia àquele garoto genial.

Cada uma das notas que Aya tocava ia diretamente ao coração.

*Aa-*chan, *você é uma deusa. Você criou asas.*

Masaru estava semiatordoado.

Finalmente, bem diante dos meus olhos, ela sobe às alturas.

Ela se pusera à frente dele outra vez. *Quanto vou ter de trabalhar agora para alcançá-la?*, se perguntou ele.

Agora ele sabia que ela nunca mais abandonaria a música. No entanto, o alívio de que podiam estar no mesmo lugar teve vida curta, pois ele temia que ela fosse para outra parte fora do alcance.

*Aa-*chan *é incrível,* pensou, com o sentimento de orgulho vindo um tiquinho atrasado.

Ele sabia que, ao seu lado, Kanade também se orgulhava dela. Kanade, que confiava no seu ouvido para a música, que sempre teve certeza do talento de Aya desde pequena. Como devia estar orgulhosa de tudo aquilo agora!

Como ondas que recuam, a balada chegou calmamente ao fim.

Silêncio.

Com Jin Kazama, o público sabia que ele começava na mesma hora a peça seguinte, e segurou o aplauso.

Mas, no caso de Aya, ela estava tão mergulhada no seu próprio mundo que não se levantou, e o público também ainda não havia acordado do mundo dela e não sentiu necessidade de bater palmas.

Ficaram sentados em silêncio, aguardando a próxima peça.

Aya se endireitou.

Uma mudança súbita de marcha: uma obra elegante e resplandecente, com estrutura e técnica sedutoras. Uma das *Novelletten,* de Schumann.

Que peça maravilhosa, pensou Masaru. *Quero tocá-la eu mesmo na próxima vez.*

Ele sentiu as lágrimas arderem nos olhos.

De onde vinham? Não era exatamente uma peça que fizesse chorar.

Mas a ânsia só ficou mais forte. O peito começou a se sacudir.

Masaru estava com a sensação de que ele e Aya haviam feito uma longa viagem juntos. Durante muito, muito tempo. Como se tivesse acabado de ler o último capítulo de um romance épico.

*Aa-*chan, *nenhum de nós viveu muito, mas, antes que voltássemos a nos ver, ambos viajamos por lugares distantes, como planetas em trajetórias diferentes pelo sistema solar que, mais tarde, se reencontram.*

Masaru suspirou.

Ela está de volta. De verdade.

De certo modo, a imagem dele e de Aya quando crianças lhe veio à mente várias e várias vezes.

Aya puxando-o pela mão, Aya levando-o à casa do Sr. Watanuki, Aya chorando abatida quando ele se mudou.

O rosto surpreso dos pais quando ele lhes disse que queria aprender piano.

O rosto do aluno da faculdade de música que lhe deu aulas — sóbrio e contido a princípio, mas claramente espantado quando ouviu Masaru tocar.

A primeira vez que ele pôs os pés no conservatório.

A audição em Juilliard.

O dia em que foi apresentado a Nathaniel Silverberg.

O que são todas essas lembranças? Não estou morrendo, estou? É isso que dizem sobre a vida passar diante dos olhos? A ideia o ajudou a segurar as lágrimas.

Com um susto, ele percebeu que não era o único, que a maior parte do público em volta também segurava o choro. Alguns limpavam as lágrimas em silêncio.

Ele achou que chorava por causa de Aa-*chan*. Mas não era por isso. Todos choravam com a *Novellette*?

Ao lado dele, Kanade também chorava, mas não limpou as lágrimas. Ficou lá sentada em silêncio, as lágrimas escorrendo pelo rosto, fitando fixamente Aya no palco.

As EMOÇÕES CONTINUARAM A aumentar, mesmo com uma peça tão alegre quanto aquela. Uma após a outra, elas consumiam a pessoa. Espantado ao admitir que tinha tantos sentimentos acumulados por dentro, o público assistia em silêncio. Não o que estava em Aya, mas o que, por meio dela, havia em *cada um deles*.

Masaru continuou a fitá-la. Só uma mocinha com um sorriso luminoso.

Então por que todos estamos chorando? Ainda mais quando ela toca de forma tão alegre, tão leve quanto essa?

Ele viu o rosto dela depois de se reencontrarem no concurso, o rosto dela em dúvida na frente do elevador.

O rosto dela, quando os olhos e a boca se abriram e ela chamou "Ma-*kun*?"

O rosto dela, quando se sentia ansiosa, o rosto desamparado, o rosto quando encarava, quando sorria e baixava a guarda.

O rosto surpreso de Nathaniel Silverberg quando foi apresentado a Aya também lhe veio à mente.

Masaru percebeu que Silverberg queria muito lhe dizer o que pensava, mas se conteve. Era óbvio o que queria dizer: "Aqui não é a hora nem o lugar de se apaixonar por uma rival! Você não tem tempo para paixões." Mas Masaru conhecia a mulher ao lado do professor. Era a ex-esposa de Silverberg, e Masaru também sabia que o mentor não diria nada, pois ele mesmo parecia ainda nutrir sentimentos por ela.

Masaru observava e compreendia melhor o professor do que Silverberg seria capaz de imaginar.

Sem perceber, Masaru conversou por dentro com ele.

Sr. Silverberg, eu posso perder para Aya. Na verdade, ela ultrapassou muito o nível de ganhar ou perder. Além disso, é preciso pensar em mais alguém. Jin Kazama.

O senhor me disse para vencer, para agarrar o primeiro lugar, e era o que eu planejava fazer. Mas, se eles são os meus rivais, isso não vai acontecer.

E o senhor deve pensar assim também, certo?

Enquanto tinha esse monólogo íntimo, Masaru percebeu que isso também era um meio de conter as lágrimas.

Ai... meu Deus.

Incapaz de segurá-las mais, ele limpou o rosto em silêncio.

Nem quando a *Novellette* chegou suavemente ao fim, Aya se levantou. Os olhos fechados, um sorriso brincando nos lábios, ela se manteve imóvel.

O público a acompanhou.

Silêncio. O mundo dela intacto.

Sério? Você vai deixar que justo uma das Novelletten, *entre todas as obras, o faça chorar tanto?*, perguntou-se Masaru amargamente.

A peça seguinte tinha mais legitimidade para arrancar lágrimas: parte principal do programa, uma composição peso-pesado: *a Sonata n.º 3 para piano,* de Brahms.

Masaru sorriu ao observar Aya erguer os dedos para tocar o acorde inicial, mas se espantou porque a cena de repente saiu de foco.

Se já estou chorando no começo, pensou, *como é que vou me aguentar pelos trinta minutos restantes?*

As composições para piano de Brahms surgiram no começo e no fim da sua vida de compositor.

As peças para solista, especificamente, foram compostas no início da carreira.

Brahms compôs a *Sonata n.º 3 para piano em fá menor* quando tinha vinte anos, e foi a última sonata que escreveu.

Embora criada tão precocemente, era cheia de elementos que os ouvintes posteriores associaram a ele — a seriedade do som, a postura imponente da peça, o romantismo avassalador.

A sonata era uma forma que ele precisava dominar como compositor, e era plenamente possível compreender por que nunca escreveu outra, pois essa peça era uma obra muito ousada e importante.

Ao apresentá-la, Aya Eiden tinha a mesma idade, vinte anos, de Brahms quando a compôs.

Vinte anos na época de Brahms não eram iguais a vinte anos hoje, em termos de experiência e circunstâncias de vida. Hoje, uma pessoa de vinte anos não passa de uma criança, se comparada a outra de vinte anos da época em que ele viveu.

Ou seja, por mais gênio ou prodígio que fosse, Brahms era o compositor que nunca se consegue realmente tocar antes de atingir um certo nível de maturidade como pessoa.

Só Brahms.

Nathaniel Silverberg teve de admitir que a hora de se retratar dessa opinião havia chegado.

Essa premonição lhe veio no momento em que Aya Eiden começou a tocar a *Balada n.º 1*, de Chopin.

Ele percebeu que a escutava não como um dos jurados, mas como qualquer pessoa da plateia, e teve certeza de que, quando ouvisse o Brahms, se livraria totalmente dessa opinião.

O drama da ressurreição da menina genial.

É claro que ele conhecia bem o histórico dela.

Mas essa moça diante dele agora não era mais aquela. Mesmo quando ficou sem se apresentar, inconscientemente ela deve ter continuado a evoluir. Mas a sua evolução durante os dias do concurso havia sido extraordinária. A cada peça, a cada dia, ele sentiu que via Aya ficar cada vez mais confiante na própria música.

Cada nota nascida dos seus dedos era profunda e consequente. Dava para sentir o fôlego dela chegar a cada canto das peças, mas, de certo modo, ela ainda era um personagem anônimo e permitia que a música mantivesse a sua universalidade.

Que coisa mais estranha era a música.

Era apenas um pequeno indivíduo lá tocando, e as notas criadas por aqueles dedos estavam aqui num momento e sumiam no seguinte. Mas o que havia ali era quase a definição de eterno.

O deslumbramento de uma criatura viva, com uma vida finita, que criava o eterno.

Por aquele momento passageiro e transitório da música, ficava-se em contato com a eternidade.

Só os genuínos intérpretes faziam Nathaniel se sentir assim.

E a pessoa diante dele, sem dúvida nenhuma, era um deles.

AYA EIDEN FECHOU OS olhos e aguardou em silêncio.

O público fez o mesmo. Também não houve aplauso depois dessa peça.

Então, ela começou a tocar.

A melodia dinâmica da introdução.

A abertura dessa peça era passível de parecer grandiosa.

Mas agora não havia esse perigo.

Desde a primeira nota, ficou claro que a sua interpretação transbordava de verdade. Uma sensação de segurança e expectativa encheu a sala de concertos, e o público entendeu que aquela era uma pianista com quem podiam relaxar e a quem podiam confiar tudo.

Ela tem a força para nos deixar calmos.

E fala por todos nós, enquanto relata de forma tão modesta a trajetória da nossa vida.

O que queremos que alguém saiba. O que nunca conseguiríamos dizer. O que reprimimos enquanto levamos a vida cotidiana. O que podemos sentir, mas não pôr em palavras...

Ela se identificava com isso — como uma sacerdotisa *miko* dos santuários xintoístas — e suprimia o próprio eu enquanto se identificava sinceramente com tudo.

Essa recitação tranquila continuou enquanto o segundo movimento começava.

Vidas incontáveis, narradas de maneira simples.

Enquanto a observava, o público se examinava. A vida até então, os caminhos percorridos, testemunhando tudo isso projetado ali no palco.

Houve alguns que, sem dúvida, também assistiam à vida de Aya Eiden.

Nathaniel era um deles. Era como se assistisse a um filme — uma cena dela tocando superposta a um documentário sobre a sua vida.

O começo da vida, como criança-prodígio precoce. O espanto, o fervor e a expectativa dos que a cercavam. Dias caóticos, sempre na estrada.

Uma morte na família e o abatimento. Agressões e calúnias lançadas, o sentimento de que o mundo inteiro estava contra ela.

Um longo silêncio.

O alívio e a confusão quando ela recuou da linha de frente para levar uma vida *normal*.

Isso lhe deu paz de espírito? Ou será que ela experimentou uma amarga decepção?

Tinha se cansado tão cedo da vida? Escondeu-se dos outros?

Sentiu o céu e o inferno muito antes do resto, passou a desconfiar das pessoas e a se sentir oca e vazia?

Ela bem poderia ter vivenciado tudo isso.

Mas aí, voltou. E, mais uma vez, algo começou a crescer dentro dela.

No começo, devia ser apenas um gotejamento incerto.

Mas o fluxo se tornou um riacho constante, depois uma torrente. Cortando as margens, transbordando sobre campos e morros, abrindo caminho para se tornar um rio imenso que corria rumo ao estuário.

O terceiro movimento.

Aqui, a melodia mudava para um *scherzo* dramático. No qual, a vida se desdobra.

Ela passou anos sem participar de concursos.

Devia estar bem assustada. Com todos aqueles olhos curiosos e invejosos concentrados nela. Não podia fazer uma apresentação comum. A única coisa que lhe era permitida era ser avassaladora.

Mais do que tudo, ela deve ter sentido medo de si mesma. Seria realmente capaz de tocar? Teria determinação suficiente para voltar ao palco?

Até para o mais experiente pianista veterano, o palco era um lugar, ao mesmo tempo, sagrado e aterrorizante. Por saber disso, a pessoa que deixasse de se apresentar por algum tempo e retornasse precisaria de uma determinação e um poder inabaláveis que excediam muito o que havia na primeira vez que subiu no palco.

Ela deve ter alimentado dúvidas.

Quando a viu com Masaru, ele sentiu alguma confusão, alguma incerteza ainda dentro dela. Não parecia que Aya tivesse realmente compreendido o fato de que voltara ao palco. Ele achou que ela ainda não decidira se era música.

Mas aí ela se reencontrou com Masaru, que ela mesma descobrira e que tinha se tornado um músico incrível.

Os sentimentos de Nathaniel eram complicados. Até agora, acreditava que Masaru ganharia o primeiro prêmio e que o surgimento de Aya como rival serviria para inspirá-lo. Mas, ao mesmo tempo, não havia dúvida de que Masaru era um dos fatores da grande evolução que ele viu ocorrer nela.

O choque deve ter sido inimaginável: ela sempre foi melhor do que um menino, foi ela que o apresentou ao piano, e, agora que o reencontrou, ele a ultrapassa como músico. Se isso não provocasse competição, o que provocaria?

Como executante, a sensibilidade de Aya era mais próxima da de Jin do que de Masaru. Talvez fosse a primeira vez que ela conhecia alguém tão semelhante, cujo gênio era igual ou talvez maior do que o dela.

Os gênios só são influenciados pelos que reconhecem como iguais. Há coisas que só os gênios entendem uns sobre os outros.

Assim como Nathaniel e os outros jurados foram afetados por Jin, Aya também deve ter sido. Ele conseguia imaginá-la ainda mais chocada do que eles.

Finalmente, ela ficou séria.

Não, seria mais correto dizer que redescobriu o lugar a que pertencia.

No quarto movimento do Brahms, ela vasculhou um pouco a sua alma.

Uma reflexão muito profunda, uma visão de cima de tudo até então.

Agora ela conseguia ver coisas que antes não via. Ouvir o que antes não ouvia. Com consciência aguda da sua pequenez, da sua burrice, da sua imaturidade.

O público estava com a respiração suspensa. Todos viam lá no palco a vida dela, a própria vida de cada um, vidas incontáveis, e uma eternidade que só agora conseguiam tocar, naquele momento único do tempo.

A vida da própria Aya e cada vida que a observava. Todas as trajetórias dessas almas tinham finalmente convergido para o momento presente.

O quinto e último movimento.

A melodia escalava devagar enquanto seguia rumo ao clímax.

O estuário estava próximo. Além dele, o amplo mar aberto aguardava. Cada pessoa sentia no rosto uma brisa diferente de tudo o que já tinha sentido.

Em breve. Muito em breve, sairemos num incrível espaço aberto.

Será uma viagem sem volta. A pessoa que eu era ontem não existe mais.

Desafios incomparáveis, diferentes de tudo o que vivemos, nos esperam. Mas também a alegria incomparável.

O eu que serei a partir de agora gritará um "Sim!" retumbante para a minha vida.

AYA TOCOU O ACORDE final.

A parte superior do corpo, ainda curvada sobre o piano, se endireitou de repente, e ela se levantou.

Como se a imitasse, o público saltou de pé, ao mesmo tempo, gritos de aprovação abalando a sala de concertos.

No palco, a moça parecia surpresa e, ao mesmo tempo, totalmente vazia.

A ovação de pé não diminuía, mas ainda havia mais uma peça a ser tocada.

Aya fez uma reverência sorridente, e outra, e mais outra, depois se sentou.

Os aplausos finalmente sumiram e o público também ocupou o seu lugar.

Aya soltou um leve suspiro.

Essa era literalmente a peça final da longa duração do concurso.

Debussy. *L'isle joyeuse*, ou *A ilha alegre*.

QUE SORTE INCRÍVEL ESSA *ser a última peça*, pensou Kanade.

A própria Aya havia decidido o programa, recordou. Ela pediu conselhos ao pai de Kanade e aos professores, é claro, mas o programa em que se inscreveu era o que havia decidido a princípio.

Provavelmente, Aya não tinha consciência disso, mas o programa era perfeito, pois antevia tanto o caminho de volta à carreira quanto a evolução no decorrer do concurso.

Kanade recordou a expressão de Aya enquanto pensava se entrava ou não no concurso.

A própria Aya devia ter um pressentimento desse drama da ressurreição. Não era exatamente por causa disso que hesitou em participar? Ao mesmo tempo, como música, ela montou, de forma fria e estratégica, o seu programa.

L'Isle joyeuse começava com um trinado brilhante.

Diziam que Debussy concebeu a peça numa viagem, uma fuga, na verdade, com Emma, a mulher que se tornou a sua segunda esposa, mas Kanade também tinha ouvido dizer que ele a concluiu um ano antes da partida dos dois.

Seja como for, como o título refletia, a peça era uma expressão de alegria e exaltação. Uma obra ofuscante, cheia de euforia.

E a própria Aya, ao tocar, estava cheia de afeto. Ela realmente emitia uma luz brilhante.

A alegria de fazer música. A alegria de ser uma só com o público. A alegria de ter o controle perfeito do seu talento.

A euforia de Aya era mais do que compartilhada com o público.

Kanade também se sentiu cheia de alegria.

Ela voltou.

A ideia trouxe novas lágrimas.

Kanade se sentiu triunfante.

Está vendo? Eu estava certa, no fim das contas!

Papai, acertei na mosca.

Kanade quis se levantar e gritar ao mundo:

Eu tinha razão! Venci!

Essa *Isle joyeuse* é incrível.

Mieko se concentrou, os olhos arregalados.

Aya Eiden parecia visivelmente maior no palco enquanto continuava a espantar os jurados.

E pensar que conseguia mantê-los sob o seu jugo quando era a última apresentação, quando todos estavam completamente exaustos.

Está no ar agora, não é, quem será o vencedor?

Mieko estava morrendo de vontade de dar uma olhada na expressão de Nathaniel Silverberg, mas se controlou para não virar os olhos para ele.

Aya estava uma volta atrás dos outros, ou assim pensavam, mas ela se acelerou aos poucos e agora, com esse impulso final, de repente passou na frente, concluiu Mieko.

Fazia muito tempo que ela não via ninguém evoluir tanto em tão pouco tempo. Bom, na verdade, podia ser a primeira vez que isso acontecia.

Essa moça era mesmo um gênio. Assustador ser um gênio.

Mieko conheceu vários gênios no seu tempo, mas, com Aya, ela assistia a outro tipo, um tipo muito diferente. Havia uma sensação de escala que não era a mesma da captada em Masaru ou Jin Kazama. Uma sensação de profundeza sobrenatural.

Os jurados deviam estar satisfeitos com essa conclusão maravilhosa do concurso, pensou Mieko.

Deviam se sentir abençoados por terem pianistas tão dignos.

Um pensamento repentino lhe ocorreu. Aquela *bomba* que Hoffmann havia preparado... o que significava?

Sim, todos ponderavam sobre isso o tempo todo; o que visava exatamente a flecha que Hoffmann havia lançado?

Desde os dias da audição de Paris, quando aquele garoto apareceu.

Desde quando ela ouviu aquela apresentação incendiária.

Com certeza, aquele garoto com a carta de recomendação de Hoffmann fez barulho com o seu estilo malandro de tocar, pôs fogo no público e provocou o debate entre os jurados.

Eu me senti testada, sem saber se ainda tinha ouvido para a música. Eu me senti manipulada pela minha irritação com Jin Kazama, a avaliação que fiz dele, as minhas opiniões vacilantes.

No entanto...

Será que Hoffmann visava, como sugeriu Smirnoff, o setor de formação musical por lançar um gênio pouco ortodoxo?

À primeira vista, essa parecia a interpretação mais provável. Fazer os jurados de alto nível tremerem nas bases era a reação que Hoffmann esperava?

Apresento a todos Jin Kazama.

Ele é literalmente uma dádiva.

Mais provavelmente, uma dádiva dos céus a todos nós.

Ela ouviu a voz de Hoffmann nas palavras da carta de recomendação.

Não é ele que está sendo testado. Sou eu e todos vocês.

Cabe a todos vocês — a todos nós — decidir se vemos esse menino como uma dádiva *ou como um* desastre *prestes a acontecer.*

Enquanto ouvia *L'Isle joyeuse*, Mieko escutava também a voz de Hoffmann.

Apresento Jin Kazama a todos vocês — apresento.

O que ela via bem agora era a resposta.

Uma pianista que personificava uma alegria explosiva. Que evoluiu durante o concurso e realmente floresceu por causa dele.

Era isso.

Não era só a formação musical que Jin Kazama havia explodido. As apresentações dele foram o catalisador que fez desabrochar a capacidade realmente individual, não as apresentações convencionais nem as que simplesmente dependiam da técnica soberba. *Essa* era a bomba que Hoffmann havia preparado.

O resultado era a apresentação muito genial tocada naquele momento.

Eu não tinha percebido, pensou Mieko.

Já recebemos todos os tipos de dádivas. *Nenhum* desastre. *O presente de Hoffmann a nós, sob uma forma muito bem-vinda.*

Mieko se comoveu até as lágrimas. Não só porque a apresentação de Aya era tão primorosa, mas porque os últimos desejos de Hoffmann tinham se realizado com tanta clareza.

Não percebi, pensou ela outra vez.

Uma após outra, a figura dos outros pianistas se superpôs à de Aya, a alegria jorrando enquanto ela tocava — os recitais de Jin Kazama, de Masaru e de Hoffmann, todos superpostos na sua mente.

Cada um deles era uma *dádiva.*

Quanta sorte se podia ter? Algo seria mais alegre do que se sentar ali e sentir tudo aquilo?

L'Isle joyeuse CHEGOU AO clímax.

A alegria de tocar, de ouvir a genialidade, a alegria daquilo sendo transmitido.

Realmente, concluiu Mieko, estamos numa *ilha alegre.*

Todos, sem exceção, recebendo a *dádiva* da música.

A última frase.

Subindo pela escala.

Então, num só fôlego, descendo.

Quando terminou a sonata de Brahms, Aya se levantou de forma inconsciente, mas não desta vez.

Agora, cheia de um ar de firme convicção, um sorriso incandescente no rosto, Aya pulou propositalmente de pé.

Aplausos magníficos levaram a celebração ao final. Aplausos para os pianistas, para o público, para os jurados, para todos.

A batalha de uns onze dias chegava ao fim.

Tudo o que restava agora era a seleção final.

Batalha sem honra nem humanidade

O ar parecia muito leve.

Em pé, em meio ao público que se derramava no saguão, Masami se sentiu tão liberada que um suspiro lhe escapou.

Até a câmera nas suas mãos estava leve.

Todos pareciam aliviados, pensou ela.

Ou tontos, talvez, e esgotados. Que período intenso foi aquele.

Ela acordava de um sonho. Durante quase duas semanas, eles participaram da vida de quase cem concorrentes; foi um período profundo e apaixonado. Ela sentia solidariedade por todos, como se tivessem passado juntos por uma guerra.

Mas o corpo dela não aguentava mais. Chega de concursos de piano por algum tempo, decidiu. Mas... uma parte dela queria passar por tudo aquilo outra vez.

Ela avistou um rosto conhecido e chamou.

— Takashima-*kun*!

Por um segundo, Akashi pareceu não entender, depois se virou.

— Ah! — Ele parou antes de reorganizar os pensamentos. — Finalmente acabou. Você trabalhou tanto — disse ele.

— Não, *você* é que trabalhou.

Eles fizeram que sim um para o outro, a empatia em comum de irmãos de armas.

— Só estou começando — disse Masami. — Ainda tenho muita edição a fazer.

— É verdade. Você ainda tem a final.

Enquanto caminhavam pelo saguão, fitaram a multidão que passava pelas muitas portas escancaradas.

— Parece que todo mundo vai embora — disse Akashi.

— A maioria. Tem algum tempo antes do anúncio dos jurados. Tenho certeza de que alguns voltarão depois. Vai ficar para o anúncio, Takashima-*kun*?

— Vou. Minha vez já acabou, mas, como participei, quero muito saber o resultado.

— Valeu mesmo a pena assistir a tudo. Eu me sinto cheia. — Masami se alongou. — Aquela moça do fim... não foi incrível? Nunca tive aquele tipo de experiência. Enquanto escutava, muitas imagens me voltaram... lembranças da infância, o rosto dos meus pais, a minha família...

Lembranças antigas emergiram, e uma sensação ardente, um formigamento profundo, que lhe deu vontade de chorar.

Masami deu uma olhada atenta em Akashi, que escutava em silêncio.

Ele sustentou o olhar dela, os olhos vermelhos.

— Qual é o problema? Eu disse alguma coisa que aborreceu você?

— Não. — Akashi riu, com um gesto de "não é nada", e desviou os olhos. — Não é isso. De verdade, não é.

Mas não havia dúvida: ele estava em lágrimas.

— O que houve? Aconteceu alguma coisa?

— Não é nada. — Akashi sorriu, mas manteve o rosto virado.

Masami não conseguiu entender. Lágrimas de pesar por não ter chegado à terceira etapa? Frustração acumulada que só escapava agora?

Ela pensou nisso, com o cuidado de não olhar para ele.

Será que eu disse algo insensível? Foi porque elogiei a última pianista? Ou os outros pianistas?

Enquanto trabalhava naquele documentário, ela via que todos observavam o que diziam, e a própria Masami ficou cautelosa.

Ela não percebeu que as lágrimas de Akashi corriam porque o que ela disse o comoveu. Nem o próprio Akashi entendia por quê.

O comentário de Masami sobre Aya Eiden simplesmente o deixou feliz. O fato de alguém como Masami, que normalmente não escutava música erudita, tivesse as mesmas emoções o encheu de alegria.

Fico muito contente de ter concorrido, pensou ele. *Muito contente de ter aguentado tudo neste último ano. Contente de ter participado disso.*

Esses sentimentos subiram todos ao mesmo tempo, e mais lágrimas começaram a correr.

Masami avistou alguém que conhecia e foi até lá. Aliviado, Akashi continuou a limpar as lágrimas num canto do saguão.

Ninguém está me olhando, não é?, pensou com esperança. *O que estou fazendo, chorando nesta idade?* Ele continuou a chorar furtivamente, sentindo-se um pouco ridículo, mas também entesourando a sua reação.

Ele a avistou num instante.

Uma moça de jeans e suéter, de aparência fresca, sem maquiagem, que provavelmente acabara de lavar o rosto. Akashi percebeu que avançava rapidamente na direção dela.

— Obrigado — disse ele.

Aya Eiden ergueu os olhos.

Ela era mesmo tão miúda assim?

Akashi ficou surpreso.

A moça de vinte anos diante dele tinha a aparência gentil, com olhos grandes. Olhos luminosos e inesquecíveis.

— Muitíssimo obrigado, Eiden-*san* — repetiu Akashi.

Aya olhava sem entender.

— Obrigado pela apresentação maravilhosa... Obrigado por voltar.

Uma emoção súbita apareceu nos olhos de Aya, como se só então ela entendesse alguma coisa.

Então, aqueles olhos amplos logo se encheram de lágrimas.

Akashi se viu todo lacrimoso outra vez.

Por quê, não sabia. Só sabia que Aya, que eles dois, tinham emoções parecidas e choravam pela mesma razão.

O rosto de Aya se contraiu. De repente, ela segurou Akashi e começou a soluçar.

Os dedos que espremiam o braço de Akashi eram inesperadamente fortes.

Akashi sentiu as próprias lágrimas jorrarem.

Que situação estranha, pensaram, agarrados um ao outro e chorando até não mais poder. Mas, estranhamente, eram lágrimas gostosas, revigorantes.

Eles sabiam que as pessoas em volta observavam.

— O que está acontecendo, Aa-*chan*? — perguntou uma voz.

Era Masaru Carlos. Ao lado dele, havia uma moça de cabelo comprido e, juntos, eles se aproximaram.

Akashi e Aya fungaram e limparam as lágrimas, nenhum dos dois capaz de falar.

Masaru e a moça olharam o par choroso, mas perceberam que não tinha sido provocado por nenhum problema específico, que Akashi não a fez chorar, que os dois simplesmente choravam como duas crianças. Masaru e a moça trocaram olhares.

Akashi e Aya se observaram, o rosto corado, e caíram na gargalhada.

— Sinto muitíssimo por isso.

— Minhas desculpas, não sei o que me deu.

Os dois começaram a falar ao mesmo tempo e, simultaneamente, calaram-se. Dobraram-se de tanto rir.

— Minhas desculpas — disse Akashi. — Eu também estava no concurso e sou seu fã há muito tempo.

Akashi começou a se apresentar, mas Aya o interrompeu.

— Você é Akashi Takashima. Adoro o seu modo de tocar. — Os olhos grandes faiscaram.

— Você... você se lembra do meu nome?

— Lembro. E quero ir à sua próxima apresentação.

Ele tremeu, como se um arrepio frio o percorresse.

— Bom... A gente se vê.

— Tenho certeza de que nos reencontraremos.

— Quem é esse, Aa-*chan*? Vocês são amigos? — Akashi ouviu Masaru e a moça perguntarem quando Aya se virou para eles.

Akashi permaneceu enraizado no lugar.

Esse realmente é um começo, pensou.

Um calor o envolveu.

Este concurso é o começo. Finalmente comecei a minha vida de músico.

KANADE DEU UMA OLHADA no relógio: 20h42.

De acordo com a programação original, o anúncio dos finalistas deveria ser feito pouco depois das oito. Mas, com todos os pedidos fervorosos de bis, as apresentações se prolongaram, e o anúncio foi remarcado para as oito e meia.

Aya tinha ouvido dizer que, no Concurso Internacional de Piano de Yoshigae, o julgamento não costumava se arrastar. Realmente, todas as declarações oficiais até então haviam ocorrido na hora marcada.

Aya e Kanade se entreolharam.

Tinham ido a um café na estação para relaxar, mas não ficaram de olho no relógio e, de repente, estava na hora do anúncio. Então, os três correram de volta à sala de concertos.

Nisso, Aya já conhecia todo mundo bastante bem. Longe do palco, liberados de toda a pressão, os rostos refletiam alívio e cansaço e uma certa libertação.

Na maioria, eles pareciam alunos comuns outra vez. Todos jovens, muito diferentes de quando estavam no palco. Mas, com o julgamento demorando tanto, um sentimento tenso e frustrado se instalou aos poucos no saguão.

O lugar estava alvoroçado com algo sinistro.

Os meios de comunicação estavam reunidos, refletores e microfones preparados para o anúncio, mas não havia sinal dos jurados.

— Alguma coisa está acontecendo.

— Tem razão.

A cada minuto que passava, a inquietação crescia e contaminava todos ali.

— Acha que estão discutindo alguma coisa?

— Sobre o que discutiriam?

Uma moça da equipe desceu a escada correndo, e todos os olhos pousaram nela.

Estava pálida, parecia preocupada. Aparentemente sem perceber o olhar de todos, ela atravessou o saguão para falar com outros membros da equipe. O rosto deles ficou sombrio.

Finalmente, o pessoal da organização se dispersou.

— O que está acontecendo?

Aya e os outros haviam observado tudo isso com atenção, e aí alguém começou a cochichar.

— ... desclassificado.

— Disseram que foi uma desclassificação.

— Parece que alguém foi desclassificado.

— O quê...?

— Por quê?

Masaru deu uma olhada em Aya e Kanade.

Sabia que todos pensavam a mesma coisa.

De qualquer modo que se olhasse, tinha de ser Jin Kazama.

O fato de que ele não seguiu o programa e repetiu a peça de Erik Satie. E não a peça inteira, mas um trecho que escolheu.

O rosto de Aya ficou rígido.

— Acha mesmo que ele foi desclassificado?

Masaru estava calado, os olhos sem negar nem afirmar.

Aya não conseguiu se forçar a dizer o nome de Jin Kazama. Sentia que, se o falasse, tudo se tornaria verdade.

Então as desclassificações realmente aconteciam?

Kanade sentiu uma leve irritação.

— Onde será que ele está agora?

O garoto em si não estava em lugar nenhum. Sem dúvida, não tinha a mínima ideia de que foi desclassificado.

O coração de Aya batia com força.

Não podia ser verdade. *Desclassificado?* O garoto que tocava de forma tão magnífica? Que a levou de volta ao palco? *Não. Não.*

Ela sentiu o chão ceder sob os seus pés.

Masaru olhou o rosto dela, inspirou fundo.

— Tudo bem — disse ele, abrindo bem as mãos. — Ainda não sabemos nada. Pode ser outra pessoa. Pode haver alguma outra razão.

— Como o quê? Consegue pensar em alguma coisa? — Kanade soava cética. — Todos obedeceram exatamente ao tempo determinado, ninguém foi interrompido por ultrapassar. Consegue pensar em alguma razão para ser outra pessoa?

A pergunta silenciou Masaru.

Estavam todos sem palavras. Desclassificado.

Jin tinha viajado de Paris a Yoshigae, e agora o tempo todo que passou ali seria à toa. Não contaria no seu currículo como experiência em concursos. Seria como se nunca tivesse participado.

Aya pensou no tempo que passou com Jin, em todas as conversas que tiveram.

A imagem do seu sorriso inocente rodopiou na cabeça dela.

Aquilo não podia estar acontecendo.

Ela sentiu um pânico que nunca havia sentido. Nem se acontecesse com ela, Aya ficaria tão abalada.

EM MEIO AO CLAMOR que os cercava, eles ouviram o nome dele ser repetido várias vezes, como ondas que se espalhassem.

— Dizem que Jin Kazama foi desclassificado.

— O quê...? O Príncipe das Abelhas?

— Desclassificado. É o que estão dizendo.

— Porque a apresentação dele quebrou as regras.

O inconsciente coletivo era uma coisa aterrorizante.

Sem que percebessem, aquilo se transformou em fato estabelecido, e o lugar fervia; todos tinham certeza de que era verdade.

Quando mais pessoas entraram no saguão, ficou claro que logo se informavam da notícia também.

— O quê...? É mesmo? — Eles ouviam as pessoas se admirarem. Logo, o saguão estava um alvoroço.

E ainda nenhum sinal dos jurados.

A mídia havia entrado em ação e encurralado integrantes da equipe de apoio para entrevistá-los. Mas a equipe parecia tão no escuro quanto todo mundo.

Já eram nove da noite.

As pessoas se misturavam aleatoriamente no saguão. A exaustão e a impaciência eram pesadas e sombrias.

— Mesmo assim, eles estão se demorando — murmurou Masaru.

— Uma desclassificação leva todo esse tempo? — perguntou Kanade.

Nesse momento, um personagem apareceu no saguão, a única coisa que lançava alguma luz. Os olhos de Aya foram atraídos naquela direção.

— Oh... — disse Aya, e Masaru e Kanade seguiram os seus olhos.

— É Jin.

Jin percebeu que todos o fitavam. Ele parou de repente e começou a recuar.

Aya se lembrou da primeira vez em que ele apareceu no palco, como o tumulto do aplauso o havia espantado.

O garoto olhou o saguão.

AYA SENTIU EMPATIA. ELE não fazia ideia do que estava acontecendo.

— Kazama-*kun*, venha cá — disse Kanade, chamando-o com um gesto.

O garoto avistou o grupinho e, aliviado, foi até lá.

Mas todos os olhares o seguiam, e ele se encolheu meio sem jeito.

— O que está acontecendo? Fui cortado? — perguntou a Aya.

Aya fez que não.

— Ainda não anunciaram.

— O quê? Assim, tão tarde?

O garoto olhou o relógio na parede.

— Ei, onde você estava todo esse tempo? — perguntou Aya.

O garoto fez cara de confuso.

— Estava observando o meu professor trabalhar.

— Professor? De piano?

— Um florista. Estou hospedado na casa dele.

— Um florista? Esse é o seu professor? — Kanade ficou surpresa.

— É. — Jin Kazama fez que sim. — Ele tinha um serviço hoje e me deixou ir com ele. Ficava um pouco longe do centro da cidade, e ir até lá e voltar levou algum tempo. Eu tinha certeza de que já tinham anunciado o resultado faz tempo.

Aya e Kanade se entreolharam com espanto.

É claro que, com todas as apresentações concluídas, ele estava livre para fazer o que quisesse.

— Então, o que está acontecendo? Parece que todo mundo... está me encarando.

Jin Kazama deu uma olhada em volta. Nisso, as pessoas tinham voltado às suas conversas.

— Parece que há algum problema — arriscou Kanade, fazendo o possível para soar calma.

— Problema?

— Estão dizendo que alguém foi desclassificado. — Kanade deu uma olhada em Masaru.

— Desclassificado? Você disse *desclassificado*?

O garoto olhou Masaru, em busca de explicações.

— Já fui desclassificado uma vez — disse Masaru rapidamente. — Toquei uma peça que não era permitida e me desclassificaram. A gente também pode ser desclassificado por coisas como ultrapassar o tempo especificado.

Jin Kazama olhou Aya, ainda só parcialmente convencido.

Aya evitou o olhar dele e hesitou, tentando escolher as palavras.

De repente, Jin pareceu em choque.

Os olhos se arregalaram, o rosto ficou visivelmente pálido.

— Não!

A sua expressão ansiosa deixou Aya e os outros ainda mais incomodados.

Nunca tinham visto aquela expressão no seu rosto.

Os lábios de Jin Kazama tremeram.

— *Eu?*

Ela olhou cada um dos três, o rosto amedrontado.

— Fui desclassificado? É por isso que todos estavam me olhando?

— Ainda não sabemos — disseram Aya e Masaru ao mesmo tempo. — Parece que alguém foi desclassificado, mas não sabemos quem.

— Mas todos estão me olhando. Devem achar que fui eu, não é?

O garoto olhava em volta com desespero, claramente confuso. Ele investigou o rosto de Aya, como se a resposta estivesse escrita ali.

— Estou lhe dizendo que, na verdade, não sabemos. Ninguém anunciou nada.

— Então fui cortado? — perguntou o garoto sem expressão. Os seus olhos não focalizavam mais ninguém. — Isso significa que o meu pai não vai me comprar um piano...

— O quê? — perguntou Aya.

Não vai lhe comprar um piano?

Um rebuliço ondulou pelo saguão.

Os jurados tinham aparecido no andar de cima.

Houve comoção quando mais luzes se acenderam e a temperatura emocional do lugar disparou.

Os jurados desceram a escada com firmeza.

Kanade tentou ler os rostos. Todos pareciam bastante plácidos.

Não parecia que tivessem um terrível problema. A maioria estava bastante satisfeita.

OLGA SLUTSKAYA, PRESIDENTE DA comissão julgadora, foi a primeira a descer, e um membro da equipe de apoio lhe entregou o microfone.

O aparelho foi ligado com um *pop* e o silêncio caiu sobre o saguão.

— Senhoras e senhores, obrigada pela paciência.

Apesar do tempo prolongado que levaram, Olga parecia serena, transmitindo seu costumeiro sangue-frio imponente.

— É com prazer que anuncio o resultado da terceira etapa. Não foi fácil chegar a uma decisão, mas estamos muito satisfeitos com o resultado.

Ela continuou com os comentários de sempre, lembrando aos que não passaram que não deviam desanimar, nem considerar aquele um julgamento negativo da sua musicalidade nem de si mesmos como indivíduos, mas continuar a se dedicar à música.

É claro que, para a imprensa e os concorrentes que ali aguardavam, as palavras mal foram registradas.

Olga sabia muito bem disso. Via que todos estavam impacientes e nervosos e parecia esticar a corda de propósito.

Graciosamente, ela pôs os óculos pendurados no pescoço.

— Agora, quanto à razão para essa demora sem precedentes da nossa deliberação...

Olga parou um instante.

— Surgiu um imprevisto que, infelizmente, causou a desclassificação de um pianista.

Então, era verdade, afinal de contas, cochicharam todos. Aya sentiu Jin Kazama se retesar ao seu lado.

Ela pousou a mão de leve no ombro dele, e ele a fitou abatido.

Aya olhou nos olhos dele e fez que sim, como se dissesse *Não deixe isso influenciar você.*

— Levamos tempo para confirmar todos os fatos e analisar o caso mais uma vez, e pedimos sinceras desculpas pelo atraso.

Olga fez uma pequena reverência e abriu a folha de papel nas suas mãos.

Confirmar todos os fatos. O que *isso* significava?, perguntou-se Kanade. Essa expressão era mesmo usada quando se desclassificava alguém?

Olga respirou fundo.

— As seis pessoas seguintes avançarão para a final.

O saguão se calou mais uma vez.

Todos os olhos estavam fixos nas mãos dela, o saguão cheio de um silêncio doloroso.

Aya e Jin Kazama se aproximaram um do outro.

Era só imaginação ou Olga levou um tempo longo e pouco natural para ler os nomes?

O saguão estava envolto numa quietude sobrenatural. Olga se manteve composta o tempo todo e dava claramente a impressão de esticar o suspense de propósito.

— Número 19, Kim Sujon.

Soaram vivas. Um rapaz, o rosto corado, socou o ar algumas vezes.

— Número 30, Masaru Carlos Levi Anatole.

Vivas ainda mais altos dessa vez.

Todos os olhos se voltaram para Masaru, que deu um sorriso morno, a expressão nada fácil de ler.

— Número 41, Friedrich Doumi.

Mais vivas.

Metade dos nomes já tinha sido anunciada.

Faltavam três. Aya se aninhou em Jin Kazama, ele nela.

— Número 47, Cho Hansan.

Vivas e gritos.

Aya se sentiu retesar. *Aí vamos nós.* O anúncio do próximo nome a assustava, e ela não conseguia suportar.

Os lábios de Olga se moveram.

— Número 81, Jin Kazama.

Um berro alto soou na multidão — guincho ou viva, era difícil dizer, mas o bramido sacudiu o saguão.

Aya sentiu o espaço em volta dela se abrir. Sentiu-se estranhamente libertada. Iluminada e cheia de alegria.

Ela e Jin se voltaram um para o outro, incrédulos. Aya ouviu a voz calma de Olga continuar.

— Finalmente, número 88, Aya Eiden.

Ela baixou a folha de papel na mão e espiou o público.

Aya achou difícil ligar aquilo a si mesma. Os vivas continuavam a soar, a empolgação inabalável. Olga permanecia friamente ereta no meio de tudo.

O som e o tempo finalmente voltaram.

— Conseguimos! Nós três passamos! — disse Masaru com voz tensa e levantou as duas mãos para comemorar.

Finalmente, Aya sentiu uma alegria quente subir por dentro.

O rosto de Jin Kazama estava pálido e abatido.

— Conseguimos!

Aya e Jin se abraçaram, sorrisos largos ornando o rosto, enquanto Masaru e Kanade só pareciam aliviados.

— Caramba, tanta preocupação à toa.

— Um pouco emocionante demais, se quer saber!

Finalmente, eles conseguiram achar graça naquilo.

Aya não sabia direito a quem agradecer, nem pelo quê, mas só o que lhe vinha eram palavras de agradecimento.

Obrigada, obrigada, obrigada por deixar Jin Kazama passar.

Depois que o choque e a empolgação iniciais se dissiparam, as pessoas começaram a perguntar em voz alta:

— Então, quem foi desclassificado?

Serena como sempre, Olga permaneceu em silêncio, mas no fim cedeu com relutância à pressão e voltou a falar.

— Houve um concorrente que discutimos, principalmente se os seus pontos eram suficientes para chegar à final, e que, depois da terceira etapa, adoeceu e voltou para casa. Esse concorrente não repassou informações adequadas à organização do concurso, e descobrir onde estava levou algum tempo. Finalmente, soubemos que o concorrente realmente voltou para o seu país natal, passou por uma apendicectomia de emergência e não poderia tocar na final.

— Ah... então foi *isso*?

— E a gente tinha certeza de que era... sabe...

Aya ouviu essas palavras e sentiu que olhavam Jin Kazama.

Olga esperou até que o público aceitasse a notícia antes de continuar.

— Parabéns aos que chegaram à etapa final. Todos vocês são músicos realmente maravilhosos. Para os que estão na final, tenham confiança e deem o seu melhor. Depois deste anúncio, haverá uma reunião com os jurados, e insisto que aproveitem a oportunidade. Obrigada e voltaremos a nos ver na final.

AYA E O SEU grupo começaram a se alongar para aliviar a tensão.

Masaru deu uma risada.

— Nunca me senti tão tenso na vida!

— Não é?

— Estou tão, mas *tão* feliz!

Aya e Kanade se abraçaram.

Jin Kazama finalmente recuperou o sorriso inocente.

— Uau, acho que isso tirou anos da minha vida. Tenho de avisar ao meu pai.

Kanade procurou um canto tranquilo do saguão.

O celular de Masaru tocou.

— Alô? — atendeu Masaru, e fez um sinal para Aya com os olhos.

Era da organização do concurso para confirmar a programação de ensaios com a orquestra.

Os celulares de Jin Kazama e Aya começaram a tocar — a ligação oficial.

Estou na final. Realmente consegui, pensou Aya.

Sem palavras, ela agradeceu.

A quem, contudo, não saberia dizer.

NO SAGUÃO, PRESAS NA parede, havia filas e filas de fotos de pianistas.

Outra fita em formato de flor já tinha sido colocada nos que estavam na final.

Só seis tinham três fitas.

Akashi Takashima as olhou, o coração pleno.

A sua própria fotografia só tinha uma, mas ele não reclamava.

Jin Kazama havia chegado à final, e ninguém poderia negar que aqueles seis eram plenamente merecedores.

Akashi deu um suspiro profundo.

Para ele, o concurso foi bom, uma experiência significativa.

A princípio, a sua atitude havia sido entrar e acabar logo. Planejava finalmente resolver, desse modo, os seus sentimentos sobre a música.

Mas o que obteve, francamente, foi uma sensação de coragem. Depois de assistir a tantas apresentações e de subir pessoalmente no palco, estava agora decidido a viver como músico.

Bom, talvez eu devesse voltar agora, pensou.

Deu meia-volta e estava saindo quando o celular tocou.

Quem seria?

Era da organização do concurso. Um número que provavelmente ele logo apagaria.

— Alô... — atendeu sem certeza.

— É o Sr. Akashi Takashima? — perguntou uma voz de mulher.

— Isso mesmo, sou Akashi.

— Estou ligando da organização do Concurso Internacional de Piano de Yoshigae. Posso lhe perguntar onde o senhor está?

Que pergunta estranha.

— Estou em Yoshigae. Planejava voltar a Tóquio agora.

— Entendo. O senhor acha que pode estar aqui no último dia do concurso, domingo, dia 24? — perguntou a mulher, com voz profissional.

— O último dia?

Akashi ficou ainda mais perplexo. Seria o segundo dia da final. É claro que planejava voltar para assistir, mas por que ela perguntava?

— Posso, sim. Planejo assistir às apresentações da final.

— Entendo. Fico feliz em saber. Então o senhor também estará aqui na cerimônia de entrega dos prêmios?

— Cerimônia de entrega dos prêmios?

— Isso mesmo. Enquanto decidiam os últimos seis concorrentes, os jurados também discutiram quem receberia os outros prêmios. Em consequência dessa conversa, o senhor recebeu uma Menção Honrosa e o Prêmio Hishinuma.

— O quê? Como disse? Menção Honrosa e...?

— E o Prêmio Hishinuma — repetiu a mulher.

Akashi fez uma pausa enquanto tentava entender.

— Com o Prêmio Hishinuma, você quer dizer...

— Isso. É o prêmio conferido pelo maestro Tadaaki Hishinuma ao pianista com a melhor execução da peça "Primavera e Ashura".

— E fui... fui eu? — Akashi quase gritou.

— Correto. Parabéns.

Ele sentiu que conseguia perceber pela primeira vez um sorriso na mulher na outra ponta da linha.

Com o coração disparado, ele fez uma profunda reverência para a mulher invisível.

Eu? Eu ganhei o Prêmio Hishinuma? A sua execução de "Primavera e Ashura" venceu a de Jin Kazama e a de Aya Eiden?

E a Menção Honrosa. Um prêmio dado aos pianistas que, embora não chegassem à final, causaram boa impressão e foram considerados pessoas de futuro.

Akashi ficou explodindo de alegria.

Agora sabia com certeza.

Ele poderia viver de música.

— E Jin Kazama? — perguntou Mieko a Masaru.

Masaru deu de ombros.

— Voltou à casa da família que o hospeda. Disse que ainda tinha de ajudar o professor.

— Professor? Quem está trabalhando com ele agora? — perguntou Mieko.

Nathaniel, ao lado dela, ficou atento com a menção da palavra *professor*.

— Não, não é de piano — disse Masaru, parecendo um pouco incomodado.

— Não é de piano? De solfejo, talvez? Ou composição?

Aya, ao lado dele, deu um sorriso irônico.

— É de arranjos florais.

— Arranjos florais?! — exclamaram Mieko e Nathaniel em uníssono.

— Um amigo do pai dele tem uma grande floricultura e é um praticante conhecido de *ikebana*. Jin disse que está aprendendo com ele a fazer arranjos florais.

— O *quê?*

Eles estavam no salão de banquetes do hotel, onde acontecia uma amistosa reunião noturna entre jurados e concorrentes. Só restava a final — cada um dos seis pianistas tocaria um concerto com a orquestra — e todos desfrutavam da sensação de liberdade.

Espalhados pelo salão, grupos de alguns concorrentes restantes cercavam os jurados, escutando-os com atenção.

— Céus, caramba... Ele realmente desafia as expectativas, não é? — Nathaniel balançou a cabeça. — Os jurados esperavam conversar com ele, mas o rapaz já foi embora.

— Sério? — perguntou Masaru. — Todos tínhamos certeza de que Jin Kazama tinha sido desclassificado.

— Nenhum jurado pensou em desclassificá-lo. Ele é muito especial. Até os que eram contra ele no começo viraram fãs.

Masaru aprovou com a cabeça.

— Tudo bem para você que um rival tenha passado? — sondou Silverberg.

Nathaniel olhou Masaru nos olhos, e o rapaz riu.

— Por que não? Vencer sem Jin Kazama no páreo não teria graça nenhuma.

— Ha, ha, ha... quanto ânimo.

Essa prova da solidez e da autoconfiança de Masaru fez Mieko e Nathaniel trocarem olhares e sorrisos.

— Realmente, é... — murmurou Aya. — Realmente, é ótimo que Jin Kazama ainda esteja no páreo.

Céus, pensou Mieko. *A expressão de Aya se transformou completamente. Há nela uma serenidade que poderíamos chamar até de ousadia.* A confusão que ela demonstrava no último encontro havia sumido.

Mieko a fitou, ofuscada pela transformação.

Para um jurado, assistir a um momento desses na vida de um jovem músico era uma alegria sem igual.

— Tudo bem, mas não baixe a guarda — alertou Mieko. — A final será intensa. Todos estão numa espiral de sucesso, e qualquer um de vocês pode vencer.

Masaru e Aya trocaram olhares e riram.

Naquele momento, eles só se preocupavam com o desempenho individual. Competir não estava no radar.

Mas era verdade: o primeiro prêmio estava em jogo.

Seis finalistas.

Havia a tendência a pensar que, com a final, o julgamento principal terminara e que agora era apenas uma questão de confirmar a classificação, mas tocar com orquestra podia causar um grande impacto, e a impressão anterior dada pelo executante talvez se revertesse completamente. Era muito possível que, mesmo com uma série de apresentações maravilhosas, tudo saísse pela culatra.

— Mal posso esperar — disse Mieko, dando em Nathaniel um olhar aguçado.

Acha que o seu querido aluno vai vencer?

Nathaniel sabia exatamente o que significava o olhar de Mieko.

— Sim, mal posso esperar — disse ele, ecoando as palavras dela.

Podiam estar sorrindo, mas não pelos olhos, e eles sabiam disso.

A final

Ensaios com orquestra

Nas instalações multifuncionais onde ocorria o Concurso Internacional de Piano de Yoshigae havia três salas de concertos.

Uma de tamanho médio para mil lugares, onde ocorreram as três primeiras etapas.

Uma menor, subterrânea, com quatrocentos lugares.

E a grande sala de concertos, com cerca de dois mil e trezentos lugares.

A final seria realizada na maior das três salas.

Os concertos e a ordem das apresentações eram os seguintes:

Kim Sujon (Coreia do Sul): Rachmaninoff n.º 3
Friedrich Doumi (França): Chopin n.º 1
Masaru Carlos Levi Anatole (EUA): Prokofiev n.º 3
Cho Hansan (Coreia do Sul): Rachmaninoff n.º 2
Jin Kazama (Japão): Bartók n.º 3
Aya Eiden (Japão): Prokofiev n.º 2

O maestro da final, com a Filarmônica de Shintobu, era Masayuki Onodera, um maestro intermediário de quase cinquenta anos.

Onodera tinha muita experiência, embora acompanhar pianistas num concurso fosse muito mais trabalhoso do que seria de se imaginar.

Os solistas eram amadores, e não seria nada bom se dissessem que a orquestra era a culpada — que não acompanhou muito bem o concorrente ou não se esforçou o suficiente para fazer a melhor apresentação possível. Como o concurso de Yoshigae era grande e tinha fama internacional, a responsabilidade ficava ainda mais pesada.

A preparação para a final era extenuante. Havia dezenas de concertos na lista de obras possíveis. Todos eram concertos famosos, dentro do padrão, constantes do repertório das orquestras profissionais, mas, como alguns eram mais difíceis, foi preciso rever todos para se prepararem.

Cada um dos seis finalistas escolheu um concerto diferente, o que, para a orquestra, era ao mesmo tempo algo para agradecer ou não.

Certa vez, Onodera trabalhou num concurso em que, dos seis finalistas, quatro escolheram o *Concerto Imperador,* de Beethoven, e os outros dois tocaram o *Concerto n.º 1,* de Chopin. O público deve ter se entediado, e, na quarta apresentação do *Concerto Imperador,* a orquestra — profissionais consumados, mas apenas seres humanos, afinal de contas — também não aguentava mais. Manter a orquestra motivada foi uma tarefa difícil, recordava ele.

Depois das quatro apresentações do concerto de Beethoven, o *n.º 1,* de Chopin, honestamente, também foi chato. Podia ser uma peça famosa que todos os pianistas queriam tocar, mas, para a orquestra, havia vários concertos do repertório-padrão considerados tediosos, e o *n.º 1,* de Chopin, era um deles. Na etapa final de um concurso de Chopin só se podia escolher entre o *n.º 1* e o *n.º* 2 do compositor, e, por mais que Chopin fosse o orgulho do seu país e por mais que se amasse a sua música, deve ter sido uma tortura para a orquestra. Secretamente, Onodera se solidarizava.

Dessa vez, os seis concertos eram obras importantes, muitas delas desafiadoras tanto para o pianista quanto para a orquestra.

Onodera obteve informações sobre o histórico dos finalistas com o diretor de palco, Sr. Takubo. O que Takubo lhe contou sobre a atitude dos concorrentes nos bastidores e as suas observações sobre a personalidade de cada um foi valiosíssimo.

Naturalmente, ele já tinha verificado seus currículos, se já tinham tocado com orquestra, e escutou as apresentações da terceira etapa.

O CONCERTO ERA UM gênero em que a experiência significava tudo. Só é possível entender isso quando se passa pelo desafio de tocar com uma orquestra.

Quando se toca no palco, os instrumentos são ouvidos ao vivo, de perto, e a distância deles varia. Ouvida de *dentro* do ringue, por assim dizer, a obra que se pensava conhecer parece completamente diferente. O ritmo também pode se alterar com facilidade.

Duas vezes, na etapa final de concursos anteriores, Onodera teve de interromper o concerto no meio da execução. No primeiro caso, o pianista ficou tão absorto enquanto tocava — em pânico, pode-se dizer — que não escutou mais a orquestra e saiu totalmente da sincronia. Um compasso inteiro, para ser exato.

No segundo caso, o pianista não teve confiança de que o seu nível de execução chegava à altura da orquestra, e foi tocando cada vez mais baixo. Quando o som do solista se reduz, naturalmente a orquestra baixa o volume para se aproximar dele, e o nível sonoro total cai. Por fim, a peça ficou tão baixinha que se desfez, e tanto o solista quanto a orquestra pararam.

Dessa vez, entretanto, os ensaios foram tranquilos, e os músicos da orquestra ficaram aliviados.

Como Takubo lhes informou, os pianistas eram todos extraordinários, e cinco dos seis já tinham experiência com orquestras. Depois de quatro ensaios, praticamente não houve nenhum problema. Cada um tinha o seu estilo, é claro, e, embora bastante jovens, havia neles uma certa maturidade, principalmente num dos pianistas da sessão do dia anterior, Masaru Carlos Levi Anatole. A orquestra ficou completamente fascinada por ele. Sem dúvida, assistiam ao surgimento de um novo astro.

ESTAVAM SE APROXIMANDO DO fim do intervalo.

Os músicos da orquestra voltaram, aos pares e trios.

Finalmente, haviam chegado ao único pianista sem nenhuma experiência com orquestra. Jin Kazama, do Japão.

Embora Onodera esperasse o ensaio com expectativa, era preciso admitir que estava um pouco ansioso. A apresentação de Kazama na terceira etapa foi magnífica, mas ele temia que talvez o rapaz fosse do tipo autocentrado, que não foi feito para tocar com orquestra.

Ainda por cima, ele havia escolhido o *Concerto n.º 3*, de Bartók.

Com a partitura na mão, Onodera pensou na melhor abordagem.

Um pianista estreante tocando Bartók lhe criava alguns obstáculos. Era preciso muita negociação entre o solista e a orquestra e, se não se escutassem com atenção, a situação se complicaria. A principal questão com Bartók era obter o tempo correto entre os dois. Bartók era famoso pelas longas linhas melódicas.

Quando Onodera entrou na sala de concertos, o afinador de pianos ainda trabalhava.

Ele esperava que Jin Kazama já estivesse estudando.

O afinador dava olhadelas ocasionais no auditório.

— Que tal assim? — gritou.

— Bom.

Onodera olhou em volta e avistou um garoto sentado nos fundos da sala.

Como assim?

Os olhos de Onodera se arregalaram com surpresa.

Ele havia pensado que era alguém da equipe, mas percebeu que era Jin Kazama. O que ele estava fazendo *lá*?

— Basicamente, está bom, mas só vou saber quando a orquestra entrar. Sr. Asano, seria possível o senhor ficar aqui para verificar como soa?

— Certo...

Onodera não acreditava no que via.

Havia sabido por Takubo que o ouvido do garoto era excelente, mas nunca vira um pianista e um afinador se comunicarem com tanta intimidade.

O afinador avistou Onodera e fez uma reverência.

— Desculpe. Já, já terminamos — disse ele.

Onodera fez que sim e pôs a partitura na estante.

Os músicos da orquestra foram entrando e, quando estavam todos reunidos, o afinador desceu para a plateia.

Jin Kazama avançou e pulou no palco.

— Oi, sou Jin Kazama. Mal posso esperar para tocar com todos os senhores e as senhoras.

— Sou Onodera. Também mal posso esperar.

O *spalla* da orquestra também o cumprimentou e apertou a sua mão.

Que garoto bonito, pensou Onodera.

Ingênuo, com as bordas mal-acabadas, transpirando algo completamente natural.

— Então, como devemos prosseguir? Tocamos o concerto inteiro? Podemos destacar os pontos que precisam de um ritmo preciso.

Mas, a todas essas sugestões, Jin Kazama só balançou a cabeça em negativa.

— Tenho um pedido a fazer — disse.

Os grandes olhos do garoto o fitaram diretamente, e Onodera sentiu o coração bater mais depressa.

— É claro.

Coragem esse garoto tinha.

— Gostaria que os senhores todos tocassem o terceiro movimento.

Onodera ficou surpreso.

— O quê? Só a orquestra? E você?

— Vou escutar lá no fundo.

Jin Kazama pulou do palco e trotou pelo corredor até a parte de trás da sala.

Onodera e o *spalla* se entreolharam.

O que ele estava fazendo? Testava a potência da orquestra? Aquilo não lhes caía bem.

— Tudo bem. Podem começar, por favor. — A pequena silhueta de Jin Kazama acenou.

Onodera mostrou um sorriso generoso, fez um sinal de cabeça para a orquestra e pegou a batuta.

Os músicos, de sobrancelha erguida, aprontaram os instrumentos.

O terceiro movimento do *Concerto n.º 3*, de Bartók.

Um *tutti* brilhante, o destaque da peça, que crescia glorioso rumo ao final.

A orquestra deu tudo o que tinha.

Quer ver o que podemos fazer, garoto? Pois vamos lhe mostrar. Vamos lhe mostrar o som que sabemos produzir.

Um fortíssimo maciço.

Acha que consegue competir contra esse volume? Quando o solo começar e tivermos de reduzir a potência, riremos por último.

Onodera conseguia perceber esses sentimentos na orquestra.

Os quase sete minutos do terceiro movimento se concluíram.

Onodera se virou e viu Jin Kazama cochichar com o afinador.

Achou difícil acreditar que aquele sujeito era mesmo um finalista.

— *Obrigado!* — gritou Jin Kazama enquanto trotava de volta e pulava com agilidade no palco.

Uau! Um salto e tanto.

Sem que ele percebesse, o garoto se enfiou rapidamente pela orquestra.

Onodera se perguntou o que o rapaz estaria fazendo quando começou a puxar cadeiras, mudar o lugar das estantes, reposicionar os músicos.

— Com licença, o senhor podia passar para cá?

Ele pediu até aos contrabaixistas que mudassem de lugar.

Eles mostraram um sorriso irônico e deram de ombros.

Alguns músicos claramente não gostaram nem um pouco.

No entanto, o garoto parecia despreocupado.

— Mas, se eu mudar de posição, vai ficar difícil tocar — murmurou o tubista.

O rapaz deu meia-volta.

— O chão está empenado aí. Acho que devem ter consertado alguns anos atrás e, provavelmente, usaram um compensado como reforço. Por isso, essa parte do piso é mais pesada, a densidade diferente. E, se o senhor ficar aí em cima, o som não vai se projetar bem.

O tubista ergueu os olhos, uma expressão perturbada no rosto.

O garoto, imperturbável, foi até o piano e se sentou.

— Desculpem, mas, por favor, toquem o terceiro movimento outra vez. Sr. Asano? Pode, por favor, verificar o equilíbrio? — gritou o garoto para o afinador nos fundos da sala. Depois, olhou Onodera.

O maestro fez que sim e, como instruído, pegou a batuta. Os músicos, perplexos, ocuparam as suas posições.

Houve um momento de silêncio.

O garoto tocou o trinado grave de abertura.

O som dele é imenso.

Os olhos dos músicos se iluminaram. Que som poderoso. Voava diretamente para os ouvidos, tão claro e impactante.

Onodera girou a batuta no primeiro tempo.

Como um reflexo condicionado, a orquestra atendeu de uma vez só.

Eles se encaixaram imediatamente.

Um fraseado ascendente em diálogo com o naipe das madeiras. Os metais entraram, seguidos pelo estrondo grave dos tímpanos.

O solo de piano.

Um ritmo robusto e confiante.

A orquestra foi puxada junto, como se arrastada por uma locomotiva invisível.

A peça avançou sem parar, levada pelo piano.

Que som uniforme, de corpo cheio. Entraram as cordas.

Impossível!

Onodera não conseguia acreditar no que estava ouvindo.

A orquestra fizera a primeira passagem no máximo volume, mas o som era muito mais alto agora. Puxado pelo piano de Jin Kazama, o volume ainda aumentava.

A expressão dos músicos parecia séria — não, *frenética* seria mais próxima da verdade. Desesperados para não serem deixados para trás pelo piano de Jin Kazama.

Onodera notou outra coisa.

O equilíbrio estava muito melhor do que antes.

As notas graves se encaixavam lindamente e reverberavam numa única camada perfeita.

A voz do garoto esvoaçou pela mente de Onodera.

O som não está se projetando bem.

As cadeiras que deslocou, as estantes, os instrumentos. Será que ele percebeu mesmo aquilo tudo? Com uma única passada da orquestra?

Finalmente, eles se encaminharam para o clímax.

Não era como se tocassem, mas como se fossem *forçados* a tocar. Como se os seus braços se movessem inconscientemente.

O naipe de metais era mesmo tão forte assim? Ele não vivia dizendo que precisavam de mais força, que lhes faltava alguma coisa?

Um som rico das trompas. O piano sem recuar um momento.

A escala final.

Jin Kazama, como se removesse neve, corria pelo teclado, a pressão acústica avassaladora.

Agora, o *tutti*.

Os metais retiniram, o ar tremendo, formigando.

Que empolgação.

Por um segundo, Onodera se esqueceu de si mesmo.

O som de todos os naipes da orquestra convergiu num único ponto no ar, deixando para trás uma reverberação brilhante.

Maestro e orquestra estavam sem fala; então, ouviram alguém batendo palmas.

Onodera se recompôs e se virou: o afinador de piano aplaudia.

O garoto gritou:

— Sr. Asano, como foi?

— Fantástico. Perfeito.

— Não deveria soar um pouco mais suave?

— Não, é exatamente assim que deve ser.

— É mesmo? Então, posso pedir aos senhores que toquem de novo desde cima?

Jin Kazama fitou o maestro e, por um segundo, pareceu preocupado.

Os músicos o fitavam, pálidos, como se ele fosse alguma espécie rara de animal.

— Hã... há algo errado? — perguntou Jin Kazama, mas ninguém respondeu.

Dias febris

As portas se escancararam nos dois lados, e as pessoas se despejaram ansiosamente no saguão.

Não era a sala de concertos de tamanho médio com que tinham se acostumado nas duas semanas anteriores, mas a sala principal, muito maior. Para chegar lá, subia-se uma escadaria larga e luxuosa, com carpete vermelho.

Ela podia estar imaginando, mas parecia que agora a expressão e a roupa das pessoas eram mais vibrantes.

O primeiro dia da final era um evento noturno. Lá fora, estava completamente escuro.

— Entendo... então a final é assim — disse Aya, impressionada, enquanto fitava a sala de concertos.

No palco, a orquestra estava arrumada para circundar o piano.

Membros da equipe de apoio andavam por ali, preparando tudo, e o afinador estava absorto nos ajustes de última hora.

Kanade, que passara por numerosos concursos, tanto como executante quanto como espectadora, fez que sim.

— Aya-*chan*, este é o seu primeiro concurso depois do nível infantil, não é? É assim que são as finais.

— Parece especial mesmo — murmurou Jin Kazama, sentado ao lado delas.

— Realmente, não dá para acreditar que é o primeiro concurso internacional e a primeira final para vocês dois. Vocês têm muita sorte, isso posso lhes dizer. — Kanade parecia impressionada.

— Hum... — Aya não parava de murmurar, como se procurasse as palavras certas para descrever esse clima especial. — É como... não sei... como se você se preparasse por muito tempo, sofresse muitas dificuldades para escalar a montanha até o alto e, finalmente, atravessasse a última crista, totalmente sem fôlego, e sentisse uma verdadeira realização. A questão é que o que vem depois não é fácil. É preciso dar cada passo com atenção ao descer. Entende o que quero dizer?

— Do que você está falando? — perguntou Kanade.

— Entendo, entendo plenamente — disse Jin Kazama, fazendo que sim para Aya. — Quando chega ao topo, os seus nervos estão detonados.

— Parem com isso, vocês dois. Só precisam aguentar um pouco mais e se prepararem para a final.

Kanade deu tapinhas no ombro de Aya e Jin.

Mas ela sabia como os dois se sentiam.

Havia muitos concorrentes que, depois de atravessar a pressão intensa das três etapas, se sentiam esvaziados. Era difícil, até para profissionais, manter a motivação a longo prazo.

— E onde está Ma-*kun*?

Jin Kazama olhou a sala em volta.

— Como seria de esperar, ele vai pular a primeira apresentação. Está se aquecendo na sala de ensaio.

— O *n.º 3*, de Rachmaninoff, é tão comprido, não é?

Kanade deu uma olhada no programa.

O *n.º 3*, de Rachmaninoff, que o primeiro pianista tocaria, tinha quase cinquenta minutos de duração.

Aya deu uma risadinha.

— Está rindo do quê?

— Eu estava lembrando o que Ma-*kun* disse sobre o *n.º 3*, de Rachmaninoff, que é uma peça que transborda de autoconsciência do pianista.

— Ele disse isso mesmo?

Ainda assim, Aya não estava meio relaxada demais com a situação?

— Aliás, por que você escolheu o *n.º 3*, de Bartók? — perguntou Aya a Jin. — A escolha foi sua? Não havia nenhum outro concerto que você quisesse tocar?

Kanade queria fazer a mesma pergunta. Com a técnica que tinha, Jin poderia tocar o concerto que quisesse.

— A princípio, eu queria tocar Schumann — disse Jin.

— O *lá menor*?

— E estava pensando em escrever a minha própria *cadenza* no fim do primeiro movimento.

— É mesmo? Aquela famosa?

— Mas o meu professor me disse que eu não devia entrar numa briga de propósito.

— Hoffmann?

— É.

Aya deu outra risadinha.

Não havia dúvida de que o virtuosismo de Jin Kazama lhe permitiria improvisar o quanto quisesse numa peça. Podia estar escrito *cadenza* na partitura, mas a prática aceita era tocar *cadenzas* existentes. Tocar a sua própria, uma que você mesmo criou, era quase um tabu.

— Você fez sua própria transcrição de *África* também, não foi?

Kanade sabia exatamente o que Hoffmann queria dizer com *entrar numa briga de propósito*. No mundo da música erudita, muitos achavam que acrescentar uma frase própria a uma peça era a mais pura blasfêmia.

— É. Por isso desisti de tocar Schumann e fiquei em dúvida entre o *n.º 3*, de Prokofiev, e o *n.º 3*, de Bartók.

— Olha, aí você teria se superposto a Ma-*kun*.

Jin Kazama fez um gesto de grande alívio, e Aya e Kanade riram.

Era surpreendente saber que até um grande talento como Jin Kazama não queria duplicar Masaru. O que só reforçava a ideia de que o talento de Masaru era tremendo.

Um *gênio natural e excêntrico* como Jin Kazama era um tipo fácil de entender. Masaru, igualmente gênio, não era. Ao conversar com ele nos últimos dias, Kanade achou que ele parecia muito equilibrado. Possuía um talento superior, sem dúvida, mas também dava a impressão de ser uma pessoa *comum*. Mesmo que não fosse na música, claramente ele seria excepcional, porque alguém com os seus talentos poderia se dedicar a qualquer campo.

— Hum... E o que fez você se decidir por Bartók? — Aya persistiu, curiosa, espiando Jin.

— Foi simples, na verdade. Imaginei que o *n.º 3*, de Prokofiev, seria uma escolha popular, mas que ninguém escolheria o Bartók.

— Simples assim?

— É.

— Sabe, Ma-*kun* disse que você é meio bartokesco.

— Bartokesco?

— É. Mas eu não saberia dizer exatamente como.

Kanade entendeu o que Aya tentava dizer.

As qualidades naturais de Jin Kazama, a sua mudança de ritmo inesperada, davam a impressão de que ele tinha afinidade com Bartók.

— E você, Aya? O que levou você a escolher o *n.º 2*, de Prokofiev? Por que não o *n.º 3*? — Foi a vez de Jin Kazama perguntar, a expressão inocente.

Aya e eu provavelmente estamos com a mesmíssima cara agora, imaginou Kanade.

Pouco antes de Aya viajar para o concurso, Kanade se lembrou de que essa havia sido a última peça que Aya deveria tocar em público.

Até então, ela apresentara um repertório enorme.

Os seus olhos encontraram os de Aya e, sem palavras, elas sorriram uma para a outra.

Jin Kazama olhou as duas alternadamente.

— Acho que é... o meu dever de casa — disse Aya.

— O quê? — perguntou Jin Kazama.

— Era o meu dever de casa, essa peça. De muitíssimo tempo atrás.

— Ah.

— Amanhã, finalmente, vou entregar esse dever. Mas levou muito tempo. Não, na verdade, parece que o tempo foi pouco.

Os olhos de Aya pareciam examinar algo muito longe.

Venho esperando por isso também há muitíssimo tempo. O dia em que Aya estiver de volta ao palco e eu puder me sentar na plateia e ouvir a peça que ela deveria ter tocado naquela época.

Kanade refletiu sobre as palavras de Aya. "Mas levou muito tempo. Não, na verdade, parece que o tempo foi pouco."

O sinal tocou para indicar o início da apresentação.

— Tudo bem. Vamos ver se o que Ma-*kun* disse é verdade, se o *n.º 3*, de Rachmaninoff, mostra realmente o transbordamento do ego do pianista.

— Transbordamento do ego? O que isso significa? — perguntou Jin Kazama.

Aya se virou para ele.

— Você não sabe? Até Ma-*kun* sabe, e ele mora em Nova York.

— Eu quase não fui à escola.

— Você não lê mangás japoneses?

— Não muito.

— Eu lhe conto depois da apresentação. Enquanto isso, pense a respeito.

— Ok.

Agora, foi a vez de Kanade dar uma risadinha.

As luzes se apagaram, o silêncio desceu.

Os MÚSICOS DA ORQUESTRA entraram pelos dois lados do palco, ao som de aplausos suaves.

Então, veio a afinação.

Na plateia, Akashi Takashima observou ansioso a cena se desenrolar.

A sua expressão mostrava uma confiança tranquila.

Houve um momento de silêncio; então, a porta do palco se abriu e o pianista e o maestro entraram.

Era o coreano Kim Sujon, envolto num sorriso.

Durante todo o concurso, ele só vestira preto. Naquele dia, também estava bem-vestido, de preto da cabeça aos pés.

Algumas fãs deram gritinhos.

O pianista olhou o público. Era alto, na verdade, mas agora parecia uma presença ainda maior.

Entendo, entendo perfeitamente, disse Akashi a si mesmo. *Pouco a pouco, passamos a entender o que fazemos e onde estamos.*

Era interessante que observar o solista absorver o poderio da orquestra permitia avaliar a sua estatura como executante. Não o tamanho físico, mas como aquilo revelava, nitidamente, o poder do indivíduo. Agora se podia ver a real seriedade dos músicos: a força, o fôlego.

O rapaz se instalou no banco.

Ficou imóvel um momento, como para se assegurar de onde estava.

Então, olhou o maestro.

Um momento de contato ocular.

Ele começou a tocar. Um tema melódico simples, com um toque de emoção.

O *Concerto n.º 3*, de Rachmaninoff, era um dos pesos-pesados. Quem o tocasse precisava de certa escala e força para lidar com ele.

Esse pianista havia escolhido bem. Akashi fitou o rapaz de preto.

A afinidade com a peça era interessante.

Akashi sentia que o seu forte eram as peças clássicas, obras mais encantadoras como as de Mozart, mas parecia que o público também gostava da sua interpretação de obras contemporâneas. Algo inconsciente dentro dele devia responder a elas, algum elemento essencial do qual ele mesmo não tinha consciência.

Esse rapaz era rijo. Devia ter os músculos centrais bem treinados.

Aposto que também frequentou uma academia musical nos Estados Unidos. Akashi já tinha sonhado em estudar fora, mas sentiu que não era bom o bastante para manter o nível.

Agora, ele sentia que estava tudo bem por não ter ido. Não seria perfeitamente aceitável não ir à Europa, o *centro da música ocidental*, e permitir que os músicos estudassem no seu próprio país?

Ele ficou no Japão para estudar e participou do concurso enquanto trabalhava em horário integral e, mesmo assim, de um jeito ou de outro, a sua música foi muito bem classificada. Isso não significava que essa época logo viria? A era do músico comum?

Uma certa noção vaga havia começado a se formar dentro dele, agora que o concurso chegara à etapa final.

O pianista estava no meio de um trecho intensíssimo, com a orquestra se erguendo ao lado: o Rachmaninoff, como um edifício imenso e ofuscante.

Comparado aos *Concertos n.º 1* e *n.º 2*, com a estrutura perfeitamente configurada de introdução, desenvolvimento e encerramento, havia pontos do *n.º 3*, de Rachmaninoff, que pareciam um pouco pesados demais.

Depois da grande popularidade do n.º 2, pensou Akashi, *o público devia ter exigido que ele escrevesse mais do mesmo, obras que dessem ao ouvinte um grande gancho musical atrás do outro.*

Akashi o comparou ao que acontecia quando uma música japonesa se tornava um grande sucesso: eram compostas obras semelhantes para reciclar o gancho. Na época de Rachmaninoff, a mesma coisa deve ter acontecido. Não seria nada estranho se o próprio Rachmaninoff quisesse criar uma obra tão cheia de momentos memoráveis, com uma melodia tão ofuscante, que se tornasse a peça central de um recital. Afinal de contas, ele mesmo era um pianista muitíssimo popular, em busca do máximo de conteúdo incrível que conseguisse encontrar.

Assim, quando se ouvia o *Concerto n.º 3*, ele parecia um mosaico e dava a impressão de uma série de ganchos conectados. Era uma virada atrás da outra.

Isso significava que era preciso estar num estado de espírito extremamente sereno para tocá-lo. Se fosse arrebatado, o pianista perderia o controle, e a execução despencaria numa bagunça vergonhosa e naufragada. Aquele solista específico eliminou todos os obstáculos.

O seu ar frio e misterioso manteve o Rachmaninoff sob controle perfeito e preservou a magnificência, tudo de forma discreta. Apesar disso tudo, aquela ainda era realmente uma peça tremenda.

Akashi fitou o pianista exibir a técnica mais transcendente.

Lembrou-se da primeira vez que viu a partitura, uma massa de notas pretas, uma sucessão interminável de acordes para ambas as mãos. Como alguém conseguia tocar aquilo?

Esse rapaz no palco estava ali depois de milhares — não, *dezenas* de milhares — de horas de estudo, e o pensamento comoveu Akashi. Ele sentiu afinidade com o pianista.

Os músicos da orquestra atrás dele e o maestro tinham todos passado um tempo estonteante, desde crianças, em aulas, na música, na busca daquele momento supremo.

Deslumbrante, foi a impressão sincera de Akashi.

Ele testemunhava a união milagrosa de uma quantidade imensa de tempo e paixão, bem ali, bem naquele momento.

De repente, sentiu-se receoso.

Que tipo de trabalho era ser músico? Que tipo de vocação, de qualquer modo?

Vocação — essa era a palavra perfeita. Era realmente um chamado, um *chamado* vivo. Não enchia a barriga, não durava. Para dedicar a vida a algo assim, a única maneira de descrevê-lo era como um *chamado*.

Que tipo de caminho é esse que escolhi?

Ele sentiu um arrepio subir pela coluna e achou difícil respirar.

Uma estrada difícil de percorrer, mas, nela, se encontra uma alegria que não existe em nenhum outro lugar. Faço parte do fluxo de história musical, pensou Akashi.

Mesmo que eu seja apenas uma gota que escorre num instante, quero fazer parte desse fluxo.

Gritos e vivas. Com um susto, ele percebeu que o concerto havia terminado.

O pianista, corado e com um sorriso radiante no rosto pela primeira vez, se levantou.

Na orquestra, as cordas agitavam os arcos em apreciação.

Dali a um momento, Akashi, com o rosto sonhador, se uniu aos outros, aplaudindo avidamente.

O INTERVALO ERA DE breves quinze minutos.

Um sinal soou, insistindo que o público voltasse.

O próximo pianista era um rapaz da França, baixo, de cabelo louro cacheado. Depois do concorrente anterior, alto, moreno, todo de preto, esse pianista transmitia uma impressão luminosa em cores pastéis ao subir no palco.

Havia nele um ar de leveza, totalmente diferente do solista anterior.

O concerto escolhido era o *n.º 1*, de Chopin.

De todos os concertos pesos-pesados da final, esse tinha de ser o mais popular.

Assim que o piano começou, Aya pensou: *Hum, agora isso é curioso.*

A palavra era *individualidade.* Inesperadamente fugidio e sutil, mas substancial.

Sim, maneirismos exclusivos. Articulação levemente incomum.

Esse pianista francês não era do tipo que se destacava muito e nunca foi tema de boatos e especulações. Ele avançou lenta e constantemente por concursos internacionais, embora até agora nunca desse a impressão de ter qualquer individualidade óbvia.

Mas, a partir do momento em que os dedos dele tocaram as teclas, Aya sentiu uma singularidade extraordinária.

Os jurados, que escutaram centenas, milhares de pianistas, sem dúvida discerniam o que o público não conseguia, uma *individualidade* de que o próprio solista provavelmente nem tinha consciência.

O concerto de Chopin desse concorrente era único.

Às vezes, os pianistas mudavam drasticamente o andamento ou acrescentavam pausas forçadas para exprimir a sua abordagem pessoal. Mas, com aquele pianista, as pausas e o andamento eram verdadeiramente genuínos, uma parte da sua própria *voz* singular.

Tocada exatamente como estava escrita, a peça tendia a soar arrastada, até um pouco tediosa.

Havia poucos trechos nesse concerto em que o pianista teria de consultar o maestro, e em termos de andamento não era difícil. O acompanhamento da orquestra era perfeito para o piano, e, se simplesmente prestasse atenção aos colegas músicos, o pianista não cometeria nenhum erro.

Por isso, os pianistas sentiam que tinham de amplificar e intensificar intencionalmente a interpretação, para que não lhe faltasse emoção e impulso. Mas, se a *intensificação* fosse deliberada demais, a coisa toda soaria impaciente e apressada.

Aya foi levada pelo diálogo entre o piano e a orquestra.

O *n.º 1*, de Chopin, afinal de contas, era bem deslumbrante, essa era a sua verdadeira impressão.

Ela recordou o rosto de Akashi Takashima quando ele a chamou no outro dia.

Foi tão estranha aquela empatia. A convicção e a euforia que tinham em comum.

Ela nunca havia passado por isso: chorar com alguém que não conhecia.

Ele também havia planejado tocar o *n.º 1*, de Chopin, se chegasse à final.

Ah, eu gostaria de ouvir o Chopin dele, pensou ela.

Aquela cena lhe veio à mente.

Espere um instante. A cena que acabara de imaginar de Akashi Takashima tocando tinha de ser a premonição de um evento futuro, um momento que estava por vir.

Consigo ouvi-lo tocar.

Aya fitou o francês no palco.

Consigo ouvir Akashi tocando Chopin.

Essa era a verdadeira alegria da música erudita. Imaginar outra pessoa tocando alguma coisa, como seria a sua abordagem. Ela se emocionou ao pensar. A alegria de ver, diante dos próprios olhos, que uma obra executada por muitos anos podia ser remoldada sob o toque distinto de cada executante.

Se Ma-*kun* tocasse o *n.º 1*, de Chopin, seria muito romântico. As moças cairiam em lágrimas e se apaixonariam por ele de novo.

Agora, se Jin Kazama tocasse, o Chopin seria ardiloso, mágico, *fascinante.*

E se fosse *ela*...?

Fazia séculos que Aya não pensava em algo assim.

Se fosse eu, seria assim que eu tocaria. É assim que sinto essa peça... A saudade tomou conta dela, desequilibrou-a.

É verdade que ver Jin Kazama neste concurso, escutá-lo, estar com ele, me fez sentir que também quero tocar, pensou Aya. *Quero fazer música. Tocar como ele. Quero que ele me leve de volta ao palco.*

Fazia séculos que ela não se perguntava *Como* eu *tocaria essa peça?*

Aya se sentiu esgotada.

Eu poderia tocar assim. Ou talvez assim...

Então... Tudo bem fazer música como se fosse tão natural quanto respirar.

Todo o seu corpo se sentiu flutuante com essa ideia súbita.

A música tem a sua história e as suas regras, mas, ao mesmo tempo, precisa ser constantemente renovada. E isso é algo que eu deveria redescobrir por conta própria.

De repente, ela viu uma cena se abrir à sua frente.

Como se uma brisa soprasse do palco, diretamente na sua direção.

Eu consigo fazer isso. Consigo continuar tocando...

Ela nunca teve tanta certeza de nada na vida.

Não era nenhuma empolgação ansiosa do tipo *vou fazer*, nem um tipo de esperança vaga do tipo *seria legal*. Em vez disso, era uma certeza pressuposta de que *isso vai acontecer*.

No palco, o pianista terminava o tranquilo segundo movimento, e não o tocava com a abordagem empregada pela maioria, mas com um toque mais leve e brincalhão. Agora, ele avançava para o dinâmico terceiro movimento.

Os seus dedos voavam pelo teclado, coquetes, meio malandros.

Isso é fantástico!, pensou Aya com alegria.

A coda vigorosa chegou ao fim, e, enquanto o pianista se levantava e cumprimentava sob aplausos retumbantes, Aya mostrava um sorriso de orelha a orelha igual ao dele.

NOS BASTIDORES, MASARU SOLTOU uma longa expiração, depois inspirou profundamente.

A respiração humana não era uma questão de inspirar e depois expirar, mas o contrário: expirar e, depois, inspirar.

Quando nascia neste mundo, o bebê chorava com vigor. A primeira coisa que fazia ao sair era expirar.

E, quando alguém morria, *respirava pela última vez*. No momento final, inspirava.

Quando competia como saltador, Masaru experimentou todos os tipos de técnica respiratória. Respiração que acumula potência. Respiração que acalma os nervos. Respiração que ajuda a se concentrar no aqui e agora.

A imagem mental de expirar como se esgueirar em algum lugar escuro e profundo, indo das profundezas do corpo para as profundezas da Terra. E a imagem de inspirar as inúmeras partículas de energia espalhadas pelo mundo, as cintilantes partículas de luz.

O que estou fazendo é reunir todos os fragmentos de música espalhados pelo mundo para cristalizá-los dentro de mim. A música preenche o meu corpo e, filtrada por mim, sai de novo para o mundo como a minha música. Não é que eu faça a música nascer. Sou o intermediário por meio do qual a música retorna *ao mundo.* E um concerto era como uma sessão musical em grande escala, na qual as notas já estavam determinadas. Era exatamente porque tudo estava estipulado que a interpretação podia ser infinita.

Masaru observou os músicos da orquestra entrarem.

Ele era o último a tocar naquele dia e, depois de duas apresentações, a plateia se sentia relaxada e conversava.

Ele fechou os olhos e sentiu aquele ponto brilhante além das portas pesadas.

Quando a afinação da orquestra terminou, caiu um silêncio estranho e sem rival.

O Sr. Takubo e o maestro ao seu lado lhe deram um sorriso — calmo, incentivador.

Masaru lhes devolveu um largo sorriso.

— Hora. — A quarta vez que o Sr. Takubo lhe dizia isso.

Masaru saiu para a luz, e a sala ressoou com os aplausos.

Masaru conseguiu sentir o amor inundá-lo.

Nos ensaios, ele sentiu que *conquistou a aprovação* da orquestra. Agora, isso se tornou a convicção de que era *amado.*

Neste momento, sou mais feliz do que nunca fui.

Concerto n.º 3, de Prokofiev.

A abertura tranquila das madeiras. Algo começava, algo grande e maravilhoso. Os tímpanos tocavam um ritmo leve ao lado das cordas, provocando expectativa e surgindo num crescendo.

Então, o piano entrou.

Masaru sempre sorria nesse momento.

Havia conversado sobre isso com Aya; Masaru sempre imaginava o espaço exterior nesse instante.

O mundo de *Star Wars.* As linhas de texto rolando rumo à galáxia.

As frotas de Star Destroyers zumbindo pelo espaço. A obra toda lhe dava a sensação de flutuar.

Entre os concertos mais famosos, o *n.º 3*, de Prokofiev, era conhecido pelo número insano de notas. Masaru não se incomodava com o processo de encaixar a miríade de pecinhas do imenso quebra-cabeça de Prokofiev. Interligar as complexas linhas melódicas era uma alegria parecida com andar numa montanha-russa.

Prokofiev compunha música ultracontemporânea, sem dúvida. Nem o *free-form jazz* criaria melodias como aquela. Masaru não conseguia deixar de pensar na cena imaginária que aquele melodista espantoso tinha na cabeça quando compôs o concerto.

Masaru sempre achou milagroso que aqueles astros musicais, aqueles mestres que criaram o gênero da música erudita, apareceram um depois do outro em cada época, compondo tantas obras-primas até hoje imbatíveis.

A evolução humana acontecia de forma explosiva, um pico enorme com várias coisas *originais* aparecendo ao mesmo tempo. Não aos poucos, mas surgindo tudo de uma vez no mesmo período.

O mesmo fenômeno ocorreu numa certa época no mundo da música.

E o que isso deu à humanidade? Desde a Antiguidade, as pessoas e a música se entrelaçaram intimamente, mas com que propósito?

Não sei.

Mesmo tocando daquele jeito, envolto, imerso em sons, ele ainda não sabia a razão.

Mas uma coisa era certa: havia naquilo uma alegria sem fim, um prazer, um prodígio.

Um concurso, uma final, ganhar um prêmio: essas preocupações triviais haviam sumido completamente, muito longe no espaço.

Então, por quê? Por que *estou tocando?*

Por que a música evoluiu assim?

Masaru sentiu que continuava a evoluir.

O estranho é pensar em coisas como essa no meio de uma apresentação. Estar no palco, pensando sobre a evolução humana e a evolução da música.

Em que você pensava?

Os amigos que não eram músicos lhe perguntavam com frequência: "Numa apresentação, no que você pensa enquanto toca?"

Era como se ele divagasse sobre todo tipo de coisa, mas também sobre nada. Havia vezes em que sentimentos diferentes passavam por ele, emoções que não sabia articular, enquanto, em outras, ficava, do começo ao fim, junto a um lago tranquilo e silencioso.

Naquele dia, era na evolução da música e da humanidade que ele pensava.

É claro que parte dele também analisava friamente a situação. *A orquestra está em grande forma hoje,* pensou. *Ser o terceiro pianista do primeiro dia da final é perfeitamente adequado para mim.*

De repente, a resposta lhe veio.

A música deve ter se originado entre os humanos para ajudá-los a evoluir como seres espirituais, diferentes das outras criaturas. Assim, evoluíram juntos, os seres humanos e a música.

O que ele queria dizer com *espiritual* era diferente do significado no cristianismo e nas outras religiões. Ele não dizia isso de forma arrogante, como se os seres humanos fossem os senhores de toda a criação. Enquanto vivessem nesta embarcação que era a Terra, todas as criaturas vivas deviam ter igual valor.

Mas, se esses seres ditos humanos acrescentassem algo que lhes permitisse escapar do fardo de serem humanos...

E *fazer música* era a coisa mais apropriada para isso, não era? A música transitória, um momento está aqui, no outro não mais. Buscar a música com entusiasmo, dedicar a vida a ela, era quase uma magia que separava os seres humanos das outras criaturas.

Agora *isso*, sentiu ele, chegava ao próprio âmago da coisa.

Sem que o sorriso nunca saísse do rosto, Masaru correu em paralelo com a orquestra, prestes a chegar ao ofuscante terceiro movimento cheio de notas.

O VESTIDO PRATEADO, A luz do guarda-roupa a iluminá-lo.

Aya fitou atentamente a roupa que a esperava.

— Algum problema com o vestido? — perguntou Kanade.

Aya fechou às pressas a porta de correr e deu um sorriso envergonhado.

— Eu só estava pensando que o dia em que finalmente o usarei chegou mesmo. Isso meio que mexeu comigo.

Elas assistiram ao primeiro dia da final, jantaram com Masaru e voltaram ao hotel.

— Aquele Ma-*kun*, ele parece tão relaxado que me deixa com inveja. Todas as apresentações dele terminaram, e ele pode dormir bem esta noite. Eu o invejo.

— Mais uma vez, você é a última a tocar, Aya-*chan*.

— Pois é, vou encerrar o espetáculo.

Aya ergueu o punho fechado, e Kanade a observou.

A aparência dela, tão cheia de afeto, pensou Aya. *Tão parecida com a minha mãe.*

— Parece que faz muito tempo que escolhemos os vestidos. — Kanade foi até o guarda-louça, jogou um saquinho de chá numa caneca e despejou água fervente.

— Nunca imaginei que esse dia chegaria. — Aya se deixou cair na cama.

— Você ainda estava muito insegura na época, Aya-*chan*. Deixou claro que ficou desnorteada.

— É um pouco vergonhoso lembrar. — Aya coçou a cabeça.

— E agora finalmente ouviremos o seu *Concerto n.º 2*, de Prokofiev.

Muito tempo se passara desde aquele dia em que ela fugiu do palco.

— Estou felicíssima por você ter participado do concurso. E por ter chegado à final — murmurou Kanade como se suspirasse.

A voz dela perfurou Aya até o fundo. De repente, ela pulou da cama, o que assustou Kanade.

— Muitíssimo obrigada por cuidar de mim por tanto tempo. Tenho sido muito estúpida, muito densa. Sinto muito também, quando penso no seu pai, por eu ser tão burra.

Kanade ficou surpresa e sorriu.

— Você não entendeu o que quero dizer.

— O quê? — perguntou Aya.

— Quando eu disse que *estou felicíssima*, quis dizer que estou feliz por me sentir aliviada, porque sei que não estava errada.

— Como assim?

— A questão é que eu sempre soube que tinha bom ouvido. Para ser franca, estava me perguntando o que faria se você não chegasse à final. Se isso acontecesse, eu ficaria me perguntando: *Será que errei? Estou ouvindo errado?*

— Ah, entendo.

— Portanto, é por *mim*. Eu estava feliz *por mim*.

Kanade pousou a mão no peito.

— Não me importo de lhe dizer isso agora, mas prometi a mim mesma que, se você chegasse à final, eu passaria para a viola.

— Sério?

— É. Pensei que, se a minha intuição estivesse correta, eu trocaria oficialmente de instrumento.

— Eu não fazia ideia... O seu pai sabe?

Kanade fez que não.

— Não. Ainda não lhe contei. Ele não pode decidir por mim. Tenho de me decidir sozinha. Vou contar a ele quando o concurso acabar.

— Fico contente por não saber antes. Eu ficaria ainda mais tensa.

— Ha, ha, ha. Achei que ficaria.

As duas tomaram o chá.

— Então, Aya-*chan* — perguntou Kanade, — quais são os seus planos para depois do concurso? Vai dar alguns concertos como antes?

— Não sei — disse Aya, inclinando a cabeça. — Mas vou lhe dizer uma coisa. Querer não significa conseguir. Mesmo assim... — Ela ficou um momento em silêncio. — Se houver pessoas que queiram me ouvir tocar, eu gostaria de tocar para elas.

O rosto de Kanade se iluminou.

— É mesmo?

As duas sorriram em silêncio uma para a outra.

Ela está de volta à linha de frente da música.

— Eu deveria ser grata a Jin Kazama. — Aya olhou o teto.

— Jin Kazama? E Ma-*kun*?

— Ma-*kun* também, a todos eles.

— Jin Kazama vai ganhar o piano que deseja, pois chegou à final.

— É verdade! Fico me perguntando que tipo ele vai ganhar. Ele sabe afinar também, o que é ótimo.

— Talvez ele mesmo construa o piano.

— Um piano Jin Kazama feito em casa. Ele tem habilidade com as mãos. — Aya deu uma risadinha. — Gostaria de ir a um concerto de Jin Kazama. Fazer um concerto conjunto com ele.

— Isso seria fantástico. Vamos planejar. Aposto que daria público.

— Em Paris e em Tóquio.

Kanade olhou o relógio.

— É melhor irmos dormir. Está ficando tarde.

— Tem razão. Não posso ficar acordada até tarde assim. Ainda tenho de passar pela final de um concurso.

O PRIMEIRO PIANISTA DO segundo dia foi o coreano Cho Hansan, que tocaria o *Concerto n.º 2*, de Rachmaninoff, uma peça extravagante que, no Japão, era considerada o pináculo dos concertos. A estrutura e a abertura dinâmica prendiam o público desde o começo.

Diferente de Kim Sujon do dia anterior, o pianista todo de preto que tocou o *n.º 3*, de Rachmaninoff, Cho Hansan só tinha dezoito anos, ainda com um ar de menino. No entanto, a sua execução era nobre e imponente. Ele adotou uma abordagem ortodoxa, não influenciada por tendências.

Masaru relaxou nos fundos da sala.

Não vejo Kanade, pensou. *Será que está com Aya?*

Fazia algum tempo que ele não escutava música assim, sozinho.

Poderia apreciar a apresentação dos três últimos concorrentes sem se preocupar com a dele. Poderia aguardar para ver os amigos Jin Kazama e Aya Eiden.

Amigos.

Masaru se sentiu um pouco estranho pensando assim.

Ele conheceu Aya anos atrás, é claro, mas Jin e Kanade só no concurso. Senão, provavelmente nunca os encontraria.

Rivais? É claro, mas não parecia. *Amigos* era mais adequado.

Foi por terem sido jogados na mesma conjuntura de alta pressão que puderam se tornar amigos. Mas... amigos de verdade não eram exatamente assim?

Poderiam seguir caminhos separados depois, mas sempre estariam conectados. Onde quer que estivessem no mundo, os pensamentos de Masaru estariam sempre com eles.

Ele teve um pressentimento: *mas espero que, com Aa-*chan, *não sigamos caminhos separados. Sempre vou querer que ela esteja por perto.*

Ele confiava que voltariam a se ver.

Então, qual seria a decisão final? Masaru voltou à realidade.

Acho que estarei nos três primeiros lugares. Mas não sei se ganharei o primeiro prêmio.

Só que tenho certeza de que o Prêmio do Público será meu.

Masaru pensou nisso com calma.

Na final, cada pessoa da plateia podia votar no pianista que mais a impressionou. E o que recebesse mais votos ganhava o Prêmio do Público.

Dos três que se apresentaram ontem, acho que recebi mais votos, mas hoje a votação pode se dividir. Se for assim, a vantagem é minha.

Enquanto o público aplaudia, o maestro e o próximo finalista cruzaram o palco.

Algum dia, eu adoraria tocar essa peça.

Mas não consigo ainda. Não quero ainda.

Só vou tocá-la quando estiver convencido de que consigo. Quando chegar a hora certa. É essa a importância que ela tem para mim.

Desde o momento da estreia, o *n.º* 2, de Rachmaninoff, era loucamente popular.

Na época, a música popular não era escrita. Hoje, o concerto era considerado *clássico*, mas na época seria vanguarda, o *pop* mais moderno. Era uma época em que a imensa maioria das pessoas só ouvia música tocada ao vivo. As pessoas que ouviram essa peça ao vivo pela primeira vez... Imagine como devem ter ficado comovidas, emocionadas.

Chega a dar inveja, pensou Masaru. Que sorte a das pessoas que estiveram presentes à estreia.

Aquele tipo de empolgação era coisa do passado? Masaru considerou a possibilidade.

Será que não era mais possível vivenciar a alegria de ouvir ao vivo uma peça pela primeira vez?

Num mundo onde surgia uma música nova atrás da outra, instantaneamente transmitida pelo mundo, por que não se poderia recriar a experiência de ouvir novamente a estreia do *Concerto n.º 2*, de Rachmaninoff?

Masaru não desgostava da chamada *música contemporânea*. Boa parte dela era dissonante, difícil de acompanhar; público e executante precisavam de grande paciência, com desdém por qualquer melodia clara, com todo o valor musical virado de cabeça para baixo. Ainda assim, podia ser interessante quando escutada com atenção.

Mas Masaru achava que esse tipo de música tinha chegado a um beco sem saída com o desdém enganoso pela música melódica como algo que qualquer um poderia fazer para provocar emoções no ouvinte. Algo não estava certo em fazer da falta de popularidade uma questão de orgulho.

Outro *clássico* voltaria a ser composto? Masaru pensava nisso enquanto era envolvido pelo primeiro movimento do *n.º 2*, de Rachmaninoff.

É claro que os antigos mestres eram totalmente incríveis. A sua existência, as peças que compuseram, eram verdadeiros milagres. As mesmas circunstâncias nunca voltariam a surgir. Ele sabia que, no presente, uma era de informações sem fim e acesso instantâneo a todo tipo de música imaginável, seria difícil que um milagre desses acontecesse outra vez.

Mas não estava fora de questão, nem era impossível. Era só o feitiço lançado pelo preconceito que impedia o surgimento de mais *clássicos*.

Se for assim, então eu...

Ele teve uma ideia.

Algum dia, é o que eu *farei.*

Algum dia, vou tocar a estreia de um n.º 2, *de Rachmaninoff, para o novo século.*

Depois que eu começar, os outros seguirão.

Não. O mundo estava sempre em sincronia. Não era só ele. Devia haver, com certeza, muitos outros músicos fora do radar pensando a mesma coisa. Assim que alguém começasse, todos participariam, e se tornaria um verdadeiro movimento. Mais uma vez, as pessoas conseguiriam apreciar um concerto para piano novo em folha. Mais uma vez, seria sobre isso que todos falariam.

Masaru ficou algum tempo perdido em pensamentos.

Sem que percebesse, viu o pianista no palco tocar o *n.º 2*, de Rachmaninoff, como se integrado a ele. O que estava sendo tocado ali era o *n.º 2*, de Rachmaninoff, mas, ao mesmo tempo, não era. Era a peça que ainda não existia, o futuro *n.º 2*, de Rachmaninoff, que Masaru criaria.

Um arrepio o percorreu, um calafrio estranho. Ele tremia com o peso dessa futura responsabilidade, essa expectativa de futuro para si.

Eles já estavam no terceiro movimento, percebeu de repente.

A expectativa do público aumentou.

Provavelmente, a maior parte do público ali conhecia a peça. Mas conhecê-la só fazia prever com ainda mais ansiedade o ponto alto. O coração de Masaru bateu mais depressa. E, como sempre, ele pensou: *Que melodia genuína e emocionalmente estimulante!*

Poderia ser tocada milhares, dezenas de milhares de vezes, e a melodia nunca se desgastaria. Ela comovia, não importava quantas vezes fosse ouvida. Atingia diretamente o coração.

A forma mais elevada de realização humana era a música. Era o que ele pensava.

Os seres humanos podiam ter aspectos sujos e repulsivos, mas, do pântano sórdido que era a humanidade — não, era exatamente *por causa* desse pântano caótico —, a bela flor de lótus da música se abria.

Temos de deixar esse lótus florir para sempre, alimentá-lo para se tornar uma flor maior, mais bela e inocente. É assim que podemos suportar o fato de sermos humanos. E essa será a nossa recompensa.

Diziam que as sementes de lótus conseguiam brotar mesmo depois de mil anos.

Poderia haver sementes enterradas naquele momento, nesta época, ainda adormecidas, sementes que aguardavam a oportunidade de desabrochar...

Uma imagem veio a Masaru: flores de lótus se abriam onde quer que olhasse.

Ele não sabia se era assim, mas diziam que, quando se abrem, as flores de lótus fazem um *pop* alegre e explosivo.

Pop, pop — sons alegres ecoando pelo mundo.

Imaculadas flores rosadas que desabrochavam por toda parte.

A paisagem de repente clareou.

Cada uma das flores iluminaria o mundo.

A luz se transformaria em pequenos globos que subiriam no ar.

Milhares de luzes, ascendendo uma após a outra, para o céu.

Masaru ficou extasiado.

Elas estão acima do palco?

Não, parece que estão no céu lá em cima.

Bolas de luz cintilante flutuando suavemente, esbarrando umas nas outras, empurrando e se acotovelando.

Tão brilhantes. Tão maravilhosamente brilhantes.

Masaru ficou espantado.

Quando o *n.º* 2, de Rachmaninoff, chegou ao clímax, as luzes se uniram numa só.

Céus, é lindo. Onde está *isso?*

Se contasse a Aa-*chan* o que acabara de ver, o que ela diria?

*O quê? Você subiu aos céus, Ma-*kun*? Então, é cristão?*

Ele conseguia imaginar o rosto curioso e espantado de Aya e sorriu.

Não, não sou crente, respondeu Masaru a Aya na imaginação.

*Talvez eu seja mais perigoso do que pensava. Comparado a Jin Kazama e Aa-*chan*, achei que eu era o mais sensato.*

Masaru ficou lá sentado, rindo consigo, no rugido dos aplausos retumbantes.

A EQUIPE SE MOVIMENTAVA pelo palco, mudando as cadeiras de lugar.

— Onde fica essa?

— Procure a fita no chão.

O público assistia, sem entender, trocando olhares.

Mas Aya, no fundo da sala, sabia exatamente o que tudo aquilo significava.

A orquestra fazia o *deslocamento de Jin Kazama.*

Ela havia notado que, nas apresentações anteriores, os assistentes de palco reposicionavam sutilmente os outros pianos, movimento que só podia ser coisa de Jin Kazama.

O ouvido de Jin Kazama era especial, inigualável.

Costumava-se dizer que os japoneses conseguiam ouvir barulho como música, mas a audição dele ia muito além disso.

Mas o que será que ele escutava? Até onde ia a sua audição? E como soava para ele?

O ouvido dele era tão bom que até Aya, quando estava com ele, se assombrava.

Ela recordou o puro choque quando o ouviu pela primeira vez na faculdade de música, tocando o *Étude n.º 1,* de Chopin.

Desde então, toda vez que tocava, ele dava a Aya o empurrãozinho de que ela precisava. Ele a inspirava. O fato de ela estar ali agora se devia a ele.

Assim, ela estava decidida a assistir à sua apresentação. Para viver dali em diante como música.

Aya usava a última roupa: um vestido prateado simples.

Já se tornara um hábito vestir um cardigã sobre o vestido e ficar no fundo da sala antes da sua vez de tocar.

Aya sentiu um formigamento.

Precisava que Jin lhe desse mais um empurrão forte.

Aya sabia com certeza que, mais do que todos os outros espectadores ou jurados, mais do que qualquer um na sala, era ela quem esperava com mais ansiedade o aparecimento de Jin.

A pessoa que mais ganhou por estar neste concurso só pode ser eu.

Não sei se algum dia dividirei o palco com ele outra vez. Ou sentirei essa inspiração, o estímulo, que sinto ao escutá-lo tocar antes de mim.

O pensamento a fez tremer.

Por favor. Esta é a última coisa que peço.

Que eu escute o n.º 3, *de Bartók, de* Jin Kazama. *E que eu toque* o meu n.º 2, *de Prokofiev.*

Ela sentiu que rezava.

O sinal soou, indicando o início da apresentação.

A sala ainda estava agitada quando a orquestra foi entrando. Os músicos se remexeram nos assentos, sorridentes, relaxados.

Aplausos ainda maiores explodiram quando o maestro e Jin Kazama entraram no palco.

O rosto de Jin, envolto num sorriso natural, brilhava de leve, como se o refletor estivesse só sobre ele.

Esse menino não percebe que leva a minha vida nos ombros.

Aya achou o pensamento um pouco cômico e se sentiu arrependida de lançar sobre ele um fardo tão pesado.

No entanto, achou que ele notava o peso e, despreocupado, carregava-o.

Jin Kazama se instalou no banco.

O maestro afrouxou os ombros, girou o pescoço. Bateu a batuta duas vezes na estante.

Um silêncio íntimo e singular caiu sobre a sala.

O trinado suave e ondulante das cordas começou.

A introdução sussurrada.

A melodia de Jin Kazama. Aya sabia que a clareza total daquela primeira nota bastava para despertar os ouvidos do público inteiro, ela incluída.

COMO SE PODERIA DESCREVER? Como uma voz clara cantando ao ar livre, numa floresta.

Jin disse que queria tocar o *n.º 3*, de Prokofiev, mas, como era muito popular, o processo de eliminação o levou ao *n.º 3*, de Bartók. A partir da primeira nota, ela soube que era a escolha certa.

Com Bartók, era como se a pessoa estivesse ao ar livre, andando pela natureza intocada, uma brisa caprichosa passando.

Hungria, Romênia, Eslováquia. Bartók também era um colecionador da música folclórica da Europa Central e Oriental, e as suas melodias tinham um sabor local como o de nenhum outro compositor. As cores sombrias da floresta, os tons do vento e da água.

Ao lado da selvageria especial de Jin Kazama, isso evocava uma onda incomum de sons. Nenhum outro concorrente conseguia produzir esse efeito. O seu som era o *som da natureza*. Quando ele tocou "São Francisco de Assis pregando aos pássaros", era impossível não sentir que os passarinhos realmente cantavam.

A princípio, as pessoas ouviram a música da natureza. O que ouviam se tornou uma partitura musical, uma composição. Mas, no caso de Jin Kazama, ele *devolvia* a peça à natureza. Pegava a música que o público ouvia aqui e a devolvia mais uma vez ao mundo. Criava essa sensação com o seu som exclusivo e com a estranha impressão improvisada que dava, mesmo quando tudo estava escrito nota por nota.

Na mente de Aya, coexistiam a Aya que analisava e a Aya que se entregava à música. E havia mais uma. A Aya intérprete, que pensava em como *ela* tocaria.

Nas melhores apresentações, o incrível era que, mesmo com uma peça bem conhecida, a sensação era de ouvi-la pela primeira vez. E também era incrível que se conseguisse entender plenamente do que a peça *tratava*.

O adágio do segundo movimento de Bartók. A introdução da orquestra, relaxada, mas sóbria. Como se alguém espiasse um veado avançar lentamente por um grupo de árvores na floresta.

A névoa da manhã subiu, está friozinho, e um ar misterioso jaz tenso sobre o mundo.

Ainda não amanheceu, há a imobilidade da respiração suspensa por toda parte.

Aya também caminhava nessa fria névoa matutina.

Não era mais uma analista, uma espectadora, nem uma música, mas simplesmente Aya, relaxada, traçando o seu caminho pela floresta.

As gotículas frias eram agradáveis contra a pele. Galhos secos estalavam sob os pés.

Pela névoa leitosa, a luz piscava.

Ainda estava escuro, mas o dia prometia ser ensolarado.

As orelhas do veado se levantaram, e ele ergueu a cabeça.

Havia notado algo que se aproximava à distância.

No alto, um passarinho gritou. Chilreava, cantava. Batia as asas ao passar no céu. A névoa matutina se desfez devagar, e lá estava Jin Kazama ao piano.

Andante. No ritmo da caminhada.

O corpo dele se movia de um lado para o outro, como se estivesse numa gôndola confortável e oscilante.

Oi, Aya. Como estou indo? Jin Kazama deu um sorrisinho.

Nada mau. Você treinou bem a orquestra. Muito diferente do modo como Ma-kun *a treinou. Como faz isso?*

No ensaio, pedi que tocassem sozinhos. Depois, pedi que movessem as estantes, os instrumentos graves, a tuba e o resto.

Acho que é ótimo você ter escolhido o Bartók. Ninguém consegue tocar Bartók assim.

Jin Kazama deu uma risada feliz.

Prometi ao Sr. Hoffmann, sabe?

Prometeu o quê?

Prometi levar a música para o mundo.

É mesmo? Entendo. Não admira que você consiga produzir um som tão magnífico.

Então, consegui?

Hã-hã. Eu diria que sim.

É o que espero. Mas ainda tenho um longo caminho a percorrer.

Jin Kazama inclinou a cabeça um tiquinho.

Os cílios faiscaram à luz da manhã.

Falei com o Sr. Hoffmann sobre isso, que o mundo é cheio de tantos sons, mas a música fica guardada, trancada numa caixa. Ele disse que, no passado, o mundo inteiro era cheio de música.

Entendo perfeitamente. Eles ouviam a música na natureza e a escreviam, mas, hoje, ninguém a ouve mais. Em vez disso, está trancada dentro da cabeça. Eles acham que é música.

Isso mesmo. Por isso falamos de levar essa música presa até o lugar de onde veio. Ele e eu nos perguntávamos como fazer isso. Tentamos várias coisas, mas nem eu nem o Sr. Hoffmann conseguimos descobrir. Ele já se foi, mas prometi continuar tentando.

Então essa é a sua motivação, não é?

Acho que sim. Mas não pensei profundamente sobre isso.

Para mim, soa bem. Já que você pode dar um maravilhoso passeio matinal como este.

É verdade, não é?

Jin Kazama riu.

Achei que você podia levar a música para fora, também, junto comigo.

Eu?

Hã-hã. Devolver a música ao mundo.

Bom, eu não tinha pensado nisso. Mas quero ajudar.

Obrigado.

Tudo bem.

Aya se encostou no piano e pensou.

É verdade, até agora sempre recebi coisas da música. Todos pensamos que a música deveria nos *dar as coisas. Nunca damos nada em troca. Só a engolimos, e nem ficamos gratos. Está na hora de retribuir, eu diria.*

Aya olhou o céu.

O céu claro. Passarinhos distantes se juntavam e planavam.

Temos de agradecer. A este mundo cheio de música. O azul do céu tocou o seu coração.

Jin Kazama encarou Aya em silêncio.

Então você promete?

Prometo.

Isso é bom, mas há outra promessa que você precisa fazer.

Que é...?

Mostre-me. Depois disso.

Depois disso?

Com o n.º 2, *de Prokofiev.*

Os olhos dos dois se encontraram brevemente.

Mostre-me hoje, *depois que eu terminar. Prove que cumprirá a promessa. Mostre-me que pretende cumpri-la.*

Os olhos redondos e infantis de Jin Kazama, como os de uma corça, ficaram visivelmente maiores e se aproximaram dela.

Você prometeu, lembre-se...

Aya voltou ao presente com um susto, pois, o terceiro movimento do *n.º 3*, de Bartók, começava.

Jin Kazama correu pelas teclas com a sua escala brilhante. O mundo excitante e dinâmico de Bartók crescendo gloriosamente, veloz, emocionante.

Que som a orquestra produzia! Quase se conseguia sentir a pressão acústica contra o rosto.

Aya ficou surpresa.

Mesmo com todo aquele som avassalador, o piano de Jin Kazama ressoava — claro, distinto. O que estava acontecendo?

O diálogo entre piano e cordas. Nenhum dos dois cedia um centímetro.

O público foi arrastado, à beira de ser engolido pela execução.

Você prometeu, lembre-se.

Os metais, a percussão, as madeiras, as cordas, o piano, Jin Kazama, Aya, o público, a sala de concertos, Yoshigae... tudo ressoava com a música.

Quando a música parou e a sala se encheu de vivas do público, na cabeça de Aya só havia a voz de Jin, como o *plim* de uma sineta repetido várias e várias vezes.

No público, havia uma estranha mistura de exaustão e realização, agora que o fim estava próximo, depois das centenas de horas passadas ali.

Finalmente, o concurso terminaria.

E, a partir daquele momento, algo novo começaria.

Quantas pessoas aqui percebem isso?, pensou Kanade vagamente.

Espero há tanto tempo por este dia, este momento.

Não que ela tivesse consciência, mas num cantinho do seu ser ela sabia que esse dia chegaria.

Kanade não estava mais tensa.

Durante o concurso, achou que estava muito mais nervosa do que Aya. Era exatamente por não estar tocando que ela ficou tão ansiosa. Na verdade, toda vez que Aya tocava, Kanade ficava arrasada.

Mas, enquanto Aya tocava — na primeira etapa, na segunda e na terceira —, aos pouquinhos essa tensão se aliviou.

A ponto de que agora posso até dizer que me sinto relaxada, pensou ela.

E estava achando que ficaria aflita até essa apresentação final, principalmente esse malsinado n.º 2, *de Prokofiev.*

Mas agora ela se sentia absolutamente tranquila.

Ela aguardava aquilo com todo o coração.

E, na verdade, em parte, isso se devia a Jin Kazama.

Porque ela tinha certeza de que, se Jin Kazama fizesse uma grande apresentação, Aya também faria.

Os encontros ao acaso eram estranhos. Kanade não conseguia deixar de pensar que o destino e um milagre tinham reunido Aya e Masaru. E Jin Kazama.

Os três se conheceram exatamente como deveriam. Para cada um deles, era um encontro necessário, inevitável. Remova uma pessoa da equação, e o momento nunca ocorreria.

Não tenho mais de esperar, pensou Kanade.

Ela se recostou na poltrona e soltou tudo.

Quando a apresentação de Aya terminar, posso me levantar e começar o meu próprio caminho. A recuperação de Aya foi minha também. O encontro, por acaso, desses três também foi um encontro do destino para mim. Talvez eu fizesse parte disso.

NOS BASTIDORES, AYA AGUARDAVA em silêncio.

Não tinha mais aquela sensação onipotente que teve antes da apresentação da terceira etapa.

Agora, se sentia absolutamente calma.

De repente, entendeu que os dois momentos estavam ligados: este momento e o momento anos antes em que também aguardava nos bastidores para tocar o *n.º* 2, de Prokofiev.

Era como se o seu eu mais novo daquela época também estivesse com ela agora.

Será que eu deveria sentir medo? Foi aquele trauma que vivi?

Senti naquele dia que lá não havia nada para mim. O piano de cauda no palco mais parecia um túmulo vazio.

Não havia nenhuma música. A minha música tinha sumido.

Eu me lembro disso distintamente.

Tudo bem, mas e agora?

A porta do palco ainda estava fechada, a caixa preta invisível. Aquela caixa de brinquedos que costumava estar cheinha de surpresas. Aquela que, naquele dia, parecia tão vazia, tão desolada.

Aya retraçou as suas emoções durante o concurso.

Nos bastidores, na primeira etapa, na segunda, na terceira.

Em que eu estava pensando enquanto ficava aqui? Quando pisei no palco, como aquela caixa preta me pareceu?

Ela pensou muito, mas não conseguiu recordar mais nada.

Tudo havia acontecido muito tempo atrás.

Agora, estou de volta. Perambulei, perdi todos esses anos, mas agora, finalmente, estou no caminho em que deveria estar. Não numa trilha lateral coberta de musgo, mas na larga estrada principal aonde todos vão. Larga, sim, mas não fácil de percorrer. A competição é feroz, e, lá na frente, aguarda um campo sem trilhas. Todos têm de abrir esse caminho sozinhos.

A porta do palco se abriu.

A orquestra foi entrando em grupos, absorvidos pelo palco com uma ondulação de aplausos.

Ah, a música encheu o ar quando o *spalla* tocou um lá no piano e a orquestra começou a afinar.

Aya fechou os olhos.

Imobilidade. Silêncio.

Ela sentia o mundo inteiro se reunir bem no centro da testa.

— Srta. Eiden, está na hora — disse o diretor de palco baixinho.

Ela percebeu um sorriso em algum lugar do seu tom de voz.

— Tudo bem — respondeu Aya.

Um calor subiu dentro dela.

Tão quentinho, um pouco doce e comovente. Bem parecido com lágrimas.

Sem perceber, Aya estava no palco. Aplausos surpreendentemente altos explodiram e a inundaram.

Ela viu a caixa preta, iluminada em silêncio pelos refletores acima.

Aya a fitou calmamente.

Não era nenhuma caixa de brinquedos.

E não estava vazia.

O conteúdo está aqui. Aqui, dentro *de mim.*

E este lugar já está cheio de música.

Está mesmo, não é?, disse Aya a Jin Kazama, por ali em algum lugar.

Não é? Este mundo já *está cheio de música, não está? Não só* aqui. *Temos de devolver a música à música.*

Estou certa, não estou?

Não houve resposta de Jin Kazama.

Aya apertou a mão do *spalla* da orquestra e ficou ao lado do piano de cauda.

Os aplausos eram tão febris que parecia que a apresentação já havia terminado.

Aya deu um grande sorriso, fez uma profunda reverência e se sentou.

O maestro sorriu. Eles trocaram um mínimo sinal de cabeça.

Tudo bem, vamos fazer música.

A minha música. A nossa música.

E a batuta desceu.

A saudação do amor

Então, o que o maestro pretendia, afinal de contas? — perguntou Nathaniel.

— Boa pergunta. Não sei. — Mieko deu de ombros. — Talvez agora não importe tanto.

— Sem chance. — Nathaniel a olhou com reprovação.

— Além disso, não basta pelo menos sabermos que Jin Kazama não foi um desastre, mas uma dádiva?

Nathaniel pareceu pego no contrapé.

— Uma dádiva? Você está dizendo que... ele foi uma *dádiva*?

— Bom, *eu* achei que sim. E no fim, não era mesmo? Uma dádiva ao seu amado aluno também.

Nathaniel pensou melhor.

— Hum... Acho que você tem razão.

— Ele revigorou o concurso. E aquelas apresentações loucamente imprevisíveis dele fizeram Masaru parecer ainda mais régio no contraste.

— Acho que sim...

— Ele foi como um catalisador que afetou os outros concorrentes. Até ela.

— Quer dizer, Aya?

— É.

— As apresentações dela foram extraordinárias. — Nathaniel ficou sério. — O *n.º 2*, de Prokofiev, no final também. Ela bem que poderia ter vencido.

— Pois é. Nunca imaginei chorar tanto com o *n.º* 2, com certeza — disse Mieko. — Estou contente com o retorno dela.

— Acha que ela voltará a se apresentar?

— Dizem que ela afirmou que gostaria, se receber algum convite. E acho que já recebeu.

Mieko imaginou o rosto fresco da moça.

— Os encontros por acaso são estranhos. Nunca imaginei que ela e Masaru fossem amigos de infância — disse ela.

— Você não tem a sensação de que Masaru está loucamente apaixonado por ela? Deveríamos lhes contar? Os amantes do piano nunca descobrem. Diga-lhes para olharem para *nós*. — Nathaniel deu uma risadinha. — Céus, agora tenho até de me preocupar com quem ele namora. Não era o que eu esperava. — Ele deu um suspiro, mas havia um toque de felicidade no seu rosto.

Eles estavam no bar do hotel.

O lugar logo fecharia, e toda a clientela havia ido embora.

Atrás do balcão, o *bartender* enxugava um copo.

A cerimônia de entrega dos prêmios tinha acabado; a mídia comparecera e fora embora. Sem dúvida, os pianistas e o pessoal de apoio dormiriam bem naquela noite.

Enquanto estavam lá sentados, os dois também se sentiam aliviados e letárgicos. Mieko se alongou um pouco.

— A cada concurso, acho que nunca mais deveria aceitar um serviço tão difícil. Mas, no momento em que acaba, sinto, e sei que pode soar esquisito, que, no fim das contas, não foi um serviço tão ruim.

— Principalmente quando os concorrentes são tão empolgantes.

Nathaniel tomou um golinho de uísque.

— Em outras palavras — disse ele, pousando o copo no balcão —, temos um sonho inacabado. Um sonho de que, em algum lugar, há uma música incrível que nunca ouvimos. Que o jovem que possui esse som vai surgir.

— Acho que o maestro Hoffmann se sentia da mesma forma.

Uma dádiva.

Apresento a todos Jin Kazama.

Bom, recebemos a sua dádiva, maestro.

Mieko ergueu o copo num pequeno brinde.

— Para que isso? — perguntou Nathaniel.

— Um brinde.

— A quem?

— Ao maestro Hoffmann.

— Ah, entendo.

Ele ergueu o copo.

— E o que está planejando para Masaru? — perguntou Mieko depois de um breve silêncio. — Vai inscrevê-lo em outro concurso? Ele está pronto para qualquer coisa.

— Estou pensando...

Nathaniel inclinou a cabeça.

— Antes mesmo que eu lhe desse parabéns, ele me disse: *quero continuar estudando*. Principalmente composição.

— Composição?

— É, ele já tinha mencionado isso algumas vezes. Ainda há muito que ele precisa estudar na música erudita, mas ele disse que um dia quer tocar as suas próprias obras.

— Isso é ambicioso.

— Ele disse esperar que os concertistas possam estrear mais obras novas.

— Hum... *Essa* é uma ideia interessante.

De repente, ela imaginou Jin Kazama tocando numa esquina.

Os transeuntes parando e escutando com os olhos cintilantes.

Que imagem era essa?

— Talvez seja o caminho para eles. Sei que Jin Kazama, claramente, pode tocar peças originais. A transcrição dele de *África*, de Saint-Saëns, foi uma revelação.

— Grande verdade. O que é ótimo nas apresentações dele é que dão vontade de a gente mesmo tocar as peças.

Nathaniel olhou as mãos.

— Sinto como se quisesse tocar piano pela primeira vez em muito tempo.

Mieko deu uma olhada nas próprias mãos.

— Eu sei. Eu também — disse ela. — Ele me deu vontade de sair correndo e procurar um piano. Hoje em dia, você só está regendo e produzindo, não é?

— É verdade. Mas ninguém consegue prever o que aquele garoto vai fazer. O que estará aprontando daqui a dois anos? Gostaria de saber.

— Quem será o professor dele? — perguntou Mieko.

— Parece que o maestro Hoffmann escolheu algumas pessoas no Conservatoire para guiá-lo.

— Ele ficou em terceiro lugar, então, finalmente, ganhará o piano que queria.

Nathaniel deu um sorriso irônico.

— Toda a preparação dele foi extremamente irregular, para começar.

— Para ele, irregular é regular. Nada mudou desde a audição de Paris.

— *Agora* vocês podem se gabar um pouco, já que foram vocês que o descobriram.

Mieko deu uma gargalhada, como se esquecesse completamente de como ficara irritada depois da audição.

— Estou percebendo aí um pequeno excesso de orgulho.

O *bartender* trouxe a conta, sinal de que tinham de ir embora.

— Então — murmurou Nathaniel enquanto assinava o papelzinho —, já pensou?

— Hem? — perguntou Mieko quando se levantou.

— Tenho certeza de que você se lembra do que lhe perguntei no princípio.

Ele a encarou com firmeza.

Mieko sentiu o coração se apertar um pouco.

— Você estava falando sério?

— Como assim? É claro que estava!

— Estou chocada — disse Mieko.

Eles saíram juntos do bar.

— Estou com alguém, você sabe.

— Mas até que ponto é sério? Quer dizer, ele nem é seu marido.

— É verdade.

Um sentimento a cutucava. Depois de tanto tempo, ainda havia algo em Nathaniel que reverberava no fundo da sua alma.

— Seria depois de você resolver essa confusão do divórcio, imagino.

— Então... Posso alimentar alguma esperança?

Nathaniel estava tão abertamente emocionado que Mieko teve de sorrir.

— Bom, vamos nos encontrar de novo — disse ela.

— Mês que vem tenho um concerto em Tóquio, e poderemos nos rever logo.

Esse homem, vou lhe contar... pensou Mieko consigo. Sempre tentando impor a pauta e me prender. Ela realmente sentia saudades disso. Percebeu lágrimas inesperadas subindo, mas as segurou com firmeza.

— Você me manda uma mensagem?

— É claro. Vou guardar um lugar para você no concerto.

Diante dos elevadores, Nathaniel lhe deu uma piscadela.

Em silêncio, os dois estudaram a mudança do número do andar acima da porta do elevador.

Agora, ambos voltaremos à nossa vida musical, pensou Mieko enquanto observava os números se iluminarem.

De volta à nossa vida. À nossa música.

Música

O oceano estava calmo à luz da aurora.

O bater suave das ondas levado pelo ar frio.

O garoto estava em pé à beira d'água, escutando.

Talvez eu nunca mais volte aqui.

Ele soprou o hálito quente nos dedos gelados.

O inverno estava chegando. Dava para sentir.

Hoje era o concerto dos finalistas; amanhã, ele partiria para Tóquio. Depois de dar outro concerto lá, teria de voltar a Paris.

Não havia vento. O oceano estava assustadoramente imóvel.

Mas... escute. Consegue ouvir?

Ele fechou os olhos.

Se escutar, o mundo está cheio de música.

Não é, maestro?, perguntou o garoto.

A luz do sol se despejava. As nuvens rodopiavam preguiçosas pelo céu.

Um triângulo alaranjado enxameante, que tremulava e mudava de forma no horizonte.

O que é aquilo? Algo denso, que enche o mundo.

O garoto abriu os olhos.

Não é isso que chamamos de música?

Ele pensou um pouco.

Algo cintilante caiu aos seus pés. Um minúsculo búzio espiralado, de formato perfeito, como uma pedra preciosa.

Ele o pegou com o polegar e o indicador e o ergueu para o céu.

— A sequência de Fibonacci — murmurou, e sorriu.

De repente, teve vontade de gargalhar.

O mundo está transbordando de tanta música. Vou levá-la para fora e ajudar a encher o mundo.

Agora tenho amigos, amigos que ajudarão.

O garoto abriu bem as mãos e inspirou profundamente.

Em algum lugar, ouviu o zumbido das abelhas.

De onde eram aquelas abelhas? Paris? Alsácia? Talvez Lyons?

Ah, é isso mesmo. O zumbido que ouço é o som da vida se reunindo. O som da própria vida.

Tenho de voltar. Ao lugar onde consigo ouvir esse som. Esse som me dá força.

O garoto se alongou e deu meia-volta.

Começou a correr o mais rápido que podia.

Música. Queria dizer, *a arte dos deuses*. Uma *musa* fértil.

O próprio garoto era música.

Ele mesmo, cada movimento que fazia, era música.

A música corria.

Neste mundo espantoso, a própria música disparou pela imobilidade da manhã e, num clarão, se foi.

Resultado do VI Concurso Internacional de Piano de Yoshigae

Primeiro lugar
Masaru Carlos Levi Anatole

Segundo lugar
Aya Eiden

Terceiro lugar
Jin Kazama

Quarto lugar
Cho Hansan

Quinto lugar
Kim Sujon

Sexto lugar
Friedrich Doumi

Prêmio do Público
Masaru Carlos Levi Anatole

Menções honrosas
Jennifer Chan
Akashi Takashima

Prêmio Hishinuma (Prêmio de Execução de Compositor Japonês)
Akashi Takashima

Sobre autor e sobre tradutor

RIKU ONDA É UMA escritora de grande sucesso no Japão. Cresceu em Sendai e frequentou a Universidade Waseda, onde tocava saxofone alto na banda dos alunos. Amante dos livros desde tenra idade, largou um emprego de escritório para tentar escrever. Em 1991, ganhou um prêmio com seu primeiro romance e tornou-se escritora em tempo integral. Em 2003, depois de superar o medo de avião, visitou o Reino Unido e a Irlanda e, mais tarde, morou na América do Sul, onde fez reportagens para o canal de TV NHK sobre a cultura maia e inca. Como o pai era entusiasta da música, Onda cresceu ouvindo música erudita e tocou piano desde pequena; mais tarde, descobriu o rock e o jazz do Ocidente. Em 2017, o romance *Abelhas e trovão distante* recebeu tanto o Prêmio Naoki quanto o Prêmio Hon'ya Taishō (Prêmio dos Livreiros do Japão), primeira vez que um romance ganhou os dois. Tornou-se instantaneamente o livro mais vendido do Japão, com vários milhões de exemplares. Mais tarde, transformou-se num filme japonês de muito sucesso.

PHILIP GABRIEL É PROFESSOR de literatura japonesa da Universidade do Arizona. Traduziu para o inglês numerosas obras de Haruki Murakami, como *Kafka à beira-mar* (ganhador do Prêmio de Tradução do PEN/Book-of-the-Month Club) e a coletânea de contos *Primeira pessoa do singular*. Recentemente, também traduziu os romances *Relatos de um gato viajante*, *The Forest of Wool and Steel* [*A floresta de lã e aço*] e *Lonely Castle in the Mirror* [*O castelo solitário no espelho*].

Este livro foi impresso nas oficinas gráficas da Editora Vozes Ltda.,
Rua Frei Luís, 100 – Petrópolis, RJ.